珍貴與卑賤

未之聞齋
散文・隨筆

何懷碩◎著

珍貴與卑賤：未之聞齋　散文．隨筆

【目錄】本書總頁數496頁

第二輯

第三輯

第四輯

附錄

自序

十多年不出新書，這一次，我一口氣出版四本，把近二十年所發表的文章，與過去已經絕版的舊文，在「立緒」的《懷碩三論》及《給未來的藝術家》之後，分類合集，編為四本，同樣在「立緒」出版。這四本書是近兩年多耗時費力編輯的成果。其中《批判西潮五十年》書名與內容一目了然之外，其他三書，一是有關人文藝術的論集（《什麼是幸福》）；一是批評文集（《矯情的武陵人》，分文學、藝術與社會批評三輯）；一是我的隨筆、散文集《珍貴與卑賤》）。我歷年在各出版社出版的書，本書的附錄有「何懷碩著作一覽」，方便查知。

《珍貴與卑賤》這個書名是本書一文的題目。原來以《美麗與哀傷》為書名。去年在香港買到一本書，書名叫《美麗與哀愁》，是寫近世十個名女人的生平故事。所以必須改用我另一篇文題為書名。

散文、隨筆，是我最喜愛的文類。一切有思想，有感情的文章，都可稱散文。所以，散文有極廣袤自由的領域。正如英文 essay，可以是論文，也可以是隨筆。我偏好對世間萬象析理馳思，追尋真相真知與真趣的文章。比起文氣芬芳的抒情散文，我愛讀思想家，科學家，史學家等專門家所寫的散文。我覺得專門家若通人性而有情趣，他們寫許多人生世界普遍性的題目睿智而熱誠的文章，對天下人而言，其實比他宏篇巨著的專書，嘉惠世人更多。譬如羅素，他的數理哲學能懂的人不多；他非常有魅力的散文更為世人所推崇而影響深遠。早年讀他在自傳序言〈我為什麼而活著〉一文，劈頭就說：「對愛情的渴望，對知識的追求，對人類苦難不可遏制的同情心，這三種純潔但無比強烈的激情支配著我的一生。」引我內心震顫。他這三點理由先得我心，我問我自己該怎麼說？他的知識與襟抱，我豈能比附？但在我應於知識再加上文學藝術的追求，此外再加上對虛妄與不公不義的撻伐。這些是我非常起勁活著的理由。我愛世界和人類，愛這些偉大的心靈及其所創造的文學、思想與藝術。我讀古今中外數不清第一流人傑的文章，承受前人太多恩澤，我一生努力筆耕，希望對我所熱愛的人間有涓埃的回報。

作家不需要靈骨塔與墓碑。寫一輩子文章，凡經得起時間磨洗的書，便是最佳的墓碑。豎立在最高尚的書房的書架上；不佔土地，也不必擔心風摧雨折，藏在一代代愛書人的心中。

我一生有幸，三位文學界大老都給我寫過序，他們是梁實秋、夏志清、余光中三先生。他們都成古人了。為懷念他們對我的鼓勵和獎掖，書後謹附早年他們給我的序文。最珍貴的是梁實秋先生一九七三年為我第一次畫展所寫的序，距今四十五年。

（二〇一八年三月七夜在台北澀盦）

第一輯

明天會更好笑

〈明天會更好〉這首歌，在李登輝先生主政時代電台電視最常播放。有人說若要形容若干年來台灣社會之變，應加一字才更傳神。問加什麼字？曰：末尾加個笑字，成了「明天會更好笑」。有人未能意會其妙，卻有人笑得直不起腰來。

哲學家說人是唯一會笑的動物。如果有一天貓狗對你露齒大笑，那是何其恐怖的事。任何事情，若與我們按常理所預期的結果大不相同，不免驚惶或失望。但有時反而變成好笑。行事荒腔走板，事主卻一本正經，便令人忍俊不禁。馬戲班中猴子戴著官帽，坐著狗兒拉的「馬車」繞場，便逗得觀眾哈哈大笑。又如臉上有「豆腐塊」的城狐社鼠，背後卻高懸「正義廉潔」之類的大匾；護主的僕婢情急之下說「娘娘雖然長得有點抱歉，可詩文滿腹呢」，凡此都足以引人噴飯。

這些「好笑」都屬於喜劇的範圍。蓋悲劇的主角比常人好而高貴，喜劇主角便比常人壞而卑劣。喜劇激起暴笑，心生輕蔑之情，所以對人生之苦悶無聊，有排遣之功。

但「好笑」之對象若為社會，便不像喜劇的諧謔可一笑了之，因為社會之「好笑」，眾人便得過苦日子。大哲柏格森〈論笑〉，認為詼諧必是「人性的」。環境社會之美醜優劣，使人心生好惡，但因不是具體的「人」，所以不會「好笑」。因此，「明天會更好笑」中的「好笑」，當有別解，義同「可笑」。一個以錢淹腳目與民主經驗傲人的社會，因朝野種種荒謬、顛倒、錯亂而急速衰敗淪落，其情形恰似電影《富翁變乞丐》的可笑，其實卻是可悲。那便不是喜劇，應為悲喜劇（tragicomedy）或悲劇性的鬧劇（tragic farce）。

這不知將伊於胡底的社會鬧劇，其舞台是由沾滿前人血淚的磚頭砌起來的。在威權時代，爭求民主自由往往是悲劇；等到民主自由瓜熟蒂落，卻變成群雄蠭起的搶瓜大賽。這個瓜裡面是權力與利益。檯面上沒有人真正「愛國」，只愛權力與利益；但各方都說「愛台灣」，並指控別人不愛台灣。搶奪政權與保衛政權是今日台上唯一的「劇目」。沒有一個政黨真心為台灣這塊土地與人民的前途操心。歪曲事實，顛倒黑白，誤導民眾，煽動民眾，一切為選票。這是這齣社會鬧劇全部的動機和情節。大眾傳播真的是為報導真相？導正輿論？批判不公不義？不，一切為收視率，為了賺錢。「知識份子論政社團」是超然的清議嗎？不，都是選邊依附的幫閒，為的是飛黃騰達。

螳螂捕蟬，黃雀在後，旁邊還有露齒而笑的老貓在等待時機。歷史雖然不一定重演，但師心自用的愚蠢昔今常常如出一轍。今日只顧「爽就好，姿勢難看有啥要緊」，令人直冒冷汗，只怕：「明天會更好笑」。

（二〇〇一年七月《聯合報》副刊）

珍貴與卑賤

人的生命是珍貴，還是卑賤？

兩年前看希臘影片《永遠的一天》，在黑暗的電影院中，我在小本子上記下當時的感想：「不必恐懼，生命本來極其珍貴，也極其卑賤。」

記起很久以前讀過卡森．麥克勒絲（Carson McCullers，她是二十世紀初美國作家。她的小說，常以人的孤寂和對愛的渴求為主題，深刻而獨特，不過作品不多。）的一個中篇小說《小酒館的悲歌》，裡面有一段話也有相似的感慨。她寫道：

「而令人困惑的是：任何有用的東西都有價碼，而且只能用錢來購買，好像世界本該如此。你不必理解，就知道一綑棉紗或一夸耳蜜糖的價錢。可是人的生命並沒標上價錢，這是白白給我們，不必付款。人生何價？假如你往四周瞧瞧，有時會發覺人生簡直少有價值，甚至毫無價值。」她所謂「往四周瞧瞧」，是她寫的故事中許多不由自主的人生痛苦荒謬的遭逢與悲哀的命運，因而有「人生何價？」之歎。

在人的世界中，沒有人不認同最珍貴的東西就是生命。雖然有人為他自認崇高的理想而獻身，有人為愛殉情，有人為解脫困苦與不堪承當的壓力自殺，但那並不能說他們賤視生命，只不過是因為珍貴的生命遇到極惡劣的現實，喪失了最可貴的東西，使人痛不欲生。痛不欲生是因為對生命的期望幻滅，正說明生命原是珍貴的。然而，生命為什麼珍貴？這是很容易回答的問題嗎？

生命有感受的能力，能享有感官的美感與快感；生命有熱情、智慧與創造力，能生產精神與物質產品，使世界由蠻荒變成豐富；每個生命只有一次，而且不可取代；每個生命都有可能完成自我，攀登峰頂，生命的峰頂永無止境……所以生命是珍貴的。

但是人生受到的限制與脅迫也層出不窮。山頂的滾石擊中車子，一家五口頃刻間成了冤魂，裡面有一位是剛剛才畢業的大學生；人如果生不逢時，或者落錯了地方，也注定了一生蹇連；或者因為錯誤的選擇，或者性格所使然，可能一蹶不振；或者因為時乖勢謬，有人雞犬升天，有人自我放逐。大體而言，不可測的偶然、客觀時空的實然、性格的必然與命運的或然，生命在這些方面是毫無招架之力，毫無自主的希望。

台灣鄉下有「李師科廟」，那是生命的珍貴與卑賤荒謬結合的現象。義賊李師科搶銀行不為自己貪財，而為了幫助鄰居窮小孩能繼讀念書。一個人死後有民眾塑像祭拜，說明了他受尊敬，他的生命在民眾心中當然有尊榮；但他頂著強盜的惡名，被公權力像殺狗一樣一槍斃命，在這一面他的生命又是無比的卑賤。生命兩極的評價常常是混淆不清，而且也常常是可任意滑動的。天地芻狗萬物，人只是命運的玩偶。

困惑。

「無價」之珍貴與「一錢不值」的卑賤常是一物的兩面。生命之詭異與複雜難解，永遠令人

（二〇〇一年七月《聯合報》副刊）

古物情懷

什麼是人才？見仁見智。時代、環境、文化、流行風尚的變異，評價標準大不相同。在黑白混淆的年代，賢才與痞子不易分辨；窩囊廢與大人物亦頗撲朔迷離。人且如此，物質的評價更為紛紜。一物在不同人眼中，有雲泥之別。此人眼中的垃圾，卻是另一人眼中的寶貝；張三視尿液為穢物，李四卻當作治病健身的良藥。過時的老櫃殘椅、舊瓶古甕與破銅爛鐵，有人一見鍾情，有人棄若餿羹。對於古物，各人情懷相異，好惡有別，竟至於此。

所謂古物，不同於古董或文物。古董多為藝術品，年代起碼要百年以上，精美貴重，值得鑑賞收藏。文物指古代的文化遺物，不論是藝術品、工藝品或生活用品，不計粗陋殘敗，不在乎能不能再用，凡可考查研究，有助於瞭解過去的歷史，皆可稱為文物。一般稱古物者，多半指現代自動化機械大規模量產之前，手工或半手工時代一切生活製品，可籠統稱為古物。三、五十年之前的東西，只要已經過時，不嫌其「新」；一、二百年之舊物，只要能用，也不嫌其「舊」。古物若有美感，便與古董相埒；古物若只能實用，其實也可說是舊貨。古物之妙，就在於常可欣賞，更可實用，而且價格大眾化，平實親切，與昂貴藐人的古董大異其趣。

台北喜歡古物的人大概會知道永康街巷子裡有一位楊先生和他的「古物情懷」。各色人等在那裡尋寶，常有意外的竊喜，這正是古物店魅力之所在。全世界有文化的都市都有古物店，大多是當生意來經營。楊先生的「古物情懷」則別有原因。原不為開舖子，因為對古舊之物別有憐愛，收集既久，累積盈倉，只得開店；其實他開的是一家古物療養院。古物飽經人世滄桑，常殘破缺損，不堪使用，往往被視為垃圾堆中廢物，逃不過被焚化爐吞噬的命運。因為心中有大不忍，所以親自動手，予以治療。長年以來，因之練就一身修復古物的本領，搶救了無數家具用品，重新找到使用它而且喜愛它的新主人。這是無量的功德。世上有人收養棄嬰，有人收留流浪犬，也該有人珍惜古物，使它起死回生，重回人間生活。這裡面有惜物，有使命感與歷史感，令人欽遲感動。

傳統家具採用真材實料的木頭，厚重結實，都來自珍貴的百年大樹。其他如燈具、石盆、陶器以及種類繁多的昔日生活用具，都以天然物質為材料。因為舊了，殘了，便當成垃圾，太可惜了。為什麼不能使它們新生？地球資源有限，很快我們就會知道要買一張純木（不是夾板或合成木料）家具越來越不可能了。珍重古物，除了惜物，還有歷史傳承的意義。在其中我們可以欣賞、緬懷、追思先人的智慧與技藝。過去工具簡陋，全憑萬能的雙手，以匠心、耐心與辛勞去製作，與現代「先進」技術的製品來比較，古物的質實、個性、誠懇、真拙與耐用等美德，更有耐人咀嚼的韻味。那是物質的質感、肌理之美，風俗淳樸之美與歷史迢遞承續的滄桑之美。

二十世紀上半日本唯美派文學家谷崎潤一郎（一八八六－一九六五）寫夏目漱石視每天清晨如廁為人生一大樂事。原因是在日式舊廁所四周清幽的壁板歷歷可數的木紋圍繞中，靜靜地仰望窗外藍天綠葉，有一份舒適怡人的況味。這也是一種古物情懷。有相當歲月閱歷的舊木板才有木紋之美。現在的人，要在晶瑩閃亮的名牌衛浴中如廁，才感受到事業成功的得意吧。人與物的品評，實在是感受主體心靈識見、氣質與境界的反映。

（二〇〇一年七月《聯合報》副刊）

約會與誤會

一位名詩人，也是老友，有一次看到我拍攝台南一處名勝照片，他說：「這是我幾十年前與女友約會的地點。」那女友就是時至今日的「嫂夫人」。詩人感歎一聲，展現他一貫的幽默，說：「真不是滋味，以前是天天約會，現在是天天誤會；什麼玩意兒！」

這已經是十多年前的事了。約會與誤會，這裡面包涵了男人與女人無窮的怨歎，幾成普世定律；除非有一天那男人與女人同時變成中性人，才能沒有「誤會」。

人生如果不曾有過約會，那真是可憐復遺憾的事。想想人生最美好的時光，不就是與心愛的人約會？約會之前的等待，為赴約所做的各種準備，乃至甜美的約會之後留在心中的回憶，前前後後，那是一波金色的日子。這美好的東西名叫愛情。哪怕後來聽起來汗毛倒豎，約會當時雙方絮絮不休那長串愛的話語，在當時只覺得動人又神聖。

人生何等可憐，沒有東西能夠留得住，什麼東西都時刻在變。生理、心境、環境、經歷、處境……一切都在變易。但是，不變的是人心的期望、理想、野心、欲望等企求。不變的企求在變遷的人生中得不到滿足，於是深感痛苦。這是人生宿命的悲哀。

個別的男女容或有缺憾與缺失，那當然更不幸；但普遍而言，兩性關係從「約會」到「誤會」，也即從甜美的愛情到充滿誤解、疏離、不解、矛盾、衝突、怨尤甚至不幸的仇恨，何嘗不是古今一切人生難以逃脫的命運？

愛情就是這樣，既甜美、激烈、狂熱、誠摯、動人；亦痛苦、創傷、冷酷、可恨而且令人沮喪。

不肯改變的「企求」，在愛情的金色褪盡之後必使人痛苦沮喪。如果要避免痛苦沮喪，便得放棄企求——馴服於人生的宿命。殺滅期望與欲求，壓抑理想與野心。然而，其結果也何嘗不是另一種痛苦：或者麻木，或者渾渾噩噩。

把愛的欲求轉換到工作或事業上去，也許是避免愛情悲劇的一法，但也將導致疏離、冷漠，甚至時時可能有背叛之虞。那又是另一種痛苦。

白頭到老，相依為命是大多數人嚮往的境遇。大概要有一個條件；也有兩種情況。一個條件是上面說過，男女雙方同時變為中性人，也即沒有強烈對異性的欲求。然後，第一種情況是男女雙方互相敬重、相知，這時，很幸運的美好人生新旅程便可出現：「性欲告退，友誼方滋」。只有友誼可以長存，因為愛情是友誼加上異性之愛，若性愛出缺，男女雙方甜蜜的感情嚴格來說是親密的友愛，絕不能說是愛情。許多白頭偕老，大家認為是愛情彌篤，那是誤解。因為能永久不變的只有友情。第二種情況是男女雙方並無深厚的友誼，當愛欲衰退，彼此便只是生活上的習慣性合夥人而已（許多夫妻一生心靈沒有深度交流與融洽，相當「陌生」），早已沒有愛情。能夠維持雙方關係的和諧，除合夥人的關係之外，另有一種關係其實是「主僕」的情誼。男女雙方，或至少要有一方認為命該如此，心甘情願依附對方，如主僕相依。更多是因為財產、子女與社會關係難以分割，所以只能渾渾噩噩混下去。這些都是互相依賴的關係，當然不是愛情。雖然其境界較之愛情消退而能轉化為友愛者差了一大截。但能勉強相依相顧，在外人眼中也算是白頭偕老，已足為愛情死滅，婚姻破裂的人所歆羨。愛情並不永恆；愛情的善終只有友愛，那是人生戰友的情誼，才能白頭偕老。此外也有極少數人當愛情破滅，而不願打混，也不願受命運播弄，那便要面對更嚴酷的考驗。

愛情就是歡樂與痛苦的一物兩面。沒有「約會」過，當然不會有「誤會」之苦。不過，那種沒有過愛情的人生，枯淡如清湯掛麵，豈不亦是為愛情赴湯蹈火的愚蠢之外，更大的愚蠢？

（二〇〇一年七月《聯合報》副刊）

乳房的美麗與哀傷

乳房在男女性器官中唯一具有形而上的特質。在性愛的活動中，性器官是工具，是形而下的。但乳房不同。她在性愛實戰中，雖然也發揮了工具性的可能，但在承平時期，她最具審美價值。也就是說，只有她在實用之外，兼具視覺美感。性器官都難見天日，乳房是唯一能反抗歧視，衝破遮蔽，冠冕堂皇躋身於一切優美造形之林，成為視覺美感的焦點者。

視覺造形之美，加上觸覺之愉悅，已美不勝收；何況她還兼為性亢奮之先導，帶領心靈向形而下的欲望去銷魂，她的魅力便在一切優美造物之上。西方雕刻與繪畫對女人體不饜的歌讚，是形上與形下交融的酣醉；許多人要在藝術與色情間尋覓「界線」，其實是無知。

這世界大概男女各半。六十億人口中約有三十億對各式各樣的乳房。假使「正常」（本來正常不必加引號，但是現在雌雄性別什麼是正常很難定義，所以姑且存疑，特加引號。）的男子都傾慕異性，陶醉於乳房之美，便可知世界上最美麗的造物中，視覺欣賞最頻繁者，不是春花秋月，不是珠寶寵物或山川美景，而是女人的乳房。奇怪的是，三十億雙有色眼睛、天天遊目騁懷，情動於中，但是，讚美乳房的話語與頌歌卻如此之少，足見男人的懦怯與虛偽。

凡有審美價值的對象，都具有共同特質。第一是要能脫離實用，有直覺上獨立自足的美感；第二，必須具備形式美感的要素。即多樣——統一的辯證關係。（寓差異、複雜於單純、和諧之中。）

乳房基本造形是圓球體。但她絕非正圓皮球那樣簡單。她是由不同半徑曲面以和諧的吻角相連接所構成波狀優美的曲線，在上下左右不同角度呈現豐富的變化，而統一為單純、和諧的球體。這一雙球體，並排連結在胸腔之上，隨軀體的活動而牽動搖曳，變幻多姿；加上肌膚的細膩光潔如凝脂；色彩的鮮瑩澄澈如白玉；最後是畫龍點睛的粉紅色乳頭，使這龐然大物有了靈性。最美的乳房是豐盈、高聳、柔軟、挺拔、圓滑、鮮麗，顫巍巍而有咄咄逼人的氣勢。天下之無盡藏，以視覺造形之美而能超過這一雙乳房者幾稀。

不過，典型的優美的乳房難得一見，正如聖人大哲，英雄美人寥若晨星。現實人間，上帝的配給並不公平，以至於各種規格，各種形態，各種質地與色澤的乳房，令人眼花撩亂。但不論如何，像安撫失業的廣告所言：先求有，再求好；如果被分配到的乳房只是差強人意，也聊勝於無。最令人耿耿於懷的是一平如砥，當代稱為「太平公主」也。乳房的形狀，除了令人刮目相看者之外，尋常所見，如碟，如盤，如漏斗，如碗，如鐘，如盆，如蘋果，如水梨，如西瓜，如木瓜，或如布袋，幾可說乳房之不同，各如人面，蔚為奇觀。

至於乳房的功能，天賦加上人為發明，其複雜的程度也令人嘆為觀止。首先，她為哺乳而有，是嬰兒的食物；她也是性的啟動器官，是男人的恩物，也是女人快感的要塞；她使女人有魅力，招蜂引蝶，是女人驕傲的資本；她是女人釣魚的鉤，捕獸的網，炫耀的鑽石，身價的象徵，或者是男人美的標尺，眼中的獵物，女人價值的砝碼；藝術與文學以她為題材，表現女性的嫵媚；有人說她是「女人的社交工具，處理男人與女人的關係」；她自身足以成為商品，使她的主人以她謀利；服裝公司與胸罩廠商利用她製造了各世代無數商品，各種健胸與隆乳藥物、手術與器材也賺足鈔票，所以她是無窮的商機與滾滾的財源；她也曾是窮人養家活口的工具，奶媽出賣乳汁；廣告商不管推銷什麼商品，大乳房美女是最普遍的促銷利器；裸露乳房在現代也可以用做政治抗議的手段，義大利的「小白菜」以乳房為工具當選議員；其他利用乳房抗爭的事層出不窮，乳房的功能還有待再加以創造性的發揮。

乳房因為美與魅力而使人生豐富甜美；但她被奴役，被歪曲，被利用，被踐踏，而失去原來的純真自然與美好。可憐乳房健康時都屬於別人，生了病才屬於她的主人。現代乳癌的威脅，樂極生悲，美與幻滅結成哀愁，令人感歎天地不仁。

（二〇〇一年七月《聯合報》副刊）

後記：二〇〇二年五月應邀赴紐約參加全球文墨畫研討會。十五日夏志清兄嫂邀我宿夏家。晚飯後打電話給高克毅（中文筆名喬志高〔George Kao〕，著名中英翻譯家，與夏志清、林以亮三人為好友，均已謝世。）（二〇一八年三月）他盛讚我這篇文章，擬英譯在西方發表。當時已年過九十，可惜來不及著手，遺憾之至，再難有如此譯林高手矣。

禁忌

在民主尚未到來的漫長歲月中，我曾寫過不少「碰觸禁忌」的文章。有一位因為影印散發我那篇〈另一個中國人的看法〉文章的中學教師，竟遭到解聘的「命運」。而那一位先發表〈一個中國人的看法〉，以「愛國」得寵的丁教授則多年前早已移居國外，不願和台灣一起「沉淪」了。

現在我忍不住要碰觸的是當代另一個「禁忌」。

不久前校園同性戀問卷調查稱約有百分之四高中男生承認自己是同性戀，高中女生則有百分之十二。有一位輔導諮商系謝教授投書說：老師與家長不必太過擔心或驚慌，應該以接納、鎮定的態度來協助他們進一步確認為什麼他會認為自己有同性戀傾向或是同性戀者。並說，事實上他們現在是處於「同性密友期」，對同性同儕容易產生認同感與好感，甚至比較喜歡與同性朋友交往，使他們誤以為是同性戀而感到困擾，其實這不是真的同性戀。我覺得寫得極好。隔了兩天，有一位大學生投書批評謝教授，說教授所說「仍是一種以異性戀正確為中心的思想」，「對同性戀似乎一改以往的拒絕姿態，而是改以一種以否定態度為前提下的暴力溫情攻勢……暴露了對青少年同性情慾的恐懼否定態度。」

台灣常常是發達資本主義社會流行文化的附庸。同性戀在過去受歧視甚至受迫害，認為是罪惡。大文豪王爾德因之被判刑坐牢，毀了他的一切。五十四年後，當年曾參與該案審判的年輕律師，後來成為英國受人尊敬的法官韓福瑞爵士，在他老年回憶錄中認為當時根本不應該起訴王爾德。同性戀不是罪惡，的確如此。那麼，同性戀是什麼呢？後現代流行「顛覆」，所以，一切得反轉過來？同性戀是時髦、前衛、勇敢、不俗、天才的表徵？似乎是另一種驕傲與光榮？沒有人自認，也沒有人敢說同性戀是遺憾、不幸與異常的心態。如果有人說同性戀是性變態，幾乎等同「反動派」。當然，同性戀不等同性變態。

這使我想起美國黑人從「黑奴」到與白人平權，到反種族歧視法律的確立，許多時候白人反過來要低聲下氣伺候黑人，唯恐被人指責「種族歧視」。（君不見許多美國警匪片黑人常是上司，白人多為下屬嗎？）同性戀已漸漸擺脫「弱勢團體」的命運，成為新的「壓力團體」。流行文化力量驚人。同性戀比例上升，流行文化正推波助瀾。沒有人敢說同性戀是「非正常的性關係」。那位大學生不滿「以異性戀正確為中心的思想」，有人且認為那就是言論的霸權與暴力。但是，西方調查統計同性戀在人口中的比率是百分之二。普遍者為「常」，特殊者為「異」。同性戀總不是動物與人性關係的「常」態。若連這種客觀描述都成為禁忌，還能有討論、辯難的餘地嗎？對同性戀，我們反對迫害、歧視與不寬容，但要變成鼓勵與讚美嗎？

同性戀與（沒有配偶的）成年人間的自由性愛同樣早已除罪，也不再受歧視與迫害，是社會的進步；但官方主辦同志婚體與同志運動會，毋乃過了頭，豈不形同鼓勵？同性戀比例上升，有極複雜多元的時代因索。沙特、傅柯等著名人物的以身示範與論說是其一（傅柯，同性戀者，死於愛滋病。他有「創造性探尋新的性快感，包括施虐與受虐」的理論）；攻治人物為了爭取選票，討好同性戀社群是其二；學術與法律為怕被貼上「歧視」的標籤而順應潮流是其三；第四，商業界為了經濟利益，許多地方年年舉辦同性戀節日活動，視為商機。僅雪梨一市，同性戀節日吸引來萬餘名各地同志以及許多觀光客，因而獲利可觀。據說因此，同志們正據以要求政府修改有關法律。

從前「愛國」與「動搖國本」的言論的功罪由掌權者判決，不得自由討論。而現在對同性戀問題的討論又成了禁地。事實上同樣是「一言堂」。不同的意見都成了「異端」與「偏激」。這是社會之病。台灣如此，美國也好不到哪裡去，雖然其他言論的自由，美國是模範生。

忍不住又碰觸禁忌，因為我對許多疑惑，許多不以為然的問題總要問：真的是這樣嗎？為什麼？

（二〇〇一年九月《聯合報》副刊）

慾望之國

這篇專欄文章寫於紐約遭受恐怖份子暴力攻擊（九月十一日）當天夜裡。明天起，對於這一震撼歷史的事件，中外必有些春秋之筆，議論此事背後深廣的原因，揭示「美國和世界」的真相。但我想從另一角度來看美國。

二十世紀最後一年，海內外有些刊物邀約寫回顧過去，展望二十一世紀的文章。我只寫了一篇〈如是我見新世紀之門〉刊於一月號香港《明報月刊》及《聯合文學》（題目被改作〈殘陽如血──如是我見新世紀〉）。我主要的觀點是二十一世紀全球必須痛切反省這一百多年來的演變已逐漸背離了人類數千年文明所追求的目標。世界變壞了，墮落了，超級強權的美國要負最大責任。我曾預測二十一世紀後半，全球人類將覺悟美國文化是罪魁禍首，必群起而攻之，美國必受到嚴厲的批判與聲討。有人同意我的觀點，有人存疑。沒想到新世紀才一年，美國竟受到不可思議的暴力激烈的偷襲。對於泯滅人性的恐怖暴力無論如何是人神所不能容忍。但是對美國文化的批評是另一回事，我相信或將提前出現。美國會自我反省嗎？

儘管美國有極多優越性，譬如他的民主自由、富強安樂、學術科技之發達、多元種族文化之兼容並蓄等等都為世人所歆羨。美國差不多吸收了最好的人類文化與各族人才；各國上層社會人士不少擁有美國護照，窮人多希望到美國淘金。但是，兩百多年來在這塊得天獨厚的處女地所建立的美國文化，有其殊別於歐亞兩大文化的獨特性。如果用最簡約的一句話來說明美國文化的特色，那是什麼呢？那就是「慾望無限度的膨脹」。美國確是「慾望之國」。

美國只有全球近三十分之一的人口，卻消耗全球五分之一的資源。美國對地球資源的浪費、糟蹋，幾乎到窮奢極慾的程度。中國大陸現在正在「超英趕美」，將來如果像美國這樣消耗資源，要六個地球才夠用。美國是全球霸權，在政治上一向扶植親美勢力，打擊、顛覆不聽話者。多少國家因為美國的介入，戰火連年，山河裂變，成為殺戮戰場，對於非西方國家，美國哪顧及民主、人權與公義？經濟上則是跨國公司的巧取豪奪。索羅斯之流趁亞洲金融風暴，不知吸了多少小國的血汗錢。在精神文化方面，美國向全球輸出的是好萊塢洗腦、蠱惑、刺激感官的電影；麥可・傑克森與瑪丹娜的淫穢狂醉與迷亂；《花花公子》與《閣樓》等雜誌毫無顧忌用重金收買美麗的動物展露性器官來挑逗人類最原始的慾望；可口可樂與速食，美國的商品與藝術，美國的生活方式，美國的價值、思想、信仰、品味等藉經濟的全球化向外擴張、滲透，因而壓縮、打擊、窒息甚至摧毀了其他文化生存發展的空間。美國文化是最唯我獨尊，最傲慢的意識形態，以全球總管與宰制者自居。美國文化要塑造你的身體，雕刻你的心靈，灌入你的靈魂，使你喪失「自己」。美國文化與其東方的跟屁蟲口中的「世界性」、「國際性」與「全球化」，其實就是「美國化」。台灣美術六〇年代以來有所謂「現代畫」其物，正是「美國化」運動在「落後國家」的勝利。

冷戰時代，共產主義極力擴張，企圖「赤化」全球。所採取的是暴力與政治鬥爭的途徑。但「赤化」的幻夢在蘇聯崩解之後已經破滅。美國以大量消費的商品與低俗的文化，鼓動你的慾望，迷醉你的意志，摧折你的自尊心，誘惑並獎賞你崇拜美國，以「國際性」、「全球化」之名來達到「美（國）化」全球的目的，卻相當成功。

然而，文化是族群心靈歸屬所依賴的價值。投機者與盲從者可因依附強勢文化獲益而沾沾自喜；但維護獨特民族文化不屈的心靈絕不願意向文化沙文主義強權俯首稱臣。

美國有許多令人欽佩之處，但他侵佔太多，他擠壓、歧視別人，他的感官文化腐蝕了這個世界，美國有過。對於「慾望之國」這一「業障」，美國似乎還沒有深刻的反省。

（二〇〇一年九月十一日紐約恐攻之夜在台北寫）

感時

當朝野公卿人性裡面最醜惡的東西肆無忌憚的喧囂揮舞，但見綱紀淪喪，經濟衰退，社會現實溷濁卑污，人心遂呈現普遍的疲怠、失望、沮喪與憂懼。自殺已不是新聞。不論是因為畏罪、逃債，或因窮愁困頓、悲哀絕望，自殺令人惋惜悲憫。但較之那些不知恥者，較之毫無反省，毫無責任心，毫無道義與誠信，混淆是非，顛倒事實，以狡詐機偽為智巧而沾沾自喜的某些大小政客，則那些無奈的亡魂，就人的意義而言，實在更有尊嚴。雖然他們為自己的「失敗」而自戕，實則他們是間接死於不公不義不法不合理的社會，死於求生之路被堵塞，求生的意志被殺滅的殘酷的現實。更悲憤的是，他們與苟活於亂世中的芸芸眾生，那被剝奪、被霸佔的國民應得的福祉，正供養了一批無能無恥之輩享受榮華富貴。某些人言行之醜陋、粗魯與張狂，比以前的「黑暗時代」所見更甚。

感時憂國之士痛心疾首之餘，都努力尋索造成這樣可怕的現實社會的原因。十月七日聯副張作錦先生在其「感時篇」中痛切檢討「國民性」，說「貪圖小利，不辨是非選出一堆爛蘋果，把政治搞得如此不堪的，不是老百姓自己嗎？」更說到老百姓中的「菁英份子」（某些政壇人物）

的德性，也正是「國民性」的典型。從根本上來說，社會的窳敗，人民的痛苦，批評大小政客的醜惡低能並不能找到「病根」，整體的國民性的痛切反省，才有希望治本。畢竟「爛蘋果」也是產自本土的國民。但是，國民氣質的變化，百年來先知先覺者的呼號感召既未生效，而今更難以寄望於人格學問孚眾望的「導師」，勢必仰賴教育（家庭、學校、社會）與大眾媒體。然而今日教育之令人失望，媒體之商業化，所能培植之下一代，不是急功近利，刁鑽投機，隨波逐流之徒，便是盲從附和，趣味低俗，渾渾噩噩的庸碌之輩。能獨立思考，慎思明辨，有高尚品味與清晰的理性，有理想，有抱負，刻苦勤勉的青年日漸稀少，令人真有荒漠殘照不勝蒼涼之歎。

如果在「國民性」之上再檢討，更根本的根源則為文化。我常感慨我們傳統的文化只有兩樣東西得到重視：一為道德，一為政治。若與西方文化比較，西方的文化在道德與政治之外，對宇宙人生更有許多關注的大題目。我們的文學與藝術泛道德主義色彩之濃厚，社會事務上泛政治化之嚴重，都是我們急功近利的淺碟文化的必然。我們太現實，太功利，太狹隘，太重視朋黨之私，太在意意識形態。我們連宗教也太卑屑，缺乏崇高的精神，因為我們的宗教在行善積德，修來生之福；在求升官發財，求福祿壽，現在的宗教更成為「聚寶盆」，成為「大企業」。我們有「偉大」的寺廟，沒有崇高超越的宗教靈魂。

我們文化中重道德倫理的特點造成文藝的「載道」。說教、道貌岸然，慢慢變成虛偽與僵化。但近代以來，接受西方工商業的新文明，我們連最發達的倫理道德也崩盤了。今日論道德，尤其是公德，我們反而遠遠不如西方人。我們現在所重視的只有政治。尤其在台灣「民主化」之後，整個社會中只見「政治」兩字，所謂文化也只是政客的表演節目而已。而我們的「政治」是被妖魔化了，它是一切現實利益的來源，是「投資」，也是「賭博」。有人說台灣現在什麼生意都難做，只有做「政治」能發財又神氣，只要倚對了「大邊」。

一社會若以「政治」為唯一大事；爭得政治的位置便是莫大榮耀，雞犬升天，可以權勢財富兼得，而且可以因特權而使一家、一族、一黨從事其他事業而無往不利，則此社會斷無前途，且必逐漸黑暗衰敗。所以，寄望國家社會之富強安樂於教育改革、國民性之改造或文化之振興，那雖是根本，但也是「百年」大計。從今天的現實上來找切入點，要切實有效，終究要以法治的改革與制度的建設為首務，更重要的是要在國民之壓力下使法律與制度有效的運作，沒有人可以凌駕其上。（許多迴避憲政，巧立名目的機構與政策，正是亂源。）有堅強的法治與制度，也才能保證教育與國民、文化之改造有緩步進展的希望。

我們今日應譴責的是朝野政客破壞制度，踐踏憲法的行為以及令人失望的司法。我們國民若永遠以莫名其妙的意識形態（尤以籍貫最無聊）而姑息縱容自總統、院部首長及民代毀棄制度，不守法律的行為，那麼，我們的苦日子將沒完沒了，怪不得誰。

（二〇〇一年十月《聯合報》副刊）

憂國

我們每個人（不論外省、本省與原住民）都是被悠遠的傳統文化浸泡過的，像醃黃瓜或泡菜，無法褪去被醃漬過的色味。我們的傳統文化只有兩樣東西最為重視，即道德與政治。這兩樣東西都與「人」關係密切，所以我們常自詡我們的「人本」主義最發達。但是，我們對「人」所寄生的宇宙（自地球、太陽系至外太空）與我們自身的內在（心理、心智與思想的原理與法則）從來普遍不大有關注、探索的興趣。我們是非常功利、重視實用的一個佔全球約五分之一人口的大族群。

對超自然的事物，我們沒有太多興趣。所謂「不知生，焉知死」、「不語怪力亂神」。現在我們卻迷信大流行，卻有什麼都可以膜拜的「宗教」（我們竟有十八王公廟，敬拜感人的義犬），目的多在求現世與來生的福報。我們對自然也缺乏無所為而為的探求與好奇心，重視的是「利用厚生」；近代引進西方科技，對於自然資源我們只懂得瘋狂開發以增加財富。對於「人」所能追求的無限廣袤的境域，我們也只局限在慾望與感官的滿足上；超過肉體本能的需要者或與現實利益沒有直接關聯者，我們都很不熱中。

隨著社會的變遷，民主開放，卻因民粹而失序。權力與利益的爭奪白熱化，帶動了社會的泛政治化、混亂與不安。舊規範與價值崩解，傳統文化中優良的一面不彰，而功利、狹隘、粗陋、低俗的一面似乎急速擴展。錦衣玉食、名車豪宅與性的慾望不擇手段且無限度的貪求，是此時此地人生「享受」的全部內容。今日社會不論是上層欺詐、特權、貪瀆，下層殺人犯案，其動機大都同樣為這種種慾望的貪求與佔有而起。對於心智潛能的開發，對未知世界、心靈世界與美感世界的探求與創造力的提升，都不成其為主流文化的核心，也不成其為人生追求的崇高目標；除非有名利可得。而以名利為動機所呈現的文化，不但低俗，而且變質。所以我們的宗教、藝術、政治、法律、學術、教育乃至某些所謂「公益」事業，都可以是牟利的工具；我們幾無獨立、超越利害、自成目的的人生活動。這樣的社會現實，理想墜亡，心智昏濁，情操卑屑，品味庸劣，人生的尊嚴、歡樂與希望逐漸流失，這將不只是一個世代的痛苦，而且已明顯影響到未來世代的素質與命運。

傳統的道德早已崩潰，這是時代必然的演變。現代道德建立於法治的基礎之上，我們因人治削弱法治的權威，所以道德的水平較非「禮義之邦」的蠻夷尚大不如。我們文化中所偏重的另一端的政治（古代的治國平天下與近代的管理眾人之事），其實也不成其為（現代的）政治。我們的所謂「民主政治」大戲只重選舉。而以不擇手段的權謀、欺詐、作弊、買票，只為固權或奪權而已。政治本來的崇高目標以及政治領域嚴肅神聖的內容，都被我們矮化、腐化、窄化了。

我上一篇專欄〈感時〉說「從今天的現實來找切入點，要切實有效，必以法治的改革與制度的建設為首務」，「有堅強的法治與制度，才能保證教育、國民與文化之改造有緩步進展的希望。」現在從我們的傳統文化的改造上來說，我覺得我們得徹底覺悟我們又回到迷失的歧路口。

二十世紀之初「五四」運動前後對傳統文化的批判，後來許多人認為中國之赤化與百年來中國人之苦難，是因為批判過了頭的結果，現在要救國便得批判五四，堅守傳統文化。其實是另一種偏頗與誤導。我們的錯誤不在批判傳統，而在以為打倒傳統，移植外國「先進文化」便可成功。於是，一派奉馬克思列寧的社會主義為師，另一派則以美國式的資本主義文化為圭臬。現在許多知識份子大半明白沒有一個國家或民族的現代化之路不從自己的傳統文化中起步；傳統文化不僅不應打倒，而且無法全盤毀棄；外來文化不僅不應全盤接受，而且不可能悉數移植而能落地生根、開花結果。喪失了自己文化的主體性與固守傳統文化，既無法發揚自己的文化獨特性，也無法將外來文化的營養融入，成為主體文化有機組織的新血。最壞的情形更可能是外來文化的異質性首先衝擊毀傷傳統文化的生機；傳統文化的渣滓則很快腐蝕、歪曲外來文化的精髓，以致傳統與外來文化的優質部分皆雙雙敗落，劣質部分卻攜手共存。我們看到民粹主義之掩蓋民主的光輝，人情與人治之扭曲理性與法治，便應覺悟我們的文化還是迷失方向。

如果我們凡事只重功利，而且唯利是圖，必前途黯淡。現在經濟衰退，什麼投資都可以暫緩，卻萬不可緊縮教育經費。我們的文化與社會有大危機，未來若人的素養能普遍提升，總有希望。

（二〇〇一年十一月《聯合報》副刊）

愛書

一個人擁有六、七架三百多公分高，填滿了書的大書架，應該是很體面了。想到大半生辛勤工作，換來最大財產是這幾架書，那是人間給我的報償，應該欣幸。

可能有人覺得有幾架書而欣然滿足，未免太沒出息。書買的時候雖然不便宜，但是賣的時候只能論斤。可見書只是負擔與消耗，根本無法在需要時變現；搬家時且是痛苦的賠錢貨。西塞羅說「屋裡沒有書，就像人缺少靈魂。」但是好靈魂不像好肉體可賣錢，除非賣給魔鬼。但魔鬼要買的靈魂非常挑剔，古代賣得出去的也只有歌德的浮士德；在當代，魔鬼要買的大概只有貪戀權力與利益的政客與幫閒的靈魂吧。

有幾架書而沾沾自喜實在沒出息。世間可傲人的應該是擁有許多房地產、股票、珠寶名車與美金英鎊。那是「活錢」；買書所投資的錢便成「死錢」。有些朋友老了，許多書不知如何處理。論斤賣捨不得，捐贈給文教機關或學校，人家也不大歡迎，尤其是破舊的老書。面對這境況，其感慨有多麼複雜的內容，他人難以體會。

許多人總會問一句同樣的話：這些書你都看過嗎？也有人不明內情讚美一句：我的天，你讀過這麼多書，怪不得你……。這些都使我啞然，更感到慚愧、無奈、茫然與自責。為什麼呢？因為好好讀過的總是少數，許多書沒有讀完，許多只跳讀，有些只是翻翻而已。更無奈的是為了這些書，要設法張羅許多「坪數」來安置。而人生光陰與書海相較，是一粟與滄海。既讀不完，為何不斷買入？明知不可理喻而無法自拔，能不無奈、茫然與自責？

愛書成「病」的人對書必既貪婪又小氣：書不厭多，卻討厭別人借書。為回答「這些書你都看過嗎」，同時也為婉拒借書，我找到最佳說詞：所有的書合成私人的一部超級百科大辭典；誰會從第一頁讀到最後一頁？你要借書，豈不如同要我從大辭書中撕下一頁借給你，怎麼可以呢？名聯有「名酒過於求趙璧，異書渾似借荊州」。因為荊州借久成己業；書既借出，很難回頭。

對書的痴愛有種種不同的原因。有人拿書來裝點門面，有人像集郵或收集骨董，只看不讀。我問自己為什麼這樣愛書？——因為我對令人困惑的人生世界有極強烈的好奇心，同時又有對萬事萬物求知解的渴望。我對書的痴愛，只有藝術的創作、親情友誼、以及對異性的愛戀能與之相提並論。老實說，除此四者，這世界並無令人多麼眷戀的其他任何東西。尤其是卓越人物所寫的書，我認為是他們留下的「遺囑」。他們的心聲藉著著作傳給解音的後人。在各種書中可窺探許多偉大心靈的活動，借他們的慧眼與心智的引導，使我領悟到同一個人間世的種種不同景象與況味。許多記述與文學作品，更為我揭示千萬種人生的型式、經驗與心態。孤陋狹隘的個人遂得以管窺人生宇宙之廣袤與幽邃。單薄的一個人生，便彷彿有千萬人生的理解與體會，這是我酷愛書籍最主要的原因。我曾說讀書是為了自救；少年時也曾自刻一章曰：濟吾之貧。

哪一個像樣的人不因得過書的薰陶呢？古今中國、歐洲及俄國許多大作家世世代代的啟蒙與影響不必說；我一向並不那麼喜愛唯美主義，但讀王爾德的傳記與看了他的傳記影片，對他某些人生觀點也佩服之至。近年請北京朋友搜購日本近代作家永井荷風與谷崎潤一郎等人的著作。他們對人生之慾獨特的耽溺，不但勇敢的表現出來，而且忠誠的執行他們對人生的信念。這是了不起的真實勇敢的人生。我們雖不可能也不必效法他們的人生形態，但瞭解有一種如此的人生觀點，又有一種如彼的人生信仰，我們便比較瞭解人生可能是什麼？人生之深廣複雜豐富，使我雀躍、悚慄、讚歎。

永井荷風和谷崎潤一郎都是近乎亡命的追求女性美與官能美的作家，他們的人生觀、文學創作與人生行徑是統一的。他們的文學是人生賭注中豪邁的狂歌。我們看到有些名作家，他們的作品是為了換取名利地位，其人生則完全配不上他們在紙上所展示的風標；既無膽量，又無氣魄，守著人生迂俗的小局面。王爾德與川端康成的結局在現實利害上是「失算」，但真正的藝術家，他的作品與他的人格和命運是不可分割的整塊，蹇連跌蕩，也無所謂遺憾。

在書的海洋中遊弋，是讓我覺得人生最不貧窮的時候，也感到「家」是「避難所」應有之義；哪怕是孤獨的生活，在人間的風險與辛勞之餘，躲進書堆中去尋覓驚奇與安慰，忘卻現實時空的污濁，不亦快哉。

大半生賺得幾架書，差堪滿足了。

（二〇〇一年十一月《聯合報》副刊）

倏忽飄塵

「我看見你了，美人兒，現在妳是屬於我的，不管妳在等誰，也不管我以後能否再見到妳，我心裡想。」——海明威近六十歲回憶他二十多歲在巴黎咖啡館中曾有過驚鴻一瞥。（當時他與第一任妻子在巴黎過苦日子。）他看了這個美人兒之後，全神貫注繼續寫他的小說；等他再抬頭找那陌生的女孩，她已離去。雖然萍水相逢，海明威心中有些悵然：「但願她是跟一個好男人走了。」

那個女孩與海明威後來並沒有產生「故事」，也沒有下文。但是三十多年後當海明威回憶起當年在聖米榭廣場那家咖啡館寫作時，又想起曾見過獨個兒坐在臨窗咖啡桌，「臉蛋清新有如新鑄的錢幣」的那個美好女孩。而今，海明威自殺已四十年，那個女孩永遠沒有人知道她是誰，她是否碰上一個「好男人」？碰到好男人是否就很幸福？對她而言什麼才叫「好男人」……？世上太多太多我們不知道，無法知道也無須知道的事。但我們知道她的生命在藝術家筆下留下了幾行雪泥鴻爪。海明威與她終究如飄塵飛走了，生命的美與悵惘只有在藝術中鑄成金幣，方能獲得相對的永恆。

人永遠不知道誰是他命定中的最愛，這是人生的無奈；人生又飽藏何等豐富的希望與驚奇；但這希望與驚奇又多麼容易從指縫溜走，甚或變成失望與沮喪；當我們未見失望沮喪的時候，卻因熱情與渴望的落空而又何等惆悵。海明威的悵然，在我有很深切的同情共感。我的「人生切片」的小筆記本中多年前記下這樣一條：「在路上，在咖啡館或車站，偶然遇到某一心儀的人，憑直覺，她正是我夢寐以求的，因而心旌搖震。她即將離去，或擦肩而過，我心中想，永遠不會再相遇了，這是『死別』啊。我與她如同兩粒微塵，偶然接近，倏忽飄離。」我心中的悲哀，豈止「有些悵然」！每個人必有無數相似的經驗，但幾乎沒有人認真的說出來，更多的是將它囚禁於心中的暗室，予以宰殺或忘卻了。

我又在記憶的暗室中找到塵封的一幕驚喜。一九七二年第一次去日本，在往阿蘇火山的火車裡，我與友伴對面坐著兩個日本少女，她們聽我們說的不是日語，便吱吱喳喳說些什麼，發出銀鈴似的笑聲。我們語言不通，但用筆寫中文略可交談，她們是高中生，而我們是中華民國藝術家代表團的年輕畫家。（當時與日本尚有邦交。）還談些什麼當然記不得了，但我依稀記得那個圓圓的臉，白色衣裙裹著神祕起伏的美妙身形的女孩，在笑盈盈的眉目間所傳達的情意。上山去看阿蘇火山口的人很多，那兩個日本女孩在人群中散失不見了，心中悵然也無可奈何。豈料下山在火車窗口又重逢了，那狂喜簡直如見久別的親人與老友。我們的火車不久將開走，她突然快步消失在人堆中，很快又來到我的車窗前，遞給我一串繫著一雙小小日本木屐的鑰匙鍊，送給我做紀念品。我不但無物回贈，一時沒想到，也來不及留下雙方通訊處，看著她和另一位女孩拚命搖手道別，眼眶中滾動著淚水，心中只有熱切與悔恨，在後來的旅途中，似乎一切都失去滋味。

人生世界太廣袤複雜，太艱險，太荒謬。人總想找到一個安寧溫馨的角落，一個可依戀的人。我們心中總懷著無限美好的想像與期待。但人生有限，你既不可能抓住所有的驚喜，也很難知道哪一個驚喜是屬於你永久的安慰。或許一切的美與珍貴的事物都是行雲流水永不停駐，本來無所謂永遠。也許，想像與期待本身便是最永久而淒美的東西。電影《富翁變乞丐》中變成乞丐的富翁邂逅乞婦，歷經艱辛，飲酒相慶。乞丐說：「來，敬幸福快樂。」乞婦說：「不，我不喜歡快樂，快樂不好，太短暫；我喜歡失意，失意會留久一點。」但誰真喜歡失意呢？豈能因為它較長久就比快樂更有價值？那只是表達了人生的無奈與感慨罷了。如果失意有可貴之處，必是在失意中激起堅忍不拔，繼續追求想像與期望。而幸福就是追求的「過程」，不全在「結果」。

人生中偶然的驚喜或邂逅，匆匆而逝，讓我們引以為憾。那驚鴻一瞥，如果因為時空微妙的其他因素介入，便可能改變其人的命運。奇士勞斯基有一部電影，假設三種狀況，男主角的後半生便有三種全然不同的境遇。片名《機遇之歌》，對偶然與命運的關係，深刻的表現了人的不能自主與無助，使我對他的電影（其實是他的人生感悟）敬重之至。

（二〇〇一年十二月《聯合報》副刊）

美眉風景

流行語有些不好懂，有些是靠自己揣測領悟。「美眉」大概是「妹妹」的諧音。台語稱年輕為「幼齒」，把人與馬一樣以「齒」論老幼，也是一絕。美眉就是年輕的少女，比說「妹妹」隱藏了喜歡幼齒的「私衷」，又避去「女」字，有點模糊，有點狡黠，而且新鮮。

幾年前有一天，看電視上許多美少女手舞足蹈，我寫下「少女的美，是一片風景」這幾個字。這種美眉風景，令人嚮往，非常可貴，因為青春稍縱即逝；但每個世代都有大批美眉，滿街所在多有，永遠因新陳代謝而風景不絕，所以也就不怎麼可貴。

美眉風景之美不是源自某一個獨特的女子自己努力修為，而是年輕的美眉這種生物在蓓蕾初開時共同具備的形相，是生物的美景，自然的產物。她們的個人因素不重要，名字也不重要，她們的美是生命初熟的鮮麗與活力。明眸皓齒，光潔勻稱，豐盈滑潤，舉手投足線條優美，巧笑欸唾嫵媚可人，天生的攀越形式美感之極峰。歌德說「不斷昇華的自然界的最後創造物，就是美麗的人。」而男性的魅力只有性格，女性才具形相的美感。美眉則尤為女性最嬌美的階段。美眉的風景之美，不是智慧、德行、能力、修養、創造，只是最高級動物進化的結果。

芥川龍之介三十五歲自殺，在遺書中有「所謂生活力，也就是動物力」的說法。川端康成自殺的原因，至今成謎。據臼井吉兒在《川端康成的愛與死》中透露，川端缺少情慾，身體衰弱。但川端在自傳中說林房雄氏說他「對女性胴體有少年般的憧憬」是一語說中他內心的隱衷。川端自認「對於戀愛的心境，看得較之任何東西尤為重要，並認為是維持生命的要素」。曾於川端晚年服侍起居，並目睹川端自殺的縫子小姐說：「川端先生直到最後仍然說希望與少女殉情，不是說笑而是真心話。……我始終懷疑，川端先生的自殺，其真正原因即使不至於對誰失戀，會不會是為了肉體衰退到無法與少女嬉戲的程度，因而感到絕望的緣故。」川端得諾貝爾獎（一九六九年）的演說詞〈日本的美與我〉中，他對江戶後期詩人，近七十歲的良寬邂逅二十九歲的尼姑貞心，在崇高愛情的幸福中良寬寫出情意綿綿的詩歌，川端給予高度的讚美。

上面這些故事固可窺探人性的某些幽祕，但更重要的是為我們揭示生命的活力是「動物之力」；當動物之力衰退，是悲哀沮喪的開始，雖大文豪也莫不如是；而少女之美，乃自然界動物之美的極致。

正因為美眉風景之美不源自個人特質，不來自個人的努力與修為，而是自然的產品，是動物之力的呈露，所以當年華飛逝，昨日無數的美眉為後來無數的美眉所取代。這是美眉最可悲哀之處。尤其許多揮霍青春的辣妹，一如以一生的幸福草草押在設騙局的路邊賭攤，令人悲憫。

銀幕、螢幕與寫真集的美眉風景，有難以抗拒的魅力，而川端康成、愛因斯坦、羅素等人的形象，則是另一種「風景」。前者是自然所生，後者是人自己的創造；前者是物類自然發展的普遍性現象，短暫，而且可以取代，後者是物類自我努力的特殊性成果，久遠而不可取代。並非只有喜歡風月的凡夫俗子才喜歡年輕的美眉，大文豪與思想家也一樣。因為來自動物之力是相同的人性。但前者常以金錢、誘騙或暴力為手段；後者除非神智異常，不會出此下策。年長者愛慕美眉是否是羞恥之事？在生物界異性愛並無年齡的界線，但你若訪問年輕男子，他必回答「當然是」，因為他覺得美眉專屬於他們同代。但當男子年紀漸增，他便會改變答案，認為只要兩情相悅，其他都不應成為障礙。年輕人不珍惜美眉，正如美眉並不懂得珍惜自己。過了開花的季節，才後悔盛開時的荒忽。

缺少智慧與自覺的美眉，不懂得自愛，當她年華老去，結果都很悲哀；有智慧而又有過人美貌的美眉則特別艱苦。因為她得以自我努力去取得特別的成就，才能使別人對她的愛慕超越她來自物類本能的魅力，也才能使她所得到的愛與榮光不僅僅因為天生自然的「動物力」而有。做牛郎的男性與不自覺的美眉一樣，以動物力為生存的手段，都難逃被當馬一樣以「齒」論價的悲哀。在這上頭，男女並無差別。

（二〇〇一年十二月《聯合報》副刊）

多元與價值

西門慶一生沉迷色慾；悉達多一生求道；安娜．卡列尼娜以追求愛情為人生鵠的，當愛情絕望，對生命便失去依戀；哈姆雷特以寶貴的生命為代價完成了他復仇的使命；有的人一生貪戀錢財，巴爾札克筆下的葛朗台是貪婪、慳吝的人生典型。也有的人一生為革命，為名利地位，為權力，為子女與家庭，為學問，為藝術，為探討宇宙的奧祕，為好奇與冒險，為嗜賭，為篤信宗教；還有人為安養流浪狗，為靈修，為練功，因情有獨鍾，都可以放棄或忽略其他人生的項目。

我們從文學（小說、戲劇、傳記），從電影，從現實人生都可以看到千奇百怪的人生型態；同樣是人，卻是多麼不同。到底什麼樣的人生才是好的？有沒有對與錯、正確與不正確、應該與不應該的區別？這個人生的判斷要以什麼為基準？由誰來判決呢？這是千古困惑的問題。

在一元化的權威時代，很簡單，訴諸權威，由它來決定。權威的來源有許多種：宗教領袖、掌握政治權力的人、傳統（經典、祖宗的訓示、悠久的慣例與習俗）、尊長（父母、教師、長輩）以及大眾（人民公審、多數決）。權威對個體的壓力非常巨大，但也有脆弱的一面，因為它背逆理性的精神。理性的精神是可以懷疑，可以檢驗，可以辯論，以理服人。權威之所以不能持久，以致站不住腳，以致崩潰，因為理性的精神終究不能長久被壓制。

在名副其實的民主社會，上述人生千古困惑的問題由誰來判決呢？答案是個體生命的主人自己。以什麼為基準呢？答案是對於個人的人生選擇，沒有（也不該有）普遍一致的基準；由每個人自己去抉擇。這就是多元價值的尊重。有人以為這必造成社會的混亂，其實不會，因為任何一個有「價值」的東西，其正面的貢獻必遠大於負面的作用。

很遺憾，許多人以為現在是多元社會，什麼都百無禁忌，「只要我喜歡，有什麼不可以」。所以，我們現在看到的是「什麼不像什麼」：狗不像狗，貓不像貓，老鼠不像老鼠，老虎不像老虎。我們看到賣弄風騷的麻辣教師；大學畢業典禮僱聘鋼管女郎以娛樂師生家長；保全人員性侵犯被保護者；警察與老鴇合營地下妓院或擄妓勒索；在上位者胡言亂語，違法違憲；民意代表言行與地痞流氓無異；我們也看到許多前衛藝術根本是色情表演，有的形同垃圾堆；寫文章以怪異噱頭為創造，大膽、另類、顛覆、唱反調是當代「文章作法」。似乎昨天的「優秀、高尚、上乘、誠實」與當下的「低劣、卑鄙、下流、謊騙」等同了。世界真的會變成這樣嗎？不！我們誤解時代的精神，我們只顧迎接「多元」的時代，忘卻了我們應該迎接的是「多元價值」的時代。

任何社會，若只有多元，不問價值，那是災難。社會如果沒有普遍共認的「價值」，必成叢林。殺人放火也是多元的一種。所以只有多元價值才是我們所要的，共同生活所容許的。一個公認有「價值」的東西，必要具備：一、於個體有利（我所喜愛）；二、於群體（他人、社會乃至全人類）有益（最低限度是無害）。兩者缺一不可。如果喪失價值，多元毫無意義。

多元價值就是尊重每個人選擇他認為有價值（他所喜愛）的人生方式，只要於他人沒有害處，便不許任何力量橫加干涉。即使是多數人認為好的東西，也應容許任何個體不予贊同。（所謂「愛國」、「本土」、「主流民意」也沒有理由構成對任何不表認同者的壓力。）這才是民主的真諦。

有人以色慾為人生追求之「志業」，應與貪財、求道、愛智、游藝為人生志業一樣要受到尊重與法律的保護，只要不違法，任何人有權經營他自己的人生。至於個人行為的高下優劣，則由輿論與道德去裁判。民主社會是理性的社會，不能用某個一元化的「人生典範」去判決各不相同的人生選擇；但對於侵害他人與公眾共同利益的所謂「多元」行為，也不容許。

多元價值的另一貢獻便是寬容。即使對同性戀嗤之以鼻的人，也應尊重並維護他人選擇他自己性趣的權利。而民主自由的社會中不同觀點與意見可自由發表、自由討論，但不能強迫別人接受，也不能做非理性的人身攻擊。對於尊重每個人經營他自己的人生的寬容，承認價值多元化，是人類歷史重大的進步。寬容的進一步便是悲憫，悲憫他人，也悲憫自己。人因種種性格、環境與偶然，各各背上他自己的十字架走他自己的路，都要承擔種種的榮辱成敗得失。因為每個人都徹底的孤獨可憫，於是生出同情。較諸高調、空泛的「愛」，同情更可貴。

（二〇〇二年一月《聯合報》副刊）

論人

建築家漢寶德兄回憶小時候他老家掛著一副對聯：「閉門常思己；閒談莫論人」。這對聯原來作「閉門常思己過；閒談莫論人非」。中國的古訓教人日三省吾身，也教人明哲保身。尤其深誡談論別人的是非，所謂「禍從口出」。「不論人」若是不談人家隱私，尤其不應以人家不自由的短處來攻訐別人，當然是對的。但若想對人有深入的瞭解，卻少不得要分析評論。很遺憾，中國人的心態，對人作客觀理性的討論較少，喜歡憑主觀好惡對別人下斷語，或以某些人性缺陷來全面否定別人。對人家的隱私尤其興趣濃厚。打聽挖掘，道聽塗說，張家長李家短，乃至偷窺，都不是在「論人」，而是在「整人」。

孟子有言：「頌其詩，讀其書，不知其人可乎？是以論其世也。」所以有「知人論世」這個成語。書經說「知人則哲，能官人」，也說明對人的瞭解使人有智慧，然後才能知人善任。二十世紀西方大哲恩思特．卡西勒（Ernst Cassirer, 1874-1945）正好有一本影響極大的書就叫《論人》（*An Essay on Man*），那是從哲學的高度來分析人以及人所創造的文化。

因此，我們知道對人的認識，可從普遍時空中的人與從特殊時空中的人這兩個範疇去「論人」。卡西勒的論人是前一種；「知人論世」是後一種。而後一種又可分為兩個層次：探討特定時空中具體的人的背景、性格、心態、行為，以瞭解人的類型以及社會與人、事件與人、人與人的種種關係與現象的因果關係；另一個層次是對有利害關係的人做情緒性的褒貶，常常局限於與「我」有關的「人」，對與我無關或不認識的人則不大有興趣。不過，大眾傳播發達以來，許多公眾人物大家都很「熟悉」，道聽塗說，大家公審，也很不亦樂乎。

「閒談莫論人」只有後面這一種是不好的，低層次的；而對人作哲學、人性、人的類型的探討卻是極重要的學問。

良史（如司馬遷的《史記》）與優秀的小說（如《紅樓夢》）都是論人的傑作；而傳聞、掌故、墓誌銘則多為不負責任的主觀褒貶，甚至離譜很遠。活著受詬罵，死後都成聖人。訃聞上的「行狀」與諛墓文字充分暴露虛偽、不誠實的傳統心態。

記得國父孫中山先生寫過「養天地正氣，法古今完人」的對聯。其實這是兩句極誇張的空話，自勉、勉人都遙不可及。天地或許有正氣，但天地也有不仁。人更無所謂「完人」。老實說，古今許多受天下人敬愛的人物都有很令人吃驚的不大光明的一面。如果我們明白這就叫「人」，也就不必驚訝。他可敬的一面仍然值得敬；他不光明的一面就當作與你我一樣有的缺陷，予以寬恕與悲憫。

對人的探究、批評、討論，我們非常欠缺。對抽象的人，我們仍停留在儒道釋三家的概念中，沒有更深入的探討；對具體的人，不論是歷史人物或今人，我們大半是褒貶兩分的簡陋層次。不是歌頌、阿諛、掩飾、袒護、美化，就是批鬥、否定、踐踏、輕視、醜化。不過，我們也不贊成鄉愿的態度，統統褒貶各半。評論人物，更重要的是看他對社會人群的功過，看他不完美的私德是否損毀、侵佔了公益？還是公益的貢獻遠超過私德的瑕疵？不能寓褒貶，便無以別善惡。一個沒有是非善惡的社會，殺人狂可以變成少年崇拜的英雄；以色慾換取利益或者以權力金錢作性交易的行徑可以視為風流浪漫；只要「成功」，無恥也不在乎，則這個社會人的意義與尊嚴便將完全淪喪。

成就、榮耀、權力、財富、金錢、食色皆人性之所欲。人性無古今之異。但獲取所欲的動機、所欲各項之次序輕重、所欲各項如何交換的方法，以及獲取所欲的手段的道德度量衡則古今有別。人永遠在神與獸之間。赤裸裸的獸固可怕，假神聖包藏獸心更可鄙。

（二〇〇二年一月《聯合報》副刊）

在地的鄉愁

你生活在家鄉，在本土，但在當代，你亦如同異鄉的旅人。

家鄉是什麼呢？家鄉包涵歷史、地理、人以及與人相關的一切，比如風俗、宗教信仰、生活方式，也包括氣候、物產、動植物、泥土的顏色與氣味。你為鄉土所化育，你認同、熱愛鄉土。一草一木，一磚一瓦，河川古蹟，祠堂寺廟，廣東的燒鵝，四川的麻辣火鍋，客家的釀豆腐，福建的燕皮餃，台灣的豬血糕……。當你遠離家鄉，疏離了故土、親友與這一切養育你的風土產物，你便有所謂「鄉愁」。十八世紀德國狂飆運動的先驅赫爾德（J. G. von Herder, 1744-1803）說：「鄉愁是最高貴的痛苦感。」但是，當今許多出國人士，因為交通便捷，資訊發達，談不上鄉愁，所以現在不見有人再譜「思鄉曲」。

但是，現在我們生活在家鄉本土，卻有深重的鄉愁。而這個鄉愁與往古以來的鄉愁大不一樣。這個鄉愁不是離鄉背井，遠離故人親友的「高貴的痛苦感」，而是文化上的民族主義失落的虛無感。這是「在地的鄉愁」。

說到「民族主義」，許多人會痛罵，認為它是民主自由的絆腳石，甚至是惡魔。西方啟蒙運動，自由主義都對民族主義嗤之以鼻。中國知識界，不論是馬克思主義者，自由民主主義者或傳統批判者都認為中國現代化的迍邅難進，便因為「救亡壓倒啟蒙」，正是民族主義妨害了啟蒙。當時沒有人會預想，偏激冒進，當我們迎頭「趕上」西方之時，也正是逐漸喪失文化上的自主、自由與自尊之日。

本土家鄉原來的面貌漸漸消失，西式大樓在田埂上矗立，五花八門的汽機車塞滿大街小巷，大賣場、超市、便利商店與高速公路、高架道路一樣，使棲居環境逐步大躍進。事實上，這一切使生活便利、效率提高，使大多數人擺脫破舊髒亂的落後狀態，確是一大福祉。沒有人會為要安慰懷舊的感傷而期望退回到過去。但是，任何事物總有反面的發展變化。現在，我們，尤其是下一代，看美國電影，喝可口可樂，玩電動遊戲，吃披薩、炸雞與薯條。報刊上的文章好像由外文拙劣中譯，美術館展覽當代畫家作品都是西方前衛的翻版，超市裡面不論衣服、食物、家電與其他一切產品來自全球各地，連少年的頭髮也偏愛金黃棕紅……，你享受了古人所不能夢想的豐富與便利，但是，你失去「家鄉」，不論是物質上或精神上，外來文化（也包括物質與精神）的滲透、入侵，已使「家鄉」面目全非。而你自己，吃的、看的、穿的、用的，所受的薰陶與教育，都來自「先進」國家（或者由先進國家所組織、設計、改造、加工過的其他國家的東西，事實上也一樣），你便等於失去了自己。

這差不多是「全球化」的文化災難。

當代最傑出的自由主義哲學家以撒・柏林（Isaiah Berlin, 1909-1997）強調「價值多元論」，提倡

「自由民族主義」。民族主義是極複雜的概念，種類也繁多，不能輕予褒貶。它有軍事上的、政治上的、經濟上的與文化上的各種不同面向的民族主義。大別之，柏林說有進攻性的民族主義和非進攻性的民族主義兩類。前者如文化帝國主義、大國沙文主義、排外主義、納粹主義、法西斯主義、伊朗與塔利班的原教旨主義等，後者即文化的民族主義。他認為人不是康德所說的「自由飄流的主體」，而是歸屬於特定的群體；最切實的群體便是我們的民族。民族有共同的特定的文化、語言、歷史記憶、生活方式、藝術、宗教與精神上的追求。其中「歸屬性」來自赫爾德。他說假如沒有歸屬感，人會無所依棲、孤單、渺小、悲哀。歸屬感便是柏林所謂群體認同、民族認同，是人的基本需要之一。也可說是人性內容的一部分。文化的民族主義堅信價值多元主義的信條，主張生活多樣化、語言多樣化、文化多樣化。他不相信世界主義，他說文化的單一（一元化）便是文化的死亡。

來自喪失民族文化歸屬感的「鄉愁」，是因飄浮與虛無而致的痛苦。盲目追求「成長、發展、進步」的民族，如果長期忽視或蔑視文化的民族主義，即使躋進「發達國家」之林，卻發現成為文化帝國主義的「文化殖民地」，將悔之莫及。台灣的所謂「當代藝術」正朝著文化殖民化的方向鼓譟前進，與政治上窄化的本土主義，恰恰成為一個弔詭的對照。我們所面臨的是中程與長程雙重危機。當我們失去了空間的家鄉，又失去了心靈的家鄉，我們再沒有鄉愁，我們也失去了獨特的人的高貴感，我們便只是 nobody（俚俗罵人曰：不是東西）。

（二〇〇二年一月《聯合報》副刊）

虛妄的全球化藝術

洛杉磯當代美術館曾收藏概念派藝術家巴爾代薩里以荒謬情景為主題的視像作品（一對沒有臉孔的情侶站在焚燒中的世貿中心面前），在去年「九一一」恐怖襲擊以後，該作品不敢再展出了，因為荒謬竟成事實。作者也害怕大家以為他預先從恐怖份子那邊得到「先機」，連忙表明那純屬巧合。波士頓交響樂團原預備演唱歌劇《克林洛霍夫之死》，也因為該劇題材涉及巴勒斯坦恐怖份子，為避免被認為頌揚恐怖主義，因而取消演出，卻未見大聲抗議還「藝術自由」。還有許多來自美國的報導：佛州專欄作家舒爾德說：「請看我們在九一一之前關注些什麼——康迪特性醜聞、鯊魚襲擊、真人Show的電視節目……說出來都羞人。我不是說新的黃金時代忽然來到，但九一一的硝煙已將九〇年代的興奮泡沫徹底刺破。絕少當代藝術能滿足對意義的渴求。我們的文化跟隨安迪．沃荷（Andy Warhol, 1928-1987，美國普普藝術家，最出名的作品就是將夢露的照片用絹印放大）太久了，現在才發現已置身荒原。過去二十五年，我們被困在後現代千鏡房中，什麼都沒有意義，什麼都是兒戲。」他說他到藝術館，看到的藝術作品都是一堆藏在透明膠片後的女鞋，一部從中間切成兩半的鋼琴，或者一個裝滿垃圾的垃圾桶。「九一一以後，這些東西顯得更加無聊，後現代主義更顯愚昧。」

《時代》雜誌專欄作家羅森．布拉特表示，九一一襲擊使美國終能告別反諷時代。在反諷時代，最嚴肅的事情都得不到嚴肅對待。電影和電視將死亡也變成兒戲。但在九一一之後，沒有人再無視「死亡」的存在。而美國藝術界似乎在反思，認為美國藝術要向「嚴肅」走，向「深刻」走。純粹概念的抽象作品要讓路給反映普遍情感的作品；大格局的社會題材在美國藝術中將會越來越受重視。

美國經九一一災難之後，藝術、文化將普遍會有這樣認真的反思與轉變嗎？或許，但不太容易。原因是什麼呢？

過去這半世紀以來，許多膚淺的激進派、闖將、虛無主義浪人乃至一群潑皮、土豆已經借「現代主義、後現代主義與前衛主義」的名號顛覆了西方的藝壇，沐猴而冠。名利所在，豈會自動退出舞台？何況許多藝術館、畫廊、公私立藝術基金會、傳播媒體、畫商、評論人、策展人，因為要擁護「進步」力量，或附庸風雅，或受收買利用，或為結成陣線共謀名利，都習慣於對這些「兒戲」捧為珍寶，一時之間如何自圓其說？又如何能自毀「家業」？更重要的是，經過近半世紀的「焚琴煮鶴」，那些承接古典偉大藝術傳統的真正藝術家，有的老成凋謝，有的如同碰上「文化大革命」，慘遭鬥倒、放逐、排斥，成為「不合時代的邊緣人」。而新的一代在這樣的時代「主流」意識的「薰陶」之下，只懂得將「作怪」當「藝術創造」，又如何能負擔承接人類藝術傳統的大任？

台灣豈不也一樣。因為臣服、追隨西方現代主義，視自己的歷史傳統與文化特色為「落伍」與「過氣」。那些底子越淺，膽子越大的，只要敢於「藝術革命」，青菜蘿蔔都變成藝壇先鋒、國際大師。其情形渾似當年文盲的貧下中農與赤腳醫生，只要參加「革命」，或參加「長征」便是「進步份子」，豈不也曾不可一世。台灣這四十年的藝壇正是借西方現代主義來抽樑換柱，硬生生以舶來品裝設了當代「本土主流」的幻象。這是文化的虛無主義佔上風的時代。看台灣藝壇的公私立展演機構，清一色是與「國際接軌」的前衛貨色，可知有多麼「童子軍治藝」。「東方」與「五月」好久以來被捧為台灣藝壇的寶貝。真的嗎？且別急，未來回顧這一頁歷史的評判，或許會稱之為一場台式「文化大革命」吧。

幾十年來我常扮烏鴉，苦心孤詣勸說藝術要有「獨立自主」的觀念、風格與表現方法。許多人不喜歡這種論調，但看到新世紀世局的變幻，尤其美國社會文化與人心的變異，值得一向西瓜倚大邊的我們反思。但，我們何時反思？

《亞洲週刊》上月「新書」欄介紹牛津大學坦普爾頓學院學者阿蘭．魯格曼在蘭登書屋出版了一本引起矚目的書：《全球化的終結》。裡面警告我們「全球化」根本失敗，因此他提倡「思維地域化，行動本地化，忘掉全球化」。姑不論全球化是否連經濟活動都不可能；全球化的文化與藝術只是虛妄，殆無疑義。

而全球人類面臨的困境，是否「極度悲觀」？為什麼卻無法引發全球化的驚覺？這卻是一個更須「杞人憂人」的全球性問題。它不叫「全球化」，而是「全球暖化」。這是危及全球生物存亡的大劫難。再談吧。

（二〇〇二年二月《聯合報》副刊）

誰在那邊哭泣

好電影必因為它的靈魂是好的文學。三月三日聯副設計「文學與電影」專題，刊登了我的朋友劉森堯與黃建業兩篇大文。同樣的這個題目，十八年前在聯副我與王文興兄有過一場「電影與文學」的辯論，各寫了兩篇文章。後來收入拙著《繪畫獨白》書中（圓神出版社）。

杜甫的〈麗人行〉首二句「三月三日天氣新，長安水邊多麗人」。今年三月三日，台北電視新聞有台灣檳榔辣妹暗藏春色賣淫，天氣呢，陰有霧。現在報刊很少見理性討論問題的「筆戰」；現在的電影院也很難看到有文學內涵的好電影。在台灣，除了偶爾有的電影節（真得感謝黃建業等有心人的籌劃），過去在錄影帶店還可以找尋、發現一些好電影。但自從光碟打敗了錄影帶，看好電影的機會反倒今不如昔。以前到錄影帶出租店去「考古」（尋找許多已成經典的影片）或「巡獵」（去發現好萊塢之外許多「發展中」或「第三世界」國家的電影），去探尋好影片的樂趣，也隨著錄影帶店走入歷史而失去了。有文學靈魂的好電影在市場上競爭不過刺激、奇幻、娛樂性的商業電影。可憐電影在一切藝術中最逃不過「民粹」的「多數暴力」，因為如果社會大眾不喜歡看，那電影便很難存活。一首詩，一幅畫，一本小說，即使沒有許多人搶購，問題不大，因為投下的「本錢」不像拍電影動輒億萬。當代最賣座的電影離文學越來越遠，是商品市場的民粹性格所注定，令人扼腕，亦無可奈何。好電影越來越難見了。

為什麼好電影要有文學的內涵呢？因為文學在表現人性、揭露人性、探討人性、解析或批判人性。而此表現、揭露、探討、解析等等皆不是哲學的、概念的、論理的表達，而是形象的展現。一切藝術，除音樂之外，皆以鮮明的感性形象（這裡面包括形象、意象、造型、意境，也包含人物、事件、故事、情節等等，也就是我們在繪畫、雕刻、詩歌、小說等藝術中所品味的藝術家的創造）來表現人的處境，人的意義，人生的真相，人性的內容。好電影與好文學一樣都是藝術，藝術不是供娛樂，是使我們更深刻的逼視人與人生，教我們悚慄、感動。

我想起幾年前在錄影帶中看過一部東歐電影，片名中譯叫《誰在那邊唱歌》，裡面的歌女唱了一首民歌，表達人生在痛苦、無奈中的渴望。現在無法再找來重看，不過那歌詞大意我有略記。歌詞分四段，採民歌最常見的複沓歌詠的形式。第一段：「讓我們遷居吧／遷往何處去？／遷到姑娘美麗的雙眸間／村裡無處可安居／無山無水無耕地／一片荒蕪／讓我們遷居吧。」第二段與第一段相同，只有第三句不同：「遷到姑娘如瀑的長髮裡」。第三段也一樣，只有第三句變成：「遷到姑娘高挺的酥胸間」。第四段第三句起至結束與前面不同：「遷到姑娘醉人的雙腿間／終於找到桃花源／有山有水有耕地／萬物滋長／讓我們遷居吧」。

這民歌的樸素、坦率，很值得玩味。這是人性的告白。是優雅，也是粗俗；是愛，也是慾；是靈性的追求，也是肉體的依戀；是積極的嚮往，也是消極的逃避；是高揚的意興，也是頹廢的沉湎。這恰也是中外千古普遍的人生觀之宣示。哲人中，古代中國的楊朱與古代希臘的阿里斯蒂帕斯（Aristippus）都提倡快樂主義，而且以當下的快樂，肉體的快樂為主要。楊朱認為人生短促，應該及時享樂，才是人生的價值與意義。所謂「且趣當生，奚遑死後」；阿氏認為人生以追求快樂為目標，而肉體之快樂，大於精神之快樂，過去與未來皆幻而不真，須求目前的快樂。

人生到底要如何取捨？人性的內容是什麼？這種種問題，恐怕永遠沒有答案，沒有結論。因此，文學藝術永遠有發掘不完的題目，表現不完人生的波譎雲詭與迷惑，發表不完的讚美、慨嘆、解析與批判，也永遠有創造不完的新風格去表現大海般的人生世界。

快樂主義並不像字面上的樂觀，其實是悲觀的，因為快樂要付出大代價，而且快樂之後，憂苦隨之。一切無常。桃花源與烏托邦永遠是人生之渴望而永不可能圓滿獲得。古今最深刻動人的藝術，無不具悲劇性的原因以此。所以，好藝術注定無法在喜歡刺激與娛樂的大眾化低俗的時代中存活。

好東西越來越少了，豈止電影而已。在樂透的瘋狂、辣妹的挑逗與「重金屬」的噪音中，很少人聽到誰在那邊哭泣。

（二〇〇二年三月《聯合報》副刊）

文化劣化

和羅素合著《數學原理》的懷德海在《科學與現代世界》書中說：「在工業化最發達的國家中，藝術被當成兒戲。十九世紀中葉，在倫敦就能看到這種思想的驚人實例。優美絕倫的泰晤士河灣曲折地通過城區，但在查林十字路上卻大殺風景地架上了一座鐵路橋，設計這座橋時根本沒有考慮審美價值。」

這使人想起十九世紀末（一八八九）巴黎為世界博覽會所建的艾菲爾鐵塔。這座用九千噸鋼鐵撐起三百二十米高的鐵架，在「短篇小說之王」莫泊桑眼中，是粗鄙、怪異的妖怪，他曾寫文章抨擊。因為不喜歡這個大鐵架，莫泊桑常到鐵塔餐廳用午餐，他的理由是「這是在巴黎唯一看不見鐵塔的地方。」這有點阿Q的可憫。

七十多年後，法國結構主義文化符號學家羅蘭・巴特（Roland Barthes, 1915-1980）卻讚美鐵塔：「用鋼鐵取代石頭來做建築，是當時經濟與工業條件的產物，而且因此與資產階級的未來直接關聯著……鋼鐵這種材料是與人對自然的痛苦的或是勝利的征服觀念相聯繫的，實際上，鋼鐵的歷史是最為進步的歷史之一。」這是以工程技術的「先進」與「落後」來僭越審美判斷。

資產階級的勝利與驕傲、征服自然、科技至上、崇拜進步主義，這一切導致世界的巨變。人與自然疏離，蟻聚於人造的大都會、地球資源急遽消耗揮霍、生態惡化、消費主義、人與文化的商品化和異化。藝術喪失人文精神，以感官的聳動與怪異吸引大眾，藝術自此成為依附時代風潮賺取名利的「投機事業」。貝多芬若生在當代，會得熱門音樂金唱片獎嗎？或者沒沒無聞？

巴塞隆納（Barcelona）的聖家堂以石頭雕琢壘建，注定永遠不會竣工，只能成為遊客瞻仰「前現代」的「古蹟」。巴黎的龐畢度美術館繼艾菲爾鐵塔之後再度使用鋼鐵，而且就乾脆做成一個「工廠」的樣子。羅浮宮前面加蓋貝聿銘設計的三角形玻璃金字塔，是科技的附庸、媚俗、趨時？是顛覆傳統、突破、創新？很難論定。「凡存在皆合理」（黑格爾）？回台灣幾十年的建築家王大閎沒有貝聿銘的名氣，不過，懷抱中國建築現代化的使命，比依附「西方主流」要寂寞得多。

當代「腦筋急轉彎」的謎語有一則說：「台灣什麼地方嬰兒吃不飽？猜台灣地名。」答案是「阿里山」。怎麼解？因為：不是有一首歌說「阿里山的姑娘沒乳水（美如水）呀」嗎？使人哭笑不得之餘，我想起小時候有一條很「古典」的謎語：「春雨綿綿妻獨宿，打一字」。答案是「一」字。怎麼解？因為：「春」，既然下雨便去「日」；妻子獨宿，即「夫」去，剩下就是「一」字。現代的「酷」淘汰了過去的「迂」。

現代或後現代，在物質與技術上遠勝過去，但人的智慧、情感的深度與品味的高度，實在大不如過去。比如，有些人沒有治理國家政經大計的智能、有些人畫不好畫、有些人唱歌與演技不如人……但慾望很高，本領卻不行，怎麼辦呢？不怕，可以顛覆、訛詐、不擇手段出奇招，只要「敢想、敢說、敢幹」（大陸「大躍進」時代的口號），皮厚膽大，也可成功。從政治到藝術皆如此。

艾菲爾鐵塔與倫敦鐵路橋比起二十世紀初杜象的「小便斗」與世紀末克里斯多夫的「地景藝術」來，已太保守、太古典了。

天下變壞文化劣化；未來還有更可怕，更反價值的東西上台，等著吧。

（二〇〇二年三月《聯合報》副刊）

懷疑與反思

人世間有些極粗淺的問題，足以把自詡博學的人考倒。

比如說，鼻子與性器官都是人身體的一部分，為什麼前者可以公然外露，後者不能？這不只是法律不許可的問題，那麼，是羞恥？因為性器官太醜，不能登大雅之堂嗎？不對。不論男女，它有時候固然可能像枯萎敗壞的殘花一樣「醜」，但它也可能像怒放的鮮花一樣「美」。況且很不美的雞皮鶴髮或鵠面鳩形的身體，也一樣享有自由行走於公共場所的權利。那麼，是傷風敗俗？因為性器官公然外露容易引起旁人性衝動？這似乎也不對。因為餐館食肆以美味引人食慾，並沒引起非議，法律也無從取締。或有人說那是文明社會的道德規範，「不文之物」當眾暴露，與動物何異？——這也不能服人。因為禁不起反問：為什麼與動物不同便成「道德」？難道相同就不道德嗎？而人與動物皆有飲食與性慾之需求，如何在人就不道德呢？為什麼性器官較鼻子為「不文」？豈不又回到最初的問題：為什麼人類社會對鼻子與性器官有如此不公平的差別待遇？

許多習以為常，以為不成問題，甚至天經地義的事，其實大可懷疑，大可討論、檢驗與批判性的反思。

人類數千年來對慾、愛、情、婚姻、家庭、兩性關係等重大問題，在觀念、行為、制度、習俗、法律等層面上古今一貫堅持的「模式」，越來越不能適應時代社會大變遷之下已然出現的新局勢，也越來越通不過與過去極不相同的人生生活的考驗。當代男女關係的「危機」，世界性的現象是：離婚率大幅升高，外遇、濫交與性騷擾非常普遍。（色情買賣是商業行為；強暴則是犯罪行為。很難說現在比過去更甚，也許古代猶烈。但不在我們所討論「正常」的男女關係裡面。）社會上普遍認為這是當代人倫的「危機」。要解析為什麼會成為危機，關鍵在於我們得認真面對並思考這些問題：婚姻制度的反思、合乎人性的滿足慾望的途徑、新的貞操觀念、男女愛慾關係一對一模式的原因與新思考、「性解放」的認知與評價⋯⋯。

假如原有的婚姻制度已不合適當代的人生型態甚或違反人性，離婚便不是「惡」而是「善」；假如舊貞操觀念不合理，便沒有「外遇、濫交」的惡名；假如男女互相追求是人性的常態，是歡樂的重要來源，也就不能一律貶斥。——讀者先別震驚，卑劣的性騷擾沒有人會贊成，因為以令人不悅的言行強加於人，當然有罪。但問題不在「性」，任何「騷擾」他人的舉動都是侵犯人權，都應予抗議。若把性騷擾無限擴大，變成恐怖的戒令，兩性間美妙的和諧反而破壞了。凡事矯枉過正，便類焚琴煮鶴。

叔本華認為宇宙間有一強大的意志，驅使生命體奮勇從事愛慾的勾當，目的只在完成生殖意志，使生命得以延續。所以性慾是「自然」設下誘迷「個體」的騙局。其實，「社會」也有一強大的意志，以婚姻與家庭來設藩籬以壓制人性，剝奪人的自主權，為的是成全「社會」的秩序與表面的平靜。但是，古今多少愛恨情仇與人生悲劇，綿綿不絕，不值得我們在數千年後這一頭勇敢反思嗎？

人生問題，並無標準正確的答案。每個人要自做判斷，自己負責。古人所謂「臨歧泣涕」，良有以也。

（二〇〇二年九月《聯合報》副刊）

千古之恨

「知君用心如日月，事夫誓擬同生死。還君明珠雙淚垂，恨不相逢未嫁時。」唐朝詩人張籍的〈節婦吟〉膾炙人口。其實此婦既「感君纏綿意」又把雙明珠「繫在紅羅襦」，後來為了對丈夫忠貞，還是退還示愛的信物。但心中卻「恨不相逢未嫁時」，嚴格說來，心靈中的貞操有些動搖，才有傷心之淚與憾恨之慨。這種痛苦在過去到現在的道德規範與法律制度之下，是千古難消。

如果那婦人敢於突破婚姻制度與所謂的「貞操」，便會有極悲慘的下場，中外並無不同。安娜．卡列尼娜與包法利夫人等等數不清的例子，揭示了制度、觀念大有不合理與反人性之處。大文豪在作品中表達了對「大我」（集體、國家社會、傳統權威）的控訴，對「小我」的同情。

每個人只有一生。人的真實存在而能感受歡樂與痛苦的也只有「小我」自己。「大我」為了維護其統治的權威與秩序，強迫「小我」犧牲自己。在過去鑄造了千古無數悲劇，在民主自由、人權覺醒的當代，是不可容忍的荒謬。但這荒謬並未絕跡。雖然當代離婚率的上升顯示了婚姻制度嚴重的問題，男女關係的複雜化，愛慾自主與性解放的渴望更凸顯了貞操觀念違背追求自由的人性。

長久以來很少人認真思考「貞操」觀念的產生與意義。許多人以為它與對朋友、對國家的忠誠同樣「高尚」，其實大錯。我們可同時對好多個朋友忠誠，無所謂「專一」；「國家」對個人提供保護與福利，背叛國家足以危害其他國民的利益，何況國家的背後是文化、傳統、種族、血緣等養育我們成長的種種因素，對國家的忠誠不但是法律所要求，更是國民天生自然的情感之流露。貞操卻是強加的戒律，要求沒有婚姻不許有性事；婚姻之後雙方嚴格限定要專一、從一而終；男女配套之後不論任何情況都不許有其他任何自主與選擇的權利。這不啻是人性的枷鎖。

為什麼這樣荒謬的主張得以大行其道，當然有過去的時代背景。擇要言之，工業革命之前，人類最主要的財產是土地。若不是一夫一妻，子嗣混亂，財產繼承權的鬥爭必使社會永無寧日。貞操觀念就是社會為維持和諧秩序不惜壓抑本能，扭曲人性所訂立的「道德」，可見貞操是社會意志（大我）的產物。同時，貞操觀念也是男性所宰制用以禁錮、奴役女性的偽「道德」。女子婚前不許有性接觸；婚後若另有性行為便罪不可赦。（女人出軌叫「偷人」，男人則叫「風流」）貞操的荒謬更加明顯。

即使男女真正平權，婚姻關係中的任一方，雖然擁有自己的身體，卻完全附屬對方；不論後來感情的狀況如何，因為既互簽「賣身契」，自己便不能做主。這種貞操觀念，其殘賊人的自主與尊嚴的本質，並無絲毫的改變。貞操觀念的迷思，至今仍根深柢固，形同另一種拜物教。遇有處女被強暴的事件，媒體往往用「被奪去最可貴的貞操」來陳述。怪不得許多無聊男性出高價買處女，也怪不得有人賣假處女。其實，強暴不論對處女或非處女，都是最可恥的行為。強調處女最可貴，或者歌頌貞操，其實都把女性當「物」，「用過了是舊貨不值錢」。寫這種新聞與高價玩處女的行為，在心理上同樣是把女性物化，是對人的侮辱。

男女間有堅貞的愛情，是一樁美事。但是，以貞操觀念來綑綁人性，徒見其荒謬與殘忍。

（二〇〇二年四月《聯合報》副刊）

渴望自由

鑽石婚的老人回答夫婦怎能數十年牽手偕老的答案都是「互相忍耐」。對人生的快樂原則來說，長期的忍耐是痛苦的煎熬，無論如何不是人生理想的處境。

婚姻制度固然維持了過去安定有序的社會，但對人性的禁錮，製造了千古纏綿悱惻的愛情悲劇，是不爭的事實。西諺說婚姻是愛情的墳墓，是至理名言。為什麼如此，暫無法細說。以套上戒指定終身，用法律嚴定一對一彼此的權利與義務（包括房事的義務）的婚姻制度，不論婚後愛情是否永固，大概有兩種心態，又各有兩種結果。第一種是認命的心態：上焉者，雙方以道義、責任，互相依賴、互相容忍相處。不高談理想，面對現實，以現實利害為前提，當然，愛情早已變質。這雖與美妙的憧憬相去千里，但已可算是人間極其難得的婚姻關係。下焉者便是忍氣吞聲，放棄希望，無可奈何做馴服的囚徒，度過一生。第二種是不認命的心態：上焉者勇於突破樊籬，冒天下之大不韙，追求自由的愛情，不論成敗，甘願承受挫折與苦難。下焉者則互相虐待，終日鬥毆，或外遇出軌，或嫖娼養漢，終於以離散幻滅收場。不論是哪一種結果，都不是人人所渴望美好的愛情。

人生所渴望美好的愛情為什麼如此艱難，如此難以永遠維持不變呢？因為真正的愛情是情與慾美滿結合的結果。慾望之無窮，感情之善變，乃人性之本質。這些特色對人生可說有利有弊。感情與慾望自由奔放，多元豐富（不穩定，不專一，不饜足。）使生命活躍，人生多姿多采，是一切創造性活動熱情與靈感之源，其弊則造成人生的曲折坎坷。相反的一面，是感情與慾望的壓抑，恆守節制與專一，好處是安謐寧靜，其弊是單調，是生命力的頹弛與倦怠。

婚姻制度與貞操觀念是針對人性的弊端，從法律與道德來設限，以強制限囿人的活動。在過去尚難以完全奏效，而且產生了千古綿綿之恨，在現代更無法施展其權威。近世人權提升，男女平權，每個人自主意識高漲，自立能力也大為提高，而性行為不再單為生育，客觀環境、技術條件與醫藥器具也空前完備，過去的制度與觀念，必然漸漸崩解。

但是不論愛慾如何自由，性如何解放，只要社會存在，人人生活在群體之中，道德與法律永遠必需。愛慾的新道德必將逐步建立起來。一方面要突破過去對人性自由的壓抑的那些教條，一方面要釋放本能，促進人性自由的舒張，使每個人能擁有更多歡愉與幸福。

愛慾的新道德第一點必是打破愛情與婚姻建立在彼此互相專屬的基礎上的老規範。每個人永遠是獨立自主的，有主宰、運用自己身體的權利。不論在什麼處境之中，人不應是另一人專屬的「用具」；否定所謂「貞操」的意義。第二點，愛慾的享有與滿足，以雙方情投意合，不應有任何附帶的、交換的條件為道德原則。相愛或結婚，不論是為付託終身，為財富與地位，為飯票，為家族聯結，為子嗣……一切帶有功利目的的愛慾，都是「買賣」行為的變貌，與娼妓牛郎只是百步與五十步之差，皆為道德之缺陷。第三，兩性關係，不論是任何方式，關係的合與分，不必對方同意，每個人在自由意志下自主選擇的權利，應受到完全的保護與尊重。

很顯然，如此一來，原來的婚姻與家庭制度必備受衝擊。我想，新世紀的婚姻與家庭必然有重大變革。人類可能選擇自由戀愛——自由結合與自由分手，一個個擁有獨立自主人格的個體在自由的愛情的追求與愛慾的滿足中生活，將是社會主流的趨勢，但也必容許多元模式共存。那些要尋求依賴，願意長期忍耐婚姻的束縛者仍然可以男娶女嫁。但當自由戀愛的一對愛人打算生育後代，就必須結婚（法律要求必須如此遵守），因為沒有人有剝奪新生命享有家庭與雙親的愛的權利。子女的養育有法律保障，離婚不再須雙方同意。

世上永無完美的事物。新的兩性關係會不斷完善，將比過去更多滿足人性自由自主的渴望。

（二〇〇二年五月《聯合報》副刊）

困惑之網

當代社會急遽變遷，兩性關係舊的制度、觀念與模式已無法適應新形勢的需要，也不能有效運作，因而喪失了提供每個人賴以安身立命的功能。而異化的情色與色情在書刊、傳播媒體與社會生活中氾濫成災，興風作浪，更加速摧毀了人倫社會原有的價值判斷的準繩，也干擾、阻礙新的價值規範的建立。

最近我思考有關愛慾、愛情、婚姻、性的自由自主、兩性關係中的道德原則等人生根本問題，因為這些問題在當代確越來越令人困惑；各種主張與行徑也各是其是，令人無所適從，很值得反思。因此，我在這個專欄裡連這一次共發表了四篇短文，略表我的淺見。

有關人類情、慾、性的學術性著述，從心理、社會、法律等不同層面的探討，中外可謂汗牛充棟。但人生處境實際的問題，從來不可能仰賴專家學者訂立規範為天下法，還得在人生的實踐中，經過摸索、探險、試驗，歷盡痛苦與磨難，才可能找到較佳的人生之路。這裡面固然有一個時代普遍認同的規則，也有不同社會環境，不同個體特殊的形態與處理方式。

沒有相當的人生體驗，沒有見過滄海桑田必不會有深切的思考。不過，這是很艱難的大問題，即使略具這方面的思考能力，也依然深感惶惑與迷茫。

湊巧正在最近，有一本由美國兩位女作家合寫的新書：《道德浪女——開放式性關係的無限可能》（*Ethical Slut*，副題是中譯本加上的。張娟芬譯，智慧事業體出版社）。出版社邀請我寫了一篇序。我對這本書很有興趣，但我不想寫評介性質的序，於是我對這個令人惶惑迷茫的人生大問題的想法寫出來。

該書非常坦誠、大膽、驚爆，類似「教戰手冊」，我恐怕它會被先入為主的成見所誤導，以為它是一本教唆浪子蕩婦離經叛道，專為誨淫誨盜的色情讀物。儘管我們對它的主張不一定都認同，也不能否認它確戳破人生社會長久以來的虛假與懦怯，直視真實的人性，探索本能解除束縛的途徑，追求有限的人生所可能有最大的歡愉。它充滿實踐的勇氣，在努力克服來自主觀的人的缺陷、客觀的社會的限制的謀略上有不尋常的膽識。她們的人生信條與大膽的方略，在實行中豐富的經驗、發見與心得，對於在愛與慾中困惑徬徨、杌隉不安的男女，不無借鑑之用。

我不是研究這個問題的專家；我與大多數人一樣是在人性、本能、慾望與制度、習俗、社會意志種種矛盾與困惑中思考、求索。既然人人都逃不開人生這個困惑之網，便都有面對它的必要。

（二〇〇二年五月《聯合報》副刊）

鳥籠

有朋友送我一個來自上海的鳥籠。懸在樑上，我口中冒出兩行「詩」：空鳥籠／囚不住穿透它的空氣。

「哪天該買一隻小鳥住進來！」心中這樣想。但幾個月過去，鳥籠還是空的。我在想：鳥籠應該空著好呢，還是有鳥住裡面好？買一隻呢，還是買一對？

幾盆花草常常因為忘記澆水而奄奄一息，所以有朋友說：「算了吧，準被你餓死牠。」我說，真的，我連餵養自己都覺得麻煩，每天常常只吃一餐半。但是，鳥籠空著，要鳥籠幹什麼呢？轉念一想，為了讓鳥籠有「用」，便要犧牲鳥的自由自在，又有什麼道理？再轉念想到鳥店並不因為你少買一隻鳥而使天空多了一隻自由的鳥。何況，似乎有些討人喜愛，嬌滴滴的小鳥就喜歡被養在籠裡，因為可免於風雨與饑饉之苦。

孤獨的天才卡夫卡筆記裡有一句雋永的話：「一個籠子在找一隻鳥」。籠子是靜態的，被動的物，但它有一個可怕的，侵略性的目標，它要找一隻鳥。因為它是為囚禁鳥而造的；只要有一個鳥籠，遲早會有一隻鳥要被擄獲。

人的世界是一個大鳥籠，裡面套著許多中鳥籠；中鳥籠再套無數小鳥籠。從歷史、傳統、制度、風俗、族群、意識形態、社會組構到團體、家庭、階級、身分、角色，重重疊疊的大小鳥籠，最後是套住每一個人的一個小鳥籠。固然有少數人奮力撐開籠柱掙脫外飛，但大多數人努力的目標是尋找一個較大的、較華美的、放置在較佳環境中的籠子，然後心滿意足度其人生。籠子是他們的依棲與歸屬。沒有籠子，他們將惶惶不可終日。許多人在狹仄不堪的籠子中過一生。有辦法的人尋找較佳的籠子（許多人找到一個富強之國去移民；許多人爭得權力地位），但籠子總歸是籠子。「籠中鳥」，有人覺得是恐懼、悲哀，有人覺得是安慰、榮幸。

「一個籠子在找一隻鳥」這句話，在我覺得是恐懼與悲哀，那情景好似警探執手扣在搜捕人犯，要捉拿到案。如果改成「一隻鳥在期盼一個籠子」，那便是安心與欣幸了。但這個期盼的籠子必定要由自己來建造，而且門鎖的鑰匙在自己的手中。這兩個條件缺一不可。其實，天然自由的鳥兒都有這個本事，不過，不必建造如監獄的籠子，也不必有門與鎖。那是一個冬暖夏涼，適意的居所，因之也不叫籠，而叫巢，叫窩。

對於漂鳥來說，山巔石隙或高高的樹枝上的鳥巢，相較窗前簷下或玩鳥人手中的鳥籠，那是完全不同的兩樣東西。華美舒適的籠子，只是一座小監獄；自己建造的巢，是安頓肉體與心靈的自由處所。那是完全不同的境界。

看著我頭上這個空鳥籠，我覺得還是讓它空著好。有情的生物在一切籠子之外，才能做生命的主人而不是奴隸。

（二〇〇二年六月《聯合報》副刊）

愛憎

半個世紀前翻譯過《契訶夫手記》的賈植芳教授說，契訶夫有一句話曾被他當金玉良言，「它啟發了我，又支持了我，使我從漫長而坎坷的人生道路走過來」。那句話是：「一個人沒有什麼要求，他沒有愛，也沒有憎，這樣的人是成不了作家的。」

這說明了作家應當是有鮮明、強烈愛憎的人。如果對萬物，對人類，對親人朋友，對孤苦無告，對受侮辱受壓迫的人沒有愛；對邪惡黑暗，對偽善詐欺，對不義的權勢，對狐群狗黨，勢利的小人沒有憎，就不會有什麼人道與公義。不要說當不成作家，就是做普通人，沒有愛憎，或者不敢流露愛憎，根本就不是一個有面目的鮮活的人，充其量只是一個苟活的生物而已。稻草人對盜食農夫血汗成果的鳥雀尚且有一個齜牙咧嘴的臉孔。

藝術家（文學家、作家在內）絕不僅有駕馭媒材高超的技能而已，更重要的是有正義感，有維護人間價值的勇氣。揭露、抨擊卑劣邪惡，正是表達心中有所愛。只講愛，沒有憎，以為是「溫柔敦厚」，事實是懦怯與殘忍。因為卑劣與醜惡足以摧毀人間一切可愛的事物、品質與人。「憎」的感情常被排斥，被否定，好像只有壞心眼的人才有「憎」。其實大錯。等到歹毒流貫河川，我們驚覺再沒有一灣清水，一片淨土，已經太遲了。

溫柔敦厚如孔子與杜甫，也一樣有憎恨。「唯仁者能愛人，能惡人」與「新松恨不高千尺，惡竹應須斬萬竿」，使我們知道「聖人」也有憎惡。一個沒有稜角、圓滑、犬儒、八方討好，只求苟活的人，不是懦夫，便是奸猾小人。既然正人君子並不一味溫柔敦厚，他們有鮮明強烈的憎惡，所以有熱烈真摯的愛。世上一切經典文學都在表達對醜惡的憎恨，同時表達對人間的愛。

與芥川龍之介同時的名作家菊池寬有一篇小說〈殺父之仇〉（台北新興書局《日本短篇小說選》，一九六五年我服預官役於馬祖前線購得），那是少見精采的復仇故事：孤兒八彌成年後，母親交給他報殺父之仇的大任。他從小遵母命苦練劍術，生命的任務就為報仇。四年間天涯追蹤，途中曾錯殺輕侮他的武士，也曾手刃夜盜山賊。某夜在倦旅中遇一盲按摩師，攀談中知道此人未盲之時正是殺父仇人。盲者說當年酒醉無意間殺死好友，半生沒有一天不因此悔恨痛苦，現在歡喜好友之子前來報仇，正好罪愆得以救贖，甘願受死。八彌覺得殺一個後悔自責的人，算不得什麼復仇的好漢，遂放他生路，浪跡天涯而去。後來盲者剖腹自殺，謠言謂八彌是不能報仇的膽小鬼云。

嚴格來說，盲者少年縱酒誤殺好友，不是可恨之徒，不是真仇人。如果是歹惡之人，八彌若因對方壯碩兇狠，不敢冒死復仇，是為懦夫；若因收受賄賂，放過仇人，是為失節無良之孬種。八彌復仇途中，殺可恨之人，而寬恕有人性弱點，而自知悔恨者，這才是愛憎分明的表現。

沒有憎便沒有愛。與歹劣醜惡勢不兩立，對人性的缺陷則悲憫寬恕，人間才能保存正義之火永不熄滅。

（二〇〇二年六月《聯合報》副刊）

悱憂

最近天外有一塊大隕石與地球擦身而過。如果殞石與地球大小相當，或者只要有地球的幾分之一，而恰與地球撞個正著，我們所居停的這一星球便告落幕。六十多億人與辛苦積累起來的文明史便將化為烏有；億萬年進化的珍禽異獸與山川美景也將一起消失於宇宙茫茫失憶的大虛無之中。

似乎很少人對這一則不起眼的簡短「新聞」有深沉的冥想。因為最近「世足大賽」，比一顆微塵還小的足球正使億萬人狂喜哀泣；台灣正為爭奪一個形同盲腸的考試院長朝野惡戰。「世界變壞了」，這是全球許多人心中的隱痛。這裡面有天意與人為兩大原因。星球的興滅與運動，屬於大宇宙不可知的「意志」，時、空的變幻，亙古如此，原沒有「好—壞」之別。所以不必以險為隕石擊中而發「世界變壞」的悲觀。但圍繞著人類所賴以生存的小宇宙的遽變，如臭氧層的破壞，溫度上升，海升陸沉，空氣、水、土壤的污染，以及物種不斷絕滅、自然災害逐年加劇等，都不能列為「天意」，大部分還是「人為」。而社會文化的劣化，更屬「人為」的罪責，無可抵賴。

所謂人類的福祉，或者人所需求的幸福，到底有哪些東西？高度概括來說，有兩方面，一是具體的（物質的，為滿足生理的，肉體的需求）；一是抽象的（心理、心靈與精神上的需求）。這差不多概括了美國（原俄裔猶太人）著名人本主義心理學者馬斯洛（Abraham Maslow, 1908-1970）所論人類各種基本需求：生理的需求、安全的需求、愛和歸屬的需求、自尊需求、自我實現需求、求知需求和審美需求七大項。這些逐級升高的需求，正顯示了從動物（自然）進化為人（文明）的程序。弗洛依德認為文明，一方面展現在控制並利用自然以滿足人的需求（知識與能力）；另一方面是調整人與人間的關係和財富分配公平合理的機制（倫理與法律）。很可悲，我們現在比以前更難獲得滿足基本需求的幸福感，我們的文化（文明）也逐漸背離原來的目標。文明不是使人更自由地去追求幸福，反過來是驅迫人不自由地活在樊籬之中。這是文明的衰退。

物質過分氾濫，造成奢靡浪費的生活。魔蠱的廣告與別有居心的資訊鼓動流行風潮誘惑、脅迫消費，使健康與德行受損。媒體無聊、迷信、反智的節目，塑造是非不明的愚昧心智。愛慾的膨脹與商品化，隆乳、情趣用品、威而鋼等的普遍性運用，男女兩性的愛慾赤裸裸只有器官的刺激。少年援交逐漸流行，政客緋聞與各種煽情的電視節目使社會宛若大妓院。失去靈性，多了獸性，人的尊嚴下跌。安全的需求也令人失望。各種詐騙、掠奪，犯案手法的增進，謀殺親長，對少年與女性的性侵犯，種種現象都反映了社會中人只追求最低層次的慾求，對較高層次的需求不感興趣。知識與個人專業成就的榮譽無人看重，教育體系與考試制度的混亂與敗壞，人的品質下降。「知識份子」的勢利矯情，司法不能維護社會正義和公平，成為執政者的工具，或只是幼稚恐龍法官的兒戲。特權貪腐，政商勾串，意識形態的僵化使國家競爭力下墜，民主變成民粹，操弄民意，製造對立，為了掌控權力，不惜斲喪國家的前途……。世界變壞了，而台灣似乎壞得更快更不堪。

台灣不只政經社會大病，宗教、藝術都大病。台灣一直不缺機會，也不在乎沒有英明的聖王，台灣之病在人的素質不升反墜。自私、狹窄、不誠實、沒羞恥心。更可慮的是「孰令致之？」眾人竟渾然未覺，還Call in什麼呢？（李濤發明的「民粹」講堂）

星球的生滅是天意，歷史的興衰是人為。台灣要經歷多少次「起高樓／樓塌了」之後才能有安寧和樂的日子啊？令人不忍再說！

（二〇〇二年七月）

第二輯

說頭髮

「山林不童，而百姓有餘財也。」這是二千多年前趙國的荀況老先生的話。沒有草木，枯禿禿的山叫「童山」。後人引申其義，稱禿頭為「童山濯濯」。如果說「頭髮不童，必有餘財」，則荀卿的話就有現代意義了。因為禿頭者要是稍有銅鈿，買一頂人造假髮一戴，馬上春回大地，草長鶯飛。古人說「人無兩度再少年」，完全是缺乏遠見的謬論。

古人詩詞中最喜歡說「霜鬢」，「華髮」，「白頭」等字眼。大概到了四五十歲，衰老的心態油然而生，白髮正好平添「衰颯」之氣，所以詩意盎然。古人愛老，今人怕老，截然有別。古語說：「公道世間惟白髮，貴人頭上不曾饒」，這話也完全是所見不遠的迂論，蔽在不知現代染髮劑之妙用。稍有閒錢，買來一染，油烏青亮，比那一班十五二十蓬頭垢面的窮小子，更英氣勃勃。科學發達之勳績，單就肅清「童山」與「霜鬢」，推翻古代陋儒目光如豆的詩句，已足令人臣服而膜拜矣。

蘇東坡詞曰：「縱使相逢應不識，塵滿面，鬢如霜」，如果改動幾個字，可以變成「現代詩」。（因為比較能「反映」現實，合乎「社會寫實主義」之呼籲。）即改成：「油滿面，鬢猶青」。

一位留學後供職外國，長年不歸的兒子，被老父在信中痛斥一頓，說他書讀得越多，越不孝順。既未生兒育女，善盡人子之責；又不歸來貢獻所學，為自己鄉梓服務；違反天性，背逆倫理，而且忘本……。兒子心中一驚，趕緊辭去工作，束裝上路。回到家來，真個是「縱使相逢應不識」。但見年已古稀的雙親「油滿面，鬢猶青」，自己卻一頭「少年白」，相形之下，心中暗忖這才叫違反天性，不孝之至。那位老母親（當然是女性；科學技術對女性更寵幸有加。）拉過了皮，打過了針；該收的收，該墊的墊。雙眼畫成熊貓模樣，火紅的嘴唇，包著一副乳白色，整齊得如同琴鍵的義齒。而且雙親童心未泯，紅裳綠襖，趣味大變。兒子心中固然慶幸雙親返老還童，但是心裡感到兩代之間。不但「心理年齡」有顛倒之勢，「生理外貌」也有失倫序，而大不是滋味。但是，有苦卻難言，未免暗咒「科技弄人」，有甚於「造物」者。再住一陣子，發覺問題更其不同。那些年屆「花甲」「古稀」的叔叔伯伯輩，不是什麼「長」，便是什麼「主任」之類。因為頭既不「童」，而鬢猶烏青，所以雄心勃勃，以雖千萬人吾往矣的勇氣，繼續以廠（或以校、系、院、處、所……等）為家。這位歸國以後，高不成，低不就的「人才」，自己也快四十，要等待叔叔伯伯何年才華髮蒼蒼，齒牙動搖，讓他這一輩人「貢獻所學，為鄉梓服務」之日到來，大概是如同守株待兔，茫茫無期；即使到來之日，自己也恐怕要有兩度再少年的運氣。因悟人云國內無「代溝」之理，原來是拜科技之賜，舉國皆少年之故。不過「初度的少年」在台下打瞌睡，「兩度再少年」才有上台唱戲的資格；冬行夏令，雖不得稱為「代溝」，或應說是「變季」。

夏天而能稍安勿躁，多一點晚秋的氣象；冬天而能有夏陽的炎炎，變季實在比代溝好得多。老年人安坐辦公桌，高踞講台，比美國老人枯坐公園，拿爆米花餵鴿子，也非常有人情味而合乎國情民性。況且守株待兔，正好培養耐性。等到火氣退盡，識大體，知分寸，應對進退各節也已然曉暢，正好裝上義齒，戴上假髮，或染白成黑，昂然邁進兩度再少年境界，而上台接唱。

要女人拒入廚房，需要婦運急先鋒大聲疾呼。而區區一副義齒，一頂假髮，一瓶染髮藥水，即可「回春」。本錢輕而功效大，研究現代社會心理的人，全忽視此區區三寶，隔靴搔癢，在所難免也。

（一九七八年六月《中國時報》〈人間〉副刊）

後記：此文乃我客居紐約五年之後回台北的所見所感。

說老鼠

今年是民國第二個甲子年。子年屬鼠。歲朝應景，總要說些吉利的話頭。十二生肖中，有二種動物不大容易扯上讚美的言辭，鼠是其中之一，另外一種是豬。因為此物黑糊糊，行動鬼祟，專門為盜；且常竊噛器具衣物，能使柱礎為之傾，根樹為之枯，加上傳播疾病，說來一無是處。其為小獸而營大惡，有關此君種種詞彙成語，無一能登大雅之堂。比如「鼠輩」、「鼠子」、「鼠技」、「鼠膽」、「鼠竄」、「鼠遁」、「目光如鼠」、「鼠牙雀角」、「社鼠城狐」、「獐頭鼠目」……。

中國文字鼠原作，活現張口露齒的大老鼠。篆書稍訛，將鼠腳接在鼠頭下面，作。此與今日楷書已相差不多。鼠不分大小老幼，口語都稱「老鼠」，北方有稱「耗子」，指其耗損糧食器具也。

最早的詩經有「碩鼠」三章（國風．魏），就把老鼠比為橫征暴斂的苛政。荀子在「勸學篇」中，說梧鼠有「五技而窮」，即言樣樣皆能，而無一項為專精的真本事，諷刺貪求。戰國「呂氏春秋」有良狗捕鼠的寓言。「晏子春秋」中的社鼠，說到國家的大患是社鼠（社稷宗廟之鼠），因為社鼠寄居於此，不能用火燒水灌去消滅牠，怕的是毀壞社廟土木，故社鼠肆無忌憚，儼然「人主左右是也」。「不誅之則為亂，誅之則為人主所案據（護持也），腹而有之，此亦國之社鼠也。」

唐代文豪柳宗元「永某氏之鼠」寫一個生肖屬鼠的人，因愛鼠，而姑息養奸，弄得「室無完器，椸無完衣，飲食，大率鼠之餘也」。後來新屋主借了五、六隻貓，撤瓦灌穴，又雇人搜捕才把那群老鼠消滅殆盡。

其他有關老鼠的文章，如蘇東坡有黠鼠賦，如元末宋濂的「燕書」中有「越人溺鼠」，明代劉基「郁離子」中的「患在鼠」，明許自昌（浮白齋主人）「雅謔」中有「貓祝鼠壽」，清蒲松齡「聊齋」中有「大鼠」等。為老鼠美言，未之曾見；而「過街老鼠，人人喊打」。老鼠之命運如此之乖舛，上帝造物而有此君，實在多此一舉。

畫老鼠的畫也不多，有之，也必以詩文謔之，每有佳趣，蓋老鼠大不如禽鳥馬虎之屬，體態優美，色彩豐富也。

齊白石善題跋，極平凡之題材，能以詩文點活，可謂化腐朽為神奇。曾見他題鼠有詩：「燭火光明如白晝，不愁人見豈為偷？」極諷刺之能事。當前社會，冒仿、盜印與畫壇剽竊之風成習，而經濟犯罪，保險索命，紅包貪瀆……，皆「社鼠」之患。最近興起滅鼠運動，人間鼠子，也期能在政治與道德之撤瓦灌穴中，一舉肅清。以此來迎接無鼠之甲子年，是為新年之願。

說了老鼠許多壞話，想起有沒有人見人愛之鼠呢？有之：華德狄斯奈創造之「米老鼠」是也。天下兒童，皆以米老鼠為親密朋友，則甲子之鼠，應以米老鼠為新生肖，是也有可親可愛唯一之一「鼠」耳。

（一九八四年一月《中國時報》〈人間〉副刊）

說金牛

中國傳統社會重「士」輕「商」，現在早已顛倒過來。這原沒有什麼好壞對錯，時代變遷之結果也。何況現代商人，也多為知識之士，尤其是高科技的行業與大企業的管理所需要的知識，絕不是吟風弄月的舊時代「讀書人」所能輕視。不過，如果「士」代表智，雖可為商所用，但對「士」的尊重，還是文明社會重智的表現。

台灣社會早已矯枉過正，於今是人文、學術、思想與純理論的科學（不是「科技」）漸漸寂寞衰微，工商科技吸引了社會中最多秀異份子，因而一枝獨秀。這種文化的「偏枯症」，表現在物質的生產日益增富並精進，但心智的生產（包括知識、觀念、思想、文藝等）則相形見絀，或者品質低劣。原創性的思維與創造性的精神價值才是促進文化不斷提升、生活不斷改善、科技持續升級的原動力。台灣之所以一直是美、日兩國工商科技的「下游」伙伴，可說是良有以也。

不過工商科技在社會一枝獨秀並不足為病。人文學術之不振也另有原因，歸咎於工商發達，「功利思想」抬頭之類，還是粗淺而陳腐的俗見。但是工商界部分人士指控社會上有「反商」情結，也有商人政客發出「有錢有什麼罪？」的抱怨。有一位工商界正直之士一針見血指出「一般人反商其實是『反金牛』，反對那些亂炒股票、炒房地產、官商勾結的不正當的商人。」

正當的商人，即使家財千萬貫，也應得到尊重甚至欽佩。有錢人不必就是「金牛」。「金牛」也者大概有三種含意：藉從政而致富；既富而兼欲得權勢，以謀更大名利，此即政商合一；官商勾結因而致富。以上三種，才是社會所詬病的「金牛」。總之，正是所謂「不正當的商人」。中國社會現在有一可怕現象：家有政客，似乎就高人一等。因為有了政治權力的關係，比純正商人更易暴富。社會人心，似乎也以長袖善舞的官僚、政客為第一等人物。這正反映了台灣社會的勢利與庸俗，也反映了政治制度與法律窳劣的癥結所在。

政商合一，就是權力與財富合為一體。無獨有偶，大陸新近的「太子黨」主張「經濟財產黨有制」，即主張人民和國家全部財產歸於一黨，這正是「政商合一」的極致。其實台灣的「黨國資本主義」（見「澄社報告」第一本專書《解構黨國資本主義》）早已為此立下「範例」。這也許是太子黨應該好好學習的「台灣經驗」。

台灣社會金與權的結合，已經成為目前最大的危機。執政黨為維護其政權，不惜飲鴆止渴，使金權政治急速膨脹。金牛既為政權入幕之賓且各據要津，則制度、法律與道德將更為所扭曲、踐踏，社會正義遭到重度的摧折。有學者批評「現在的腐敗比民國初年有過之無不及」。

政商合一之外，台灣社會也很難找到不與「政治」合一而能生存茁壯的東西。學術、文化、藝術乃至宗教與慈善事業，很少能不與「政治」權力結合而能名利雙收。這種如水銀瀉地無孔不入的「泛政治」文化，很可以摧毀社會的生機，使未來的黑暗不是夢。政權變成獵取利益的道具，則一切的事與人的設置皆以此為目的。大學校長、教育與文化機構的主管乃至研究機構、藝術機關負責人，專業能力與聲望的考慮遠不如政治考慮更重要；有些原來很好的學界人士被誘入仕途，在這種金權政治文化的薰陶之下，也很容易染上政客的習氣，否則只有棄官下台一途。我們試看哈佛博士做官之後，會說出由總統提名監察委員正是發揚中國古代御史的傳統這樣悖時曲學的話，可見人在江湖身不由己之可怕。

泛政治就是政治掛帥，即一切以政治為權衡的依據。而「政治」在此不作眾人之事的解釋，而是維護權力與利益的機制。泛政治之下便無所謂純淨的經濟、學術、教育、法律……等等，因為一切皆為政治的「需要」服務。所以很難有純正的商人，純正的學者，純正的教育家，純正的藝術家與純正的法律、大眾媒體等等社會公器。一切活躍於社會並握有權力的人多為政客型的人才，這種社會是反淘汰與反智的社會。金權結合的「金牛」操控了社會，政治由「意識形態」的鬥爭轉變為赤裸裸的「利益」的爭奪，其境界是每況愈下。未來的苦果還有得嘗；此絕非杞憂。

（一九九二年三月《明報月刊》）

說人才

有人說當年辛亥革命，打倒帝制，有些矯枉過正。因為中國人在歷史中已養成悚慕權威的習性，一旦廢棄一位作之君、作之師的「君父」，似乎失去安身立命的靠山。日本人保留「日皇」，又實行民主憲政，真正「活學活用」西方政治文化，建立了「有日本特色」的民主制度。我們把「皇帝」打倒，卻換上「偉大領袖」，民主憲政還是遙不可及。兩相比較，令人慚愧。

推翻了滿清，但是政治仍未擺脫君父與子民的「封建文化」，而統治技術比前更「勝」一籌。泛政治化與嚴密控制的結果，中華民族所面臨的危機，可能比原來的「封建帝制」嚴重得多。這危機乃是人才零落的危機。

辛亥革命八十年以來，尤其自一九四九年中國內戰造成大陸與台灣分裂，國共兩黨分別統治四十多年後，我們看到大陸是「強」而貧窮落後，台灣是「富」而紛亂庸俗。但是這「強」與「富」缺乏穩定的基礎；何況只有武力的強與物質的富，都是畸型的發展；更何況「貧窮落後」與「紛亂庸俗」斷不能維持長久的強與富。昨日的蘇維埃聯邦與科威特不就是強與富甲天下的例子嗎？殷鑑不遠，足可深思。

「強」與「富」，「貧窮落後」與「紛亂庸俗」都是「人為」的結果。要改變這些狀況並使國家富強進步，也要靠「人」。我們今日最大的危機，不僅是貧窮落後、紛亂庸俗，兩岸中國社會最大的危機乃是人才的缺乏。

想想腐敗的、以「文字獄」著名的滿清，出了多少人才，再比較「救國教民」的國共兩黨統治下的中國，又出了什麼人才，不禁令人感慨萬千。只要粗略列舉，清朝在思想、政治、文化、藝術、學術等方面重要人物的名字便足以令人肅然起敬而生「但恨不見替人」之嘆。

思想學術與政治的人物，如王船山、顧炎武、黃宗羲、戴東原、顏習齋、傅青主、章學誠、魏源、龔定盦、王國維、吳大澂、包世臣、康有為、譚嗣同、梁啟超、孫中山、曾國藩、郭嵩燾……。文學上的人物只舉一個寫「紅樓夢」的曹雪芹已足笑傲古今，何況還有「儒林外史」、「聊齋誌異」與「閱微草堂筆記」的吳敬梓、蒲松齡、紀曉嵐等等。藝術方面，如石濤、八大、金冬心、任伯年、虛谷、趙之謙、吳昌碩、鄧石如、何紹基、伊秉綬、陳鴻壽、鄭板橋……等等。其他文化界的人物如蔡元培、熊十力、章太炎、魯迅、周作人、齊白石、黃賓虹、陳獨秀、李大釗、張東蓀、馮友蘭、金岳霖、顧頡剛、胡適之、丁文江、張君勱、梁漱溟、郭沫若、傅斯年，蔣廷黻、梁實秋，沈從文……，這一長串擲地有聲的名字，任何稍有涉獵者都可閉著眼睛脫口而出。他們雖不能算是清代的人才，但大多生於前清，成長於清末民初的顛沛流離之中。他們是舊文化孕育出來創造新文化的人才。但是，民國的新文化中究竟孕育了哪些人才呢？尤其是從一九四九年以後，國共兩黨所統治的「中國」，培育出什麼人才？是什麼原因使分裂後的中國人才零落？

人文思想、歷史、哲學、文化、藝術方面受到政治勢力的管制與壓抑，這數十年中兩岸中國的人才花果飄零，非常可悲。在自然科學方面，不能不說有若干鳳毛麟角出現。但是，「六四」天安門事件，「正在寫歷史」的人走進了美國大使館；許多「民運英雄」逃到歐美；而從台灣出去在外國進修，拿到諾貝爾獎的都早已是美國公民。我們多少「旅美學人」及中央研究院院士多為外籍華裔，他們都很可欽佩，但他們是中國的人才嗎？

不要誤會，我不是在讚美大清帝國，我也不能抹殺這幾十年間各行各業出了不少有成就的個人；而現代的「人才」與過去「一事不知，儒者之恥」那樣的「通才」並不相同；而清廷二百餘年當然比清廷覆亡八十年來在時間上多了三倍有餘，在「人才」的量上自然不能相較。但我的感慨依然。

（一九九一年十月《自由時報》副刊）

說奴才

大學有研究、教學、關懷與服務三個目標，亦即創造學問與知識、培育人才以及服務社會。雖然有反對服務社會者，但知識成為技術，與市場需求結合，乃現代必然之事。不過，大學知識之世界性、創造性與獨立自由的精神是最重要的特色。大學不應是「職業訓練所」或「幹部訓練班」。執政黨黨魁要大學校長協助輔選工作順利成功，大學的精神不免蕩然無存。台灣大學校長皆為派任，當然是執政黨的人馬。由官方選派肯予協助執政的人當大學校長，這樣的大學要成其為大學自然很難，更不用說執政黨利用「學官」（校長成了學官）來輔選，這樣的國大代表選舉如何能算公平了。

期望大學校長為執政黨服務，則大學的知識與人才不可能超越國界，更不能超越黨派的樊籠；大學的創造、獨立與自由更不可能。而將大學校長的名器當做「忠黨」的酬庸，「忠黨」也必成「人才」的重要條件。而「忠黨」與「愛國」並非必然相關。大學校長座談會敬邀總統與行政院長諸「長官」蒞臨訓示，校長們也不自覺其怪異，很可能認為飲水思源，是一種美德。但大學校長視大官是上級長官，豈不自貶為奴才？

執政者以大學為培養為黨服務的人才的機器，大學校長只是執行這個目標的工具。忠黨、愛黨是最重要的目標內涵，如此教育完全政治化。以「使第一流的人才都能以加入執政黨為榮」來期勉大學，不啻以權位、利益相誘，如何能得「人才」？更遑論「第一流」矣！

人才為國家民族乃至全人類之瑰寶，絕不應為某一黨派之幹才與戰將。獨立自主的知識份子可能基於國族人類整體利益之需要，在某一時空中支持某一政黨，但仍不應喪失一個獨立知識份子高遠的理想與公正超然的原則。所以政黨應以代表民意，維持公義，增進人民福祉為目標，必然能獲得大多數人民的支持，知識份子也不會例外。如果擁有政權的執政黨自感人才流失，不思反省，卻以抓緊教育的控制，以培育護黨的幹才為要務，則人才即是工具，黨的前途必不可能「光輝長遠」。更可憂的是真正的人才受到壓制、抑鬱，或銷聲匿跡，或頹喪消沉，或鋌而走險，或離心離德。社會中道力量淪落，兩極對抗激化，社會危矣。

一個政權若不斷以利誘或威脅來馴化、奴化或屈辱天下英才；或者，一個社會的知識份子若甘願阿諛取媚，以求榮華富貴，放棄創造知識與觀念、引導輿論、教育大眾、維護公義、批判邪惡的角色責任，放棄他獨立自主、超然公正、自由開放的精神信念，放棄為維護他的責任、信念所需要的道德勇氣，必注定這是一個黑暗、恥辱的社會。

有另一條新聞，很具體地說明了大學、教育、人才政治化的可怕後果：

民進黨立委以「國安局內部文件」，指出一位大學政治系教授兼執政黨組織工作會副主任與國安局配合研究成立學術外圍組織。此事在兩三天內引起政壇與學界軒然大波。台大學生並發起

「特務教授滾蛋」的抗議活動。姑不論其真相是「學術報國」，或是「甘作工具」，但該文件中有「為避免他人耳目，可否運用亞洲協會台灣分會名義為之」等文字，可知「學者」甘受「國安局」之指令以「學術報國」之事實已昭然若揭。數十年來，這種「學術與政治相結合」（此語為不久之前因違法下台的國府部長、中央委員競選台北市長時之荒謬口號）的例子已不勝枚舉。

好久以來，海內中文政論文字中有「以人才為奴才」與「以奴才為人才」兩個評語；假如不幸發展為「以奴才壓人才」，那將是每下愈況。

人才好比樹木。有充沛的陽光、空氣、水分及土壤中的養份等條件，木自成林；其中必有得天獨厚者可為巨木。如果要以「黨意」的規格來製造「人才」，請看塑膠的聖誕樹，整齊統一，沒有異端，但是也沒有生命。

（一九九一年十月《自由時報》副刊）

說巨輪

一九九〇年一月，我寫過〈希望的九十年代〉一文。表達對二十世紀的這個「世紀末」所展現空前的新希望歡欣鼓舞的心情。我說：「就世界而言，意識形態神話已經解體，專制政體與老舊的政黨紛紛倒台或加速朽壞。經濟競賽展開了不流血的戰鬥，而科技的不斷創發，每天都在刷新產品的質與量的紀錄。物資的世界性傾銷代替了武力的征服與意識形態的擴散；經濟的困窘銹蝕了共產鐵幕。隨著戈巴契夫大刀闊斧的改革，蘇聯與東歐令人驚喜地解凍。所餘極少數紅色政權雖暫時自我隔離於世界潮流之外，但其窘迫與孤立，本身也正搖搖欲墜。」

非常遺憾，這兩年來世界的現狀，說明了我的預感太過樂觀。蘇聯的解體重組，德國的統一與東歐的巨變，固可慶賀，但新的危機仍令人捏一把冷汗；伊拉克與利比亞雖因波灣之後的慘敗與英美等強的制裁，形勢一片大壞，但其桀傲不馴與囂張狂妄，依然考驗著「國際正義」；最近幾天美國黑人的大暴動，顯示了美國這個「民主陣營」的「先進國家」一樣百病叢生，並不安和樂利，更何況美國經濟大衰退，其超強地位也岌岌可危；台灣自解嚴之後，一片生機蓬勃，但民主進程的艱難困頓，鬧劇不斷，幾近荒謬，乃至近日的社會一連串近似國際恐怖事件的出現，令人感到這隻「小龍」，似乎慢慢變成「怪獸」。為什麼才衝破雲翳展現的一點光明倏時又黯淡了？

歷史的演變，常常不易預測。文明的進展，攀登一小步，都要付出可觀的代價。人類的愚蠢與命運的坎坷，注定了人類的痛苦是每一世代不可或缺的「配額」。

從小聽過「時代的巨輪在前進」這句話。最近重翻閱儲安平「英人．法人．中國人」這本小冊子，裡面一篇「中國人與英國人」寫於一九四五年，距今已近半個世紀。此文對中國社會與人的觀察與批評，令人吃驚地感到昔今並沒有多少不同；該文的見解與現在的社會或政治批評文章並無「時代」的隔閡。此書一九四八年由「觀察社」出版，今日許多人已不易見到。我忍不住要簡摘裡面的幾段文字以饗讀者：

——人人重私的結果是社會無是非、無公道。利害已成為今日中國社會判別是非的最大出發點；是非而跟著利害走，則所謂是非者亦早就不是真是非。在中國社會，越是有才氣的人越容易見忌招禍。……至於尊重異己的肚量，在中國更缺乏。一個重私情重利害而缺乏理性的人，焉能希望他能容納與他相反的敵人！……中國人未必都無良知，但有良知的人也殊不易不敢或不願出頭說話，因為不法之徒總不免要互相勾結以作惡，而政府及一般社會都不能給主張公道的以有效的保障，所以規矩人只得獨善其身，不能出而領導發生一種正論的作用，而道義也就日見湮沒而不復申昌。

——在英人心目中，「政治」是主要的，但不是唯一的；在中國人心目中，「政治」是主要的，抑且為唯一的。因為「政治」在英人心目中不是唯一的，所以人民的努力是多方面的，社會的發展也是多方面的。平均發展的社會自然要比畸形發展的社會來得健全。議員及政治家在英國只是一種職業——這句話有兩層解釋：一指只是許多職業中的一種，另一指議員及政治家在英國只是一種職業而非一種權勢。……在中國，官吏隨處受人迎奉，並發現自己的言語有許多重量與權威。在中國，唯有取得了政治地位才算是真有了地位，政治地位以外的社會地位終不為民眾所接受。不僅如此，在中國，一個人若無政治地位或政治關係，他且不易從事其他事業；沒有政治關係而欲從事事業，常常遭遇不可想像的困難。

——有人認為今日中國人所享有的自由太多，有人認為太少，其實，自由大別有「政治的自由」和「社會的自由」兩類。而今日中國人民所享有的「政治的自由」太少而享有的「社會的自由」太多。……以言職業自由，辦學校、開書店、出版刊物、發行報紙均須受特殊的管制，因為這些都是傳佈思想的行業。至於一般與政治思想無關的行業，政府不甚干預，所以殺人的庸醫仍得高枕無憂；貧窮無告的父母將其子女鬻賣為奴婢為娼妓，絕對自由。以言集會結社的自由，則抽頭聚賭，下級幫會均不受真正嚴厲的限制，但政治性質的集會結社，卻不易自由……。大體言之，凡涉及政治的，處處受到限制，只要與「政治」無關則極盡自由。

——英人認為：人民若無政治的自由，則民意不得申，民意不申，則國家的政治失了根，同時國家亦不能發揮其潛在的活力。在另一方面，人民的社會的自由若不限制，則一部分人行使無限制的自由，勢必另有一部分人因被其侵犯而喪失其自由，故在英國，人民所享的自由，應大者大之，應小者小之；和中國的情形一比，這個對照是相當強烈的。

儲安平是所謂「民主黨派」中「九三學社」中央理事，曾主編南京《中央日報》副刊，又曾主編《觀察》雜誌，因探討民主，揭露黑暗，為國民黨所嫌惡。一九五七年任《光明日報》總編輯，在中共統戰部召開的民主人士座談會上以「黨天下——向毛主席周總理提些意見」發言賈禍，苟延殘喘至文革，終逃不過厄運，蹈海而死。

如果儲安平今日未死，以他四、五十年前的「舊文」，仍可享當代社會、政治批評家的盛譽。中國的歷史不是縱線的演化，而是圓環往復。所以「新局」仍是「舊轍」，也因之「舊文」永不過時。

時代的「巨輪」有沒有滾動呢？有的。不過「巨輪」不一定是向前滾進，它有進有退，有時是原地打轉。而中國式的時代「巨輪」更在圓環往復中輾死了不知多少像儲安平這樣的人。

（一九九二年六月《中國時報》副刊）

說中國

「中國」是什麼？「中國在哪裡？」似乎既清楚，也似乎很模糊。

上了年紀的人常常感慨「頭殼壞去」（台語：亦即頭腦壞了）：過去的事清清楚楚，最近的事卻非常健忘。「中國」一詞也如此。過去的秦皇漢武或唐宗宋祖的「中國」，眉目清晰，而近代的「中國」則一片模糊。尤其自清朝末造以來這近百年，「中國」的歷史傳承，「中國」文化，「中國」的國格甚至「中國」的疆域都是一片頹垣殘壁，花果飄零。就連「中國」的版圖，是秋海棠葉抑老母雞，竟然也「莫衷一是」。「中國」的總體意象，可說是一片血肉模糊。「中國」是光榮與恥辱，自大與自卑，可愛與可恨，精深與淺薄，高雅與庸俗，自強與腐敗種種相反相成的因素糾纏連結，四千年未曾蛻化的大怪胎。

現在的中國人，有人愛中國，有人恨中國，有人又愛又恨。或因智慧而愛而恨；或因愚昧而愛而恨。有人因得到權力與利益故愛之；有人因血緣、歷史、文化無法割捨而愛之。有人因愛不下去而離棄了中國；有人因嚮往分裂（要獨立）而要「去中國」；也有人因落葉歸根而消弭了怨恨。有人在愛恨中焦慮掙扎；也有人渾渾噩噩麻木冷漠聽天由命。有人努力在腐敗中激勵再生，湔雪恥辱；也有人要維護並延續黑暗與腐敗，以求既得利益之永固。

什麼是「中國」？哪裡是「中國」。為什麼這兩個問題沒有清楚的答案？因為「中國」的內涵太複雜，層次太分殊，矛盾糾葛構成的情景太荒謬，而沒有對這個大荒謬的總根源有明晰而深刻的認識，便不可能有批判，便永無覺悟，也必永難有光明的遠景。

「中國」，有血緣、種族的層次，有歷史、文化的層次，有社會、生活、習尚的層次，也有現實政治的層次。如果不能釐清各層次的不同，沒有理性的認知，不論是愛之或恨之，都無益於「中國」的生存發展。

近百年來中國一直在掙扎圖存，舉步艱難。不論是頑固復古或全盤西化；「中菜西吃」或「西菜中吃」，只是蹉跎歲月。中國幾千年的老文化還不曾像西方文化那樣，經過文藝復興與啟蒙運動，有徹底地、成功地蛻化再生的機會，這是「中國」越來越模糊，越來越荒謬的大原因。三番兩次革命，中國並沒有脫胎換骨。「江山代有英雄出，各苦生民數十年」（于右任詩）。中國近代史正是那個大荒謬所注定的歷史演義，正是沒有徹底覺悟的中國人必須承受的懲罰。

「中國」變成這個「大荒謬」的局面，便因為不真實，不誠實，虛假與欺騙裝點了表面的景象，掩蓋了疾病與醜惡，因之也一再斲喪「再生」的良機。

中國何時才真正是民主、自由、均富的國家？何時才是一個由傳統自然發展成為現代化的中國？所以，如何協力建構一個合乎中國人意願的、合理的中國，是全體中國人的使命。

（一九九一年歲暮《自由時報》副刊）

後記：

這是上世紀九十年代所寫，已經過了二十五年。大陸改革開放三十多年來不再搞政治鬥爭，全力發展科技、經濟、民生、教育，日新月異的躍進，終於成為世界第二大經濟體。「大國崛起」，世界矚目。台灣自世紀末實行美式總統普選，有了「民主、自由」，但種種弊端變本加厲，意識型態與國族認同分歧，藍綠惡鬥，由原來希望三民主義統一中國變成獨台與台獨。台灣原來領先大陸的一切優勢全面喪失，經濟、社會與人才急速衰退。歷經李、扁、馬到二〇一六年蔡英文四任總統，差不多耗竭了中華民國遷台前三十多年兩代人勵精圖治創下亞洲四小龍之首的業績。

近年大陸提出「一帶一路」，中國已成為繼英、美之後，世界歷史發展的第三波領頭國家。台灣因走分離、分裂之路，違背民族復興的大意志。但近代的痛史不能重演，中國不容分裂，民族應該團結。這將是不可逆的大方向。

（二〇一七年七月）

說國旗

台灣之行雖然過於急促，但印象甚佳。總算看到了一直在捉摸、一直在想像的地方。第一個印象，是在台北機場看到飄揚在旗杆上的「青天白日滿地紅」旗幟，忽然覺得我又遲到了！——我上小學的時候，每天一早都要趕到學校操場參加升旗儀式。我小時總是睡不醒，時常因為沒趕上升旗而受老師的訓斥。於是養成上學路上遙望學校旗杆的習慣，如果發現國旗已經在旗杆上飄揚，就知道自己已經遲到，一頓訓斥再加列隊背誦《青年守則》的懲罰是不可逃脫了。想不到五十多年之後，童年經驗竟然在一剎那之間復活！而這是已忘記了半個多世紀的往事了。

上面這些文字，是二〇〇一年來台訪問的一位著名學者回大陸之後，寫信給我的信中的一部分。

讀了這一段文字，引發我太多感想、太多感慨。自古說「文章本天成，妙手偶得之。」可這原不是為發刊的「文章」，是友人間的通信。但實事的敘述，運用極簡潔、質樸的文字，卻飽含深曲、複雜的感情與感慨。也即用理性的敘事來包孕極豐富的感情。形式簡潔，內容飽滿，言有盡而意無窮，所謂餘音嬝嬝，不絕如縷。這是一切好文章的範式。短短的文字，足以引發讀者多方的感受與體會。

一位「大陸中國」資深學者來到「台灣中國」，在飛機場看到這邊的國旗，引發他「童年經驗復活」。這究竟是怎麼一回事？

我們熟知，學生要遵守學校的紀律，曠課、遲到、早退都影響操行成績。而且違反紀律也有各種處罰。當小學生背著書包匆匆上學，遠遠看到操場上的旗杆光禿禿的，心中多麼安慰；若看到旗杆上已有國旗飄揚，便表示升旗典禮已過，又遲到了，心中不免恐懼、沮喪（半個世紀之前手錶並不普遍，小孩子哪有手錶？所以遲到是常事），恐懼與沮喪是因為即將接受處罰。

五十多年之後第一次見到旗杆上的青天白日滿地紅國旗，那來自童年時代的經驗從心靈深處的儲藏室中冒出來，初時不免又是一番恐懼與沮喪的況味，定睛之後，必是極其複雜的感受。也許裡面有時光的倒錯，歷史的滄桑，虛擬與實景的交疊，現實的荒謬以及對來日茫然不可預測的五味雜陳。

「我又遲到了！」認真的說是「我曠課五十多年。」為什麼曠課？並不是「總是睡不醒」，而是當時一覺醒來，旗杆上的國旗變了。直到年齡老大，忽然在一小塊海島的土地上重睹小時候那面國旗。中國人為什麼半個世紀中一直有兩面「國旗」呢？

青天白日滿地紅不論是構圖與色彩，似乎脫胎於美利堅合眾國國旗；五黃星紅旗似乎脫胎自前蘇維埃共和國國旗；最近在紐約歡迎阿扁的台灣島圖形的綠旗，似乎志在「去中國化」。未來的國旗應該是什麼樣？是另一面嶄新設計的國旗？還是各省各按地圖形象數十枝獨立的「國旗」？中國啊，你往何處去？

一天早晨，背著書包的小學生遠遠看到光禿禿的旗杆上，沒有飄揚的國旗，他心中歡呼：太棒了，我沒有遲到！但當他跑到升旗台前，旗杆下沒有準備升旗的童子，操場空無一人，只有風吹繩索、拍打無聊的旗杆所發出單調的聲音。他沮喪極了，沒有遲到有什麼用呢？我們沒有國旗。

老學者又回到「大陸中國」去了，我在「台灣中國」讀他的來信。想到我們有許多面真真假假、莫名其妙的「國旗」，而香港、澳門有「特區旗」，建國黨也有他們的「國旗」。我們已怕說「國」字，我們只喜歡「旗」。因為旗代表意識形態、派別與利益，我們不再是「五族共和」，而是「五色亂華」：紅、藍、綠、黃、紫。「一國兩制」不敷其用，應為「一國五派」，各爭其利。

國旗是一塊布，但它是民族主權、地位、身分、尊嚴的象徵。我們沒有人人欣然接受的共同的國旗。我們一人一塊手帕，那上面只有鼻涕與眼淚。

（二〇〇一年五月《中央日報》副刊）

說統一

十多年來，兩岸政府由高呼「解放台灣」、「反攻大陸」轉變為同倡「和平統一」的口號。其實，國共雙方對中國問題都有共同的心態和期望——他們都要「定於一」。只是經由武力來統一或以和平方式來統一；由誰來統誰；以及何時以何方式統一至今尚未明朗而已。

「統一」似乎成為極鮮明而確定的旗幟。兩個本來相敵對的政府，現在卻目標一致，雖然只是「異床同夢」。但是，如何把夢幻落實成真，雙方根本找不到一致認同的途徑。問題出在哪裡？這是極困擾人的事情。我們不能否認，如果經由談判，互相妥協，總可以獲得解決。如果談判不成，我們也不能否認，若訴諸武力，問題也終將解決。但是，解決了的不過是「統一」的問題而已（因武力解決而民族相殘，生命與財產資源的損失等可怕可悲的後果，在此姑且不論）。更重要的是，中華民族的生存發展種種嚴重問題，因「統一」而解決嗎？「統一」是我們合起來十多億中華同胞最終極的目標嗎？如果答案是否定的，那麼，我們便應回頭細想：「統一」是什麼呢？它的定義、意義、價值與有關人民禍福、國家社會發展等多層面問題的關聯是什麼？將導致什麼結果？

「統」是「總束眾絲」的意思，「一」是「定於一」。古代帝王的霸業都以統一天下為抱負。「統一」是完整、集中、齊一、完美，因而是榮耀。但這一切偉大的光榮只屬於「帝王」與「朝廷」，人民的福祉與文化的發展或倒退，往往與是否統一並無必然關係。近代以來，隨著許多大一統帝國紛紛崩潰，不但屬國、屬地各自獨立，連本來統一的國家也大有分離而治的例子。最近數年間，原來堅如鐵幕的共產國家如蘇聯與南斯拉夫各加盟國，更有紛求獨立的事實。同一民族而要求統一者，如東西德與南北韓，也有要求透過民主程序，和平地志願結合。但都要經過長期醞釀，採漸進的步驟，對等的協商。

因此，我們將發現，統一與分離或獨立一樣，並沒有絕對的價值。不同的國情、歷史、處境、與人民的意願，當有不同的選擇。但是不論如何，我們不能否認，人民的幸福、國家的繁榮與強盛、社會的安樂、自由與進步才是最高的目標。那麼「統一」與否，都應該是為終極目標服務的手段或途徑。目標不可動搖，手段絕無凌駕目標的道理。沒有認清這個主從的關係，「統一」的口號，便可能只是一個空洞、模糊、粗陋而陳腐的概念。

無疑地，對人民而言，如果統一能創造更高的福祉，統一便是有利的途徑，那麼「和平的統一」應為不二法門。兩岸政府在這方面既已異口同聲，似乎不必擔心。而和平的統一絕不是「政權的合併」而已，而必須建基於雙方共同的意願之上。首先應是民族感情的融合，其次是文化的認同與共同利益的追求，進而為制度的認同，最後才是政權的統合。我們可斷言，沒有這些自下而上，由底及頂的認同與融合，便不可能是「和平統一」，也不是以人民的幸福為依皈的統一。

因為，兩個政權可以背著人民互相買賣，或者一個政權的壓迫與另一政權的屈服投降，以及通過戰爭以武力統一。但那都只有製造民族的苦難，而且埋下來日無窮苦難的種子，這樣的統一當然毫無意義與光榮之可言。

本文提出對「統一」的思考，並沒有預設是非褒貶的立場。不論國人贊成統一與否，都應對此深思熟慮。因為這關係中華民族的共同前途，豈能草率盲從或聽天由命！

（一九九一年六月《自由時報》副刊）

再說統一

秦滅六國，中國就統一了。假使只滅五國，還剩一國，就成分裂的局面。「一國」既無力取秦而代之；秦既未能將率土之濱完全收入版圖，說秦是「叛亂團體」，或說「一國」製造「祖國的分裂」，都強詞奪理。在未有民主思想的時代，統一與分離端賴武力。成者為王，敗者為寇，歷史只是「英雄將相」揮舞干戈的舞台，無辜人民只有忍受戰火離亂之苦。而江山依舊在，幾度夕陽紅。勝利的霸主也沒有長治久安的能耐，等到另一個「英雄」再起，原先的勝利者便又成為倉皇辭廟的悲劇人物。所以，改朝換代，人民一次一次的犧牲，一次一次被利用，被踐踏，結果是白白受苦——歷史的悲劇永沒有「終結」的時候。

民主政治便是歷史悲劇的終結者。透過代表不同政治主張與不同利益的政黨，以民意為依皈來競爭領導權，以民意機構的制衡來防止獨裁與腐敗，以漸進的改革來謀求國家的發展與進步。國共兩黨大鬧中國大半個世紀，雖然還不肯承認對不起中國人民，但現在總算不能不以「人民」、「民主」等口號來掩飾赤裸裸的打江山、坐江山「封建餘孽」的心態，並共同聲稱「和平統一」。這實在也不能不說是數十年來殘酷鬥爭之後差強人意的一點「進步」。

上次說到「人民的福祉、國家的繁榮富強與社會的自由進步」才是最高的利益，統一與分離，根本不是什麼非立即爭個死活的事，更不能凌駕於上述最高利益之上。所以，統一與否，不是一個「真理」與「非真理」的問題，沒有對錯，沒有正確與否，根本是一個價值問題。對大多數人有好處，大家心甘情願，自然統一。大多數雙方人民有此意願，要分離也不可得。否則，便須等待或努力創造歷史的契機。若以武力、脅迫、詐騙的手段來謀國，都將戕害民族的生機。因為惡因不可能得到善果。

現代世界的變遷發展，正是「矛盾又辯證的統一」。政治上，紛紛要求獨立、分離、自治；但經濟上，卻又要求跨國、跨州的合作、統合，要組織共同體。在思想上，越來越多元、分歧、揚棄唯一真理的迷信；但在人類生存發展上，卻越來越互相依賴，全球一體的共識，地球村的觀念，都表現了人類命運與共的體認。所以，現代世界的時代潮流的特色有兩點：一方面是人的尊嚴，自由的選擇、地區性的特色、文化的差異、習慣與信仰的堅持、思想的多元化等等原因，使「分立」的訴求越來越受尊重，逐漸成為人類社會之共同願望。另一方面是人道精神的發揚，人類整體利益的追求，應付共同危機的需要，世界和諧與安定的發展，卻又使「統合」的願望匯成潮流。總而言之，現世思潮可說是「分中有合，合中有分」。

《三國演義》開頭說歷史大勢是「分久必合，合久必分」。這差不多是過去中國最通俗又最中肯的「歷史哲學」。人類畢竟有了很大的進步，《三國演義》的說法與現代的「分中有合，合中有分」比較起來，落後與進步判然有別。揚棄了「分」、「合」二元的絕對化，而擺脫歷史悲劇的宿命，實在是西方文化的大貢獻。中國人應該「破舊立新」——「分」與「合」應互相依存，應該辯證的統一。

說到這裡，兩岸的前途，其實應更擴大來說，中國未來幸福富強的遠景，只有一個大方向：分中有合，合中有分。因此，統、獨之爭，兼併的霸道，復國的痴夢，都只有徒然耗費中華民族的元氣，蹉跎急起直追的時光，製造中國人永無休止的苦難而已。整個中國各省、各地區要更多的「獨立」、「自主」、「自治」，而海峽兩岸、三岸甚至更廣大的中華民族要更大的「統一」、「統合」、「聯邦」、「邦聯」。

一個「偉大」的中央帝國，管制十多億華人的衣食住行甚至思想、娛樂，注定這個民族的生命力的死滅；分崩離析，不肯團結合作，彼此各懷鬼胎，而且互相敵對，也注定這個民族格局狹小，力量互相抵銷，前途黯淡。霸道的「統一」與離心離德，分崩離析的「獨立」，將注定中華民族還只配實踐《三國演義》的「歷史哲學」。以血流成河而「分」，以血流成河而「合」，且循環不已。

不要光看哪邊力大錢多，拳頭硬，謀略高明而贏得最後的「勝利」，我們要看誰能以「分中合，合中分」來導引中華民族歷史的悲劇，走向民族振興的光明之路。

中華民族如果缺乏這個胸襟與智慧，雖不致被開除「球籍」，但也只是地球上一個「智障的巨人」而已。

（一九九一年九月《自由時報》副刊）

後記：「說統一」與「再說統一」兩篇專欄文章，寫於一黨獨大的時代，刊於《自由時報》一九九一年。當時該報副刊是一位風度翩翩的女小說家，她心中沒有成見會邀請我寫專欄「世說新語」；我會為它寫稿，今天都不可思議了。我寫此二文，不是政論，是隨筆，完全沒意識型態的偏執。自認還值得「獻曝」，本來想刪改，但不如保留當年主客觀的真實，故不修改收入本書。

（二〇一七年三月）

說快樂

「快樂」幾乎世間每個人所最希望擁有的。但是，恐怕很少人深思慎問：「快樂」是什麼？「快樂」在概念上，在經驗上，都非常平易近人，毫不陌生。但是，「快樂」有種種不同層次，不同性質，產生快樂有種種前提，快樂的效果與程度也因不同的人處於不同的境地而有千差萬別。「快樂」實在是一個極其複雜的問題。如果認真地以理性來探索「快樂」，哲學家也許可以寫一本不易卒讀的「論快樂」。

肉體需求的滿足與精神的安慰都可得到快樂。可見快樂有感官與精神兩方面。雖然兩者也常常互相關聯，並不時常可以分離，但確屬不同的層次。弔詭的是，有時感官上的不快樂（甚至痛苦）卻不妨礙精神上的快樂。那些為義受苦的因為價值理念的鼓舞而獲得精神上的安慰而心中充滿喜樂。而縱情與貪得者卻常常淪為物慾的奴隸。

人生的「得失」也不見得是快樂與否的條件。「得」到所欲（如財富、地位、健康等），與「失」去所不欲（如貧困、煩惱、疾病等），理應得到快樂；「失」去所欲與「得」到所不欲，理應引發痛苦。但是，弔詭的是得到所欲與失去所不欲，卻不一定得到快樂，也不一定能避免或減少痛苦。譬如，財富固然是世人所追求的快樂之源，但也可能使人墮落敗壞，或者得到空虛；匱乏固然悲哀，但也可能使人奮發向上。快樂與痛苦常常「福禍相依」，不可斷然二分。

快樂與痛苦也沒有絕對的指標，只有相對的效應。我們很難衡量一袋麵粉對於饑餓者與一枚鑽戒對於富有的小姐，哪一樣更能提供「快樂」。

「快樂」的詭祕與複雜，絕不如想像中那樣平易單純。世界上古往今來人人追求快樂，但適得其反的情形可謂罄竹難書。快樂到底是什麼？

依我所見，快樂的獲得應有積極的條件與消極的條件。前者如安寧、健康、自由、合理需求的滿足、尊嚴、榮譽等；後者如免匱乏與恐懼，擺脫困擾、煩悶、教條、偏見、迷信、空虛等。所以，「創造條件，滿足渴望」與「發揮智慧，擺脫煩惱」兩者大概是追求快樂的有效途徑。

如何創造快樂，實在不易回答。尤其是尊嚴、成就與榮譽，永無止境，那是少數有創造力者的功業，他們自己自有答案。對於大多數人而言，快樂與幸福的追求並不需要過人的本領，但也要有一顆略有創造性的心。而努力爭取具備什麼樣的條件，便可得到快樂與幸福，還是很難有標準答案。因為每個人對快樂與幸福的要求與偏愛並不完全相同；況且每個人處於不同境況中，其要求與偏愛也常常改變。不過，如何消除不快樂，如何擺脫一般的習見與陳腐的人生模式，大概可有下列幾個建議：

一、找到你自己。包括瞭解自己的性向、能力、志趣，建立自己人生的目標與原則。人應為自己的主人，不應為父母、兄弟、夫妻、子女的奴僕，也不應讓教條、偏見、迷信、權威來主宰自己。事事與別人相比，自卑與妒忌將如影隨身。欣賞自己，也欣賞他人；有了自信，然後有自尊。

二、展望未來，享有今日。如果讀書是為了將來的就業，就業為了養家活口。今日的努力是為了明日的「期望」，則今日成為「手段」，就無法享受今日之樂。如此人生好比坐牢或服義務兵役，天天在數饅頭，期待明日的「自由」，則人生毫無樂趣可言；如果飲食只為營養，性愛只為傳種，那麼生活的一切皆為「手段」，也必不能體味生活的滋味；工作只為賺錢，工作的快樂一樣蕩然無存。我們要學習細細品味生活與工作的樂趣。

三、慾望的滿足與價值的追求。金錢、權力、情慾與物質的滿足或佔有，無疑是快樂之源。過去有許多主張認為這些慾望的抑制或徹底消除是道德修養的主要內涵。現代人早已不願也不能遵循這些清規戒律。事實上，慾望不可能消滅殆盡，而慾望的壓抑也是不快樂的重要原因。以為消除慾望便能根絕罪惡，殊不知結果是製造了虛偽、殘暴以及暗地裡更多罪惡。合理的慾望的滿足使人性得以舒展。看過張藝謀的電影「菊豆」，當可體會過去社會人生中陰暗與醜惡的罪孽，無論如何比現代開放社會的缺點，對人性尊嚴的摧殘更可怕百倍。

不過慾望也可使人成為奴隸。金錢的功用如果超過了安全與自由的所需，便很容易作惡。有人利用特權賺錢，再用金錢收集「美女」，收集珠寶與藝術品。慾望的貪求永遠沒有限度，但肉體的能耐卻極其有限。這就是慾望一方面是人生之樂，一方面又是人生之苦的原因。而能用金錢收集的「美女」，與包含精神價值的「愛情」，其快樂的等級並不相同。對藝術的理解、感動與欣賞與擁有昂貴的名作，前者更具精神價值。

四、超越自我中心。每個人皆應為自我的主人，但不應以自我為世界的中心。過分自我中心的人太關心自己，對他人與世界均不感興趣。他要成為聚光燈的焦點，渴望恭維、讚美、奉獻與愛，但他從來吝於給他人這些他所渴望的。一個從來只活在自己裡面的人，便不可能跳出自我，站在旁邊來觀察自己的缺點與可笑之處，也不會設身處地體會他人，更不可能體味自然界的山川草木。狹隘與自私，必患得患失，也不可能長期受人歡迎。唯有擴大胸襟，關懷萬彙，才有希望由狹隘的自我牢籠中得到解放。

五、認識人的「有限」與「不完美」。有此認識，我們當會同情包括自己在內的人。同情心將化解仇怨、妒忌，使人豁達大度，從容而溫厚，從而減少許多不快樂。

我們既知人之不完美，所以要時時反省。最能使我們脫離愚昧，懂得如何創造快樂的途徑，還是一句亙古彌新的老話：多讀古今中外好書，多多觀察人生。

最後，我們當知，在一個未臻合理的時代，犧牲個人一點快樂去促進光明，消除黑暗，可能得到更大更久的快樂。

（一九九一年八月）

說語言

人類由動物進化成人，非常重要的創造是「語言」的誕生。

語言來自人的聲音。動物也能發聲，但動物的發聲只是物質（肉體的某一部分）振動的結果，只是形而下的聲音，沒有形而上的意義。人類的語言有形而下的聲音，同時有形而上的意義。

動物的發聲，充其量只能表達情緒，只有「信號」（signs）的功能；而人類的語言，遠遠超過信號的層次，能夠作客觀的描述，而且蘊含人所賦予的意義，稱為「符號」（symbols）。

文化哲學家認為這是人類世界與動物世界的分界線。

但語言只是一個個、一組組概念的符號，如果沒有連綴成句，便不能表達具有完整意涵的情思。語詞連結而成語句，依憑文法與修辭兩種規範。語句合乎邏輯，須仰賴文法的原則；語句合乎審美的要求則全靠修辭的功夫。

在長遠社會生活的歷史中，人類創造了無法計數的語句。其中許多精煉、生動、通達、優美的語句，成為社會生活共同的資產。這些智慧的語句，不論是諺語、格言（proverb）、雋語、警句

（epigram），或者成語、常用語、金句、語粹……都是語言的精華。

智慧的語句之所以是精華，因為它在歷史中經過時間的淘洗，大眾的檢驗，實踐的試煉，而能發揮永遠的生命力，在語言的領域中活躍馳騁。

它有的是天才的創造，有的是集體智慧的結晶；它包羅萬象，博大精微，深入淺出，雅俗共賞。其中有哲學的睿智，歷史的經驗，文學的美妙，人情的練達，道德的訓戒，宗教的啟悟，生活的祕訣，處世的良策。其豐富與精闢，美不勝收。

如果不能廣覽群書，不妨多讀讀智慧的諺語，以彌補語言的貧乏，有助提高與人溝通的能力。不過，學習作文，可別以為成語、諺語滿紙，就等於出口成章。

寫文章還得自己鑄造獨特、鮮活的語言，才能塑造自己的風格。成語與諺語，啟發智慧，也為寫作者示範語言運用的奧妙，永遠是語言世界的經典，也是前人餽贈後世豐盛的遺產。

花以豔色芬香使人喜愛，鳥以婉轉的啼聲令人陶醉；人類以飽含深曲情思的語言完成了人的超越的價值。不論是深思、慧黠、機鋒、幽默、多情與動人，都是珍寶。

（二〇〇一年二月）

說品味

品味是對於宇宙人生情趣的發現與欣賞，對其價值的辨識。品味與審美有關，所以常常被視為「風雅」之事，不大為重視現實的大多數人所關切。

當然，人類最基本的問題是生存。而自由、民主、富足、康樂與免於恐懼，可能使生存更快樂、更幸福。但假如有了上述諸條件，是不是必然就有美滿與幸福呢？如果沒有高度的品味力，上述諸條件有沒有可能實現？有沒有可能不斷提昇呢？

如果深入去思考這些問題，可能便明白了品味一事，並不只是風雅，並不只是少數有審美「嗜好」的雅人的專擅。品味確實與人的尊嚴、人生社會的品質與幸福有密切的關係。沒有品味，自由與富足可能只有雜亂與庸俗。而只有在以追求人生更高境界為奮鬥的目標之下去追求政治與經濟的進步，才能使人生社會有真正的幸福。

品味不是只對著藝術才有的。在人生社會中，隨處可以看到一個人或一群人對人間的善惡美醜，公正或不義，表示或不表示他的態度，這就有關品味。

阿Q將被槍斃，遊街示眾的時候，「兩旁是許多張著嘴的看客」。當他說：「過了二十年又是一個……」的時候，看熱鬧的人群便發出如「豺狼嗥叫一般」的一聲「好!!」而且，這些大眾「多半不滿足，以為槍斃並無殺頭這般好看」。圍觀活宰老虎或獵殺珍禽為樂與張著嘴看死囚遊街在品味上大概不相上下。淫虐雛妓，看牛肉秀，由表演跳脫衣舞而得到快樂的人，他們有什麼資格要什麼民主與人權呢？

政治似乎與品味無關，其實未必。行將就木的老翁老嫗們爭權奪利，寧讓國家社會朽爛也不肯使時代新生。利用或容忍這昏聵的醜惡，正是喪失品味力的緣故。而為數不少的枉法貪贓的「公僕」，長袖善舞的特權，阿諛取寵的知識份子的醜惡，也因為社會品味力喪失的緣故，大家以醜為美。大眾傳播媒體上最神氣活現的不正是這些人嗎？既然善惡美醜不辨，所以道德痲痺，法律倒錯。

沒有美醜的鑑別力，便無榮辱，也不會有正義與邪惡的分別。政治的良窳，深遠而言，其實是品味力所決定。以謊言掩飾事實之醜惡的政客，不在「存在判斷」上出錯；因為他太明白非說謊無以維護「存在」的道理了。所以，出錯的是他沒有清晰的「價值判斷」的能力，故而不能分辨美醜。

在經濟與社會生活方面，品味力的重要更為明顯。

榮辱可能在衣食足之後有，但富裕不一定自然而然提昇了價值觀念。歷史家說羅馬帝國的衰亡是因為財富腐蝕了羅馬人最好的品格。可見，富裕也可能是文明覆亡的原因。

如果沒有高尚的品味，財富只能引致庸俗、腐敗與醜惡。有人要興建牛奶浴池，大概因為衛生專家說牛奶在常溫中數小時內即變質而作罷。幸好有這個自然規律，挽救了瀕臨腐敗的人心。不過，產量過多的牛奶如果不能予貧苦的孩童普遍分享，奶粉還醞釀漲價，我們便只看到富裕的醜惡。

沒有品味力而經濟發達，不見得是幸福。物質的充斥，徒然造成社會的擁塞、雜亂、刺眼、吵鬧、俗氣與污穢。望而生厭的酒席；滿眼庸俗的造型與色彩裝扮起來的「風景區」；盲目追隨外國流行的服飾；釘上五花八門鐵窗與招牌廣告的大廈；停滿車輛與滿地擺攤，使人寸步難行的走道；到處是噪音、空氣污濁的城市……。這一切豈不因經濟發達而有？

崇拜外匯存底與國民所得的數目字，卻毋視於生活品質的惡劣。政府卻永遠沾沾自喜，躊躇滿志；人民則糊糊塗塗，或者無可奈何。沒有品味力便沒有價值判斷的目標和基準。我們不知道雖然創造了暫時的「奇蹟」，卻引發了長遠的「奇禍」。這是多麼可怕！

品味是分辨價值最基本的條件。人的尊嚴，生命的意義，生活的情趣，宇宙的美，人間的善，都由品味出發，漸次領略，深廣無垠，高遠無限。人是有價值觀念的動物。人類所追求的幸福，正是要使生命更有價值，境界更為提昇。民主、自由、富裕、健康……等努力都只是為達到幸福所必需的條件或手段。把手段當目標，又不擇手段以求達到這些目標，卻忘卻了更高的目標，是一個社會墮落的根源。品味不只是風雅之事，亦是個人與社會榮辱興亡的關鍵。

（一九八九年一月）

後記：大陸現在把「品味」誤為「品位」；台灣則把「一味詐騙」說成「一味詐騙」。這個「味」字，用同音字「位」與相似字「味」替換，大量見於報刊、出版品。這叫焚琴煮鶴，兩岸中文一代不如一代。

（二〇一七年）

說菸酒

菸酒這兩樣東西，有人當作寶貝，有人視為毒藥。這不能不說是極為奇怪的事。不過，菸酒還是菸酒，可怪的應為不可思議的「人」。

人的心性意欲，千奇百怪，不可蠡測。日本相撲之士，著意養一身鬆垮的肥肉；西方健美肌肉比賽，連女人也練成有如剝了皮的青蛙那個模樣。人之不可思議有如此之甚者。菸酒的嗜好與此比較起來便不足為奇，最多近乎對臭豆腐或榴槤的喜惡人各不同而已。

說菸酒是無益之物，是指對肉體的健康而言，這大概連菸槍酒徒也不會完全否認。不過，有一句常常聽到的「名言」說：「不為無益之事，何以遣有涯之生。」似乎表示無益之事也有其意義在。

這名言乍看似極有深意，但細想起來，便覺得字面上「無益」與「有涯」的對偶近於硬湊；此言並無深意，而且有乖事理。「遣」字是遣送放逐之意。所謂「消遣」、「排遣」，即將鬱悶、滯礙、無奈等不快之情排解消除的意思。而生既「有涯」，不免有如蘇東坡「哀吾生之須臾，羡長江之無窮」之嘆。或秉燭夜遊，及時行樂；或發憤努力，焚膏繼晷；生既有涯，挽留都不及，何須加意「遣」之？

假如要為種種「無益」之事找合理化的藉口，這「有涯」二字應改為「有憾」才差可達理。即改為：

「不為無益之事，何以遣有憾之生。」

人生若從「有涯」方面來說，其短促、有限，提示了生命彌足珍貴，正應為「有益」之事，豈可虛擲歲月？只有從人生「有憾」方面來著眼，其痛苦、無奈與煎熬，才引發追求刺激、麻醉與縱情宣洩的要求。表面看來，為有益之事，當宜養生、護生、衛生以延年益壽；偏行無益之事，豈不形同輕度的自戕？事實的確如此。但是，人生之缺憾與痛苦終不能免，則麻醉與宣洩差可有減輕、安撫、轉移、化解之效。負面消極的事物也許有其正面積極功益，正如同最好的事物不免隱藏著危機一樣。人生的得失，豈能以表面論之？比如婚姻與愛情，應屬人生正面價值，但多少人生痛苦因之而起。禍福相倚，人生並不因盡為有益之事而幸福安樂。早睡早起，清潔整齊，飲食有度，菸酒不沾，不事冒險，不爭勝負，閉口藏舌，明哲保身……這些人生箴言對生意已然黯淡的人或非常受用，對於活活潑潑的生命則形同禁錮。生命的美妙珍貴，令人歡欣雀躍，生命之痛苦艱辛，又令人慷慨悲歌，甚至痛不欲生。生命是一弔詭。

歡欣雀躍與慷慨悲歌，不免有尋求刺激、麻醉、縱情與宣洩之欲求，於是菸酒成為憑藉。菸酒者，弔詭荒謬之人生所依賴弔詭荒謬之物也。它既是寶貝，也是毒藥。其可貴遠勝珠寶，其毒性則大不至如鴉片與古柯鹼。但其為寶為毒，終不易論斷。

談菸酒的文章，多半似乎在揄揚風雅，正如談品茗賞花一般；不過，多落俗套。在我想來，菸酒之為嗜好，顯示的是生命的殘缺，雖然菸酒並不能完全彌補這殘缺，不過還是盡了它們的責任，對人生的大局限施以一點救濟。

抽菸在少年或許表示叛逆，表示已經脫離幼稚的「神氣」；在成人，其實暴露了心靈的懦弱。因為尋求依託，正是懦弱的表示。天天離不開，沒有菸便有手足無措之感，怪不得許多拒絕戒菸者說：一個形影相隨數十年的老朋友說絕交便絕交，梟情絕義有過於此乎？這有點像苦戀，顧不了來日，只沉溺於當下的陶醉。香菸之於瘾者，近於枴杖之於瘸者，鎮靜劑之於失眠者。雖然也有神采飛揚於吞雲吐霧之時，不過，菸瘾總是輕度之毒癖。像林語堂先生大讚吸菸可享靈魂的清福，現在的嗜菸者不但已無此自以為是，而且漸感如過街老鼠，無所立足於人間，狀甚可憫。

飲酒若不成劇瘾，其佳妙處比吸菸多得多。有人每天抱著酒瓶過日子，不大進其他食物，鎮日笑容可掬，滔滔不絕而語無倫次，喝到全身發紅，被人呼為「醉雞」。人生至此，等於全毀。飲酒若有雅量而不失風度，其佳妙處在卸下虛偽與拘束，現出一個真率坦誠，生機活潑的自我，而感覺四體輕盈，百脈舒張，感受敏銳而神志飛揚。人生得此境界，才體味到生命的濃烈興趣。不過，能有此福分的人不多，不是每易爛醉如泥，醜態百出，就是淺嚐半杯而頭暈目眩。有人天生過敏，更是滴酒不能碰。不能領略酒的佳妙，實在是人生最大的遺憾。

凡香甜可口之食物，人皆愛之，但很容易饜膩，不能持續享受。菸酒的特色是辛辣苦澀，最耐品味，歷久不厭，其深沉的魅力，令人難以抗拒。可口可樂多為人所愛喝，但只提供口舌咽喉表皮的快感，而且未聞有人終日飲之不厭，乃至成為嗜癖；菸酒則大不相類。因為菸酒通過口舌腸胃，更能觸動心理與神經。就各式食物來說，足以顯示人類高於其他動物，菸酒是很有力的證物。

群飲雜亂，對飲歡暢，獨酌則深沉。有人把「酒逢知己千杯少，話不投機半句多」改為「酒逢千杯知己少，話不半句投機多」，令人噴飯而歎其天才。菸酒基本來說還是無益之物，但有憾的人生，永遠有人需要它來救濟。如果有一天徹底禁絕菸酒，雖多了些「模範公民」，同時也只剩下通通是些無味的人生，乃得不償失。

（一九九五年一月《中國時報》〈人間〉副刊）

說鄉土

「鄉土」有時候是恥辱與可怕可厭，有時候是榮耀與可愛可親。當她是前一種「東西」的時候，離鄉出走是為上策；當她是後一種「東西」的時候，回歸而擁抱之則最划算。如果說中國人本性是「安土重遷」，那是古人；近代的中國人最聰明的都當候鳥，哪裡是人間樂土便往哪裡擠。

大陸易幟之前，許多識時務的俊傑遠走歐美；台灣的克難時期及退出聯合國與中日、中美斷交之後，大批俊傑又走了。因為那些時候，「鄉土」是衰敗、落後、混亂、貧困、恥辱。人往高處走，「崇洋媚外」是有覺悟的先進者，當然有理由，也有資格看不起困守鄉土的兄弟姊妹。先進的俊傑對鄉土除了炫耀、譏諷、訓斥之外，有時也略盡教示之責。鄉土的落後與恥辱當然永遠不會有多大起色，因為秀異份子皆擇高枝而棲，留下來的豈不多為沒有出息的「老土」！

客座，僑領，僑選民代，華裔外籍的商人、專家、藝術大師……都是高等華人。他們拋棄落後（鄉土），認同先進（歐美），他們在中國社會卻有最大發言權。偶爾他們回來開會（政治的、經濟的、科技的、學術的各種會議），回來教書，回來開畫展；他們的文字作品更是充斥台灣各大報刊（享受最高精神與物質待遇）。那個時候，內外上下都覺得他們雖然是「外國人」，但中國文化的前途，中國社會的未來都繫於他們身上。某名人就認為他們是吸收先進文化的「前鋒觸鬚」，沒有他們，「鄉土」只有土到底。

然而，曾幾何時，台灣經濟的暴發與專權政治的解體，鄉土變成人人有機會參與「爭權奪利」的「樂土」；而歐美經濟的蕭條，更襯托出這個小島的肥美。優異的俊傑本來的信條不是「哪裡是人間樂土便往哪裡擠」嗎？毫無疑問，這回是回歸而擁抱之了。

不過，我們也不必苛責「浪子回頭」。那些困守鄉土的「老土」，在無利可奪，權不敢爭的年代，又何曾有多少人以鄉土為榮。「崇洋媚外」與「依附權勢」交征利的當時，「鄉土」何曾有呼吸生存的空間？就以藝術來說，四十年來「在朝」的是來自中原的模仿傳統的復古派（多少鄉土子弟以傳承大師衣缽為榮！），「在野」的豈不是模仿西方現代主義的前衛派。台灣本來沒有多少有特色的「鄉土藝術」，有的也只是較早學自東洋的油畫與膠彩畫，可說是東洋繪畫的一個支脈。可憐的是連這一點鄉土藝術在過去也是備受冷落而忍氣吞聲。現在鄉土變成榮耀與可愛可親。但鄉土在哪裡呢？復古派、西潮前衛派與東洋支脈都在瓜分鄉土的領域，爭奪「主流」地位。這些豈可稱為鄉土？似乎真正的鄉土畫家只有洪通與林淵才夠「土」吧。四十年來本應由缺少特色的鄉土藝術去開拓、創發、建立有特色的新鄉土藝術，然而有多少人能有此覺悟與抱負而肯付出心血？我們的「老土」兄弟與外籍華裔畫家不是只要現代與世界性麼？我們另一部分「老土」兄弟不是繼續在畫東洋畫與文人畫麼？

什麼是鄉土文化？台灣的鄉土文化在哪裡？難道就是牛車、斗笠、布袋戲嗎？現代的鄉土文化是什麼？世界性文化不是來自某種卓越的鄉土文化嗎？移植外來的強勢文化就能使本土獲得世界性文化嗎？把鄉土文化侷限於孤陋、狹窄的藩籬裡面，不思改進、提昇，又不容批評，是真的愛鄉土嗎？太多問題值得反省、研究了。

一位文學教授指出「台灣文化的問題剛好表現在兩個極端：或者唯外國是從，從來不知道自己是什麼；或者反過來，死死抱住一點小小的遺產，不假外求。」的確，小小的遺產只能提供外國觀光客滿足其欣賞土著文化的「異國情調」；而把唯外國是從當作「新本土主義」的也大可憂。有人說「分別台灣戲劇的標準不在它的表演形式，也不在表演內容、手法的傳統或不傳統，或是否使用台灣語言演出，而是以它的出發點是否以台灣社會做為思考的重點，是否有台灣社會主體性的關照。」這種妙論令人無法理解。試想表現的內容與形式（手法、語言等）都不必論，能以什麼來表現「以台灣社會為思考重點」與「台灣社會主體性的關照」？正如有人說，只要你是中國人，即使畫西方現代畫，結果也必然有中國人的民族性在其中。其實持這種說法者心裡想說的是：把流行的強勢文化稍加化妝，當作新鄉土文化來運作有何不可呢？

崇洋媚外與依附權勢都一樣是「西瓜倚大邊」的心態。就文化而言，台灣文化是小鄉土，中國文化是其大鄉土。有人認為台灣人有「西瓜倚大邊」的性格。但是，非常重實利的中國人何嘗不也一樣是這種性格的民族。權力與利益摧毀了正義與誠實。小鄉土與大鄉土半世紀以來上演多少西瓜倚大邊的醜劇，誰更有資格笑誰呢？

鄉土，不管它是恥辱或榮耀，凡生長於鄉土的就永遠剪不斷那根文化的臍帶。不管你移民到何地，那使你深深領受人生意義與價值，使你在心理感情上永遠眷戀的就是鄉土。離棄鄉土的，除非不幸客死他鄉，終要回歸鄉土；一時被扭曲的鄉土文化，將來終將找回他應有的發展、提昇的正途。

以是否有權可爭或有利可圖來選擇離棄鄉土或擁抱鄉土的心態最可鄙。當我們還不知道自己是什麼東西的時候，談鄉土文化與鄉土藝術，早著呢！

（一九九三年十二月《中國時報》〈人間〉副刊）

說兩性

隆乳的矽膠使許多婦女致病，美國廠商經法院判決要賠償好幾十億美元。我們不曉得隆乳的女性全球有多少人，但可以想像其數目必相當驚人。自瑪麗蓮・夢露與碧姬巴鐸以降，多少尤物是天生異稟？多少只是挺著兩碗矽膠？這種事既不能多問，更教人難辨真偽。

毀譽參半的心理學大師弗洛依德（Sigmund Freud）說，當小女孩發現男孩子凸出的生殖器，大為恐慌，覺得自己的凹陷狀態簡直是「負成長」。於是羞愧自卑，認定自己是被閹割的殘缺者。因此女性總夢想有恢復陽具的一日。此即謂之「生殖器妒忌」。這個學說後來多被斥為胡說。不過，男女生理之異，引致心理有別，則無可否認。女性隆乳的行為焉知不也是一種「生殖器妒忌」的報復心態；既然「比下不足」，切齒之餘，來個「比上有餘」，因而「扯平」。

照常理來說，男女各擁「瑰寶」，彼此欽羨，則交換欣賞，互通有無，不正可以和諧相處？不幸得很，兩性間的戰爭，夾雜著倫理、道德、地位、利害、意氣、痴癖等等複雜的因素，在不同的時代，不同的社會，這種戰爭，兩性之間可說是勝負殊途，沒完沒了。

毫無疑問，在兩性戰爭中，男性要負大半「罪惡」的責任；尤其在「性」方面。原因很單純。雄性的天賦所扮演的是主動的攻擊者，而且無時無地不身懷犯罪工具。所以雄性的鹵莽與激情常為男人最可厭可鄙的「德性」。其實那是來自動物的部分。「強暴」與「性騷擾」絕大多數犯罪者是男性，女性多為無辜者，原因在此。男人要有特別的修養，抑制或去除動物性的一部分（但卻不可以去其「全部」）。不然，男性天生嫌疑犯或預謀犯的「原罪」，永難擺脫。這樣說來，男性的可厭可鄙也不無可憐。除了過分霸道、無恥、囂張與不尊重人權的行為之外，男性的「德性」實在也須給予適當的憐憫與同情。

這使我想起孫述宇先生在《金瓶梅的藝術》（時報出版公司）中有一段我一直非常欽佩的話：《水滸》的作者與讀者面對犯過的人，有一種很原始的、得來輕易的優越感；《金瓶》並不給我們這種優越感。我們想鄙視眼前這三淫婦，他就說，瓶兒很仁厚，對西門慶的真情至死不渝；春梅天生尊貴，當年也曾鄙視貪吃愛玩的同伴；即使是金蓮，她的聰明與精力，未必輸給你我。作者的態度，與寫《卡拉馬助夫兄弟》（*The Brothers Karamazov*）的杜斯陀耶夫斯基相近。在卡家兄弟中，那個神父向卡家的老大深深鞠一躬，不是因為老大的德行好，而是因為他的情與欲很強，人生的道路會是很苦的。神父的慈悲是基督教的慈悲，《金瓶》裡的慈悲則來自佛教。來源雖異，性質與表現卻很相像。我們的三大淫婦都走很凶險的路，吃大苦頭，死得悽慘，作者以之命名小說，也是向人生的苦致意。

這樣寬容、悲憫、深刻而通達的胸襟與見解，太令人感動了。

最近「閹人」與「性騷優」在媒體上喧鬧一時，令人不無感慨。兩性之間可以經營人間至美、至動人的境界，也可以變成至醜、至不堪的局面。以後者而言，那裡面是非曲直非常複雜，每案也大不相同，不可訴諸「固定反應」，妄判是非。不過，兩性之間生理心理之異，應有同情的瞭解；而男性宰制社會的歷史並未結束，兩性人格之不平等則應予譴責。以利誘或強迫或欺騙的手段「獵艷」，都是對人性尊嚴的踐踏，都是卑下的行為。

女權運動要把女性長期的弱勢扳回到與男性在人性尊嚴與生存權利平等的水平線上，這無論如何是值得擁護與支持的。不過，有些時候有些做法與說法恐怕過猶不及。比如兩性自然的差異原是不可抹殺而且非常可貴的，一味的輕忽與否定，不免走上另一極端；沒有「和諧」，便只有「對壘」。女權運動一方面要向男性社會爭回自身應有的權利；一方面應從女性自身的自覺與改造上著手。前者以法律的改革為關鍵；後者則以人格精神與道德的自我提升為重心。坦白說，後者遠較前者艱巨。只有等到絕大多數的女性都拒絕廣義的賣淫（包括貪圖名門的財富、地位、權勢以及厚聘的婚姻），女權運動才有真正徹底勝利之一日。人人痛惡的宰制者，固然多半具有權位與金錢的優勢，但是，他們的囂張與狂妄並不全因其權力或金錢，大半原因是太多人願意把人格情操與青春美麗的肉體這些無價之寶去換取眼前利益的緣故。所以，人的自覺才是最重要的條件。這一點男女都無例外。

兩性不該敵對；也不該事事往「性」去判斷（不要太輕易「泛弗洛依德化」）。在「性」之前實在有一大段模糊地帶，使兩性之間充滿歡愉、昂揚、憧憬與美。這難道不正是人生可依戀的重要內容？說這就是異性相吸也沒什麼不好；說這可能「危險」，也不必否認。問題是什麼「危險」？如果兩性間互相尊重，明白他們的道義與責任，而甘願冒險，追求其所追求的，無怨無悔，試問古往今來什麼力量能阻擋得住？

電影經典之作《希臘左巴》中粗豪的安東尼昆對那書呆子說：辜負了女人的愛意，拒絕與她上床，這種罪，連上帝都不會饒恕——這裡面有體貼也有達解。困難的是男性如何在變幻莫測的女性身上解讀「愛意」的密碼，而不致因為判讀的錯誤而成為可厭可鄙，或成為「笨蛋」？

在兩性之間，男性這一端確比較難為：不是一身熱汗，便是一身冷汗。如果弄得他無能「自立」，兩性之間還唱什麼戲？

（一九九四年四月）

說食色

人與動物相去幾稀，主要是食欲與性欲兩大基本欲求相同故也。帝王貴族炊金饌玉與妻妾成群，固不待言；人民救星之以女性為娛樂玩具，而頭號民主國家總統之緋聞頻傳，更說明時代雖經巨變，食色之大欲總要在現代霸王、豪傑的光環之上著糞。他們與凡人同樣。儘管努力妝扮神性，但往往顯露出更多獸性。而當人是獸時，常常比獸還壞。

禁欲與縱欲都帶來變態、痛苦與災難。維持神與獸間的中庸也不太容易。因為那需要克制；長久的克制本身即意味著痛苦，故非凡人之所能。人類還未能找到欲望自由滿足而免於災難之路，此痛苦永難消除。

食、色兩欲，皆人之最愛，但兩者在人間的「待遇」，卻天差地別。此誠不可思議，卻亦別有緣故。

滿足食欲，追求飲食之精美，變化花樣層出不窮，都可以光明正大，無所顧忌。可以說，可以做；可以鼓勵、批評、讚美、比賽；可以學習、研究甚至可以修學位。而性欲則全然不同。春宮與淫書長期背負「無恥下流」之名，與「烹調藝術」之風光簡直不可同日而語。兩者間的不平，似乎很少受到重視，更鮮少追究其原委。

褒揚食欲，貶斥性欲，大概有下列原因：

第一，飲食所用的嘴巴與性愛所用的性器在人體的部位不同，功能有異，故生「貴賤」之別。貴者揚之，賤者貶之，幸與不幸，各有其「命」也。口部為頭面之組成部分，位居要津。用以與人相見，也用以發聲，擔負表情達意之重任。雖然口亦為飲食之器官，但毫無疑問，有了說話、歌唱、吟詠等功能，已使其登高級器官之寶座，與耳目並列。性器就不幸得多。性器地處陰僻，不能充顏面。其功能除了做愛之外，只司排放尿液之職；不文之物，何能與口舌相比？

第二，口部之行為與動作，可開可合，可笑可怒，可出聲可緘默，可阿諛可斥罵，表情變化，操控裕如。以食欲的行為而言，雖飢腸轆轆之時偶流口水，但稍加管制，便可使食欲不形於色，其修養遠非性器可比。而性器之表情動作極為簡陋，只有兩種形態：一為疲靜，一為興奮。當其疲靜之時，老態橫秋，自慚形穢；及其興奮而血脈賁張，鹵莽滅裂，不但全無修養而且難以制御。故性器不若嘴巴可登大雅之堂也。

第三，口之形狀，男女基本相同，無陰私之可言，故可坦然相見。性器則男女不同。凡不同者則生好奇與私祕。而異者相吸，乃物理之必然。性器之修養既不如口舌，故不令相見，以防榫卯之苟合也。性器之不見天日而受壓抑，良有以也。

第四，食欲之滿足，所需者食物。食物以動植物為主。或來自自然之生殖，或人工之培育。食欲之滿足若有不當，一為獵殺被保護之生物，須受法律之制裁；一為飲食無度，戕害一己之健康。兩害於社會或其他個體之影響相當有限。但性欲之滿足，須以另一人為對象。故性欲若行之於不當之人，於不當之時、空，所引發之人權、倫理、道德、法律諸層面之影響，極為嚴重。若因此行為之不當而傳播疾病，或懷孕而生另一新人，則問題更為複雜，所付出之代價更為可怕。

第五，飲食之行為，不論如何恣肆，也只是口舌齒牙之動作。粗俗與文雅，屬於個人風度，大體而言尚能維持文明社會之基本要求，故飲食可行之公共場所，且可集體享用。性愛之行為則大異其趣。裸裎相向，性器交鋒，全身動作，汗流浹背，甚且呻吟號呼，地動山搖。故注定其只能由當事之兩人，行之於密室。

因此，性愛不能與飲食同樣看待，無法光明正大，無所顧忌予以表演推廣，鼓勵讚美，而不免無可奈何陷於陰暗、禁忌之中。過去社會之封閉與人性之虛偽固助長這種趨勢，但是性愛之事之受貶抑，也不無其生理、心理，美學與倫理上諸客觀因素所使然也。

食欲較色欲為基本，而色欲則較食欲為強烈。生存的基本需求在開放社會早已不成問題，而色欲之困擾卻不但未見妥善安頓，且因過分飽暖而益發恣狂。人間多少事功的動機由之而來？多少悲苦破碎因之而致？其間輾轉曲折，也難以究詰。若說霸王暴君一生之戰鬥，目的在為逞其色欲之自由滿足，標語口號全為謊言，可能過分誇大。不過，試看「革命領袖」大多不乏緋聞艷史，富商喜歡收集美女，才子每做紅袖添香之夢。動物界更不少為性愛而甘冒生命之危險，便知此一欲望之為一切生命苦樂最大之根源。不過為情而色很值得吾人同情；為羨慕權勢與財富而獻身，以色交換榮華富貴，交換的雙方不免最受鄙視。

情欲在人間構成一個錯綜複雜，光怪陸離的網，因為隱於地下，故看不見。它與地面上的倫理之網固有重疊，而岔出者更多。這是千古以來的常態。《金瓶梅》裡的淫婦，其實是人性真實的原型。作者對這些為道德所鄙薄的人都充滿同情與悲憫。這比責之「無恥」，更顯示了洞悉人性的通達。

（一九九三年十二月）

說簡樸

十一年前我寫過一篇文章，題目是〈減法〉。我說大多數以為要生活得更幸福，便是拚命追求財富與物質享受的增加，其實大錯。「減法」才能使人生從庸俗、卑汙與糜爛中逃脫，得到安寧康樂。史丹佛研究學院高級社會科學研究學者杜安・艾爾金（Duane Elgin）的著述《自求簡樸》（*Voluntary Simplicity*），引用許多學說，舉了許多動人的實例，以無比的熱誠來述說整體的人類與各別個體生命，若體會到未來的生存危機將造成巨大的浩劫，便應以合乎生態學的生活方式，自求簡樸。簡樸的生活不是文明的退化，而是文明的更生，也是我們在後工業文明的危境中自我救贖，重新振作的大覺悟。這將成為二十一世紀的大趨勢，而且勢必匯成巨流。

簡樸不但是生活的態度，也是藝術所追求的風格與境界。古已有之，未來將更為人類普遍的信念。

英國最博學的美術史家貢布里希在〈藝術中價值的視覺隱喻〉中說到二十世紀，人們為了追求清晰而摒棄繁縟的裝飾。維多利亞時期厚重華美的窗帘，可能因巴斯德（Pasteur）發現陰暗角落處是細菌的溫床而被迫扯下來。光線、空氣有益健康，因此室內那些多餘的和易於積聚塵垢的繁瑣裝飾被簡潔所取代。為減低氣流磨擦的阻力，使交通工具提高速度，工業產品的設計而有「流線型」的風尚。器具與工藝品簡樸美妙的線型反映了時代精神的特色。我們因之明白，藝術風格的演變不全是藝術家個人的興致，也有歷史發展的客觀因素。從華麗到簡樸，正如蘇東坡說的從絢爛到平淡。

明末中國畫壇「四僧」之中，八大山人與石谿在中國美術史上是簡樸的範例。八大是外形的簡練，內涵的樸茂；石谿則是形式的樸茂，內在的高簡。簡樸在一般印象中似乎覺得必與豐饒相對，事實不然。杜安．艾爾金在《自求簡樸》書中也說到簡樸不是貧困。同樣的，藝術中的簡樸可以是內容上或形式上的高簡；可以是形式上或內容上的樸茂。但高簡不是簡陋，樸茂也不會是粗雜。簡潔而豐富，鬱茂而質實；更概括地說，單純與豐富的統一，就是此處所言簡樸的真義。八大與石谿正是這樣兩種典型，而都可稱為簡樸。近百年中國畫壇繼承這兩個典型風格有齊白石與黃賓虹兩位大家。

齊白石以簡勝，黃賓虹以繁勝；一邊以少，一邊以多。似乎是對立的兩端，如何俱稱簡樸？我們得明白齊如何以簡練來蓄涵豐富，黃則以繁多來融會為渾然純一。簡單或繁複不可能單獨產生美感，豐富與單純的統一才產生美感。在少許中經營繁富，或驅遣雜多歸於純一，都要面對化解一與多的矛盾，使兩者圓融統一在一個藝術作品之中的難題。這是困難的工作，也正是創造力的用武之地。

努力以精簡來表現生命力的豐富多采，以齊白石畫蝦為例：根據與他有深交的畫家胡佩衡的記述，白石老人六十歲以前畫蝦主要是學明清古人。六十二歲在畫案上水碗中養長臂蝦，細心觀察寫生。六十六歲，蝦腳由過去十隻減為八隻，六十八歲減為六隻，七十以後只畫五隻。八十以後才真正到了爐火純青的地步。他把蝦的次要部分刪除，誇張重要特徵，創造了水墨蝦更突出的形象。他自己說「作畫妙在似與不似之間；余畫蝦數十年始得其神。」齊白石不斷淘練畫蝦的筆墨，一邊刪減繁瑣的細節，一邊增富他所體會的生態神韻。以最簡潔表現最豐富。

黃賓虹則由另一頭走過來，而同樣是將多和一兩者統一起來。他的畫滿紙筆墨，所謂密不透風，疏可走馬。尤喜畫夜山，所謂「黝黑如椎碑」（椎拓碑版，滿紙黑墨，俗稱「黑老虎」）。他是以一生之力，博采歷代精華，又從造化中汲取源泉，然後在筆墨章法上反覆淬礪，最後創造了晚年集古今大成與自我創造相結合的黃賓虹風格，他一生成就的歷程可用「水滴石穿」來形容。八十以後，任何一幅最典型的黃畫，都可涵括他一生所有的努力。所以我曾有「黃賓虹以一生作一畫」的說法。九十二年的畫家生涯，集合了一切的努力，呈現了渾然一體的典型風格，這正是百川歸海，萬殊合一。黃畫在技巧上由千筆萬筆錯綜交疊，卻融鑄成和諧的大塊，筆情墨韻，淋漓盡致，建築了他拙厚的金石派山水的風格。他的畫自喻「碑拓」，我們觀賞的時候，可體會到一股真樸之氣撲面而來。

藝術史上其他以華麗巧妙得大眾青睞的畫家或者更多，他們也佔一席之地。西方如克林姆、克利、馬蒂斯等名家，但與梵谷、魯奧、孟克、珂勒惠支等人相較，甜美與苦澀分明有別。中國近代名家如張大千、吳湖帆、鄭午昌、張書旂與後階段的嶺南派等皆是以優美的技巧訴諸感官的風格，而齊白石、黃賓虹、蔣兆如、李可染這些表現個人人格特質，以質樸拙厚為特色，這兩類藝術風格，分屬不同的層次與不同的品味。

那些提供視覺美感的享受，沒有映現個人人格特質與時代氣息的藝術，不論技巧多麼高妙，終不能有恆久的共鳴與吸引力。寫《資本論》的馬克思論人最寶貴的品德是「純樸」。藝術的最高品味也是。

將藝術品作為財富的炫耀與感官的消費享受的時代將漸成過去，未來的藝術將出現以個人的創造力去揭露、批判人生的真相，凸顯人類的處境，表達人類的反省的方向，重新建立藝術在危機時代的地位與價值。真誠，簡樸，更具人文精神的價值訴求，負起啟迪麻木的現代人的心靈的使命，或將是下個世紀文明起死回生的大趨勢中藝術的新生命。

人類若無普遍的覺醒，並重建合乎生態學的全球生活，可能難逃毀滅的命運。簡樸的生活是人類自救的唯一途徑。藝術的前景必亦不能自外於時代的災難，而必有另一個革命性的自覺。簡樸將是下一世紀人類生存不可逃避的形態，在人生觀、生活哲學與美學中，也必將成為共同嚮往、追求的中心思想。正如歷史上曾經有過追求奢靡繁瑣的風俗一般，追求簡樸將成為未來的主流方向。我們應再強調，簡樸不是簡陋粗樸，而是杜安・艾爾金所說文明的「復甦」與「升級」。

如果不這樣，恐怕是文明的覆亡，藝術也在其中。

（一九九六年十月）

說虛榮

就我的觀察，男女在某些方面實在是很不相同的動物。男人是肉食獸，許多人都說過。不過，男人較直接而「誠實」，男人對引起他綺念的異性，便希望真刀真槍能有感性乃至官能的愛。女人便不同。女人之愛虛榮常常超過官能的欲望。何以見得？

女人露乳溝來吊男人的胃口，由來已久。這對男人形同虐待。西方早已變成「禮儀」，女人的晚禮服便與「褻衣」無異，主動提供偷窺的誘餌。上世紀性開放以來，新世紀才幾年，露臍與露股溝已蔚然成風。女人如此折磨男性，似乎欲擒故縱，其實也不盡然。如果有質直而魯莽的男性居然伸手想一探妙境，其下場必灰頭土臉，狼狽不堪。可知女人之暴露其性感，招搖過市，令天下男人讚歎渴慕，垂涎三尺，是以滿足其虛榮心為主要目的。不少妙齡女子以援交所得買名牌衣飾；許多美女追求名利，不惜以出賣色相來換取所欲。在在都顯示女人官能的欲望不若虛榮的欲望來得更為強烈。

露臍之風初起的時候，我在香港《文學世紀》二〇〇二年十月號一篇小文中曾說必有一天以露毛為流行。沒想到中間還有露股溝這一招。乳溝未必女人皆有，肚臍也未必人人皆美，股溝難免有的黃黑、起皺。所以近來臍溝整容與股溝美白生意興隆，問診者多為二十歲上下的女孩。我最近去歐洲，看到年輕女子露肚露溝者滿街，目不暇給。可憐許多胖女所露非臍，因為肚臍已被吞沒不見，所露乃「救生圈」，褲頭遂退居肉圈之下，且時時有圈下求去之虞，令人既期待又著急。

柯林頓（Bill Clinton）說「新經濟」的精神是冒險與創新。經濟學家說將創新推向無限的可能：資本主義下的市場經濟就是在一波又一波的創新與毀滅之中繁榮與蕭條。如果繁榮是創新之果，知識就是創新之因。的確如此。

如果沒有將牛仔褲改為露臍、露溝，根本「沒腰」的「創新」，就無法大量淘汰原來的牛仔褲，再造新牛仔褲的商機。如果沒有認知女人強烈虛榮心的「知識」，就不會有「創新」的依據。

商人實在比女人自己更瞭解女人心。撩撥其欲望，誘發新需求，創造新產品。從頭髮到腳趾甲，不斷鼓吹流行，變換流行花樣，以吸取無限的利潤。這樣看來，女人的虛榮心固然不無可議，受到誘惑、迷導、操弄而喪失自主更引人同情。我相信虛榮心是人性的內容之一，男人也同樣有之。但是，虛榮心往良好的一面去發展，就不叫虛榮。譬如愛美，嚮往尊榮與出眾（獨特）都是美好的情操。真正有個性、有自覺的女性必不肯隨俗合流。新女性主義若不能抑阻女性的虛榮心受人操控，便不可能與對她們不公平的男性社會去爭公道。

（二〇〇四年九月《自由時報》副刊）

說人傑

二十世紀下半以後，歷史上每個世紀乃至各世代曾經不斷湧出的傑出人物，那些在不同領域中貢獻了非凡的創造性成就的巨人，忽然難產了。儘管當代也不無許多一時成功的翹楚，但與以前相較，簡直是小巫見大巫。這半個多世紀以來，以前第一流的精采人物大多早已凋謝，偶有長壽的極少數人傑，如貢布里希（E. H. Gombrich, 1909-2001）、以撒・柏林（Isaiah Berlin, 1909-1997）、中國的梁實秋（1903-1987）、施蟄存（1905-2003）等等，但他們皆成長於二十世紀前半。即使電影明星如安東尼昆（1915-2001），又豈是當代任何明星所能比？現在學術思想界、藝術界，乃至科學（不是科技）期待出現如愛因斯坦（1879-1955）那樣貫通科學與人文、深廣高大的巨人，何等困難！為什麼現在難以產生過去時代那樣的傑出人物？這不是幾句話能說清楚的。

簡單來說，培育人材的土壤（時代精神、社會風尚、教育環境、價值觀念等因素）變了，是最重要的原因。其他如學術、知識、科技、職業的分工，愈來愈瑣碎化、工具化；全球的商業化，使人也商品化；感性膨脹，精神（心靈）衰退，沉湎於肉感與物質生活的享受；宗教式微或宗教的商業化，使終極追求的信仰崩潰等極複雜的因素，造成了今日如此的現實世界。如此世界自然極難產生像過去那些第一流的人物。有人可能會說不盡然，要看你認為怎樣才是第一流人物；衡量標準不同而已。的確，當代被視為豪傑者，正是比爾・蓋茲、邁可・傑克遜、貝克漢、哈利波特的作者，一夜致富的「大款」等等，或者再加上獲得權力地位的政客，都是社會所崇仰欣羨的人物。其標準為是否擁有財富與權力（而有權斯有財），其實就是「有錢」而已。

二十世紀初、中期，「拜金主義」常受到抨擊，現在這種抨擊已有氣無力，也顯得保守而迂腐。拜金在今日叫「追求無限大的利潤」，差不多是冠冕堂皇的目標。培根說「知識就是力量」。現代是「知識經濟」；知識就是財富。不論以知識與創造力去賺取財富，或以巧取豪奪，貪污、詐騙、透過製造「黑心商品」去發財，雖然手段高低優劣有別，但只要錢財成為人生一切努力的目的，這個世界的墮落已不可免。

如果人生除了權力與財富的追逐，除了感官肉體的享樂，除了產業與物質的占有，除了美貌與長壽的貪求之外再沒有其他心靈與精神上的渴求，那麼人將回復到原始時代的「獸」類的本質；雖然是高級的獸。

當代雖然每個人心靈不無空虛、無依，精神不無不寧與徬徨，但「心靈」、「精神」與現實利益、感官享樂相較，卻又多麼抽象、縹緲而不切實際。其實對於心靈與精神價值的忽視、漠視、疏離乃至棄絕，正是當代人類無盡罪惡與痛苦之源，精神價值是什麼呢？就是完全沒有功利目的的學問、知識、美藝、愛、情趣、正直、公義、信仰、道德與追求人類精神永遠向上提升的偉大意志。只有當這些價值能成為駕馭感官與物質的主導力量，人才有尊嚴與幸福；能堅守並發揚這些價值者，才配稱為時代的人傑。

（二〇〇四年十一月）

說選舉

選舉是一種不得已的、集體的、愚蠢的決定方式。

其理由有三：以多數（哪怕只多一票）來決定對某黨或某人的優劣，好惡的評判，非常非理性；大眾對政治事務、法律、社會發展與國家前途多半非常愚昧，所以點人頭的多數絕不可能不含荒謬的成分；站在檯面上的候選人不論是政黨推薦或自行參選，絕不能保證他們必是社會中的秀異份子，所以選舉有時不免淪為「在爛蘋果中挑選」，而且常為包裝所欺騙，最不幸的話，往往所挑是最爛的一個。

弔詭的是這種愚蠢的選舉還是民主政治重要的內容之一；而民主政治還是數千年文明史中相對最好的制度。因為既不能期待上帝為我們挑選（這也足以證明「全能的上帝」並不存在），又不願忍受「欽點」或「官派」，便只能有這種愚蠢的選舉制度。既為大多數人的決定，是福是禍，集體承擔，沒得話說。所以，方式雖然愚蠢，卻能使全民擁有掌握自己命運的權力，單是這一點，便有無可取代的價值。

彌補選舉制度的缺陷，使此愚蠢行為的負面作用減到最低，端賴法律與制度。憲法以及憲法以下的各種法律，保障了國家社會的基本架構、綱紀與規範，絕不至因為一次不智的選舉而動搖。而其他制衡的機制（如議會）與任期、彈劾、罷免等制度，都用以補救選舉的弊端，所以基本上來說，選舉不失為主權在民唯一的，相對較佳的制度。選舉即使有某種程度的愚蠢也是可以而且必須忍受的。

「選賢與能」是所謂「哲人政治」的夢想，可惜在現實中根本無法實現。選舉無法選賢與能，只能挑選一些足以付託執行公眾事務的人。人民賦予他以有任期的權力，他則須向選民負責。在任期之內，若因為違法失責，人民有收回付託的權力。因此，一時愚蠢的選擇所造成的錯誤與損害，人民有彌補與修正的機會。民主政治雖不完美，但也別無較佳選擇。

民主政治不以人的優劣為成敗的依賴，更重要的是法律與制度。但在人治傳統悠久的國家，大眾總把良政的期望寄託在人的賢能上面。而人治的國家，對法律的踐踏，常常就是執政的黨與權威的領袖。因此法治很難建立，當權者經常破壞或修改法制，以維護政權的穩固。而法制百孔千瘡的社會，民主的選舉根本無法實現主權在民的目標。這種社會中舉行的選舉，在愚蠢之外，更顯露了鬧劇與醜劇的本質。

當權者長期壟斷國家總體資源，扭曲憲政體制，制訂不公平的「遊戲規律」，司法只成當權者護航的工具，黨的組織成為控制、動員，違法作弊的巨網，黨國資本主義以無與比匹的財力為後盾，選舉時撒錢買票，都使社會上一切反對勢力與不滿的民意成為巨石前面的雞蛋。而愚民教育與大眾傳播媒介長期的御用，公務員在執政黨威脅利誘之下不得不充當統治者的棋子，在這樣的局面之下，民主選舉的功能與意義當然蕩然。世界上落後國家並沒有因選舉而實現真正的民主，而且常因選舉之不能使主權歸於人民，社會中另外的某些反對勢力便藉著民怨與民憤，發為暴動或政變。最溫和而無奈的便是「用腳投票」——選擇出走與移民。

台灣已經有實行民主政治差強人意的條件，但目前尚在民主的門檻上掙扎。所幸反對勢力不採用暴力革命的方式，而組黨抗爭，基本上採用民主的方式來進行。這在中國數千年歷史上已是難能可貴，破天荒第一回。許多人詬病台灣議會成天打鬧，街頭常見抗議遊行。其實，能有這個局面，雖然難看，但比起在壓制之下鴉雀無聲的集權社會，台灣有了不起的進步。因為人民可以站起來與當權者爭得面紅耳赤，表示民主已有初步的成功，這是其他中國人社會所未曾有過的。

執政黨數十年獨裁，其盤根錯節的政經社會壟斷勢力不可能一朝一夕瓦解或放棄。但民主的力量已經擋不住，台灣在目前混亂、醜陋之外，也有其光榮與希望。

台灣人民自己要有更高的民主覺悟，政治革新才更有加速的希望。最重要是應著眼於憲政體制健全的改造，制度與法治的確立。這遠比「選賢與能」的幻想重要得多。把政治人物（其實都一律是政客）看得太重要，以做官為光榮，以政治力為獲得一切榮譽與功利的途徑，以為政客是社會的精英……這種心態，是落後社會的群眾心理，也是每逢選舉就有如大地震的根本原因。

其實，法制健全，一切都在軌道上運作，「開車的」哪要什麼了不得的人才？何況開車者若技術不夠好或常打瞌睡，便可隨時換人！能到這一天，真正的民主才算實現，社會才有安定。這樣的社會，第一流人才都在科學、學術、教育、藝術、文化方面去努力，誰會認為省長與市長，甚至總統是最有智慧的人物呢？美國的福特、卡特、雷根、布希能比得上一個愛因斯坦嗎？真正的人才豈是多數決所能產生？能有此認識，便知道政治人物的選舉是例行公事，是必要的集體的愚舉，用不到如臨大劫，緊張過度。

在台灣的中國人正在學習民主政治的第一課，不免有點踉蹌，不必嘲笑。台灣以外的中國人何時能進入民主教室？大概還有得等。

（一九九四年十二月三十日《中國時報》〈人間〉副刊）

說民主

小布希總統攻掠伊拉克，又遇到紐奧良毀滅性的災難，捉襟見肘，暴露其蠻橫粗魯。美國有智慧，有能力的人才應不在少，為什麼會選出這種貨色當總統？其實，這就是以選舉為主軸的「民主政治」衍生的大缺憾。

馬克思一八四八年的《共產黨宣言》斷言「一個共產主義的幽靈在歐洲徘徊」。其實，自法國大革命之後「政治革命」成為時髦，人人認為國家主權不在統治階層，而應該「主權在民」。這使當權者與有錢人感到惶惶不安。因此，西方資本主義國家開始推行政治與社會改革，擴大選舉權，實行福利國家政策，以及加強認同，因而擺脫了那個「幽靈」，保住了資本主義「自由國家」的江山，享受了數十年富強與繁榮。但那個「幽靈」卻使俄羅斯帝國變成蘇聯，出現了控制與壓迫，並成為一個企圖赤化全世界的另一個「幽靈」。所幸一九九一年蘇聯與東歐解體，中國改革開放，世界似乎太平。但是，當代世界的動盪與痛苦比前更甚，「歷史之終結」只是幻想。社會學家預言：第三個「幽靈」已在全球飄蕩。民主並不能帶來平等與正義。富國愈富，貧國愈貧；一國之內也一樣。政客操控「民主」，權錢勾串，貧富對立，幾乎回歸一八四八年以前歐洲的景況。警告未來將引發「全球化」暴亂。

「民主」已出問題，主要源於「選舉」。我們不懂政治學的人，不敢奢言改革方案。但要期待學者，似乎太迂緩；寄望於政客，簡直緣木求魚。而天天忍受社會之不安與不公，不免胡思亂想。「選舉」之不可信靠，在於投票權的不合理。大家迷信投票權是人權的一部分，人人平等，故票票等值。這正是大錯特錯，也是禍害之源。試想男子服兵役，婦女不必；體位健康不合格亦不必服兵役；孤寡貧窮殘疾，皆有撫恤與優待，可見欲維護人權，須依各個體之性狀與處境而有不同措施，方有實質之意。而選舉代議士（民代）與國家領導人的大事，須要對民主政治至少要有粗淺的理解，對國家、社會的處境與發展有見解，對候選人的智慧、學識、能力、志向與更重要的品德、人格有起碼的判斷力。試問一個目不識丁的人與一個大學教授或企業界菁英，其見識與判斷力天差地別，如何可以票票等值？所以，民主選舉制度應該大幅改革；要打破假平等的「民主」的迷思。

首先，國民選舉權之資格除年齡等規定之外，還應該先經最起碼之考試。若連民主政治最淺顯的ABC都不識，便不合格。此外，合格之選民須依照其學歷、經歷、職業，分別以「點數」計分。務使選舉能集合全體國民最佳、最有意義的大多數人的意志。如此且可排除賄選、煽動、蠱惑之弊，即排除「無意義」如受賄、受鼓動教唆等的盲目投票，抑制「多數暴力」的民粹。

其次，不允許私辦各種造勢、拉票之活動。全部以公辦政見發表會，政策辯論會在公共領域（包括媒體）公平舉行。並對各種候選人的資歷有嚴格設限。西方的民主政治固然至今為止還是比其他制度較好的制度，但實行既久，已百弊叢生。尤其移植到東方各國，更因國情民情不同，不免橘逾淮而成枳。政客操弄狎侮，日久玩生，早已變質。我們不常高唱「本土化」、「主體性」嗎？東方國家若能在已有的基礎設計出一套適宜本國文化的民主選舉制度，才能使民主的真正價值能夠彰顯。對民主的改造與發展提供創造性的新模式，將被推崇為世界性的貢獻。我們能期待出現這樣的大政治家嗎？或者還只能無盡期忍受目前這種庸俗、污濁的「亂世」？

「民主並不好，但世界上還沒有比它更好的制度。」這是邱吉爾的名言。所以，我們應該擁護民主制度，而對它「不好」的部分不斷改進。因作此民主綺思，以待來者。

（二〇〇六年二月《自由時報》副刊）

說未來

丙戌狗年之初，天陰細雨，在書齋亂讀書。偶然間如靈魂出竅，遊思騁懷，「想」出一個故事來：

從前，——講故事開頭免不了以「從前」開頭，但在這裡要改口說「未來」。「故事」一詞也不能用了，應改為「鮮事」；天天有鮮事，正是當代與未來的特色。

這個「未來鮮事」是這樣：

不久的未來，大約二〇五〇年吧。有一位尖端科學家，他精通信息科學、電腦技術，又精通生命科學、演化生物學等尖端學問。他終於製造出一個與真實的人幾乎一樣的「機器人」。他有理性、有感情、有慾望、有人的一切智慧與能力。但他與人不同的只有：他沒有種族、文化、歷史背景的遺傳基因，也沒有個人的特殊性。比如說，我們人人許多地方不一樣。同樣有鼻子、眼睛、手足，但人人不一樣，確如指紋之差異。我們各有偏好與習性。有人從他客家老祖母那裡學會喜歡喝「擂茶」；有人因宗教原因吃牛肉或豬肉會作嘔；許多人有不可告人的癖好：吃小石頭、聞臭腳、偷窺、肛交、受虐；有人對各不同東西有過敏反應；此外還有過胖過瘦、過分小氣與過分凱子、敏感激情與沉著冷靜；還有擅思考、愛繪畫、善歌舞乃至特勤奮與特懶惰的千差萬別。這些差異，「機器人」完全沒有，「機器人」是「標準人」。

「機器人」與人生活在一起，漸漸對人不耐。他覺得人因種族、歷史傳統、地理環境乃至生理、心理、性格等不同因素而有太多差異，而且因種種不可預測的因素而有許多莫名其妙的念頭與情緒、妄想與偏誤，遠遠比不上「機器人」的理性、規則與完美。於是萌生看不起人類的心理。他想反過來改造人類。首當其衝就是這位製造他的科學家，他要把科學家改造成人類的典範——標準人。

「機器人」不需要睡眠。科學家每天睡覺的八小時，正是「機器人」研究改造人員計畫的時候。科學家驚覺「機器人」有此計畫，已經太遲。他所製造的「機器人」已不只一個。而且智慧的「機器人」自己已有能力複製「機器人」。他們個個按照合理而卓越的程式設計而誕生，自己就是人類的典範，即標準人。

最後「機器人」消滅了科學家及其他人類，「標準人」統治全球，真正實現了全球化的大同世界。因為標準人思想行為的合理性，形成同一性，所以世界沒有戰爭，而有永久的和平。但因為思想、觀念、品味、情趣等沒有民族性與文化性格的差異，因此也沒有學術思想與藝術的百花齊放、百家爭鳴。在標準人之間，你有的我也有，你會的我也會，你所做的與我所做的根本相同，所以學術與藝術終結了。

標準人已不是原來的人，也許適用「超人」來稱呼。

倡「超人」學說的尼采說：上帝已死。未來那時候，「超人」要宣布：人類已死。

（二〇〇六年三月《中國時報》〈人間〉副刊）

說真實

庫切（John Maxwell Coetzee，南非作家，二〇〇三年諾貝爾文學獎得主，台灣譯其名為柯慈）在《鐵器時代》（*Age of Iron*）中寫一個女人看見警察開槍殺人，也殺了她女僕的兒子，他卻不去參加公開抗議，說：「我不能用別人的話來譴責他們，我要找到我自己的話，要從我自己心中發出聲音，不然就不真實。」

年來有幾位我很熟悉的名人去世，在心中哀悼之餘，不免想到他們各人的生平。跟著浮出「真實」這兩個字。一個人結束了，從他的配偶、兄弟姊妹、同行、社會人士、記者等等不同的人那裡，各有不同的感受、記憶、描寫與論述。有時甚至大相徑庭。一個人的真實在哪裡呢？回想我自己不也曾經以自己的觀感為逝世的名人寫過悼念文？有三次報社來電話要我半夜之前交稿，那是為葉公超（一九八一年）、朱光潛（一九八六年）、梁實秋（一九八七年）三位前輩的謝世寫文章。「我不用別人的話來讚美他們，要從我自己心中發出聲音。」但主觀的心中之音，那就是真實嗎？那頂多也只是真實的一個小切面；而既不完整，能叫「真實」嗎？那麼真實是什麼？在哪裡？

許多「諛墓」文字當然距離真實更遠，往往把小人當君子，甚至將歹徒當英雄。但狐死兔悲，因為朋黨之誼，因為私情，因為別有所圖，固不足論。但死者若一生庸懦貪鄙，過分文飾，人間公道何在？有人以為不念舊惡，與人為善。這樣說來，真實不算是惟一至高無上的價值了。但是，如果美德能動搖我們追索真實的信念，即美德擠兌了真實，等於褒揚虛假，何能稱為「美德」？

真實是什麼？大概有二：一是事實的真相，一是對事實公允恰當的評價。只有真相與評價都確切無訛，人間才有公義。比如：武松打死了景陽崗的老虎，武松是為民除害的英雄。但是求真相有時很困難（武松有沒有作弊？如雇其他人協助等），而發表評價者與被評價者的關係（如彼此是同夥，或前者靠後者獲利等），也可能因而背離真實。

一個人的真實都很難得到，擴大到一個社會、族群、國家的真實，當然更難以彰明。今日現實的真相尚且常為謊言與欺騙所蒙蔽，過去的歷史更多為歪曲與捏造。這是一個比以前更難認知真實的時代。

（二〇〇四年七月《明報月刊》）

說自由

二十世紀是資本主義與共產主義兩大意識形態對壘的時代。後者「赤化」全球的霸業隨蘇聯、東德、波蘭的變色而幻滅。沒想到標榜民主、自由的資本主義用另一套策略不知不覺中達成「美化」（美國化）全球的野心。兩種意識形態的霸業，都要宰制全球人類的身、心。不論「赤化」或「美化」，都同樣剝奪不計其數的「個人」身心的自由，「個人」命運之悲慘是殊途同歸。只是以暴力與強迫為手段，明顯地反人性，違背正義與公理，必遇到反抗與求掙脫的強烈意志，人的自求「解放」必有希望；但是以誘惑與催眠的手段，鼓動並美化人性墮落的一面，使不計其數的「個人」陷溺於貪與慾之中，合乎人性（之惡），遂難以抗拒。所以，共產主義可怕，資本主義更加可怕。

從社會表面看，似乎人權、自由、民主愈來愈普遍，但實質上當代資本主義意識形態所鼓吹的主流思潮、人生觀與生活方式，以極其細膩且極富蠱惑力的種種手法無孔不入地滲透到地球上凡有人生活的地方；以殺人不見血、吸血不見牙痕的「優雅」手段，使人不自覺地喪失自我選擇、自我經營的自由。

刺戟原始慾望，膨脹感性需求，引導品味，塑造嗜好，鼓勵縱情消費與占有，巧妙地布設無數陷阱，使每個人如吸毒一樣沉醉於陶然的「享受」中而難以自拔，因而受宰制於看不見的「惡魔」手中，人逐漸喪失了自由選擇與創造生活的能力與機會。從衣食住行到娛樂、藝術，任何一方面，美國式的「楷模」藉「全球化」不可擋的形勢，透過商品化的大量生產，各種物流與資訊充斥在世界每一方寸空間與每分每秒的時間之中，填塞每個人的「生活」，操控每個人的「思想」。並透過書刊、媒體、資訊技術、電影、文學、廣告等方式傳播美式思想與價值觀，製造一股不可阻擋的「流行思潮」與「時髦款式」。以洗腦式的宣傳，灌輸凡不與「先進、開放、流行、不斷換新」同調者即為「落伍、封閉、保守、迂腐古板」，因而使人自慚形穢，自傷低能。

因此，每個人為了不致遭到社會摒棄，能與同儕齊步，獲得起碼的「尊嚴」與「自信」，得以安身立命，不至被邊緣化，便得趕潮流，起碼要投入其中，讓潮流把你推著走。這一切都為了鼓勵無止境的大量消費，以供養一切「生產主」永無饜足的利益慾望。消費成為資本主義社會的新「道德」，也成為每個人身心巨大的壓力。面對壓力，人不得不如奴隸一般拚命工作，甚至不惜出賣靈魂與肉體。承擔不起壓力，便成失敗者、邊緣人或躁鬱症患者；因孤立、自卑，而自感醜陋、落伍、低賤，因而羞愧、消沉、自棄乃至自戕。

自由是千古人類所渴求，但可因威權、強制與暴力而被剝奪；也可因誘惑、麻醉、欺矇與宣傳鼓動而拱手出讓。自由，不論在何種情況之下喪失，都可悲憫，但每個人先得有不自由的覺醒，才有從頭追求自由的決心。不過這一天還早著。看看機場歡迎「偶像」（影視歌星甚至AV

女優）的「粉絲」之多之狂，以及街頭買「蛋塔」或甜甜圈排隊之長，便可知流行的蠱惑能俘虜多少「大眾」。失去自由不一定由於「暴政」，也有因人性的缺陷而自作自受者。人之不可思議者如此。

（二〇〇四年十二月《自由時報》副刊）

後記：一九八五年我曾寫過同題目的文章（收入《孤獨的滋味》），對比二文所關注者大不同，令人感慨。

說身體

人生的命運，有一部分掌握在自己手裡，也有許多是由偶然及不可知的因素所造成的。「性格決定命運」確是名言，但改變性格也不全然操之在我。

人可自由選擇的，比如從事什麼行業，居住在什麼地方，穿什麼衣服，把自己打扮成什麼模樣……當然這些所謂自由選擇，也要有某些不自由的附帶條件，比如能力與經濟條件等。

無法自由選擇的範圍多得多。比如生於什麼時代、什麼地方、什麼家庭等等。其中最無可奈何的是：我們無法選擇有一個什麼樣的身體。

我們的心靈看到鏡子中所顯現自己的身體，恐怕絕大多數是失望與不滿。我們的身體時常違悖我們的意志，摧毀我們的幻想，造成我們的沮喪、自卑、挫折與失敗。

有人天生一副柔情似水的女兒心腸，卻寄寓在一個男性的軀體中；充滿征戰豪情，卻生就嬌弱的女身。性心理的倒錯是吾人選擇身體不自由之最嚴重者，其禍害足以糾纏其人一輩子。此外，性格、行業、地位、想望等方面，心靈與身體之不配合、彼此互相拆台、互相背叛，令人難堪。譬如身為學者，卻貌如屠夫肉販；性喜仗義行俠，偏偏有一個發育不良的身體；官居高位，有的分明如城狐社鼠。其實各色人等，本來並無標準長相；古賢訓誡「不可以貌取人」，氣質與態度，能表彰人之身分。但過分違背「內容決定形式」普遍的期待，總使人大失所望，或飲恨終生。

身體的缺點，大部分人都不能免。別人不一定那麼介意，偏偏是自己最耿耿於懷。男子最煩惱是禿頭，其次是大腹便便，再下來是過矮、口臭、口吃、暴牙、黑斑等等。女子最要命是怕自己癡肥、羅圈腿、皮膚粗黑、平胸等等。除了以身體、相貌賺錢的極少數名模與牛郎之外，九成的普通人都對上帝給我們的這個身體不滿，因而在內心深處暗暗自卑。有的人坦誠表白，或對自己可笑的身體竟能自嘲；有的人默然以對，認命地接受；有人則怨天尤人，或責怪父母；也有人視缺點為忌諱，若被點到痛處，立時翻臉。

形貌體態的良窳之外，身體之不能自由選擇，更有內在體質優劣的差異。有的身體很耐用，有的卻脆弱不堪。有人狂吃亂飲還能長壽，有人戰戰兢兢卻不假天年。遺傳、體質、生活習慣之差異，使每個人慢慢出現許多後來成為奪命的疾病。而疾病之不民主、不平等、非正義，是人類永遠無法改變的事實，而且無處申訴，抗議無效。有人一生無大病痛，說走就走；有人疾病纏身，歷盡痛苦。要到最後，身體必死，才有平等之可言。活著是無盡的煩惱與爭鬥，真正的寧靜與和平，只有墓地。

心靈寄存於肉體這個軀殼。身體與我們親密的關係，似乎無與倫比；然而，我們對自己的身體實在相當陌生。我們不全然理解身體的意志，所以常做出使身體不滿甚至憤怒的事。心為形役，形又何嘗不為心所糟塌？為五斗米折腰與為虛榮偽善勞形，豈不同樣愚蠢？

心靈中有許多矛盾、衝突、猶豫，使我們在人生的歧路或處事的抉擇上困惑；身體的各部分也一樣並不和諧團結，它們也會因為自私、嗜欲、懶惰而互相掣肘、勃谿以至互相戕害。

口腹之欲常常為疾病的主要來源。飲食之縱欲，口腹便與腸胃肝腎為敵。有人較能克制，有人甘為酒囊飯袋，不斷吃食，造成身體其他部分沉重的負擔。性器官的欲望過度強烈，成風流成性，招惹的疾病有的可能致命。有人在賭博過度興奮中猝斃，那是意志與心臟為敵，沉迷方桌之戰竟以心臟罷工抗議收場。例子舉不完。一個人的身體，各部分常常自私地各逞其欲，不肯互相協作，共謀健康，可以想像到要一個國家社會的民眾同舟共濟，團結合作，究有多難。

上帝喜歡與人開玩笑。天使的長相，卻常有一副貪財、勢利的心肝；醜陋的外表，卻不無善良、溫馥的胸懷。大詩人奧登適宜在電影中扮演歹徒，大小說家毛姆十足錙銖必較的奸商模樣；西門慶囊括「潘驢鄧小閒」的要件，沒有人不說汪兆銘其人才貌雙全。

身體是心靈的載體。我們被分配到一個什麼樣的身體既然不能自由選擇，所以我們只好將就著用。世上一度是最碩大、最豪華的載體「鐵達尼號」，一觸冰山瞬時成為可怕的悲劇；但海明威筆下《老人與海》中那個老漁夫，划著破船，以其堅韌不拔的意志，捕獲大魚，歷盡險厄，終於安然歸來。但大魚一路被小魚嚙食，只剩一架魚骨，老人的辛苦變成徒勞。人生本來都是白忙一場；然而，不忙，又如何遣有涯之生？

（二〇〇五年九月）

說群眾

「群眾」其物，在不同時空，不同的政治語境，有各種不同的名稱。共產主義者喜歡用「人民」（如「人民政府」），資本主義社會叫「大眾」（如「大眾傳播」），政治學稱「群眾」，民間及文人筆下慣用「老百姓」、「庶民」、「黎民」、「蒼生」；現代有稱「國民」（如「國民所得」）或公民（如「世界公民」）……。不論哪個名稱，都指那些大多數的人群。儘管名稱不同，實質卻相近。但各個名稱各有意涵，並不完全相等，也不都可以互相替換。其微妙正可看出概念與內涵的關係所包含的不同意識形態。正如一把「刀」，可稱「神劍」、「寶刀」、「御用寶劍」、「屠刀」、「兇刀」、「菜刀」、「手術刀」……。不但因其功能、其形制（長短、單刃或雙刃）、其象徵性等不同而有不同的名稱，也因其擁有者的不同而其名各異。

「群眾」的實質是什麼？簡明而言，就是最大多數的人群。「群眾」之外的人，是極少數的「個人」。這些少數的「個人」，是有獨立人格，不全然融合在群眾中的那些人。他們常常不在「群」中，相對而言，是實質上真正的「個人」。

本來「群眾」也是由一個個的「個人」所構成。在形式上當然也是一個個獨立的個體。但因為缺乏獨立思考的能力，沒有鮮明的獨立的人格，他們都依附在時空環境中生存。所謂時空環境，就是一切生物寄生的客觀條件。在生物世界，時空環境包括氣候、地理條件、土地與產物等等。人的時空環境較其他生物複雜得多。除與生物相同的自然因素之外，還包括傳統、風俗、習尚、宗教、迷信、知識、藝術、工藝、科技、政治……可稱為文化的種種因素。這種因素構成「人群」的意識與行為的普遍模式。所以「群眾」沒有鮮明的獨立人格，談不上是真正的「個人」。

自來對「人民」或「群眾」有兩種評判。一種是歌頌讚美，說人民（群眾）有智慧，他們的眼睛是雪亮的；一種是貶抑鄙視，說人民（群眾）是愚昧、盲從的。政客多半標舉前者（其實他心中知道大眾很易受騙），思想家相信後者（真正的思想家很希望啟發大眾，擺脫愚昧），似乎兩種評判各有根據，莫衷一是。

我自來不相信大眾不盲從、不愚昧。但鄙視人民群眾，常常流露出知識份子的傲慢，當然亦不可取。群眾是優？是劣？似乎兩者皆各有道理，取決於什麼情境、什麼事而應有不同評判。比如大眾普遍的經驗確也深含智慧；而大眾缺少獨立人格與崇奉理性思考的習性，喜歡隨波逐流，又以愚昧居多。我讀了愛因斯坦的一篇短文，我更明白群眾之愚昧，之不可靠，是世界一切苦難的最主要的成因。

一九三八年十月，在紐約東北郊預計於一九三九年春季開幕的世界博覽會工地上，把一些飽含訊息的紀念品（裝在一個金屬密封容器中）埋在很深的地下，準備五千年後讓後代開挖時發現我們在五千年前為他們預留的訊息。這裡面包括愛因斯坦給後世子孫的一封短信。此信亦曾發表在一九三八年九月十六日的《紐約時報》（見北京商務印書館出版的《愛因斯坦文集》第三卷一八九頁），是〈給五千年後子孫的信〉。文長不過三百字左右（中譯）。大意說：我們這個時代許多天才人物發明了許多改善生活，解放人類勞力，打開全球資訊通路等工具，但是商品的生產和分配不合理，貧困與失業仍是威脅，而且不同國族互相殘殺，人類的痛苦並無減少。他說：「所有這一切，都是由於群眾的才智和品格，較之那些對社會產生真正價值的少數人的才智和品格來，是無比的低下。」最後一句話：「我相信後代會以一種自豪的心情和正當的優越感來讀這封信。」

他最後這句話是什麼意思呢？我想愛因斯坦大概預估未來的人因為更有智慧，可以克服我們當代人的愚昧與貪婪，在「才智和品格」比我們更高，所以看到「五千年前」的我們，便有「正當的優越感」。我想在一九三八年，愛氏對未來充滿希望，因為當時德國納粹黨人有組織地迫害猶太人並發動侵略戰爭。那時候他避難的美國正如天使一般救助被納粹迫害的「天才人物」。大概愛因斯坦覺得正義將戰勝邪惡，世界必有希望。（愛氏一九三三年公開聲明不再回變成極權統治的德國，從此避難美國，繼續他的物理學研究直到一九五五年在美國去世。）愛因斯坦更未預知美國從二次大戰後逐漸變成惡魔。美國控制、掠奪、侵略與吸血，成為世界的霸王。愛氏如果見到二十世紀後半美國的罪過，正是不斷擴散如毒素一般，反道德與墮落的「大眾文化」（感官慾望的膨脹、奢侈浪費、淫邪、負債的消費、性開放、反傳統價值的藝術……），來培育、製造受蠱惑、盲從的（全球化的）群眾，他必不會在那封「給未來後代子孫」的信中，樂觀預見後代會有「正當的優越感」。

我想不論未來或過去，「群眾」注定是「才智與品格較之那些對社會產生真正價值的少數人是無比的低下。」

我們每個活著的人，應該警惕不要廁身於「群眾」之中，盲目地像生物一樣受制於時空客觀條件，而應該掙脫出來，成為有自覺的、獨立的個人。當然我們沒法絕對地不陷入「群眾」的行列之中，但我們要時刻警戒，在許多重要的關口，不做愚昧的群眾。

我得承認，「群眾」的力量確其大無比。許多愚昧與盲目構成「主流」。歐威爾（George Orwell, 1903-1950，英國作家）在《一九八四》一書中有「戰爭即和平」、「自由即奴役」、「無知即力量」的警示。十六世紀的培根（Francis Bacon, 1561-1626）的名言「知識就是力量」，二十世紀歐威爾發現「無知也是力量」。這一雙弔詭的「真理」，都令人驚歎。前者來自「個人」；後者來自「群眾」。但因為群眾人多勢眾，尤其在民主所帶來的民粹的時代，後者足以抵消前者而有餘。這就是人類無止盡痛苦的主要根源。

（二〇一一年三月八夜於台北）

再說群眾

人民、國民、百姓、大眾、群眾這些語詞誰都曉得是什麼，在文言文則稱庶民、黎民、黎元等。辭書曰：元，始也，如元旦即一年之始。中國古代有「民本」思想，良有以也。另一面，史記有「元元之民」。解：元元猶喁喁，可憐愛貌。再查喁喁，是魚口向上。謂眾人向慕，如魚群張開大口仰頭向上。我們若有餵魚的經驗，便知群魚見餌，便張口爭食，所以用喁喁來形容其情狀，可謂古人對「人民大眾」極真切生動之寫照，根本上是一群爭食的動物也。

十九世紀以後，左翼的思想開始發皇，人民大眾從數千年處於社會底層的卑微地位忽然得以空前提升。二百年來掀起了無數的革命，後來，「有產者」被鄙視，被打倒；「無產者」，即勞動生產者（指農人與工人）上升為社會的主人。人民、群眾、無產者、窮人……這些名詞熠熠有光，似乎與善良、高尚、純正、偉大同義。這與過去貴族與資產階級當權時代看人民大眾像螻蟻一樣，多而賤，愚昧而低俗，粗魯無文，只配為奴為僕，簡直只比牛馬略高而已，可謂天地翻轉，上下倒置。

「人民大眾」到底是英明、正直、眼睛雪亮，有智慧？還是糊塗、貪私、愚昧盲從，無遠見？自來有正反兩極論證。同一物而評價兩極，其真相確難以捉摸。我思考此問題久矣，深感不易論斷。

不過，在未有大眾可以選舉公僕的「民主」之前，或未有這種民主的地方，人民大眾確實可憐憫，可憐愛。他的可憐因為客觀的因素（時代、地域、出身、社會階層……等不確定因素），與性格（他的慾望、嗜好、性情與後天的修為），很難擺脫這二大因素輻輳的結局。讀杜甫的兵車行、三吏、三別，白居易的琵琶行，以及一切中外表現人間疾苦的小說，都會覺得人民大眾的可憐可憫。一方面是過去的時代普遍貧窮，而制度的不合理，階級難以翻轉，所以大量受壓迫，受傷害的勞苦大眾難以擺脫悲慘的命運，令人同情。但大眾的無知、盲從、迷信、固執、自私、勢利與現實主義等本性，又使之很難擺脫可悲的命運，所以有一句話說：「可憐之人必有可恨之處」，這是極深刻透視人性的雋語。英國十九世紀最後一位大文豪哈代的《苔絲》，描寫苔絲小姑娘貧苦的父親聽說祖上是爵爺，竟癡心妄想，動了攀附權貴的念頭，支使她去認親，結果上了親戚少爺的當，一生被命運之神戲弄至死的悲慘故事。這部我最偏愛、感動的小說，表現了舊時代貧民的淒苦。差不多過去一切偉大的文學天才都在為被侮辱與被傷害的人民大眾鳴不平，為一切受苦的心靈唱聖歌。

但是，二十世紀以來，無產階級對舊世界通過暴力的革命，天地為之翻轉，消滅了私有制，拯救了底層大眾，但結果只是製造了另一個人間巨大的不公不義，只是壓迫者與被壓迫者倒轉交換而已，不及百年，到了世紀末終於曇花一現，政府垮掉，又回到有私有制的社會。現在看來，國家還必須要有強而有力的領導才有前途；無產階級也必須變成知識階層，才能領導群眾，建設國家。而許多不流血革命，走改革路線的國家，以為可以依賴西方的民主制度，通過普選產生政府，由大眾民選的民代立法，便可以建成理想的社會。同樣在新世紀不久便顯露了因為人民大眾的素質平庸，不穩定，易受蠱惑，所以民主很難逃脫被操弄成「民粹」的命運，受騙的是民眾，得利的是政客與其黨羽。社會的貧富懸殊，不公不義仍造成普遍的痛苦。歐洲與美國新世紀以來的現狀，可見依賴人民大眾透過民主的選舉制度已經破綻百出，全球人民覺悟西式民主、法治、自由經濟已經不能信任，當前世界又處於危機與動亂之中。川普與美國，更令人失望。

幾十年前美國有一位碼頭工人出身而好學深思，六〇年代成為加州柏克萊大學高級研究員的思想家賀佛爾（Eric Hoffer, 1902-1983），他有一本書中文譯《群眾運動聖經》（立緒），二〇一一年大陸廣西師大出版社翻《狂熱份子：群眾運動聖經》。它其中有些話我一直沒忘記，大意是這樣說：

一個社會中最多的是平庸的大眾，他們的命運受上下兩端人物所左右。最上層是少數優秀的人，最下層是低劣的部分：失敗者、品格低下者、罪犯、混混、狡猾的政客、奸商、騙子。中間層有的受上層人士教育、感染，更多是受下層低劣者引領、蠱惑、牽著鼻子走。中間層不能積極在歷史中主動起作用，卻常為狂熱份子所帶動而助紂為虐。

試想「人民大眾」豈不就是大多數中間層與下層合起來的一大群？民主的選票，不正由這群數量龐大的，可怕的「大眾」所構成嗎？西式民主是什麼東西？還不很清楚嗎？台灣的民粹政治完全體現了群眾運動在投機政客設局引領中、下層無腦者盲從、簇擁而鑄造了一個沉淪的社會而不能自拔的悲劇。

（二〇一五年四月，二〇一八年三月修改）

第三輯

時髦

「時髦」這東西，可說「古已有之，於今為烈」罷了。髦者毛中之長者，引申為「士中之俊，猶毛中之髦」。三千年前詩經中已有「烝我髦士」的話。「時髦」在歷史上，亦許是中國人最早創造的一個概念。但今天世界上除鐵幕之外，領導世界時髦的是美國。尤以紐約為當今天下時髦之一時翹楚。故欲看當代「毛中之髦」，紐約而外，不作第二城想；欲談說時髦，不來紐約，焉知今日天下時髦行市跌漲如何？

紐約可說是集各民族人種、各國文明於一爐而煮之的一鍋大雜碎。這裡展示著各種古今中外新舊文明的產品，儼然一個「小天下」的光景。正因為它有這個特殊的背景，它比整體的美國更沒有來自一個深遠傳統文化體系中所必有的種種戒律、習尚與束縛。所以紐約是一個最少「偏見」的地方，也可以說是過於雜沓的人種與文明風尚，因為要聚居一起成為「紐約客」，便必須放棄「偏見」；放棄的結果，紐約人變成對人生社會的千奇百怪都顯得冷漠痲木，沒了「成見」。美國的生意人把紐約塑造成一個鼓動現代世界時髦脈搏的心臟，套用「孟子」的一句話，可說是「美國商人，利之時者也」。

時髦是什麼？美國式的時髦（fashion），自然與中國原來說的「士中之俊」那樣範圍狹小大有不同。而指一切流行而成熱潮的事。中國古來也不是沒有的。比如西施之顰蹙捧心，楚腰的纖細，畫眉之深淺，貴妃之環肥，飛燕之瘦削，還有從唐朝以降漸成習尚的「纏足」等等，皆不外為局部的人生之時髦。但美式時髦之普遍與強烈，包羅範圍之廣袤，其傳染力之威猛，自然不是任何過去時代所有過的，也不是一般人等閒抵擋得了的。

時髦似乎必是嶄新獨特，光鮮亮麗，比如豪華轎車，電子手錶，太空探險之類，前無古人。但是往往卻大謬不然，毋寧說是腐舊殘破，甚至污濁陳垢。比如長髮于思，袒露身體，這都是回復原始的表示。而印第安首飾，非洲的項圈，牛仔時代的馬靴與牛仔褲，野人的文身似的化粧術，模仿畜牧時代的「遛狗」，嚮往原始自然之恐懼的「白鯊」，代表著東方之神祕的「中國功夫」……這些古舊、原始、早期文明的殘餘之成為時髦，均反映了西方現代社會不尋常的意識形態。

狗之成為寵物，在畜牧與狩獵時代已然，但紐約的狗，形形色色。有大如幼馬，小如大鼠，常常穿著講究的「衣服」，享受著與人類中上等人一樣的衣食住行。病了有設備豪奢的狗醫院，死了有窮人不能夢想的葬禮。一位老太太說自從她丈夫死後，這條狗如同她丈夫；有的對狗說話，如對親子：「乖乖別叫，媽咪就來了！」這些大概還沒有為台北所全盤接受，雖然我們也已漸漸對狗加以青睞。

遛狗的目的，雖然有散步之用，但主要還是在表示一種有閒。有閒是財富的象徵。養狗一方面也是孤獨者慰情聊勝於無的辦法。紐約的狗之多，只看遍地狗糞，便使你自恨無閒，不能「共襄盛舉」。

年前好萊塢出《大白鯊》（*Jaws*）一片，台北人大概已經或馬上可看到了。隨著《大白鯊》賣座的鼎盛，「白鯊熱」又成為時髦之浪。聽說為此花了一百八十萬美元宣傳費。一時有各種印著鯊的海報、廣告、套頭運動衣上市。而鯊魚牙床，成為昂貴壁飾；鯊牙項鍊，爭相出籠。幾乎任何商品，一與鯊魚有關，即可暢銷。「大白鯊」與「大地震」一樣，以一種令人悚慄的自然暴力在蒼白、機械的生活中投下一個大刺激；以一種殘酷悽厲的場景的展現，來使空虛失望的生活相形之下，得到短促的慰藉。這亦可說是西方現代社會一種被虐狂的滿足。機敏的商人，有的是社會心理調查的情報，這種現代時髦產生的內幕，自然不是趕時髦的大眾所留意的。

流行最久，範團最廣的，當推牛仔褲。去年台北報上曾有謳歌牛仔褲的文章以及台大學生將有一個牛仔褲晚會的報導。不過，近年紐約的牛仔褲，已不講牛仔褲耐髒耐磨、輕鬆舒適之為用，而以襤褸破舊，最好在膝蓋與臀部弄個洞，或綴以一塊極不調和的舊花布片，使它鶉衣百結，方為時髦之上乘。時裝中心自前年起即已開始出售種種以藥物與機器漂洗使之殘破的牛仔裝。

商業社會對時髦的期望，是希望它適可而止，推陳出新，不久又有另一個新時髦來替代，以便財源滾滾。頗出意料之外，又長又髒的頭髮與衣若懸鶉的牛仔裝竟歷久不衰。不論是理髮店老闆與服裝公司，都痛心疾首。好萊塢配合生意人的願望，兩年前又推出「大亨小傳」（美國廿年代作家費茲傑羅〔Fitzgerald〕的名著小說 *The Great Gatsby*）新拍的電影，希望藉大亨蓋次璧光鮮考究的儀表之誘惑，來肅清現代美國時髦青年那蓬頭垢面，狀若囚徒的形象。動用了一切大眾傳播的力量，掀起一場「蓋次璧狂風」，透過書籍、電視、唱片、劇照、櫥窗、報刊來推銷蓋次璧的形象：衣服、裝飾、髮型、帽子等等。但不幸這兩年美國不景氣每下愈況，蓋次璧的形象不易追隨。但牛仔裝的時代，亦必然要成過去。我們且等著看下一個時髦風潮是什麼了。

上面所說，都只是生活方式與生活習尚上所表現的時髦。而現代時髦的範圍，自然遠超過生活表層的風尚，而深入到觀念形態與心靈創造之中。政治上的左傾幼稚病；經濟生活的奢靡浪費，用過即丟，先用後付；宗教上一度有韓國騙徒文鮮明的統一教及各種現代迷信；思想上的嬉痞與反文化主義……乃至文學創作與批評，繪畫的新寫實主義，音樂的爵士或搖滾以及新潮裸劇等等，可以說任何一項屬於文化或文明範疇之事物都有一個時髦的典型在鼓動，在吸引，甚至說在挾制一時的人心向背。隱然有一種判斷的準繩在不可見之處威脅著每個人，那便是：不時髦，即落伍！

時髦之無孔不入，已經到了駭人的地步，姑不論多少時髦是有價值的，又多少時髦是反價值的，現代時髦之支配人生，泯除個性，已成為一種難以抗拒的魔力，不可不說是可怖可憂之事。

我們常說的由西方現代文化所鼓蕩而起的「現代主義」，主要指在思想上與文藝上的反映。「現代主義」其實就是「時髦主義」，它的理論基礎是「進步主義」的神話；它的擴張與霸道的推行的工具乃是現代的大眾傳播與一切廣義的「交通」。也只有在這些「工具」的被誤用與濫用之下，時髦主義才能夠構成狂飆猛浪。

時髦的來源，與「進步」的概念有密切的關聯。而西方的「進步主義」，其前提必是對上帝的否定。因為如果上帝創造人類與世界，且為一切真善美之源頭，則世界無進步可言。上帝既被否定，即意味著人類有無限制征服並戰勝自然的可能。人類便以知識來模仿上帝，重建地上的秩序，創造地上的天國。此使西方文化自十八世紀啟蒙運動之後，到十九世紀進入近代科學之黃金時代。進步主義便是近代西方思想的產物，亦可說是科學與哲學打倒了神學以後的新信仰。實用科學的進展與擴張，造成現代世界的種種現象，包括人力的強大與財富的增進。一切文化的進步皆可在效率與數量之紀錄上顯示出現代的光榮。隨之而起的是欲求無限度的需索，遂引發人生價值再度的迷失與徬徨。進步主義在物質世界建設上的成功，挾制了人類生活與生存的自由選擇，任何現代人，都只能是這個社會機器裡的一個附件，無所逃遁。但精神上的孤獨與失落，醞釀了現代頹廢主義與虛無主義的產生。既然沒有一個肯定落實的價值觀念可以讓現代人安身立命，則反叛、否定、荒謬、倒退甚至虛無，都可以表示對現實的反抗，都可以表示一種敢於追隨「進步」的膽識。加上商業社會唯利是圖的動機與現代傳播交通技術的驚人力量，時髦在現代之主宰每個人的意識形態、生活方式與行為風尚，便成為歷史上前所未有的箝制力。有人說極權政治的強迫洗腦與美國無孔不入的大眾傳播，實有異曲同工之妙。這實是令人悲哀的一句話。

時髦已經成為一種現代疾病。它是社會心理失衡的一種無理性的新迷信。它跟「進步主義」的神話和「現代主義」的荒謬一樣，將必在未來世界的覺醒中沒落。如果未來世界仍有希望的話。

這個希望並非空談。西方文化雖或不至如史賓格勒所預料的那麼悲觀，但起碼已喚醒了西方智者普遍的憂慮。能源危機，經濟衰退，大戰的威脅，自然的污染與生態的破壞，以及現代人心靈的徬徨絕望，都使「進步主義」的猖獗氣燄大大消斂。如果我們對人性終有信心的話，我們當不放棄對人類未來的期望。

西方有諺曰：他人的食物，可能是你的毒藥。我們國內社會頗以美國時髦為崇拜景從的對象。不論服裝、髮型、器具、生活方式、文藝思想與風格……等等，都大有一班「現代主義者」在作文化掮客。有獨立思想的中國人，應該在取捨迎拒之間，作理性的選擇。

我們堅定地對西方文化近代之癌——共產主義決戰，面對西方文化現代之疾病——現代主義、時髦主義，我們應加強我們的預防力與抵抗力。我們相信中國文化的未來，必在經受了兩次「西化」之「挑戰」，飽受了痛苦的刺激之後，我們堅定而良好的「反應」，將產生一個現代的新中國文化。

有了這個信念，對於目前盲目膜拜「現代主義」的時髦，喪失中國文化的自尊自信，我們認為，在歷史的長遠與中國的廣大來說，都只是一個小小的夢魘而已。

（一九七六年四月六日於紐約）

牛仔褲與同志裝

去年台北報紙刊台大學生將有一個「牛仔褲」晚會的新聞；民國六十四年十一月十四日〈人間〉副刊亦曾有〈自由的牛仔褲〉一文。我當時心裡想：美國的「現在」，常常是我們的「未來」；美國行將過去的牛仔褲流行熱潮，我們正在高峰。——不由得感到我心中頑固的民族自尊，文化自立的宏願似乎受到現實的揶揄，未免有點不是味道。

我相信「牛仔褲」這一項事象，和任何有普遍性的社會事象一樣，必有其十分複雜的現實因由以及社會心理的時代因素在。而美國的牛仔褲熱潮之擴散，在自由世界普遍流行，雖然像可口可樂、麥當勞（麵包夾牛肉餅）、分期付款、用過即丟……等美國生活方式一樣，只是物質生活層面的事象，但是牛仔褲在審美意識與心理背景上，毋寧說更是一種意識形態的表現。牛仔褲的好處很多，我個人與大多數青年人一樣，難免不曾有過三兩條的，但是，我們且不談牛仔褲本身的優劣，不盲目歌頌或貶抑它，而就產生牛仔褲時髦熱潮與追隨這個美式時髦的心態作一番分析，我們將會感到醜詆固然是一種成見與偏心，但像不少國人那樣盲目的以美式時髦為尚，說牛仔褲是「世界的文化」，「自由的象徵」，「它要比『可口可樂』偉大得多」（「可口可樂」本來就非常不偉大，常飲於身體有害）。恐怕亦只是只見其一，未見其二。

西方文化危機由來已久，但六十年代出現於美國的嬉皮士，表現了美國青年對西方文化、美國社會的反抗與嘲弄。他們反抗傳統，蔑視固有倫理道德，社會制度、教育政策、機械化的效率與成果。在意識形態上，他們擷取了龐雜而瑣屑的種種思想，如共產主義、弗洛依德主義、印度的瑜伽、中國的禪與老莊。在生活上則放蕩不羈，廢除一切約束追求自由。真正實現嬉皮士生活的人固屬少數，而嬉皮士群中的真假、優劣、深淺固也未可一言輕於褒貶。但整個充滿反抗、頹唐、絕望、消極、反文化等因素的嬉皮士思潮卻普遍的感染了美國青年一代，雖然在程度的強弱上各有不同。（關於西方文化的病變與嬉皮士的問題，在此只略微一提，不想多說。）一種社會風氣的形成，一項生活態度的建立，本是以一種人生觀作為其背景。美國的服裝商人為適應這個時代潮流，越時應勢地推出了牛仔裝，造成了牛仔褲在六〇年代以來的大流行。牛仔裝可說是機敏的商人為這樣一代的美國青年所設計的「靈肉和諧」的「時裝」。

牛仔褲耐磨耐髒，適於到處流浪，隨地臥坐；牛仔褲男女兼用，打破了性別的界限與神祕；牛仔褲不分貧富貴賤，適合平等、自由、兼愛的理想（泯除種族、階級的界線）；牛仔褲的粗糙與野性的風味，正可表現了對權威、制度、倫常、文明、財富、秩序等的反抗與鄙視。——以上所陳述各項，我們不必急於是非好歹的評價，重要在於我們應瞭解，牛仔褲所包容的諸思想意識的內容。

後期牛仔褲的時髦標準更有值得重視的發展：以磨洗得發白為時髦，進而為以越破舊越時髦，再進而以近於襤褸，再以極不調和之花布加以補綴為時髦（常常故意挖洞再行補綴），最後，時裝商人推出的，乾脆以用機器與藥物磨洗得極陳舊的碎布塊拼綴而成。這自然早已超過了〈自由的牛仔褲〉一文所稱道的「舒適、結實、實用」的範圍，而進入現代美國式審美的範圍了。正如美國的現代主義繪畫一樣，如果你要試著去欣賞它，而不能接受奇特、荒謬、非理性即為美的真義的話，你便無法體驗到豪富與自由的極致的「偉大好處」——文明可以成為雜耍。

美國人選擇衣著當然有自由（他們的自由大得驚人，殺人有不償命的「自由」）。但是，美式的大眾傳播所鼓起的時髦風尚，形成一種價值判斷的權威準則，「孤獨的群眾」很難逃脫這種被洗腦的厄運。與時髦風尚格格不入，便無法與人群「認同」。長頭髮與牛仔褲似乎使人們感到共同歸屬於一種時代的「信仰」，而免於孤獨。有最大追求個人自由的美國，以及各有不同文化歷史與現代處境的自由國家，竟紛紛認同牛仔褲為「天下裝」，與極權政權統治下人人一式的「同志裝」其「統一性」並無兩樣，寧非咄咄怪事？

很明顯地，牛仔褲不能簡單地認為是自由的象徵，從某一角度來說，是現代美國青年虛無主義心態的表現，也是高度商業社會借時髦的誘惑來達成其推銷謀利，不惜扼殺個性自由的成果。

中國社會自從以藍布長衫、旗袍與短衣長裙為時髦以後，便以西裝洋服為流行衣著。爾後不論迷你或迷嬉，喇叭褲或熱褲，皆以歐美流行時裝之模仿為滿足，未能創造現代中國的時裝來形成壓倒性的中國的「時髦」。這自然表現我們文化創造力之不振，故不能獨立自主。而一種文化大國應有的自尊，不隨人俯仰的人生理想與作風若不能建立，便只有將人家的文明產物當「世界文化」來崇仰。

生活在鐵幕的人民或許有人把牛仔褲當作美國的自由來仰慕，使我們益加悲憫鐵幕中人民的痛苦。他們連衣服式樣的選擇也少有自由；但在自由世界，牛仔褲可能是富足與極端自由所造成的逆反心理之象徵。自由中國的任何人都輕而易舉地穿起牛仔褲，那證明我們社會的開放與多樣選擇的可能性。如果不把牛仔褲自甘作為「同志裝」自我束縛，自失個性，我們都承認牛仔褲在某些場合有其獨特的可愛處。但須提防處處以美國是從是尚，我們便沒有自己的「未來」，只有美國現在的末流。

牛仔褲是一件不足輕重的事，但足以說明我們今日社會對趣味判斷（此亦即屬於美學範疇之事）沒有建立獨特自立的宗旨之又一例證。以美國時髦為附驥之對象，而以之作為「世界性」之鵠的，從文藝創作到批評，便缺少民族文化與民族精神應有的執著與自信。

〈自由的牛仔褲〉文中最後有二句話說：

「有一天若能成為牛仔褲的世界，那麼，這個世界，該多麼自由！到那個時候，也許，我們就可以看出大同世界的樣子了。」

這種看法之可愛與天真單純，無異說全球歸化於美國文化，乃世界大同之實現。

我倒想說：

「如果『天堂』上人人穿著一種『天堂裝』，『天堂』與『地牢』實是一個樣子了。」

（一九七六年二月廿日於紐約）

包袱與抱負
——與攝影家郭英聲一席談

年輕的攝影家郭英聲從巴黎回國，帶來過去三年中在國外完成的數十幅攝影精品，一月中旬起要在春之藝廊開個展。他邀請我先看他的作品，希望我說幾句話，英聲講起話來好像機關槍掃射，逼得你不能不用相似的速率與他對談。

攝影在現代已成為相當專業化的技藝。其技術部分，我們一般人所知有限。但攝影也可以是藝術之一門。就這個方面，我願意略抒淺見。但評論郭英聲的攝影藝術，非本文的企圖。那天我問英聲三個問題，所談頗有心得。這三個問題對英聲影展的觀眾，以及一般文藝創作，研究與欣賞者，或有參考之益。

第一個問題，我問他：到目前為止，你覺得最困難的是什麼？

「在最適合的時空中，把個人的感情、感覺表現出來，產生優秀的作品。這最難。」這是英聲給我的回答。

我瀏覽他的卅幅作品，裡邊有極優美、抒情的（比較具文學性的），也有表現他對光的捕捉、質感的呈現與構圖的經營、色彩的對比運用的（比較偏重專業技術的）。其中最引起我注意的，如埃及綠洲中樹林小徑的秋天景色，菜市場的瓜，一座垂下十五個紅窗帘的旅館，在紅海輪船鐵壁空氣管上飄揚著的白色晨袍等等。據他所說，這許多作品都是「隨手拈來」——發現景象，隨即湧出靈感，在極短促的時間裡把景象與個人感興融合為一，立即拍下來。

對景生情，而且能夠情、景交融，瞬間就決定了要選取什麼，捨棄什麼；要強調什麼，突出什麼，放鬆什麼；要如何取景，如何運用技術，企圖達到什麼效果……等問題。這就是英聲回答我對他來說最難的所在。從作品與作者的自白，很明顯地，郭英聲的創作方法多半是採用「即興」的（extempore）。

即興（或云「即席」）的創作最需要的是快捷、銳敏的機智，與豐富多彩的生活環境。以英聲機關槍式的談吐，正顯示他頭腦「運作」的快捷。他去國三年多，雖然多半與他太太同住巴黎，但因攝影工作的需要，他到過中東、埃及、阿爾及利亞、非洲、阿富汗等地。這一位年輕的「獵人」，先天後天的條件都充分地供給他創作特性的需要。他無疑地是極適當的即興攝影家。即興作品的特色，是自然、巧妙而不假造作。讓靈感的火花觸發景象的靈光，而不是刻意安排。

當然，要使即興的作品能百尺竿頭更進一步，不是光憑敏捷與「行萬里路」就保證垂手可得。即興的背後，還是苦學苦練。攝影家本身的思想、學養、風格的追求，技巧的把握，在「即興」之先必早已具備。正如靈感絕非天外飛來，乃是廣厚的藝術修養與智慧在某些時空際遇中的閃光。

英聲還不到三十歲。四年不曾見，他專業上的成就與作品的跳躍進展，不論題材的開闊，個人風格傾向的展露，技巧的更趨成熟，尤其他作品中的安謐，純淨與神祕感，走的是比較闊大的路子，不賣弄小家子氣的技巧，都令人欣喜。

在即興之外，英聲是否也可以有一系列追求某些主題的「計劃創作」。這其實他並非沒有做過。不過，這幾年或者太偏於即興。個人風格的建立，或許更要從尋找獨特題材，發掘獨特主題上著手。而獨特的題材與主題，便可能激發產生更多獨特的技巧。理性對感性的指導作用，是使藝術深化不可代替的途徑。

第二個問題，我問郭英聲：你從國外回來，對國內攝影這一行業最突出的感覺是什麼？

他說，國內的攝影似乎還是「業餘」的。

「專家」與「業餘」兩個名稱和它們的實質，在國內的情形，或有可檢討之處。

我們希望我們社會擁有各行各業的專家，首先就要有保護專家得以生存、發展的環境。一個國家社會在軍事、政治、經濟上的發展壯大之外，還要在思想、藝術等方面有相應的成長，才能可大可久。從事思想研究，藝術創造的專家其待遇與環境，遠不如工商、技術的專家，必造成整體文化偏枯的現象。許多優秀的，擇善固執，不願隨波逐流的文學、藝術家，不能依賴筆桿生活，只能以「業餘」從事，或者「下海」媚俗，放棄理想。國內從事商業藝術工作的，比如電視、電影、廣告、攝影等，更有苦難言。郭英聲說「國外的商業攝影客戶，都有一定水準。廠商若是信任一位攝影家，會放手讓他去做，不加以無謂的約束。」我們如果只有「業餘」，沒有

「專家」，水準自然無法提高；要有「專家」，就得有容許專家生存發展的客觀環境。

在主觀方面，有些「專家」技術本位，技術至上，似乎除專業一門之外，非孤陋寡聞，就不算得「專家」。其實，學識不豐，基礎不廣，只是「匠」，談不上「家」。在「專家」裡面，同行相忌，隔行相斥，也司空見慣。「專家」保護專業園地，不容外人插足，即使插足者真有本事，也只被視為「業餘」，多予歧視。有的人卻安於「業餘」，似乎掛名「業餘」，便不必全心專注從事，只是玩票，即可心安理得，享受優待。其實任何行業，都是公平競賽。既然參加競賽，便一視同仁。以業餘的時間精力從事一件工作，也應以專家的標準來要求自己。而專家不求上進，也將淪為「外行」。

不僅攝影似乎還是「業餘」的，文學、繪畫等方面，也大同小異。沒有嚴謹的專業精神，沒有嚴正的評鑑，沒有有紀律，有組織的「市場制度」（我們目前的文章與作品的價格還只是自由市場與「黑市」的交易方式）。我們的客觀環境和主觀意識都大有改進的餘地。郭英聲說：重要的是樹立一種新的觀念，建立一種良好的制度。觀念的建立在於個人的反省與自覺，制度的建立便要期望於社會的共同關切了。

第三個問題，我問郭英聲：你在巴黎從事攝影工作，期望自己成為第一流的攝影家。你有沒有想到作為一個中國的攝影家，你的作品可不可能表現中國文化某些精神特質？

英聲說，他努力在吸收，自由地在學習，這個問題在他從來不曾成為一個「包袱」。我說，成為一個束縛行動的「包袱」，當然不好，如果把它變成一個中國藝術家的「抱負」，是不是就不但不是一種桎梏，而是一個藝術思想的方向，一種創作的動力？英聲和他年輕的太太非常同意我的見解，並希望我寫出來。

「包袱」與「抱負」二詞，同音不同調，其內涵則完全不同。的確，中國文化的傳統，在現代中國的生活與文化發展，在許多方面是形成一個沉重的包袱。因為歷史太長的傳統，必有許多陳舊的觀念與習尚，盤根錯節，阻礙新境界的開拓。民族文化精神的復興，大家都喜歡標榜。就攝影來看，舊派是用山水照片來集錦，題詩，蓋圖章，把攝影來模仿中國傳統的山水畫；新一代則把行將消逝的「遺留物」（Vestiges of rudiments），比如老屋、破巷、古罈、殘罐以至漸漸列為「骨董」的許多舊時代的遺物作為題材。如果真正講「復興中華文化」，這兩種做法只是泥古與戀古，當然不足取法。傳統在這裡實在只是一個包袱。

傳統的發揚光大，只有從精神特質上去承繼，並注入新的內容與融合新的技法。而傳統的老技巧，加以變通改進，也可能在新內容的表現上得以復甦。我以前曾經建議一位出色的版畫家不妨嘗試用中國顏料，中國紙，採用傳統木版水印的技法來印刷版畫。而日本故世不久的大版畫家棟方志功，就採用中國漢魏石刻的風格做新創作，獲得極高的評價。

就攝影來說，我沒有實際研究的經驗，但從視覺美術的體驗中，我建議英聲不妨作為參考：中國畫的採光，與西方最大的不同在於中國採正面光以及多光源的採光；西方採單光源與側光。中國的採光是主觀幻想的，西方是客觀實際的。中國畫要用「線」來表現，不是「面」的對比，所以把物體所受外光的影響而形成一明一暗的強烈對比予以化除，成為光源以及正面為主，全體明暗均勻的主觀採光法。葉公超先生喜歡說中國畫是沒有太陽的，正是此意。沒有太陽，就是陰天的景致；但沒有太陽，白天既沒有大明大暗以及拖一個黑影子，夜晚也不是一團漆黑。中國藝術的光源是心靈所賦予，不是現實世界的本然。這可說是非常「超現實」的。我們都知道中國傳統繪畫的夜景也是與白天一樣明亮。平劇「三岔口」夜裡決鬥，舞台上一樣明亮，這是中國藝術主觀浪漫的特點。這個審美觀念在平民百姓，也根深柢固，可以說是民族審美觀念的表現。中國的照相館為人拍人像，總是四面採光，把人像拍得亮亮的，臉上沒有一塊黑色。這與中國「人像畫」是相同的情形。如果採用側光，把人像拍成一明一暗。雖然增加了立體感，老百姓不要，會說我臉上哪有一塊這麼黑的顏色？如果你想拍一張很富立體感，有大明大暗的相片，你得告訴攝影師傅，你要拍「藝術像」。

然則中國古老的採光方法，對現代中國攝影家有沒有可資運用的價值呢？這個問題，還須留待攝影家去實驗。我覺得中國畫的白描，正是獨特的採光法的結果，用這個採光法，物體邊緣就有柔和的線隱約可見。現代西方畫家，從馬蒂斯，藤田嗣治到克林姆（Gustav Klimt）、席勒（Egon Schiele）等大家都有類似的採光法。我舉這個例子，只是聊作引玉之磚。要在攝影這樣「機械化」的創作，這樣「西化」的藝術媒介中體現中國攝影家獨特的風格，也就是要有表現中國民族精神的抱負，固然不是一蹴可就的輕易之事，但也絕非不可能。問題就在於是什麼人以什麼見解去操作這個媒體。我想中國的藝術史與藝術哲學；畫史、畫跡與畫論的鑽研，必可使現代中國的攝影家得到多方的啟迪，而激發豐富的靈感。如何尋求，如何取捨，如何變通，如何融匯運用，就看攝影家個人的才智與努力了。

攝影藝術比繪畫更具有「現代性」、「世界性」。但我認為，如果不單純是技術，不單純是形而下的物質，一切藝術的「世界性」都不排斥作家的「個性」與作家文化背景的「民族性」。「世界性」是指其品質之卓越達到的高度，已為世界級的水準，絕不是指其「樣態」合乎一個「世界性」的形貌。盲目高唱「現代藝術」的「國際主義」，只是喪失民族文化自尊心，依附西方現代時髦的虛無主義。我認為真正具有世界性的藝術，絕不誕生在民族藝術貧乏頹萎的地方，而必是誕生在民族藝術繁榮茁壯的土壤上。一個偉大的作家絕不因為他渾身洋溢著民族文化獨特的氣息而有損其世界性，而正好是民族文化獨特的芬芳使他在世界的藝壇上佔有一席之地。我們不可想像一位作家沒有個人與民族文化的特色，有什麼空洞的「世界性」特色可支持他成為「偉大」！再進一步來說，未來世界人類的生活方式與內容，因為現代科技的推廣、交流，而漸趨雷同。唯一能保持多樣的創造的，只有思想、文學、藝術的園地，所以文藝的獨特性，民族風格的豐富多樣性，當更為值得肯定與維護。所謂「世界大同的藝術」，實在只是一句無根的游談而已。

郭英聲和我都認同這個大觀念。我希望英聲不要急於求成，好好吸收人家的所長，打下堅實的根基，有一點一滴實現自己的抱負。以他這樣年輕，這樣銳敏與努力，再過幾年，我們又得刮目相看。這是可以預期的。

（原載一九七九年一月十六日《聯合報》副刊）

吉屋新遷

兩年前，夏志清先生為我的第三本書《域外郵稿》寫序，說「何懷碩今年三十五歲，剛走到了但丁所謂『人生旅途之中點』。……」下面是獎飾的話，不好再引。志清先生說現代人壽命比古人長；的確如此。三十五乘二的歲數，在今天多的是仔肩未卸，負擔著社會重任。我們三十多歲的人，只是較懂事的「少年」而已。但人生之旅已三十多年，行程畢竟不算太短。

人生若永是「旅途」，爬山涉水，東遷西播，不免漂泊棲遑之感，實在辛苦難言。倦羽思棲，旅人求宿，要有一個「家」，才使旅人有「歸去」之思。「思歸」似乎也不大快樂，其實，無可歸去，才是更傷心的事。要有一個「家」，當然是要屬於自己的「家」。看看「吉屋招租」那些紅紙招貼而覓得一枝之棲，畢竟只是「客棧」而已，算不得真正是自己的「家」。要吉屋新遷，不論鳥巢狗窩，或華堂豪宅，重要的是屬於自己所有，都一樣有安定之感。

能賺錢的人士，置一間屋，不算一回大事。買入賣出，擁有廣廈數層者大有人在。我們從事「文科」人士，靠一枝筆，畫畫寫寫，要換來一層公寓，談何容易！你的積蓄永遠只能買得來幾片瓦，半堵牆。因為屋價永如澳門跑狗場的電動兔子，任你拚命窮追，永遠有一段令人氣短的距離在前頭。有經驗的人會告訴你，不借貸永無法置屋。中國人忌諱「寅吃卯糧」，認為那是破落戶的做法；美國人卻於此道最精。實在說，「分期付款」雖不合國粹，但在現代來看，亦有它非常人道的一面。因為要等到你大半生積蓄剛夠置屋，人已垂垂老矣。況且一個人有了恆產，才有恆心；責任感增加，自然加倍努力。而每月還一次本、利，債負漸漸減輕，雖然沒有守財奴秉燭數鈔票那樣樂不可支，也頗有剛洗完澡那種輕鬆自在之感。

買屋固難，把一間別人住過的房子變成你自己喜愛的家更煞費周章。一雙鞋子尚且要合腳，何況房子，自然要殫精竭慮，好好佈局設計。以前租房子住，從來沒有注意到的細節，一下子全要你拿定主意，擘劃經營。如果你全無主意，只好由工人當家作主，把貴宅裝成一間「時代屋」，表面繁華，毫無個性。這個時候才知道租屋像行戰時生活，一切湊合著用；有了房子，是承平日子，須要長遠規劃，馬虎不得，反覺任重道遠，頗難勝任。

要房子有點個性，談來容易，做起來則難。因為現代材料，多是金玉其外，內裡不可究詰。我覺得木皮牆紙，通常都把房子包個密不透風，見不得一尺真「土木」，我實在心有未甘。補救之法，一是做一堵真磚牆，留個拱門；一是做一些仿古木格子門窗；一是做個花台，每天可看到一些泥土；再就是做一個小小門栓。我出身寒素之家，小時候住過磚瓦老屋，算是我家所有，喪亂以來，棄家他去，何家未曾再有過一片瓦。這回我新置此屋，實在卅年歷盡滄桑。最感傷心遺憾者，我父去歲冬月病逝香江，永不知道他的兒子居然有了離亂卅年後何家第一樁「產業」。我在現代公寓做一磚牆一木栓，確有緬懷故鄉老屋之念，雖微不足道，於我深心實有梓里停雲之思。

我的朋友擁有自己的「家」者，早已不可勝數。台灣居者有其屋，也漸漸要實現。國家社會的富強，才使人人受惠，擁有一個家固不易，守住一個家更難。杜甫說「安得廣廈千萬間，大庇天下寒士俱歡顏。」台灣今天是超過了老杜的理想了。因為天下寒士住進廣廈只是集體宿舍而已；台灣今天要的一家一屋。家之小者為家，家之大者為國，我們人人都不應忘記小家就在大家裡面，人人都應有小家大家命運一體的確認。

歲暮年尾，我將有「吉屋新遷」之喜。中華民國六十九年是一個吉祥之年。願蒼天降福與我堅貞卓絕，自求多福的吾土吾民。

（一九七九年於歲闌台北）

後記：我三十八歲買了第一間屋，在台北四維路。四十多年後讀之，回憶歷史現場心境，別有所懷。

作家座右銘

作家與常人最大的不同不是他有一枝能言善道的生花妙筆，而是他對人世有更深切的關心與熱愛。所以我們要培養對宇宙人生萬事萬物強烈的好奇心與同情心，古人稱為「悲天憫人」。這是極崇高的情操。其次要能觀察入微，並有自己的判斷。通過高超的想像力，把自己的感受化為創造性的語言，予以獨特的表現。不要說人云亦云的廢話。

寫作的秘訣無他，寫你最熟悉，最有感想的題材。努力投身於人生的熔爐中去考驗自己，去體驗生活。其次是努力多讀書。文筆之妙只是作家的基本條件，不是寫作的法寶。

（一九八〇年二月四日）

老年與少年

青年節在沉靜中度過，令人想起了老年和少年人在今天社會中的習尚。醫療保健的進步，使壽命延長；社會結構的改變，生活水準的提高，價值觀念的改易，人們不再以子女數目為資產，故新生兒減少，老年人增多。因而將不可避免地，出現一個新的「老年社會層」，這個社會層所扮演的角色，是目前國內許多學者專家正在關心的焦點。

生理年齡的老，心理年齡上未必就老。但其駕馭權力的慾望，若過於「壯心未已」，則社會的主幹是老年人。除極少數人之外，不能不承認，一般老年人的思想行為模式，總具備老年人的種種共同特性。而由於以老年人為主幹，他們的世界觀、人生觀、處世態度，以及他們的習尚與作風，都薰染了整個社會，隱然形成一套範式，許多基準與各種方法。我國尤其有「尊老」的傳統。所以通往「成功」之路，必經由這些範式、基準與方法，不能脫軌。這是目前青少年在人生的「學習」中，相當重要的課程，也就是在這條路上試車的一段訓練。雖然社會中不缺乏青少年，但確是一個「老年社會」。其優點是穩重，但不免遲滯難進。

青少年的勇猛、坦率、天真、敏銳、精進、憧憬與永不滿足等特質，因為老年人所不大有，故這些特質的反面：魯莽、鋒利、缺欠修養……等等常常被過於強調，以至連它的正面也一起摒棄。「老年社會」的壞處是什麼呢？——面團團一片笑臉，從不坦誠發表一己的見解；喜歡含糊而模稜的措詞，寧可說既黑且白，絕不直言黑白；巴結討好，沒有原則，只求廣結善緣，不辨義利；以圓滑偽謙為修養，視狷介骾直為異類；凡事拖沓、懶惰、馬虎，批評之則有傷和氣，老於世故者所不為……中年與青年，養成了這些老年社會的心態者，實與生理上的老年無別。

大概歷史過於悠久的民族，總喜歡「老」。樹小牆新實在不如秦磚漢瓦趣味雋永。我們也誠心認為老人當敬，即使是一位撿破舊的老人，年輕人都應對他加倍有禮貌。但是趣味是一回事，道德是一回事，理性又是另一回事。我們不能不分開來認識清楚。在求知、處事、判斷上，尤其對於民族振興的大小事務上，青少年應有的勇猛、坦誠、敏銳尤其是我們所應崇尚的風格。在這方面，我們只能談「敬賢」。「老」或許「賢」；「賢」未必「老」。可愛的老年應有青少年的特質。整個社會，若能以青少年為主幹，以青少年的精神為靈魂，我們才有一番新氣象。

（一九八四年二月廿七日）

特權與權威

「特權」與「權威」大不相同，但都具有權力（power）。羅素論權力，說假若可能，每個人都願成神。人類中只有少數人不肯相信這是不可能的，這少數人是按照米爾頓的撒旦（Milton's Satan）的模型造成的。他們正如撒旦一樣，集高貴與邪惡於一身。

哥白尼和伽俐略在我們見其「高貴」，在教宗與信徒則見其「邪惡」，其實都是智慧與創見的一物兩面。這裡面有權力，才足以使宗教的宇宙觀搖搖欲墜。這種權力也就是培根（Francis Bacon, 1561-1626）心目中的「知識」。今天大概再沒有人宣稱「知識」為邪惡。

「特權」與「權威」若要在理論上加以界定，可以說，由「知識」而來的「權力」為「權威」；與「知識」無關的「權力」則為「特權」。或者說，「權力」的高貴者為「權威」；邪惡者則為「特權」。高貴的「權威」滿足人類「榮耀」的慾望，邪惡的「特權」則肆無忌憚地使用宰制他人乃至社會的「勢力」，以圖一己之私。「權威」的榮耀必須付出個人努力奮鬥的巨大代價，得來極其不易，且必須由眾人所予；「特權」的勢力則可強人就範，威風八面。在公義淪喪的環境中，「特權」遠比「權威」有力，它可以得到利益，也是獲得現世虛榮的捷徑。

「權威」也可用卡萊爾所說的「英雄」來詮釋。卡氏的「英雄」與武力無關，而是智慧、創造、意志與人格方面的秀異之士，是對人類歷史有貢獻的各種出類拔萃的人物。他們的成就有益於人類的進步，所以獲得了永不消退的榮耀。

相反地，凡不憑藉知識、能力、成就與貢獻，假藉其他途徑而來的「權力」，都可稱為「特權」。主要是來自政治與社會的血緣、裙帶、主僕、師生、部屬、同鄉、親友、組織……等種種關係，種種因素，產生了「特權」。其次是經濟的勢力與政治、社會的權力相結合，造就了另一批「特權」。過去可以花錢「鬻官」，現代通變，透過種種明裡暗裡的「公共關係」，官商合作，或者亦官亦商。還有另一途徑，就是來自腐敗、不合理的制度，使平庸之輩，爬升到握有「權力」的地位。這些人溫順乖巧，俯首貼耳，即使尸位素餐，媳婦也可熬成婆。一朝權在手，亦可把令來行。他們不憑藉知識與能力的「權威」，而憑藉「資歷」與上司的合意。這種按部就班，夤緣攀升的人，最有「任用資格」，而不管其人有無能力，都有「權力」，實在只是「濫竽」。社會的權力若不由「權威」把舵，而操於上述三種「特權」手中，則問題無窮，弊案叢生，實在是「理有必然」。

管理眾人之事的大小官員，民意代表，傳道授業的大學教授，各行各業的專家、技師，原都應為各行各業，各種學、術與事務的權威之士。假若「特權」壓倒「權威」，社會的落後與混亂，乃無法倖免。

我們社會之病不在迷信「權威」，而是畏懼或諂媚「特權」。我們已不能認識什麼是「權威」，也就不尊重「權威」。「權威」在「事」，由事及人。「權威」是不斷有新陳代謝的，所謂「江山代有才人出」；「特權」在「人」，由人及事，既成盤踞，常不肯放棄，或將社會權力與公器私相授受。消除「特權」，尊崇「權威」，是我們社會祛病健身希望之所寄。

願朝野愛國之士三思。

（一九八五年三月）

薛蟠

胡娜小姐來台的新聞中，有一張垂頭蹲地的照片，那是她在表演比賽時，因連日疲勞過度而累倒的鏡頭。當時頗有感觸，覺得我們社會中的人，在某方面有一個共同的形象，頗近似紅樓夢裡薛寶釵的那個兄弟——薛蟠。

這薛蟠是富家子弟，性奢侈，雖也上過學，但還只是一個衣錦食玉的老粗。喜歡鬥雞走馬，酒色徵逐，有時也附庸一下風雅，但常鬧笑話。如喜歡唐寅畫的春宮圖，卻把「唐寅」看成「庚黃」；與寶玉等行酒令，出口粗俗不雅。渾名獃霸王，莽撞粗鹵，常常表演霸王硬上弓之舉動，也常常闖禍。除了他在外頭仗勢欺人，鬧出人命案，可恨可惡之外，此人心直口快，沒有機心，沒有城府，在小說中倒是一個滑稽角色，常常惹人發噱。

古人形容大殺風景，有謂花間喝道，背山起樓，煮鶴焚琴，清泉濯足。中國現代的薛蟠，不論在廟堂在江湖，也不分富貴貧賤、身分高低，可說無處無之，而且虎虎然有生氣。大殺風景之外，還專門做些逾淮為枳、畫虎類犬的勾當。

傳統文化，我們繼承發展；現代文化，我們移植吸收；東西洋文化，我們新舊兼收，華洋雜陳。這原沒有什麼不對。但是薛蟠式的「古為今用」、「洋為中用」，則鹵莽滅裂，貽笑天下。

古人發明火藥，今人最拿手的是做沖天炮與煙火。印刷術也是中國最古老的發明，現在多的是粗製濫造的盜版印刷。「易經」在現代最佳用場是看風水，卜休咎。武俠小說武功招式，以「易經」來附和，有了「玄機」，都莫測高深。

現代科技，比如電腦，最早發達起來的是大街小巷充斥的電動玩具，後來，許多機關競相購買電腦設備，據說多半做擺設用。雷射造就了幾個尖端「藝術家」；有人則利用雷射發明詐賭的麻將牌。電子技術則用於考試作弊。

對歷史的態度如何呢？我們看看台北城四個城門。北門原來受到破壞，經過專家「醫治」，勉強有點「古風」，但是，高架橋左右「開弓」，畢竟「屈辱」之至。其他幾個城門，有的早已不見，看得見的已經全身整容過，可說是面目全非。不少古蹟，敷水泥，上油漆；清朝石碑，地方官員磨平重刻文字，自署姓名；僅存的日式「神社」，將遭毀除……，各種薛蟠式的作風，不勝枚舉。令人驚異的是，中國原來是歷史感最濃重的國家，今人對歷史的態度怎麼如此輕薄？「神社」是恥辱，應予掩蓋？正如台大校慶之爭一樣，令人嘆息！請問恥辱不也是歷史嗎？抹煞歷史，不肯面對歷史，何能湔雪恥辱？

至於社會、生活、文教等方面，問題更是「多如牛毛」：信用合作社是經濟犯罪的最佳「坦途」，五鬼搬運比倒會來得有氣派。牛肉灌水，蝦摻硼砂，塑膠可以製香腸；小魚漂白，西瓜打針，工業酒精可以做威士忌。公共汽車有所謂十大罪狀，飛機出事無非小事一樁。設斑馬線，行人變成過街老鼠；建高速路，汽車表演蛇行絕技。美術館開舞會，說是創舉；造孔像要比自由女神更高，為的比「美」。社教館當攝影棚，也稱社教；停電超過半小時，酌減幾毛電費，已是恩惠。核四廠霸王硬上；垃圾山台北一景。空中大學沒有方帽就沒有吸引力；理髮廳沒有馬殺雞便冷冷清清。一千九百萬人養不活幾部像樣的電影，「摸乳巷」與「脫褲莊」才能使票房回升……。

信手寫來，差不多可以編成詞曲。我們的政治、經濟、社會、文化、生活……，台上台下哪一方面沒有許多薛蟠？

貧窮可能是匡衡（漢朝這位「鑿壁偷光」的匡先生，我小學時候的國文課，首句記得是「匡衡窮，匡衡窮，匡衡人窮志不窮……」），富裕了卻成為薛蟠。請問，這樣子的富裕，有什麼價值？

（一九八五年五月）

老年之美

——讀漸翁《喜年小冊》

吾師王壯為先生今年七十七高齡，印製《喜年小冊》自壽。把玩研賞再三，不能無記。《喜年小冊》共三十二頁，包括照片、書、詩、畫、印，卻全沒一個鉛字。這在出版界，可能未之曾有。冊中並有老師三十餘年前臨清湘八大山水花卉五葉。第一次看到老師的畫，令人驚喜之至。至於書、詩與印章之美，人盡知之，不必多說。

冊中兩幀照片，一幀是在書房的側面胸像，一幀是在庭院中端坐與小孫女合照。後者有題：「對真始識老人吾，為問今吾若是乎？毛髮皤然渾壽相，神情默爾伴頑軀。躭書略有詩幾首，覓句多憑酒半壺。異日清揚此衰朽，女孫漸解備攙扶。自題第二乙丑春間小照七十七歲懷新老人。」

我拜觀二照片及詩，感慨感悟感奮，兼而有之。遂寫信致吾師云：「白髮皤然如老樹婆娑，壽相之美直如陳釀開罈，引人陶醉也。」沒想到老先生興至，寄一對聯贈我。聯云：「狀我古罈發陳釀；看君妙筆寫高懷」。「拋磚引玉」，說的正是這等事。

老年之美，也是「慧中」而「秀外」。長者有峻肅，有嫵媚，都可敬，可愛。而不論何者，皆要有豁達無我之襟懷，表現了早脫塵網之瀟灑。白髮老人，蒔花鋤草，含飴弄孫或者埋頭著述，所愛所懷者是自然，下一代與後世。那些對現世的權勢財貨棧戀不捨的，雖然鬢如霜，但還是塵滿面。

壯為師六十五歲後自號「漸齋」。我初以為是取典於顧虎頭「漸入佳境」的故事（晉事顧愷之傳：「愷之每食甘庶，恆自尾至本，人或怪之，云：漸入佳境。」），後來知道是得自香光、眉公處。漸齋之後，又作「漸翁」，「忘漸老人」。他在〈鐵石朱墨心情〉一文中云：「……老相老境皆有可玩，而其最堪玩者為一『忘』字。蓋可惡者忘之固是一得，可喜者忘之亦詎非一得乎？」他又曾言：「不怕老，不諱老，不賣老。」此皆謂之「散豁」（漸翁拈晉人語曾有此二字開章）。「散豁」就是不貪戀，無罣礙，平澹自然。漸也者，「常」與「變」之統一和諧也。「常」中懷新而漸變；「變」由自然，非故作異，故仍為「常」道。常與變在「漸」中「忘其」對立也。中國詩人墨客每喜「玩弄」名號，有人別名別號別字多至二三十個。其中往往有深遠的寓意。看一個文人的名號，可揣知其心志與情懷。名號可「載道」，更是「言志」、「寄情」的所在。（當然，腹笥略無內容，見識平平，趣味卑俗，而玩名號，不如藏拙。）

漸翁是中國文字的「大玩家」。做詩，「塑雪鏤冰」，鑄造佳句；作書，篆隸真草行書之外，漆書，漢簡等，無不追摹熔鑄，把書法與畫理貫通，所追求的是意境；篆刻，更是文字最精緻的藝術，在方寸之間，看出漸翁平生的學問、性情、抱負、氣度、魄力，趣味與詼諧。「大玩家」玩文字，常喜艱澀險仄；既能扛鼎，又能貫虱。從字形、筆法、結體、布局到字義，詞意乃至整句與全篇的內涵，包容了文字學、書法、金石學、篆刻學、文學，還有與之有關的其他種種學問與修養。

老人而嫵媚，因為曠達。有人不服老，有頑童之趣，但也不免霸悍，就不可能嫵媚。吾師愛酒，每至微酡而雋語如珠，諧謔滑稽，旁若無人。書畫詩酒之為物，使人老而可親，「使生活有味道」。這樣的老年之美，是積漸而為醇美，隨歲月而歸然，至可欽羨。

（一九八五年九月五日《中國時報》）

致劉紹唐先生

紹唐先生尊鑒：

　　貴刊二八一期張佛千先生大文「敬悼張曉峰先生」中有一段提到我師大畢業分發到「東園街萬華初級中學」任教，三年後蒙陽明山中國文化學院張曉峰先生聘為「專任講師」。萬華中學後來改為萬華國民中學。原來校門在東園街一小巷內，後門為一堆滿垃圾之臭水溝。後來臭水溝已闢為今之西藏路，校門也改建於西藏路上，煥然一新，與當年不可同日而語。佛千先生文中敘述當年所見「教員宿舍在校內，鄰近防空洞，陰暗潮濕，壁上斑駁一片，不可以居」，印象鮮明，完全真實。我離開萬中已十六年，近年偶回該處探訪老友，宿舍情形如故，但除一、二間經過修葺，尚有單身老師暫住之外，其餘已成堆放廢物「倉庫」。想起我曾在那樣困頓的環境中，得到前輩的提拔，知遇之恩，感幸之情，不能忘懷。

　　我在華岡任教一年後，即因新換系主任施翠峰先生而未獲再受聘，也不曾得到通知或說明原因，我覺得該處不可久留，二話不說，下得山來，上山時辭去中學教職，所以下山之後立時失業，生活頓成問題。曉峰先生必不知情，也無暇顧及。華岡人事變遷，令人難以逆料。許多資深華岡教員，常因「新人新政」，黯然下山。我當時的遭遇，毫無怨尤，因為當時我既年輕，又資淺，不具抱怨資格也。我覺得無論學校創辦人如何睿智而有魄力，私立大學教員沒保障，病在制度。

又，拜讀貴刊二八〇期卜少夫先生大文「曉峰先生樸素」，說到他「鄭重向曉峰先生推薦」胡蘭成到文化學院教書的事。卜先生以胡「基本思想是反共的」，即「不必計較過去政治得失」，所言難為多數知識份子所能贊同。納粹也反共，而納粹為世界自由人類所反對，漢奸皆中國人之敵，似不可含混。卜先生又說：「我以為戰後的情況，與抗戰開始時絕大不同，漢奸身分，中國歷史上數不盡，成王敗寇，這本帳怎麼算？」我們後輩非常不解。「成王敗寇」，不是說敵匪如果最後成功，便成王，便無所謂「漢奸」嗎？歷史上果真沒有是非曲直嗎？連數十年前的歷史帳都不能理出個黑白嗎？卜先生說：

「胡蘭成在華岡一年，我不敢說，他體會也實踐了曉峰先生繼承明清大儒講學於山嶺，傳授於自然的精神，我敢肯定，胡蘭成在華岡那段日子，嘔心瀝血在盡他的學術上虔誠。人經過政治上無情的翻騰與詐虞，返璞歸真，對人性，對一個生命的寄與，有一種強烈的交代感，我深深領會到胡蘭成確乎不忮不求本乎一種豹死留皮（太俗的說法）的精神在閒步於華岡。

「胡蘭成兩本書（其實不祇兩本）：《今生今世》、《山河歲月》問世後，千不該，萬不該，銷路好，口碑好，成為一時風雲人物。我們這個社會太澆薄，容不得若干特異之奇才，誰都知道『天妒紅顏』，並非一句說說而已的話，胡蘭成並未張牙舞爪，但台北掀起的一陣攻擊他的，清算他的所謂輿論。」

以上是我抄錄卜文兩段文字（一字不易）。我不想加以評析；照抄一遍，是想給沒有讀過的讀者讀一讀而已。我當時在紐約，曾寫有二小文在聯副及中副談到《山河歲月》和《今生今世》，所以似乎也在「澆薄」與「容不得若干特異之奇才」的「所謂輿論」裡面。不過，我相信卜先生可能並沒有細讀過胡蘭成的兩本書，也不一定注意過那時的「輿論」文字。比如，我的拙文有一段說：

「一個人過去對本民族犯下了大罪，僥倖逃過了法網，亡命敵國。其賣國之罪因過了法定的二十年，法院不再追訴，自仍可成為國民。假如痛改前非，更可獲得本民族的寬恕。著書立說，如果有所貢獻，當可補贖前愆。我們不因人廢言，正是明辨的態度。然而，胡蘭成的《山河歲月》，歪曲史實，散佈謬說，尤其侮辱中華民族；『《今生今世》作為胡某自傳，不盡不實，盡多欺瞞隱藏且不說；其描寫其人一生豔遇之私情，也不值得他人關切。但胡蘭成每將自己的苟且與放蕩，以中國文化精神與倫理德行作正解；夾敘夾議，歪曲中國文化之精神本質。始無論他的文筆有多婉媚曲折，大概稍有頭腦的讀者都可以有能力判斷。我極不願將《今生今世》作為一本書來評論。因為我還是要說，該書不值得。」

我想有人不會忘記胡蘭成與鹿橋兩人當時在台北報刊上所說所寫。鹿橋說胡「為歷史作證解」，「真又是學問又是詩」，「又惟有大聰明人，才對古今宇宙之事皆有六經註我，我註六經之喜悅」。胡說鹿橋與胡適之相較，「思想自覺過之」，「我們之中惟有鹿橋最有可能得諾貝爾

文學獎的」。——以上是當時《中國時報》〈人間〉副刊頭條文章，在拙文中引用過的。（均見拙著《域外郵稿》）

我不想評卜先生，只是對這般的「知人論世」，甚感困惑，常聽您說「世無完人」，但正邪不分，能稱寬容大度乎？請教。敬頌

編安

後學　何懷碩　敬上

一九八五年十月十四日

個人與群眾

如果有人問我是不是個性孤僻？是不是有恐懼人多的心理病？自我估量，則自認絕非如此。但我總給人不合群的印象。我自己細想這其中究竟是什麼原因，結果大略找到答案：凡一時流行，努力宣傳，以致成千上萬人蜂湧而至的活動或場合，我大都興趣缺缺。如果再進一步追究，我只能說：我希望多做一個「個人」，儘量少當「群眾」。

我對當世許多一時流行成風的事物，非常厭倦，卻不是我想刻意建立這樣「孤僻的哲學」。我想起美國二百年國慶的時候，我正在紐約作客，對於各國帆船在赫德遜河遊河，以及花車遊行之類；或者我們國慶閱兵之類，也曾非常興奮擠在人群中看熱鬧。可是社會現在一時流行的，大肆宣傳鼓吹的，千萬人一窩蜂熱中的東西，常常教人失望；也可能現在我們常常不知不覺成為「群眾」，做「個人」的時候相對減少，所以我特別珍惜多爭取做一個「個人」。

「群眾」的性質如何？這是一個困難的問題。自來有人說群眾是盲目、愚蠢。這常引起「眾人」惱怒，群起而攻之。所以就有狡猾的人登高一呼，說偉大的群眾的眼睛是雪亮的！於是萬眾擁護他，甚至擁他為王。這個王見群眾已經滿足、快樂而馴服，他心裡正高興：群眾是盲目而愚蠢的，大可加以利用。

我比較相信群眾是盲目的，愚蠢的。個人，或者我自己，當群眾的時候也不例外。因為人原可以有兩種身分：個人和群眾。當我們是個人的時候，賢愚巧拙要看自己的修為，但當我們成為群眾的時候，我們必然盲目而愚蠢。（如果群眾中有某一人並不盲目，也不愚蠢，即是說他能看穿事物的真相，能夠瞭解事情的真偽、優劣、對錯，能夠提出建言或批評，那麼，他是專家，便是特殊的「個人」，便從「群眾」的身分脫離出來，回到「個人」的身分。比方說，戲曲或古蹟的行家，看到不對勁的演展，鼻孔裡笑一聲，從人群中擠出來，他便已經不算群眾了。）

要說明群眾盲目與愚蠢，在現代科技社會，更加容易。例證可說俯拾即是。比方說，一個大學教授，隨人群參觀石門水庫，在大壩上的停車場隨大家下車。他覺得風光絕勝，也感激水庫為遊客方便，設想周到，心裡多麼舒暢。他不是水庫專家，不知大壩建停車場的危險。他既成為「群眾」的一員，不盲目而愚蠢，其可得乎？又如有關食物是否危害健康，除了食品化學家。我們都只能是社會中的群眾，聽憑新聞專家指示，盲目跟從。其他如醫藥、衛生、藝術、書籍、服飾、美容、品味、觀念、思想、政治、法律……等等一切文化與生活的項目，除了少數專家，我們每個人絕大多數都不能不充當群眾，也便難逃盲目與愚蠢的共同「命運」。

做群眾既然如此糟糕，但我們豈能事事通曉，行行專精？絕對不能！那麼，做一個脫離群眾的個人，那種無所依傍，那種孤寂，對大多數人而言，又何其難耐。事實上，人生確永遠在這兩難之局間徘徊。不過，雖然某一行業的專家，有免於盲目與愚昧的自由，因而不為「群眾」，而成「個人」，而「個人」卻並不必要以行行皆為「專家」為先決條件。然而不管怎樣，做獨立於群眾之外的個人，需要長期自我修煉。大概有三樣東西可能幫助我們避免常常成為群眾，那就是通識、懷疑與獨立思考。

當然，不可否認，由許許多多人合成的群眾，是推動許多公共事業的偉大力量；所謂眾志成城。但是，由具有獨立思考能力，有明確認知的許多個人所合成的群眾，比莫名其妙聚合的群眾（烏合之眾），其品質必然高得多。

（一九八五年十月）

大學生的食慾

大學雖是學校教育最高的階段，但大學生還是學生，研究生也還是學生。學生是最密集追求成長的一段人生生活。知識、能力、體魄和人格的成長與塑造，是這一段生活的中心目標。透過鍛鍊、薰陶以及營養的吸收，來促進成長。

就吸收營養而言，一方面是知識的吸收，以增進心智的成長；另一方面是食物，以維持生命的活力與發展健康的體魄。當然，飲食也是文化的一部分，就食的德行、禮節、品味與情調而言，飲食也有心智的精神的一面。

談大學教育的改進的高論極多，似乎沒有人談及大學生的吃。精神心智方面的教育問題，到底有什麼改革的良方，能收到多少效果，姑且不論。「營養」的形而下一面，斷不是無足輕重的問題。飲食不但直接關係到大學生的健康與發育，而且也有關品味力與情操的教養，影響到人格成長；食事不盡是形而下的物質問題，也有形而上的生活之「道」在其中。當然，如果連物質性的需求都不能得到充分的滿足，假如大學生像餓獸，不但飲食的品味、格調與情操等等一概免談，恐怕連精神心智方面的教育也只是空論。而相對於我們經濟發展，物質豐阜的社會而言，豈不是不可思議的怪事。

觀察圍繞著我們大學校園社區的情景，當可以瞭解我們的大學生吸收了什麼樣的「營養」，也可以瞭解他們的生活內容與方式，而知我們的大學生的素質。不必到課室去聆聽高論，也當可明瞭我們大學的真相。

大學附近，除了少數充斥「大學用書」、盜版書與廉價書的書店之外，大部分是鬧烘烘的飲食攤店。價格低廉，品質粗劣，髒亂擁擠是所有仰賴大學生生存的飲食攤店共同的特色。「物競天擇，適者生存」。如果飲食業者不是看準了大學生的胃口，必不會經營這種水準的攤店；如果大學生不滿這樣毫無格調的攤店，飲食業者斷不能靠這樣的貨色大發利市。這裡面有許多問題：為什麼校園附近的生意人大多以飲食業為興趣所在？為什麼成長中的大學生在一切精神與肉體的慾求中，以食慾最為旺盛？為什麼這樣粗劣的食物、不潔的食具、簡陋而湫隘的飲食環境竟不為大學生所拒絕或遺棄？教育當局、學校當局與有關飲食衛生當局還有學生家長有沒有關切到大學生每天吃些什麼？為什麼沒有人以如此的大學飲食文化為恥？

大多數家庭的飲食都相當考究，整個社會用於飲食上的金錢也相當可觀。然而，大家卻都視大學生吃粗劣、不潔食物為理所當然，這是一個長期養成的錯誤的心理；當了學生，離開家庭，在外吃苦（吃髒），既成「傳統」，自來沒有人重視、關心，這種情況早該改進。而大學生本身沒有求改善的「覺悟」，視飲食為糊口、充饑（只求便宜，只貪多），缺少自愛與自尊，更缺乏品味力與飲食情調的要求，遂助長了大學生飲食問題長期處於惡劣的狀態。這與社會的富裕恰恰成為不調和的對照。

大學食堂很少得到校方的重視。不但談不上格調高雅，而且飯菜之粗劣，不能滿足大學生的食慾，是校外攤店高朋滿座的重要原因。大學食堂過去有過貪污菜金情事，所以有的學校曾由學生代表輪流採買。有些別有心眼的學生爭取當採買，竟也志在貪污。這是我讀大學時所知道的事實。如今大學餐廳有多少改善，看看校外飲食業之鼎盛，可以知道大學餐廳仍然無法滿足大學生的食慾，可知其「改善」當未盡善。

惡劣的飲食內容、方式與環境，不但不能長成健康的體魄，必也不能培育高尚的品操。每當路過大學附近途為之塞的飲食攤店，總令人想到一群饑餓的青年，不是專門為追求智慧，增長知識，提高人格而來大學，似乎是專為吃各式各樣不入品味的食物而麕集一處。各種品質低劣的食物，煙燻火炙，無奇不有，為的是刺激每個聞香而來的國家棟樑，使他不斷的吃，吃到不能思考，甚至生病為止。

西方許多有名的大學比鄰有優雅的餐廳、酒店與咖啡廳。書店之多之「高級」更不用說，舊書店的老字號與書店老主人風雅之傳奇故事時有所聞。這些店舖，常成大學城膾炙人口的歷史的一部分，使遊客流連忘返。似乎那些地方的教師與學生不常為饑餓所窘迫，食慾也不特別旺盛。倒是咖啡、茶與酒，邀促靈感源源而來，引發智慧的對話。薰沐久之，器宇不凡，風度翩翩，良有以也。好大學不止於好大學，還有周圍氤氳的大學氣氛。

什麼時候我們的大學生的食慾得到滿足，興趣轉向品茗論道？大學附近令人臉紅的飲食攤店，什麼時候因門可羅雀而遠遷異地，好讓另一批教養不凡的餐飲業者協助大學為我們的大學生提供心智與肉體的營養？——先要問問我們的大學生，有沒有這個渴望？也要看我們有哪些辨大學的人，瞭解「心物合一」，塑造像樣的大學氣象。

（一九八五年十二月）

後記：本文記上世紀末的景象，不久師大周邊幾乎沒有書店與像樣的咖啡廳，主要都是小吃。觀察大學周邊的景象，可以思過半矣。

（二〇一七年七月）

夢是唯一的現實

費里尼的傳記叫《夢是唯一的現實》；

早先斯特林堡有言曰：「夢幻比實在為更高的真。」兩者大意相近。

凡別有懷抱者，應服膺此言。

人皆有不自由之肉體，必寄生於濁世；

人又有自由之靈魂，可為無限之追求。

凡超越之追求皆如夢幻，卻為生命的消耗唯一有價值之抉擇，故為最高的真實。

若無超越之追求，人只是無夢的現實中的塵屑，不值得活。

（一九八六年二月）

有聲的中國

十年前（民國六十五年四月一日）德國超現實畫派大畫家馬克思．艾恩斯特（Max Ernst）在巴黎逝世，享壽八十五歲。他的去世是繼畢卡索逝世之後最重大的國際藝壇新聞。當時我正客居紐約。「紐約時報」四月二日在第一版左下角以極顯著的位置報導了這個消息，評論家約翰．羅索（John Russell）在第一版及第三十七版佔大半個版面，寫了評論長文。我當時每日必讀來自台灣三大報航空版，一連多日，中文大報連此消息也不見刊登，甚覺難為情。乃於兩週之後，寫了一篇六千字報導兼評論寄回國內，五月五日以「懷碩論衡」專欄稿刊出。該文前言有一段說：

「我覺得國內對世界各國文學藝術名家的報導與評介，不但不甚普遍，而且甚不平衡。少數外國作家一時成為熱門對象，而對其他更多作家，即使在成就與地位上更見重要，但若無『緣』成為熱門人物，大多數人便不知不識。這是一個有待矯正的偏向。這個偏向可漸漸使我們眼界侷促，趣味狹窄。另一方面，我們的報導與評介，又多半是由外國報刊書籍迻譯而來。這種翻譯自有其價值，也是文壇進步動力之一；但是，我們自己人對外國作家的評論，更不可無。一個國家如果對世界沒有自己的看法，沒有立於自己見地上的評論，在文化思想與學術思想上，必造成一種依附他人，缺乏獨立思考的弊害。把別人的觀點當作我們的觀點，便難以建立自己的體系，自然永難有獨立的見解。」（以上見拙著《域外郵稿》：〈小論艾恩斯特〉）

人在紐約，對西方藝術有我的意見，我就是中國。

我十年前這個意見，其實許多新聞界與學術界人士，必都早有同感，只是社會條件未成熟，「中國人觀點」的報刊一直未能誕生。今天（五月三十一日）讀《中國時報》〈人間〉刊出《時報新聞週刊》總編輯王健壯先生專訪稿，知道這樣的新聞刊物終於問世。該文非常精采。王先生呼籲我們要開始學習「用自己的眼睛看世界」，不然，「這個地球是別人的」。我們中國人不但沒有聲音，也沒有眼睛，更沒有獨立的思想，最後將發現我們在世界上沒有位置。

近年來，雜誌界一片形勢大好，但是，有這樣抱負的刊物：打算由中國人到第一現場，寫下中國人每週面對世界的思考（內容、方式和尺度），不能不說是首創。我們不但期望它成功，更希望它帶動一個劃時代的現代中國文化思潮——不論科學、社會、人文、藝術、大眾傳播乃至一個電影明星的長相，一切都有中國人獨特的觀點，有中國人獨特的方式，獨特的品味，有中國人特有的世界觀和價值判斷。

今天一家晚報的影藝版頭條標題是：「個兒高，臉蛋洋，影劇圈，最喫香」，而對這種現象竟然毫無批判。我相信《時報新聞週刊》的誕生，就是宣告中國人自覺提升時代的到來，告別了苦難和屈辱，進入了創造、開拓與另一種艱苦的奮鬥。

（一九八六年五月卅一日）

精神與物質

將文化或文明截然分為「精神」與「物質」兩部分，而有主從重輕之別，不論中西，由來已久，都存偏見。信仰精神決定物質，或者存在決定意識，所謂「唯心」與「唯物」，壁壘森嚴，對立鬥爭，製造了歷史多少悲劇，或者哲學家始料未及。現在多數人已明瞭「唯心」與「唯物」，都是過時的謬論；心物永遠合而為一，無法分開。威爾．杜蘭對此有一個耐人尋味，非常有趣的結論：這兩派哲學互相仇視，好像男女間掀起的激戰，最後祇有男女結合才能產生結果。打倒「形上學」和視物質為「惡魔」，不是莽夫，就是陋儒。遺憾得很，直到今天，不論左派右派，還有精神—物質二元對立的思想隱隱約約躲在腦縫裡，不時左右他們的觀念與行為。

有些人對「文明」與「文化」兩個名辭大加區別，說文明偏在外，屬於物質方面；文化偏在內，屬於精神方面，其實文明與文化不應有本質上之差別。而任何所謂「精神文化」，皆必有其「物質形式」。譬如說，吟詩、唱歌，該算非常「精神」吧，但是，聲帶的振動與文字符號的使用，還要有物質作基本工具或材料。我們可以說，凡可稱為文明或文化者，皆精神與物質之結合或統一；世間沒有單純的物質文明或單純的精神文化。

不過，文化或文明所需要的物質材料在性質與分量上各有不同，此猶如各種不同的藝術所需要的物質材料各有不同一樣。亨利．摩爾的大雕塑，可能要用幾噸銅，「小紅低唱我吹簫」的姜白石只要一枝鑽幾個洞孔的竹子而已。而且，「幾噸銅」所發揮的是物質的分量，有洞的竹子所發揮的只是物質的特性——空氣通過什麼樣的竹管便發出什麼樣的聲音——不管是分量或性質，都離不開物質；不論運用物資材料的多寡或哪方面的特性，其為「藝術」則一。

沒有人會認為幾噸銅所構成的雕刻一定比一枝簫所吹出來的音樂在藝術的價值上為低級，也正如沒有人將雕刻或建築稱為「物質藝術」，將音樂稱為「精神藝術」一樣。黑格爾雖然曾經以藝術所運用材料物質性的高低來排列各種藝術的等第，以分別其「純粹」的程度，但只是一家之言，而且並無「精神藝術」與「物質藝術」的褒貶。藝術是精神作用於材料的結果，不可懷疑。

如果沒有高遠而健全的精神理念（包括思想、制度、法律、道德等），物質的建設不可能發達，更不可能適合人性的需要；如果沒有優越而合理的物質環境（包括材料、工具、設備等），精神建設也不可能成功。

以為「唯物」可以廓清腐敗的「精神」，結果大失所望；以為「唯心」可以拯救混亂落伍的「物質現實」，一樣是異想天開。

我們所面對的文化或文明，必然是精神的，同時又是物質的。一分為二，倚重倚輕，差別待遇，結果不是思想掛帥，現實落伍，便是只重「硬體」，不重「軟體」，都談不上整體文化的提昇，也都不是文化建設之道。

（一九八六年十一月六日《中央日報》海外版）

我對魯迅與阿Q的看法

《阿Q正傳》紙上討論會列四題目，我願簡要表示拙見。

一、阿Q真正代表中國人的精神面貌嗎？

魯迅所塑造的阿Q，不能太籠統稱為中國人的「典型」。這幾十年來，聽到的大致是這麼說，其實失之粗疏，應該說是：阿Q是傳統社會所產墮落的中國人的典型。「有的人則對魯迅這種自我醜詆的寫法很不以為然，認為是污衊了國人的尊嚴。」這種說法，在我的這個見解之下便不會有這樣的抗議了。如果還有，大概持此議的人便與阿Q相似——阿Q最恨別人看他不起。

魯迅寫阿Q，不是寫實，也非全憑臆造。作者以其對中國社會的瞭解，對中國人的深入觀察，對沒落的士大夫，對流氓、地痞、無賴……的透視，終於集中、概括、統一在阿Q身上。而書中的某些人與事，環境與情節，是從現實中採擷而加工。比如靜修庵、賭攤、向老媽子求愛而被毒打、地保、舂米、以香燭向趙府賠罪、與小D抓著辮子打架、靜修庵的菜園的圍牆以魯迅故家「百草園」為描寫材料，乃至阿Q革命、假洋鬼子、剪辮與盤辮、遊街示眾等等，都有相當的現實依據。

所以，我們應該說，魯迅是用他一生所體驗、觀察與思考的心得，塑造了阿Q，表現了清末到辛亥革命初期舊中國一個墮落的中國人的典型。這個典型是歷史傳統的劣質在那個現實時空中所產生的渣滓。

二、如果說阿Q曾起過鏡子的作用，今日的中國人還有沒有「阿Q精神」呢？

阿Q雖然是墮落的典型，但他的品性氣質是傳統中國文化劣質的呈現。如果我們沒有任何人敢於宣稱沒有一點中國人的氣質，那麼，我們得乖乖承認，我們任何一人，不可能沒有一點阿Q的氣質！可以說，只要中國文化還沒有根本變質，阿Q的精神與氣質便不可能完全消失；也可以說，只要中國文化的現代化還未徹底成功，任何與中國文化有千絲萬縷連繫的中國人，或多或少總不能不承認我們與阿Q是出自同一土壤中。中共的作風、民進黨的表現，乃至最近內閣的改組，細心分析，都不無中國文化腐敗的因素在其中起作用。我們社會有打蒼蠅不打老虎、「軟土深掘」、遮羞費、斬雞頭、迷信「明牌」、相信風水、姓名學與開運印章、吃香灰治病、壓榨雛妓、販賣人口、各種賄賂、黑獄與冤案……。從「朝廷」到「市井」，中國文化的劣質還在起作用，從王侯公卿到販夫走卒，我們還是看到愚昧、自欺欺人、懦怯、貪婪、強凌弱、虐無告、自大、欺負婦女、自我虐待、趨炎附勢……等惡行與劣跡。這都與阿Q有共同的素質。時代、環境、潮流已變，但是這些共同素質乃是中國文化裡面的流毒，滲透到每一個中國人的血脈中，在不同時空以不同的形式表發出來。當中國文化與中國人的歷史沒有經過全面的、自覺的，徹底的重估、批判與改造，中國政治、社會與教育還要藉某些劣質的傳統來維持既得權力與利益者的地位與所得，那麼，中國社會還不可能真正全面的現代化。阿Q還是中國人墮落的形象。阿Q有其深廣的普遍性。

三、魯迅在什麼樣的心情下創作出阿Q這一個人物？阿Q與魯迅的性格之間（或內心世界）有沒有關聯？

魯迅的心情或內心世界是無比的複雜。一方面有強烈的救國思想，一方面又對中國深沉的失望與悲觀；一方面對中國文化有相當深入的認識，一方面又接受了西方文化尤其是十九世紀批判思潮的影響。尼采是魯迅最受影響的思想家。他的批判精神，反對奴隸道德，主張一切價值重估，他的人道主義與苦行哲學，使「超人」成為孤獨的精神戰士。魯迅深受他的影響，遂對中國文化、社會與人，進行了無情的鞭笞。

我想魯迅是在暴露民族的墮落、醜惡、揭示民族的病癥，希望引起痛切反省，以拯救中國的心情下寫他的阿Q：也在同樣心情下寫下他一切的小說與雜文。他是文學家，他同時也是一位細心而深刻的社會病理學家。他的一生就在觀察、診斷中國的病象。他既不為實際政治改革者，而是文學家，所以他的使命便在表現，以喚起一切死靈魂的甦醒。魯迅是中國人，他也許不無一些阿Q的通病。但他是自覺者與批判者，他不把阿Q當作「生病」的第三者來嘲弄、挖苦，而有高度的同情與悲憫。或許所悲憫者也包括了他自己乃至無數的中國人。這正是魯迅的不可及的一面。

四、《阿Q正傳》在中國現代文學中的地位如何？

《阿Q正傳》無疑是中國新文藝運動史的傑作，在文學史上亦必然成為經典作品。就內容之深刻、涵蓋面之廣闊、人物典型塑造之成功與完美，在最近六十七年來（本書寫於一九二一年）無出其右者。以一個特殊的個人——阿Q來反映普遍的民族劣根性，達到如此震撼人心、深入人心的效果，魯迅無疑是現代最偉大的小說家。

《阿Q正傳》的語言，我認為是高度的提煉，以至進入詩的境界。散文方面進入此境界，稱為「散文詩」；戲劇則稱「詩劇」。我認為《阿Q正傳》應稱為「詩的小說」，以別於一般非詩的小說。

（一九八八年《聯合文學》第五卷第二期）

錢的省思

金錢差不多是人人所樂於追求，而且貪多不厭的東西。事實上，除了能有效地使用金錢，用以增加知識見聞、維護健康、換取免於困窘、勞碌與虛擲光陰的自由，用以濟助需要的人，或用以創造對人類有功益的事業之外，金錢常常使人增加痛苦，或者降低人的素質。

金錢與財寶的保管，如何不被盜、不貶值，常常使人苦惱；過多的金錢使人失去奮鬥的意志；過分富裕使人在健康、品格上常有瑕疵。路邊乞兒比富人有更甜蜜的睡眠。財富如果成為枷鎖，便像腰圍的肥肉，多而無益。

不過，錢太少而失去許多自由與權利，也是不幸。

（一九八八年十月五日）

懷疑

中國人最普通、最有效、最保險的人生哲學是「中庸」。毫無疑問，中庸是良好的德行。不過，凡事持中庸的態度，有時候不免只是明哲保身，畫地為牢，甚至只是顢頇拘泥，難以激發起創造性的思考。

現代瞬息萬變，各種學說、觀念與主張，不斷翻新，各種傳播工具與傳播方式無孔不入，社會結構、生活方式與生活資料日新月異。每個現代人以知識與智慧，要在五花八門，時刻變易的現代社會中為個人安身立命做抉擇，中庸的哲學更顯得難以把握。

在對立的兩端找到中央的平衡點，所謂「執兩用中」，在現代複雜的社會，很難有效的原因，就因為現代的觀念、價值、人生形式等，都極繁複多樣，而且時時在發展、變遷之中。現代人之盲目與內心之茫然無主，是過去人類不曾經歷過的。古老的人生哲學，不能圓滿地為現代人生做指南針。

有沒有什麼更良好的原則或態度，給予現代人，使他可以免於蒙昧，找到應付生活，追求目標的途徑，至少能減少因受騙所遭受的不幸？我想這很難有萬全的祕訣。

唯一可以奏效且有益無害的，只有「懷疑」。

有人可能覺得「懷疑」比「中庸」消極。但是過於積極而實用的態度，時常是走進陷阱的原因。從懷疑的有益無害上來說，還是有其積極的意義。由政府、專家、醫生、商界、宗教家、反對黨、教育家、廣告等種種，不是權威，就是「內行」，強加於我們身上的威壓與蠱惑，我們很難中庸，更不容易反抗或辯駁。我們所能堅守的原則與態度便是懷疑。

懷疑是成為智者的第一步。如果僅止於懷疑，不能努力充實自己，在懷疑中找到有根據的答案，最壞的結局便是「虛無主義」。不過，懷疑終是保護我們不致淪為盲從的羔羊的利器。

（一九八九年五月二十五日《國語日報》）

金錢與快樂

金錢似乎人人熟悉，但什麼是金錢？也頗費思量。有人認為金錢是幸福的保障；也有人說金錢是萬惡之源。這都過於極端。一般而言，金錢是人在社會中享受權利的憑證。而這個權利的獲得是以個人的付出為前提。個人因為提供勞務、智慧等貢獻而換來索取個人所需的權利。金錢就是這種權利的憑證。付出的愈多（數量）愈好（品質），獲得的回報便愈多——金錢就是個人貢獻社會所獲得的量化的酬報；金錢只有數量多寡，沒有品質高低。

金錢本身沒有善惡、尊卑。但金錢的來源與運用則有善惡高下之別。金錢的來源，以個人的努力所得的報酬最為正當而光榮。除可預期的正常收益之外，因有特別貢獻而獲得獎金，更具榮譽。其次是來自繼承與受贈。第三則來自僥倖，如中獎與其他偶然的獲得，但因皆不可預期，故不為正常的收益。最下則來自違背法律與道德的行為。如貪污、賭博、搶劫、盜竊、綁票、詐騙、吞占與投機等等。至於金錢的使用，善者利己利人，惡者則損己損人。

快樂為人人所欲，但快樂的內容與境界很有不同。肉體的快樂，包括營養與性慾的滿足，肉體的健康與舒適，物質享受的豐富等等。精神的快樂則包括知識與智慧的追求，感情的發抒與寄託，自由意志的伸張等等。而健全的人生所希冀的真正無憾的快樂，常常是肉體與精神合一的快樂。換言之，精神以肉體為基礎；肉體因精神而提昇。肉體與心智均衡的滿足，才是真正的快樂。

來源不正當的金錢固然沒有持久可靠的快樂，而缺乏智慧或不當的使用金錢，也可能不僅得不到快樂，甚至招來無邊的痛苦。當然，完全沒有金錢，除了做化緣的高僧，必因過於匱乏而陷於困苦，也無從追求快樂。金錢對快樂的獲得確有莫大的助益，因為金錢可維持生存與健康，可滿足物質的需要，可使我們有更多自由，可開拓我們的生活領域，可為我們精神的追求之助力，可為我們的理想與創造性行為提供物質基礎與有效的工具，可增加我們幫助他人的力量……。正確的使用金錢，用以提昇人的品質與人生的境界，金錢未嘗不可讚美。

什麼原因使金錢常常與罪惡聯在一起呢？就因為社會上存在種種獲得金錢的不合理的途徑（比如特權橫行，官商勾結，貪污、詐騙等等）。換言之，違法背德的行為之後，卻是大量金錢的獲得。其次是不合理的使用金錢的方法都可以換取更大的利益（比如行賄、以紅包買通、關說等等），然後又可以得到更多不義的金錢。所以，金錢變成卑污與罪惡。

如果辛勤與智慧的付出不能獲得合理的報酬，違法背德卻財源滾滾，這樣的社會，便喪失了正義與公理。多數人便捨獲得金錢的正途而走上邪道。這個社會危矣！是誰該負最大的責任呢？

當然只有手握權力的政府！

台灣社會最大的危機便是金錢已不值得讚美，因為沒有公理與正義。金錢也換不來快樂，因為法律不能保障金錢合理的價值（如房價與物價的狂飆），社會道德也不能認可金錢所象徵的辛勤與智慧的光榮。

在詐騙、貪污與經由旁門邪道可以暴得大量金錢的社會中，一個勤勤懇懇，省吃儉用的薪水階層或教師半生攢聚的一、兩百萬元成為微不足道的小數目時；當台北的房價與生活消費使有正當收入的大多數人自嘆不如時，你便曉得喪失了公理與正義的社會，奉公守法的國民的尊嚴、權利與地位多麼受踐踏！

金錢換不到快樂與幸福，金錢便只能作惡。

（一九八九年十月十四日夜）

劍客簫心

——《夢繫人間》小序

一九八四年香港藝術中心舉辦了我平生第一次在香港的個人畫展。在許多香港報紙、雜誌的訪問中，認識了當時尚在歷史悠久的《良友》畫報任主編的古劍先生。

我們相識是在《良友》編輯部的訪問開始的。這一位皮膚黝黑，頭髮濃密，目光有一股熱力，而臉上略有滄桑痕跡的編輯，年紀比我大兩歲，上海中文系畢業，有一個非常江湖，卻不失瀟灑的筆名。似乎在開頭的幾分鐘裡，我已感受到一種「相逢何必曾相識」的默契。面對這個訪問者使我從心裡樂意滔滔不絕地把我在藝術與人生的體驗中的感受盡情表達。那一次畫展，接觸了不少訪問者，就只有這位「古劍」，往後成了朋友。

中國人四十年來的顛沛辛酸，對於我們這些中年人身心的折磨，使我們未曾相識已相知。于右任有二句詩：「中原代有英雄出，各苦生民數十年。」真是又悲憤又幽默；而趙甌北詩：『國家不幸詩家幸，賦到滄桑句便工。」看來我們這一代的創作靈感，倒要感謝那些英雄、救星、領袖與舵手的「賜予」了。而我們的友誼，又豈不亦然？

古劍就是這個苦難時空背景下的一位文人。無情的磨折卻使他謳歌《有情人間》（古劍一九八五年出版的散文集的書名）。以「熱情」報「冷酷」，當然大不同於阿Q以「屈辱」為「榮耀」。卻有如魯迅先生所說：「我吃的是草，擠出來的是奶。」古劍是他的好友張君默所說的「癡誠」。的確，數千年在鞭子下的老牛，還是負著笨重的犁在田間無言地耕作。那樣的癡誠，令人感動。大畫家李可染先生歌頌牛，而且取「師牛堂」為畫室名。我寧可歌頌耕耘機。但是轉念一想，牠放下了重犁，卻被燉成牛肉麵，橫豎是悲哀。郭鼎堂先生作「水牛贊」，當水牛死活都為了人民，卻毫無怨艾，故水牛代表「中國作風，中國氣派」，「堅毅，雄渾，無私，忍耐」，所以「水牛水牛你最最可愛」。水牛應覺得非常恐怖，那愛牠的人，是因為牠辛勞忍耐又可吃可用（「筋骨肺肝，供人炙燴，皮骨蹄牙，供人穿戴」），這種「愛」實在是凌虐。我不知道「人民」拿什麼去報答牛？古劍的癡誠，吃草擠奶，我擔心所得到也只是無情的鞭打。人間拿什麼來回報古劍的癡誠呢？

在《有情人間》一書之後，古劍又有這一本《夢繫人間》的新書。單看書名，便可知作者對人間的癡情，眷戀與熱愛。而這些多情，卻是在辛楚磨難的人間永遠不死的夢。這裡面有文學的漫筆（介紹與批評），有文藝家的圖像，也有如詩的散文。總之，是古劍在人間生活、閱讀、體驗中所思所感的抒寫。他訪問我的那篇文章也收在本書中。他有情的筆觸，善於體味人生的敏感的心，以及他對語法修辭方面專精的知識，使他的文章別具風格。感慨而溫馨，深沉卻雅淡。不論寫別人，寫自己，或寫書評，都魂牽夢繫著人間一個「情」字。

血緣的故鄉一片空茫；出生的故鄉鎖上了門；多年勞苦寄食的地方，憑一張六、七年後便將作廢的身分證，算不算是故鄉？古劍的哀傷與無奈，何嘗不也是多少中國人的哀傷與無奈！

我們會在古劍的文字裡，驚覺我們因「一晌貪歡」，竟忘記了「何處是故鄉」？忘記了什麼才是享有尊嚴與自由的人所該有的人間？

（一九九〇年九月）

寫給長大後的女兒

親愛的芃兒、茸兒：

現在妳倆姊妹正在半大不小的年紀，爸爸正在中壯年。十年後妳們長成婀娜多姿的少女，爸爸便已年近花甲了。這個時候寫下這一封給妳倆的信，將來妳倆長大了，可以想像當年爸爸對妳們的心情，讀來必別有一番滋味。

在妳們三、四歲的時候，各有一件使我難忘的事。有一回我帶芃芃到國父紀念館廣場去玩，把她放在升旗台上，我躲起來，她正在東張西望，沒有發覺。等她發覺的時候，我看到她眼睛裡驚恐無助的神態，張口大叫爸爸。那是芃兒第一次感到失落無依的恐懼。我立刻跑過去抱她。本來我很想多待半分鐘，多觀察她進一步的反應。但是，做父親的對兒女的疼惜，使我不忍為了多半分鐘的觀察而使小孩子擔驚受怕。我抱著芃兒，彼此感到親熱而溫暖；但我心中有說不出的傷感。我覺得每個來到世上的生命是多麼無告無助，又是多麼需要溫暖與安慰。當生命不曾形成的時候，沒有期待，沒有希冀，也沒有恐懼；但當生命出現，歡欣、牽掛、依戀、責任便結成了一個網；我們都在網中。

第一次做父親的喜悅與驚愕，留給我難忘的體驗。

茸兒學會走路不久，我帶她到街上溜達。在信義路水晶大廈一家籐具店，看到一匹籐製的「木馬」，我覺得很不錯，茸茸也喜歡。價錢很便宜，我記得是六百元，便買了。回家路上，我一手提籐馬，一手牽茸兒，很不好走。我便叫她背對著我，走在前面，兩手下垂反轉托住馬頭下面的橫檔，我則提著馬屁股下端的橫檔，兩人抬著它回家來。一路上，父女倆真開心。茸茸有了新玩具，又第一次幫著「做事」，心裡一定又興奮又自豪。我在後面看著她得意的樣子，又覺得小傢伙居然可以「共甘苦」，比她更為得意。

小生命的無告無助令人心疼；子女一天天成長，學會應付環境，令人安慰。這種心情，要等到妳們將來有了子女，才能真切體會。子女是牽累，牽累中必有苦惱掛慮；但沒有牽累，人生又不免空虛。擺脫牽累得到的是空虛，而填補空虛的正是牽累。人生矛盾又滑稽，總之是荒謬。子女既然給父母喜悅與希望，上下之間就不應該認為誰施恩，誰受惠。其間最真切的是情。這牽腸掛肚的情，雖無所謂永恆，但可以終我們一生；雖有煩惱，但亦溫馨。

許多父母諄諄教誨子女，希望子女品學兼優，或有崇高的德行，或事業成功，出人頭地，或做一個什麼樣傑出的人物。我當然也願意有類似的期望。但是，這些妳們在教科書或老師那裡都聽得到，我不想多說。而且許多做父母的自己並不能實踐，陳義過高，只是濫調而已。我想實實在在把我的期望告訴妳們姊妹，希望妳們不要輕忽忘記。

我覺得一個人要活得有價值，最重要的是要做他自己的主人。我不是叫妳們任意而行；任意而行絕不就是做自己的主人。一個人要努力求知，然後形成自己的見解，才能決定做一個什麼樣的人。要做一個自己覺得有價值，自己看得起，又適合自己的性向與興趣的人。不要為虛榮，為時代潮流的吸引，為了他人的期望與壓力，或為了一時盲目的衝動去選擇妳的人生方向。妳們應慎重地問妳自己，尤其在許多人生的十字路口徬徨的時候，問妳自己：妳真的要走上這個方向嗎？

我半輩子的經歷，深覺絕大多數的人不能做自己的主人。所謂「隨波逐流」，就是說他人生的方向並不是自己意志的選擇，完全是隨生存環境的偶然因素所決定。那是非常可憐的人生。但是，我也要告訴妳，沒有人能完全擺脫環境的影響。我認為，人應該有自己的理念，但並不是以自己的理念去與不協調的環境對立。我們應明白，如何借重環境的因素，化阻力為助力來實現自己的理念。當然，這要智慧，也要有耐心與毅力，而且可能要採漸進甚至曲折迂迴的方式。環境就是現實，就是客觀的世界。我們在客觀現實中的學習和體認，常常可吸收許多有益的經驗與教訓，也可以用來修改、糾正我們原來的理念。不過，我們不應在現實中被同化，那是同流合汙。一個與不理想的環境同流合汙的人，就不配稱是自己的主人。

我半生努力做自己的主人，至今頗感自豪。大學畢業我在中學教書，而我平生的理想是藝術創作和讀書、寫作。我白天教書，只有在晚上自修，常常夜裡兩三點鐘還不肯睡覺。半夜餓了就到學校宿舍中的廚房拿些冷飯，自己在房間中用小電爐炒蛋炒飯吃消夜。我的教員同仁夜裡也常常不睡覺，他們打牌，然後到外面吃豪華的消夜。二十多年前一個中學教員的薪水只有一千多元，許多同學轉入電視台，或到廣告公司去上班，每月可以有多一倍的收入。但是我始終不想做朝九晚五的「上班」工作。因為我夜裡遲睡，早晨遲起，上班的生活便使我必須放棄晚上的自修。教書雖窮，但我是美術教員，上午很少有課，可以睡覺，所以我有安靜的漫漫長夜可以讀書創作。因此，高薪不能吸引我。就因為我堅持從不間斷的讀書、寫作和創作，若干年後我已成為一個畫家、一個作家，而且有大學聘我做了大學教師。——如果我沒有自己的打算，不能堅持到底，我早已換了多少個待遇較好的工作，而放棄了自己原來的理想。我的例子，正好說明一個有自己理想的人，如何在現實中找到逐步實現理想的途徑。耐心與堅毅，不放棄，不動搖，理想不見得必為現實所毀滅。這便成為我人生的信念。但我多少次聽到別人歎氣說：「唉！人生理想哪能那麼容易實現！現實多麼無情，我年輕的時候，還不是滿腔豪情，但是，為生活所迫……」在我的體驗中，就不大一樣。

我覺得現實環境雖然有強大的力量，塑造每個人成為某種不由自主的型式。但是，我相信做一個什麼樣的人，大半是每個人自己所造成的，不必怨天尤人。凡不懂得運用上天賦予每個人的智慧、勇氣與毅力的人，就只好由「命運」來擺佈。「命運」，其實就是「性格」。

我上面說過父母與子女之間不該說施恩受惠的話。其實，從漢朝的王充到近代的胡適之先生早就有父母於子女無恩的觀念。我非常贊同這種論調。因為如果強調父母的恩惠，子女的「孝」便成一種債務，而父母存心期待子女的回報，又變成了討債。我認為親情若純粹是施與報，便只見利害，不免破壞了情感可貴的價值。親情與人間其他感情不應有本質的不同，只不過加上血緣與長時間的相處，其「情」更加深刻而熱烈而已。每個人的父母與手足，都不是自己所能選擇決定，我不相信也不贊同親情天生具有壓倒人間其他感情的優勢；更何況人間一部分的不幸、墮落與痛苦卻也來自親情。所以，我覺得如果不能無私的奉獻，熱誠的付出，努力呵護，就不能期待天生完美無缺的親情存在於「血肉」之間。親情也是需要珍護的。人間許多破滅的親情，可能正是因為對親情的誤解，或因為心存不合理的期望，或只想得利，不肯付出，或者既無熱忱，又不珍惜……所造成。如果能把親情視如友誼，必可益見其美；事實上，純潔的友誼加上血肉的關係，親情當然是人間最親密的情感。

芃芃、茸茸，妳們的爸爸我當然也不是妳們所選擇決定的。上蒼既把我們連在一起，我覺得很幸運。因為上帝將妳們這一對可愛的姊妹作我的女兒，我滿意極了。我一直不懈地努力成就我自己，也努力去愛妳們，好讓妳們長大了的時候覺得：這樣的一個父親真好！我有這個信心。

祝妳們健康快樂，不斷上進。

（一九九〇年爸爸寫於三八婦女節之夜）

後記：一九九四年八月，台北有二位高中資優女生厭世相偕自殺，社會震驚，評論有指二人必為同性戀，或貧乏虛弱，天真幼稚……。我寫了這篇小文，表示痛切的哀悼。

（二〇一二年二月補記）

她們離開人間第五日，在火裡拋下軀殼，頓時身輕如燕，自由自在。深夜裡醒著的，有人看到一雙飛燕在天空遨遊。

台北的夜空，黑暗吞沒了白天的烏煙瘴氣。她們從觀音山頂，穿過淡水河谷，一下子飛到草山樹梢，向南滑翔到象山。依稀可見捷運車道如死蛇殭臥於水泥森林之中，那是台北的笑柄。她們吃吃的笑聲，帶著戲謔。

「你記不記得，浮士德對人生失望，將要飲毒酒自盡的時候，忽然聽到教堂響起復活節的鐘聲而斷了棄世的念頭。那夜我們在旅社房間的電視新聞中卻看到國會大打出手。多虧有那一幕，使我們對人間更無依戀。」

「這幾天，世人都在疑問：為什麼好端端的兩位資優生捨得一走了之，毫不猶豫？」

「他們為什麼不問：為什麼那麼多為害人間的偽君子卻都賴著不走？」

「有人說，我們對人生社會困惑不解，心靈貧乏虛弱，天真稚嫩。」

「他還要教導我們去讀水滸、紅樓，孔、孟、老、莊；還有武俠小說哪！」

「人世為什麼這樣無聊，這樣膚淺。他們沒有困惑嗎？他們慣於麻木不仁，根本不求解救之道；整個社會浸泡在大困惑中苟且偷生，而且你虞我詐，自欺欺人。有人說我們看多了灰色的書，哈哈！什麼書『健康』呢？白色？紅色？綠色？黑色？一向來各種色不都要肅清嗎？太滑稽了！」

「他們集體活在灰色的噩夢中，居然唱得出『我們的明天不是夢』；他們不曉得揭示人生悲劇的書都在追求人的意義和尊嚴。那些勵志的八股是為庸人寫的，令人作嘔。武俠小說出了一句名言『人在江湖，身不由己』，於是，人人為自己的劣行找到了藉口。真是惡劣的瀟灑！」

「有人說：多半因兩人的關係發生解不開的問題而起。」

「那不是暗示同性戀嗎？人與人的關係怎麼只剩下性呢？我們是女校吧，不同性能同班嗎？」

「可憐宗教、哲學與心理學都被庸俗化、商品化，才能成為排行榜上的暢銷書。那些學術明星自命能為不由自主的人紓困解惑，其實都為賣錢呀，出名呀！」

「還要輔導我們什麼嘛？我們從小不就在訓與導之下長大的嗎？多看『光明面』的書？他們怎麼不想想回頭看這個不可理喻的骯髒的社會，會如何痛不欲生！只有植物人才待得下去啊。」

「肉已不能吃，葡萄蔬菜不能食，空氣不能呼吸，道路不能行走，屋有輻射與海砂，食品有硼砂與防腐劑……」

「竊鉤者誅，竊國者侯。黑道變成白道，執法者正在犯法。什麼樣的人得意，什麼樣的人吞聲，什麼樣的人渾渾噩噩，什麼樣的人渾水摸魚……」

「有些人保留軀殼卻失去精神；我們保留精神只得捨棄軀殼。我們是義無反顧！」

有身體而有人的痛苦與沉重。她們已身輕如燕，遨遊太空。她們已不受時間的催逼，永遠少年；她們已不受塵世的播弄，永遠的自在。

她們飄然遠引，深夜裡醒著的，有人聽到她們同聲歌唱：

親愛的家人，親愛的鄉親。
不要為我們傷心。
一百年也將如一瞬，
把剎那當作永恆。
我們願投入這一瞬，
當我們正幼稚天真。

任彗星慘烈一擊，
能驚醒多少麻木的魂靈？
我們永遠與你們同在，
因為
在塵世的偶然，以及
我們永遠的歉疚之情。
不要為我們傷心，
我們求仁得仁。

（一九九四年八月《聯合報》副刊）

苦者有福

常常聽到有人以為他是最痛苦的。或許因為貧困，或許是失戀，或者運氣蹇連，或者家庭有問題，或者患病，或者容貌不如人，或者失學失業……。這種人容易灰心沮喪，往往埋怨境遇坎坷，常常會說：如果不是如何如何，我就不至於如此如此。於是怨恨消極，或抑鬱消沉，或自暴自棄；於是處境每下愈況。

我覺得十分可惜，因為他對於人生必有的痛苦少了深一層的認識，以致沉溺於主觀錯覺，把一切責任咎於客觀條件，自甘於慵懶怯懦，自卑自諒，放棄自我期許，心中充滿怨尤。我們對於一切的痛苦，實在應有正確的認識。

首先，人不分貧富貴賤，皆在痛苦中出生、成長；痛苦是人必須永遠面對的事實。人不論大小的成功，都是克服各種「痛苦」所取得的代價。誤以為痛苦祇是我所獨有，不過是缺乏人生體驗以及自我心中所造成的錯覺。

其次，痛苦並不如想像那麼壞，而且可以說是人生一切有價值的創造、一切歡欣安慰的獲得所必須有的先決條件。因為如果沒有痛苦，即無欠缺，則不必有所渴望；一無期待，即無法激起生命的動力。另一方面，沒有痛苦，則生命失去磨鍊鍛造的機會，不可能成熟，更不可能堅忍不拔。

古往今來一切有成就的人物，絕大部分恰恰因為他經受了超過常人的痛苦，通過了不尋常的磨難，方有過人的成功。

我們不能想像有從不遭遇險阻挫折的人生；如果有，該是多麼的蒼白、膚淺與軟弱無能。所以，痛苦對於永不絕望的人便應該是福氣。因為痛苦使平庸磨鍊成優秀，使幼稚變為成熟，使淺陋提昇為精深。

西哲有言：「受苦的人沒有悲觀的權利。」如果我們自感受苦，我們更應奮起追求痛苦後面的歡樂與安慰。

（一九九五年七月）

文化的根在生活

台灣已經在經濟建設與民主政治的進展上令人刮目相看，但是不可否認的還有許多負面的批評值得朝野反省。一切社會問題的深層根源都是文化問題。現在政府力倡文化建設，我們希望不再是口號。事實上，我們現在有較佳的條件，而且也不能再不將建設的重心放在文化上面。

文化建設是既廣且深的大工程。必須分階段逐步達成不同的目標。當前所宜著力的地方，也是長期遭忽視的地方，我認為是生活環境的改善。

文化建設的最終目的在提升人的素質。

生活環境若缺少文化，便不能培育、薰染有文人素養的高品質的國民。而文化環境的營造不應老在錦上添花，那是文化裝飾。有文化的環境著重合理的、健康的、安全的與有尊嚴的生活空間。如果不重視這一個環節，再多「文藝季」與「文化中心」等等，都只是文化表演。

文化即生活。我們缺乏合理的生活環境。有幾個極嚴重的問題如果不予正視，談文化建設，就永遠只是海市蜃樓。有兩個東西差不多是我們社會生活之「癌」，必須謀求解決。

第一是我們不應再不正視飲食攤販的問題。台灣富裕之後，我們仍有極不衛生，佔據街巷，逃避納稅，品味粗俗的食攤。或許還贊成某些管理人員收取「規費」的歪風。而保麗龍與免洗餐具的大量消耗，少數業者省了「人工」卻要整個社會付出環保巨大代價。這種飲食文化不該革新嗎？

第二是摩托車的問題。我們知道它曾經對台灣的經濟發展與民生生活有過貢獻。但是，摩托車的空氣污染佔最高比例；對行人與騎士的生命與安全均極為危險；而它像蝗蟲一樣佔據了街道行人的空間，而且造成人行道的破碎與市容的惡化等永遠無法消除的問題。摩托車實在不應該再成為市民的主要交通工具。我知道這不是一朝一夕能解決的問題，但政府應著手研究，並以五年甚至十年的時間來逐步解決。我敢斷言，台灣一日不解決此一問題，便談不上是文明社會。

我自己是藝術界的一份子，談文化建設，可建議的事項太多了。限於篇幅，特別選擇上面兩件表面看似與文化建設「無關」的事來呼籲朝野重視。因為我深感台灣多年來「文建」的口號很響亮，但台灣的文化素質隨商業化有越趨低陋的傾向。我認為第一要務是經營一個合理的、健全而有尊嚴的社會生活環境，我們的國民素質才有可能提升。否則，我們的文化永遠只有少數官員的口號或少數文化人的演出，而全民永遠只有在沒有尊嚴，沒有氣質的惡劣環境中過日子。

既然文化就是生活，為什麼從來不把公共生活品質的改善視為文化建設的根本、基礎與發軔呢？

（一九九六年六月《活水》雙週刊）

這才是「文化」的根

現在流行「文化與生活相結合」這句話，所以文化官與文化界多在展演、交流、推廣等活動上花錢、用力。文化便成生活中的高級裝飾品，這樣的「結合」只有虛浮、虛矯的文化。文化進入生活不是把芳香劑灑在臭水溝裡就算。第一步應是使生活本身有文化。普遍的生活才是文化的根。先得有一個合理、安康、優雅的生活環境，才能有愛家園、有氣質、有尊嚴、健康快樂的公民，然後才能談更高層的文化。

人家譏評台灣富有但生活在豬窩裡，這不僅是沒有尊嚴，而且是我們切身的痛苦之所在，也是台灣不能再進步的原因。我覺得有二件事，若不求解決，台灣永遠談不上是一個文明社會。

一是摩托車的問題，它所造成的污染、噪音、騎者的死傷、社會的紊亂與痛苦、市容的破壞、行人的威脅等等，不必多說。沒有人敢碰這個問題，因為關係選票與利益。但它已是社會之癌，總得由政府下決心研究，以十年的長期來徹底解決。第二是飲食攤販的問題。台灣富裕了，沒有理由讓這個問題永遠不改善。它牽涉到：健康的威脅、公共空間的佔用與污染、保麗龍餐具危害環保、傳染疾病、逃稅、飲食文化的低劣對國民素質的影響、市容的破壞、管理者的貪瀆等等。如何立法限制、協助提昇品質、保麗龍禁用，不能再拖。

我認為這樣的一些問題不只是社會問題，也是文化問題。台灣數十年的努力而不能使公民健康幸福，豈不白廢力氣？而沒有氣質與尊嚴的生活，談什麼文化！

（一九九六年八月）

智慧無古今之別，天才卻有大小之分

——中古波斯詩人魯米評贊

魯米（Rumi, 1207-1273）的詩歌《在春天走進果園》給人強烈的驚喜與感動。即使是由英譯轉中譯，魯米的構思與想像的大智慧穿透了任何文字的障礙，譯文同樣都是佳作。這正像美人胚子不論穿上什麼衣裳，都風姿綽約，中譯是前此為立緒出版社翻譯膾炙人口的《孤獨》一書的梁永安先生。

這是一本少有的好書。

讀了魯米的詩歌，引發我兩點感想：世界上一切最傑出的文學藝術作品都有相同的素質，那就是內涵的深刻，強烈撥動我們心弦的共鳴，想像的飛躍，心靈的廣袤與自由，令人驚喜的創造性思路與表現手法。

其次，不免使我想到我們長期以來所關注與膜拜的太偏向西方文化了。對自己的文化日漸冷漠，對於回教文化，更是漠視甚至歧視。我們的文化視野與文化胸襟實在過於狹隘而功利。就西方文化而言，我們也只熱中西方現代的科技、商業與消費文化，對西方的古典，也很少用心。

魯米是八個世紀之前伊斯蘭神祕主義中「蘇菲派」的大詩人。神祕主義認為「多」只是幻，「一」才是真。其實最高的宗教思想與哲學相通。中國哲學的「道」，西方的「理念」，佛家的「真如」，回教的「真主」都是以最高的、永恆不變的、本質的、普遍的、抽象的原理來把握變動不居、駁雜萬殊、感官所及的具體的現象界。所以，要追求最高的真，便須拋棄私心俗念，摒除肉身的感覺。

這本詩集的妙篇佳句太多，我只舉第十五章〈三尾魚：為愛豪賭〉為例。在湖裡，有聰明、普通與愚笨的三尾魚。漁人來了，聰明的魚決計奔赴大海。「穆罕默德說過：愛我們的家鄉，／是我們信仰的一部分。／千萬不要按字面理解這句話！／你真正的『家鄉』，是你要前赴的目的地，／不是你現在的住所。」普通的那尾魚錯失良機，沒與聰明魚一起逃走。魯米說：「不要為已過去的事後悔。」普通魚急中裝死而逃過一劫。而那尾笨魚被捉，並被丟入煎鍋，心想：「要是能活著離開這裡，／我絕不會再回到那狹隘的湖中。／我要到大海裡去！／我要以無限為家。」笨魚既無大志、又無急智，終於難逃厄運。詩中還穿插其他精警的寓言，恕不詳說。

魯米的詩歌中美妙而富啟發性的佳句與許多有深意的故事，使我們原來魯鈍的智慧倏忽間給魯米磨利了。沒有讀過他的詩歌，你將不知道創造性的心靈能夠閃爍出何等的光輝。那是多麼遺憾！

（一九九八年一月）

魯易斯的四種愛

我們這個時代是「愛」太多呢？還是「愛」太少？

許多有社會地位的男女頻頻表演愛恨情仇的鬧劇；大學校園有不少愛慾的爭奪戰；中學生已經迫不及待在嘗試兩性之樂。「愛」似乎沸沸揚揚在升高熱度。但是另一邊卻是虐待父母、坑害老友、刺殺同窗、夫妻相戕、兄弟鬩牆。

我們的社會總的來說愛不是太多，而是把所有的「愛」都傾集於肉體慾望方面。因為貪求慾望、名利、金錢才追求「愛情」，而需要愛的其他方面卻是淡薄冷酷。

愛既只有慾；不能滿足慾的地方便沒了愛。這是我們當今社會的特色——只知慾，不知愛。

前牛津大學教授魯易斯（C. S. Lewis,1898-1963）的名著《四種愛》（*The Four Loves*）深入淺出地析論人類的四種愛的情感。（中譯者梁永安，台北立緒出版社出版。）這本書如行雲流水，一開卷便使人不知不覺一路讀下去，許多雋永的句子，智慧的洞見，令人應接不暇。這本愛的經典分析了各種愛的本質、意義、價值，以及與人生的關係。許多重要的觀點正好糾正了尋常習見的謬誤。

四種愛分別是親愛、友愛、愛情與恩慈之愛（屬天之愛）。在導言中討論「有所求的愛」（Need-Love）和「無所求的愛」（Giftlove）。第一章談兩種快樂：「需要之樂」（Need-Pleasure）和「激賞之樂」（Pleasure of Appreciation）。

一般來說，我們會把「有所求的愛」看低，以為那是自私，但魯易斯說：「那些對母愛或友情最不在意的人，反而才是最自私的人。沒有『有所求的愛』，正好就是冷酷和唯我的標記。」「需要之樂」無可厚非，但一旦滿足，便立刻厭倦。「激賞之樂」則不同。「人對他激賞的對象，表現出一種無私的態度。」「這種態度，對象如果是女性，它的名字就叫仰慕；對象如果是男性，它的名字就叫景仰；對象如果是上帝，它的名字就叫孺慕。統稱之，則是激賞之愛（Appreciate Love）。」「有所求的愛因匱乏而向主發出呼喊；無所求的愛渴望侍奉主，甚至為主受苦；而激賞之愛則會對主說：我們感激你讓我們看到了無上的榮光。一個抱持有所求的愛的男人會對他的愛人說：沒有你，我活不下去。一個抱持無所求的愛的男人所期望的是給她幸福、快樂、保護和（可能的）財富。但一個抱持激賞之愛的男人，則會用敬拜的眼神，屏息靜氣地注視著他的愛人——即使這個女的不愛他，他仍然會為她的美而動容；能使他完全心碎的，不是她拒絕他的愛，而是他永遠沒有機會再看到她。」

魯易斯認為解剖一樣事物就會殺死它。幸而，在真實生活中，以上三種愛是混在一起的。就愛情而言，便是「需要」、「奉獻」、與「激賞」三者混合。只有需要，便只有慾與占有。這就是當代男女之情醜陋庸俗而且悲劇叢生的原因。

魯易斯對友愛有最動人而深刻的分析，而且給予最高的評價。「在所有的愛中，似乎只有朋友之愛足以把人提升到神祇或天使的高度。」因為戀人是臉對臉，好友是肩併肩，彼此不占據身心，使他們同心的是共同的理想與旨趣。其次是「親愛之情」，包括親情與相依相持的一切依戀的感情。它最動人的是此愛最沒有歧視。第三是愛情。魯易斯分析男女之愛，並不低貶「沒有愛的性」。他說我們大部分祖先婚姻都是父母之命，毫無愛情可言，若把無愛之性斥為下流，那麼我們豈不全是下流人的後代？現代過分強調愛情自由，反有導致通姦、背叛朋友和遺棄子女之虞。

不過魯易斯也說好色之徒「想要一個女人」，其實只是慾樂，並不是一個「女人」。所以，愛情讓男人渴望的，不能只是慾樂，也不能只是「女人」，而應該是某個特定的女人。所以愛情應該是魯易斯的「需要之愛」與「激賞之愛」合一而和諧的東西。他很了不起的指出愛情所指向的不是幸福，而是甘願共同承擔不幸。這就是愛情的崇高。但魯易斯認為：「愛情是最短命的一種愛，但它偏偏最喜歡作地久天長的承諾。」似乎他對愛情不太信任。他還說情侶們喜歡說：「我真想把你吃掉。」——這句誇張的話，有時竟變成恐怖的行動。

這可能正是魯易斯的特色——他由基督教的觀點來闡析愛的真諦。最後一章就是「屬天之愛」。

我不久之前寫了〈愛的思辨〉和〈說愛情〉兩篇文字（拙著《孤獨的滋味》，立緒出版），有許多觀點與魯易斯不謀而合，讀其書遂有許多驚喜。愛與愛情確是永遠探討不完的題目，各人所見的層次和角度也同中有異。我們的瞭解永遠是不夠的，大作家的思想與見解總對我們有許多啟發。在愛的萬花筒中略窺其脈絡，才不至暈眩無知。

（一九九八年四月）

小路

漫漫的小路，在與遠天相接之處總是一片氤氳。那裡是杳杳的「過去」，那裡也是茫茫的「未來」。

離家的父親曾從那裡消失於煙塵之中，所愛的人曾沿著這小路遠走他鄉。別離的小路，那是杳杳的「過去」。

當小路是奔向遠方的征程的起點，那天壤交接處，便是茫茫的「未來」。

生存在「過去」與「未來」之間。生存永遠不會在「過去」，也永遠不會在「未來」。更不可能將「此刻」與「過去」、「未來」相疊。

「過去」是淒美與感傷；「未來」是盼望與悚慄。

小路造成別離，小路又是重逢的希望。

沒有人知道若將「未來」抵銷「過去」，所得的「差」是正數還是負數。天壤交接處永遠是那樣杳杳茫茫。

向「未來」投石問路，石落在杳杳的「過去」；呼喚「過去」重回「此刻」；迴響卻在茫茫的「未來」。

漫漫的小路連結兩地的思念，杳杳茫茫。

（一九九八年四月《中國時報》〈人間〉副刊）

真實的夢幻

現代世界「虛妄」與「實在」界線模糊。價值與反價值，智慧與愚昧，建設與破壞，創意與噱頭，嚴謹與輕率，文化與垃圾，藝術與兒戲……幾乎越來越難以釐清。現代人正處於真假渾沌的時代。若不能堅守自己對藝術的信念，便只有淪為時潮中的泡沫，一味追逐時代「主流」的漩渦，賴以獲得自我的定位。這種「實在」，實際上是虛妄。

我自少不期然而然地走上逆抗「流行意識」之路。在藝術上，不論在因襲傳統為主流的時代，或者在崇奉西方現代、後現代，望風景從的時代，我總持懷疑與批判的態度，不甘盲目倚傍「時潮」，溷跡偷生。思想上如此，創作亦然。事實上，我所扮演的角色並非我執意的選擇，而是我的天稟、性格，我的感受與認知所形成的信念，鑄造了我的意志的結果。我寧願逆抗我在感情上無法共鳴，在理念上無法相信的一切，也不肯背叛我的良知去盲從。我認為藝術家若不忠於自己的信念，現實的得失、利弊與成敗皆毫無意義。

三十多年來我的藝術創作一脈相續。我的信念，我的審美觀；我對人生、時代與生存環境的種種感受、感想、感動與感慨；我對生命與世界的領會、品味、熱愛、依戀、關切、悲憫與某些無可奈何花落去的悲愴之情的體驗，所有難以言語訴述的情思，都通過畫筆傾注於我的繪畫創作中。所以，我的繪畫歷程是「我」這孤獨個人的「藝術史」。那個集體的大藝術史與當代中外藝術界的表現，雖然是我學習與研究、汲取與借鏡的對象，亦是我檢討與批判的對象，而不是我依附的靠山。我認為有自覺的藝術家都必以他的生命去創造他個人與眾不同的「藝術史」——亦可以說是以藝術去表現個人的生命史。所以繪畫不止於視覺的呈現，更重要的是那獨特個人內在的因素。

依附流行，追逐潮流，輕率兒戲既然皆為虛妄，但追求真實，卻不是模仿「實在」所能達到。古今第一流的藝術家都在追求宇宙人生最高本質的真實的表現，但什麼是「最高的真」？似乎永遠沒有答案。「實在」所呈現於吾人感官之前者只可能是「現象」（phenomenon），最高的真實應為精神「本質」（essence）。然而，視覺藝術所能呈現的只可能是感官的形式，要表現內在的本質有先天性的困難。所以，當代的畫家必須在「模仿自然」與「抽象形式」的舊路之外另覓途徑。

「夢幻比實在為更高的真。」斯特林堡（August Strindberg, 1849-1912）這句話是我的知音。肉體的人寄生於實在的世界皆不自由，只有自由的心靈可以作無限的追求。凡超越的追求皆如夢幻，卻是生命的消耗唯一值得努力的事業，故為生命中最高的真。

我的繪畫是一連串個人內心幻景的視覺構築。我用廣義的寫實手法表現最曲折幽昧，抽象隱晦，難以訴說的心理活動。或可稱之為「夢幻的寫實」。喜歡用不斷出現的視覺意象來作隱喻或象徵的表現。這一點也許是近十年來我的畫所呈現較前更為顯著的特色。

夢幻是生命存在最真實，最可貴的意義。一九九三年遊俄羅斯歸來，以「心象風景」為題畫了兩幅畫。後來有時用「寓言風景」；以前則多為「造境」。不論是心象、意象、寓言或造境，都皆近於夢幻。以夢幻來揭示、探測生命存在的真實，以及世界的真相，漸漸成為我的創作所追求的旨趣。

（一九九九年一月）

人的峰頂

歌德生於一七四九年，今年是他二百五十年冥誕。這一位代表西方近代狂飆奮進精神的歷史人物，寫《西方的沒落》那震撼世界的巨著的史賓格勒（Oswald Spengler, 1880-1936）就以「浮士德文化」來象徵西方的近代精神。更有甚者，史氏在書中特別表白：該書的哲學，得自歌德哲學以及尼采哲學。而取益於歌德者尤多。他還把歌德與康德的關係，比如柏拉圖之於亞里斯多德。（不過歌德比康德後生三十多年。）

歌德是多項全能的天才，他是詩人、作家、政治家、科學家、思想家。史氏為歌德不被列入西歐哲學家而不滿，而認為歌德的哲學雖然不曾成為嚴格的系統，並不影響他也是一位哲學家。史氏說：「歌德很多零星言論與詩篇之中，含有一些根本不可能以推理方式表達的概念，而這些概念，必須當作完美的形上原理來看待。」

如果我們想窺探歌德的藝術見解，也只能從他零星片段的言談、通信以及他的著作中去汲取。更特殊的是他的藝術觀念與他的整個人格精神完全融合為一體。所以，探討他的美學思想，藝術觀念，同時必關聯到他這個人。而他有八十三歲的長壽，一生又激烈多變，所以對歌德的論述儘管卷帙浩繁，也都不易探驪得珠。本文以閱讀與思考所得，略表對這一位巨人的體會與崇仰，也只是以管窺天，以蠡測海而已。

與歌德同時或後來者，常常異口同聲不但讚美他的詩文思想，更盛讚他的人格精神。說他是「人性中之至人」；「人性之完全」。這並不是指人格之完美，而是指人性之複雜與豐富的內涵，在歌德一人身上圓滿地組合，構成他磅礡廣袤，昇降浮沉，內斂外發，幽邃曲折，無比的好奇心與永遠躍動奮進的人格特徵。梵樂希（Paul Valéry, 1871-1945）說得極透澈：「他用一個生命去過無數生命的生活。」

寫了兩大本《歌德傳》的作者比學斯基（Bielsehowsky）說歌德的人格與生活有許多矛盾的表現，使人對他難有準確的認識。「有時他像物理學家觀察光色的曲折，有時他像解剖家研究骨骼與肌肉，有時像法學家討論破產法。他對人物事件有非常精細的觀察與分析，少年時就有政治家外交家的聰明與經驗。同時這一個人又創造了許多幻想和泉湧的詩歌，好像一個沉醉的夢想者穿過這實際的世界，觀照人事萬物醜陋的現實而反映以他自己內心的光彩。又常對物界關係不能用理智處理，在人群中如一天真無告的小孩。……他，這個最忠實最純潔最肯犧牲的朋友，這個最熱狂最傾心的情人，可以在感情沸騰時又常常傷害他的朋友與情人的心。」歌德常常是極端的兩造衝突因素的奇怪組合。他冷酷負心又柔情似水；是英雄又是弱女；嚮往超越的境界又沉湎於感官的快樂；自信又懷疑；堅強又懦怯。「所以他一生很像浮士德，在生活進程中獲得痛苦與快樂，但沒有一個時辰可以使他真正滿足。」

「浮士德」是中世紀民間傳說中的江湖醫生、巫師、魔術家，確有其人。十六世紀初有文字記載，後來被寫成暢銷故事書出版。萊辛（Lessing, 1729-1781）曾寫成劇本。但這再創造的偉大工作終於在歌德手下完成不朽的業績。大學時代已開始構思並寫作，直到歌德辭世前一年才完成，前後逾六十年。歌德的「浮士德」大異於以前的傳說與其他人的同名作品。這部巨著包涵了歌德自己的人格精神與人生體驗。也表現了人生的命運，自我懺悔與救贖，人生的意義，人類終極的追求與希望。

歌德的人生充滿矛盾，他的藝術觀念也一樣，不過，他都能將矛盾的兩端和諧地統合起來。浪漫主義與古典主義，自然與藝術，特殊與普遍，民族與世界等對立矛盾，所謂辯證的關係，歌德在他的藝術創造與人生生活中都得到圓融的統合，達到多樣的統一，化衝突為和諧。

寫《少年維特之煩惱》時的青年歌德是感傷，熱情澎湃，正是那個狂飆時代浪漫精神的代表。之後，歌德在宮廷作了十二年朝臣，終於厭惡其鄙俗而離開，到義大利去細心研究希臘羅馬的雕刻和文藝復興的繪畫，也做自然科學的研究。歌德自此回到「莊嚴的單純和靜穆的偉大」的古典主義，並與席勒並肩為德國的民族文學合作奮進。但歌德並不一概否定浪漫主義。從現實出發與展現理想的和諧結合，便兼顧了古典與浪漫。他與席勒在這方面是同心的。他們之間的差異是在「特殊」與「一般」（普遍）的關係與順序上。在與席勒的通信集中，歌德說：

「詩人究竟是為一般而找特殊，還是在特殊中顯出一般，這中間有很大分別。由第一種程序產生出寓意詩，其中特殊只作為一個例證或典範才有價值。但是第二種程序才特別適宜於詩的本質，它表現出一種特殊，並不想到或明指到一般。」

「為一般而找特殊」的創作方法是心中先有一個先入為主的論旨（意念、概念），然後找具體的形象或事件來說明論旨的正確。「在特殊中顯出一般」，歌德說是「把它表現為奧秘不可測的東西在一瞬間生動的顯現，那裡就有了真正的象徵。」也即普遍的精神（真理、理念）在個別特殊中生動的顯現出來。這是藝術的最高法則。從亞里斯多德到後來的黑格爾都有這個共同的發見。席勒主張從一般出發，歌德則主張從特殊出發。前者易於陷入藝術形象成為概念的說明或「圖解」的困境；而後者才能既表現了理念的普遍性，又能突破概念的局限性，更保持了特殊事物的豐富與鮮活，以及作者敏銳而卓越的感性經驗。

歌德在〈論狄德羅對繪畫的探討〉文中說：「藝術家努力創造的並不是一件自然作品，而是完整的藝術作品。藝術並不求在廣度和深度上和自然競賽。」歌德讚美自然，但反對自然主義。他認為藝術是「感覺過的、思考過的、按人的方式使其達到完美的自然」。即藝術是根據自然而又超越自然的「第二自然」。在與艾克曼的談話錄中，他說：「藝術家與自然有雙重關係：他既是自然的主宰，又是自然的奴隸。他是自然的奴隸，因為他必須用人世的材料來工作，才能使人理解；同時他又是自然的主宰，因為他使這種人世間的材料服從他的較高的意旨，並且為這較高的意旨服務。」自然提供材料，提供靈感，也提供了極豐富複雜的無盡藏。藝術家所創作的藝術來自自然，但透過藝術家的觀察、體驗、想像，更概括，更提煉，更理想化的表現，便更完整，更典型。所以藝術「根據自然而超越自然」。藝術是客觀與主觀，感性與理性的統一。

在藝術的民族性與世界性的問題上，歌德的見解到今天仍是最有價值的啟示。

在歌德之前，英國與法國的文學史有莎士比亞、莫里埃等大家，德國簡直不能相提並論。法國人認定德國人沒有文學天才。歌德一出，拿破崙說：「這才是一個真正的人。」英國的拜倫稱歌德是歐洲文壇之王。

歌德很早展望到世界文學的來臨，但這世界文學不是由某種特別「優秀」的民族文學為範本，去壓抑其他民族文學。而是由各民族文學的交流、借鑑、吸收、融會形成了世界性的思潮。他說：「我愛用其他民族的鏡子來照自己」，「每一國文學如果讓自己孤立，就會終於枯萎，除非他從外國文學吸取新生力量。」又說：「從外國文學所受到的教養固然帶來很多好處，但也妨礙了德國文學作為德國文學的發展」，「一種普遍的世界文學正在形成，其中替我們德國人保留了一個光榮的角色。」各民族的創造在交流之後所形成的世界文學，並不意味民族文學的特色全無意義，相反地，更應強調其獨特性的價值。因為只有具有鮮別獨特性的民族文學，才能以自己的優點對世界文學有所貢獻。沒有民族特色的文學，便沒有民族「光榮的角色」。

中外作家評論歌德都同樣強調歌德不止於是文學天才，更是人類傑出的「人」的典範。他是全才。這樣一位莎士比亞以後歐洲最大的文豪，同時又是卓有成就的自然科學家。在動物「顎間骨」的發現與「植物變形」的研究上，早於達爾文發表進化論九十年，可說開了先河。在兩次德國與法國的戰爭中，歌德表現了他謀國的政治才能與在大難中鎮定從容的膽識。在愛情上，歌德有一長串愛人，承受了他的甜美豐盛的愛，也受他負心的痛苦。但愛情是歌德生命力之源，他讚美永恆的女性，歌頌戀愛的高尚與神聖。他所投身的人間活動與生命的波瀾之激越、寬廣與深邃，而他自己最後完成了一位大詩人，大作家。根植於宇宙與人生深厚根基之上所誕生的文學之花果，絕不是文學才華與文學修養所能達到的。那是一個堅毅的飽滿的人才可能攀登的「一切的峰頂」。

梵樂希說：「歌德是一個『全人』，其他的人與他比起來都不過是人底斷片或人底初稿。」歌德使大詩人與思想家梵樂希用這樣的句子來表達對歌德的崇仰，我想，若沒有一個卓越的人在先，絕不會有另一個卓越的心智能寫出這樣非凡的頌讚。

（一九九九年七月）

世紀末之月
——一位畫家的震撼

〈世紀末之月〉是我在一九九五年十二月二十一夜創作的水墨畫。今天（九月二十四日）是世紀末又一個中秋節，我忽然想起這幅畫。為什麼這麼巧合，世紀末的「月夕」（中秋八月半，也稱月夕）竟發生台灣百年來最大的地震。而這幅畫月下的危樓，也隱約預告了世紀末的危機。這危機當然是世界性的。但不幸得很，我們台灣竟承受了最悲痛的災難。竟然也是「二十一日」！

我不是「先知」，我也不相信天機可以「預測」。我願意說我創作這幅畫的動機與我的所思所感。

二十世紀是人類承受歷史上最大災難的世紀。兩次世界大戰；中國大陸變色數十年來中國人民的痛苦；全球生存環境的惡化以及全球金融、政治、種族、宗教、貧富等等問題的危機漸趨複雜化與尖銳化。而本世紀科技文明的飛躍發展與變本加厲的商業化社會對人文價值空前巨大的衝擊，使我深感憂心忡忡。

尤其想到我所生活其間的台灣，在全球共同的危機之外，我們更有自己獨有的問題與痛苦。本世紀將到盡頭，我想畫一幅畫來表達我對這個世紀末的時空與人生社會的感想。將我心中對這個世界的憂慮與悲憫表現為視覺鮮明的意象——這是繪畫的特長：把抽象的思緒與情感，轉化為具體的視覺意象。這是我畫〈世紀末之月〉的動機與想法。

沒想到台灣有九月二十一日這不幸的日子。天災不可測。但災變的前後，人為的事與物，卻應讓朝野反省。我們憲政體制的混亂，政治的傾軋與惡鬥，政客的無恥，政府人才的庸劣，效率的低落，教育的窳敗，奸商介入政治與黑道的猖獗，治安的不寧，社會正義的淪喪……說不完的敗象，在這次天災中更暴露了無政府狀態與社會望治的渴求。災變之前是政商勾結與法紀不張，使台灣的公私建築不堪一擊；災變之後是群龍無首，救援工作一團混亂。顯示了台灣的富裕、民主與繁榮、進步只是虛有其表，其實是一個貪婪、沒有紀律、沒有制度、沒有遠見、智慧與知識的落後社會。

請看這些災難中倒塌的建築，它們的名字是：金巴黎、博士的家、王朝、觀（官）邸、台中奇蹟……。台北有一建商推出宅邸用「顛覆台北」四字作號召。

整個社會言行誇張與貪慕虛榮，所以建商無所不用其極以金光閃閃的名稱來引誘購屋的小市民。結果是以水泥包著沙拉油桶與報紙的樑柱，細小且沒有銲接的鋼筋，於是天災一來，「金」夢破碎，「王朝」崩毀，「博士」漏氣，完成了一個「顛覆」的「奇蹟」。

我們能在這一浩劫中獲得什麼教訓？我們應如何大徹大悟，合力來抵擋來自天災與客觀局勢對我們的威脅，使台灣新生？使台灣擺脫這世紀末的歹運，迎接新世紀？

〈世紀末之月〉畫中這一棟大廈上有違建與寺廟，這是時空荒謬的「象徵」。畫面所呈現的危疑蕭索之感正是這個世紀末中秋的寫照。

（一九九九年年九月二十八日《聯合報》，己卯中秋）

第四輯

扶桑走馬

今年七月十五日中日美術交換展在日本東京上野の森美術館舉行第八屆展覽揭幕式。中國美術家代表團一行，於十四日分二批飛東京。我是第二批，於是日晚上九時半（台北時間八時半）抵達東京羽田機場。日方美術家接走了午後到達的第一批，我們抵東京時，正傾盆大雨中。初次來日本，竟以大雨相迎，澆了一頭冷水，心中有多方面的感慨。正惆悵間，看見從藝專畢業正在東京留學的鄭義雄氏夫婦冒雨來接我們，並為我們各套上一個花環（此花環實是由許多以金箔包著巧克力糖果所串成），初到異國的冷落感，頓時消失。心中所激起的感激與感慨交纏在一起，鄭氏夫婦算是給了我們面子，也使我體會到同胞愛之珍貴。

我這次赴日，除了開頭一個禮拜展覽期間參加集體活動，略盡代表團一份子的責任之外，其餘都把時間耗費在旅遊上。五十天日本之旅以及五天韓國之行，我看到不少東西，比如我國外交人員在國外的作風與別人的反映這一方面，是在國內時所無法瞭解的。而最主要的，我以一個致力於現代中國藝術建設的青年人，留意觀察的是作為當世第二經濟大國而在文化上是中華民族的兒輩的日本社會，及新一代的生活和精神狀態，以及他們的藝壇的情況。

今年第八屆中日美術交換展，已成為中日國交斷絕之前最後一屆。七月下半月，田中尚未往匪區訪問，但日本各種大眾傳播早已為共匪所收買，清一色是親匪、媚匪的言論。加上我到日本之日，正是共匪上海歌劇團抵東京演出之時。可以想見：在這樣一個政治環境之中本屆的美術交流活動是在如何艱辛的情況下展開。柴原雪女士的努力爭取與對歷屆中日美展所做出的貢獻，無論如何是令人敬佩的。想到我們對外的文化交流工作那種被動的態度，令人感慨萬千。

展覽開幕之日，日方除畫家之外，石井光次郎（前眾議院議長，反共元老）與日本文化部長，我方除畫家八人外，彭大使，宋公使均蒞臨參加開幕式。彭大使的致詞重點全是政治。石井光次郎就一針見血的說：「有人把藝術作為政治宣傳與政治鬥爭的工具，」自然他的話是在影射共匪的一貫手段，但大家聽來，頗覺妙合時宜。我覺得外交家不僅應懂得軍事、政治，還應在文化乃至多方面的外交工作上仔細謀劃。

令人感到安慰的是日本政府雖然奴顏媚匪，但日本畫家還有不少親敬中華民國，尤其是對我們赴日訪問，其招待之熱情，恐怕不是我們所能做到的。我尤其深深感到日本大多數百姓對我們中華民國絕無敵意，且有好感。在文化上，他們對我們有敬意；在歷史上，他們對我們有歉意。就這一點來說，我覺得加強中日人民文化上的交流，仍有其必要與深遠的意義。

東京有數不清的博物館、美術館和大小畫廊，光是上野公園，就有好幾個博物館和美術館，最著名的就有國立西洋美術館和東京國立博物館。前者有好多羅丹的雕刻及世界名畫，後者正在展出一個五千年美展，自埃及、希臘以至近代雕刻與繪畫作品，入場券每人四百元（合新台幣五十二元），而參觀者不分老幼，絡繹不絕。想想我們對藝術的發展與舉國上下藝術風氣的淡薄，不勝太息。

在東京武藏野井之頭公園，我們訪問了當代日本最著名的雕刻家北村西望，他的家就在公園一角。長崎有名的「和平祈念像」就是他的作品。在他的工作室中，整棟巨屋陳列著他許多雕刻的模型，有很多作品就放置於公園草地上、樹蔭下。北村西望先生白髮蒼蒼而神采奕奕，他是日本的「國寶」，他有許多小作品在日本各大百貨店中售出，價格之高，令人咋舌。

日本各大百貨公司均有畫廊，且時常舉行國內外名家展覽，產業界對藝術的支持與獎助，造成日本美術之蓬勃發展，但日本青年畫家同樣十分苦悶，出頭機會不多。今日日本美術界還是以老一輩最為吃香，梅顏龍三郎、東山魁夷、橫山操、東鄉青兒、藤田嗣治等人仍是賣價最高的畫家。我深深的感到：日本政府和工商界重視藝術，獎掖他們的畫家，是日本美術發展的重要原因。試想自己不捧自己的畫家，由誰來捧？我們中國的畫家，不論才氣高低，作品優秀到什麼程度，可說是在自生自滅的狀況下生存。許多藝術「獎」為人情所包圍，為某些人鑽營的目標，失去「獎」的榮譽和權威性，早已為人詬病，這且不必多說。就連國內政府舉辦的美展，亦因為沒有嚴格公平的審核制度，許多畫家不願參展，故並沒能包攬國內第一流作品，水準自然不能提高。更重要的是政府與工商界沒有收藏作品的制度與風氣，一個中國畫家要出人頭地，勢必仰賴外國人來提擢，那麼，畫家必先學習如何迎合外國人的興趣，等到為外國人讚賞品題，便身價百倍。這種可悲的現象，是造成中國畫家慢慢失去民族性的主因，試問我們如何能培養自己優秀的畫家？此外，我們沒有藝術批評的人才，沒有藝術批評的權威報刊，造成我們沒有引導大眾審美趣味的力量。寫到這裡，我感到堅持「自我」的中國畫家，那份堅苦卓絕的精神，實在令人敬佩。而我們若想發展中國現代藝術，則發掘人才，培養人才，供給發展藝術良好的環境，是我們十分重要的工作。這是我隨便說及的一點感想。

在東京前後大約住了半個多月，中間大部分時間，我遊歷了大半個日本，到過的地方有京都、奈良、神戶、別府、雲仙、長崎、廣島、天橋立、日光、箱根、熱海、黑部等等地方。我不想寫遊記，因為寫遊記的人太多了，我只想談談日本人在藝術上的趣味與日本現代青年的情況。

日本沒有獨立的文化，其文化首先接受中國，後仿效西洋，而以大化革新（公元六四五年至七〇七年）與明治維新（公元一八六八至一九一二年）為日本歷史上兩個里程碑。前者承襲中國文化，而奠定了日本文明的基礎；後者仿效西洋，開始日本近代文化的新頁。日本人的特長就在於模仿，而且十分勤勞而精細的模仿，故能十分成功。這兩個模仿，造成日本文明的特質，是強烈的矛盾性，而這個矛盾卻能和諧並存。京都與奈良的雄偉莊嚴的古寺，完全是唐朝的形式，氣魄之大，形式之古樸與渾厚，完全是中國文化的古典模型。（「日光」的寺廟，便是日本人自己所造的，雖然也與中國形式大體相同，但其小巧精緻，在氣勢上，大不如京都的寺廟。）而老式民居，也古意盎然。在衣著方面，穿古老的和服，仍然不乏其人。另一方面，不論在建築、交通、流行衣服等等現代形式與上述古老的事物雜陳並存，不能不說是十分奇怪的矛盾現象。

在藝術的趣味上，日本人差不多是遵奉著我國老莊的自然主義的理想。這個理想以天然之美為歸趨。一般來說，日本的空間狹小，物資不豐，故人工的造作，諸如庭園、居室、器皿，都花費不少心血，但這些人工的造作，還是以不失自然本來面目的原則，尤其是木頭的原質與紋路，成為日本工藝美術所特別顯示的材料，其次是陶器。對木與陶的興趣，表現了日本崇尚素樸的美感的特徵。在「小」東西的設計上，全世界要算日本人最精緻與表現了無可匹敵的耐性和才能了。故「小趣味」是日本藝術品味的特性。回頭看京都的東本願寺那些偉大的唐代形式的建築，我覺得我的日本之旅，實在是借日本對中國形式的古文物的保留以發我思古的幽情。因為那並不算是日本人自己的創造。不過，日本將這些古寺名剎作為「重要文化財」加以特殊的保護，我們又不無興起多方的感嘆。比如台北中華路那座「理教總公會」，正像中國人許多傳統工藝沒加以發揚一樣，我們自己對民族文化遺產的忽視與糟蹋，使我們只有感到「禮失而求諸野」那種慚愧了。

書道在日本十分注重，且得到多方向的新發展，日本的水墨畫也因之有新的創造。我看到奈良街頭商店招牌那樣優美高超的書法，想想台北的招牌，常常覺得我們太草率，太簡陋而沒有個性。

樸素之外，日本人崇尚殘缺的自然美。一塊殘破的石頭或木頭，日本人似乎注入了豐盛的感情而使之成為一件藝術品。素樸、殘破、古舊成為日本審美的趣味之本質。這與日本人古代性格中那些人生無常，生滅不定的島國性格，也似大有關連，這亦就是日本民族悲劇性格的根源。日本的民謠與日本女性那種淒楚悱惻的氣質與日本武士那粗暴又慷慨的精神態度，甚至如三島與川端那種嚮往死（生命之殘缺）的美學，豈不亦與此為同一精神特質之表現麼？日本人喜愛以富士山與櫻花為題材，都暗示著日本民族的簡樸、熱烈與悲情的眷戀。

但是，更可悲的命運來自於日本人缺乏遠見。日本人重模仿，其性格原來是急功近利。今日的日本隨著古屋的日漸朽圮，新城市的機械化與現代化，日本古代文明那些承襲唐人的精神不得不漸漸變化與泯滅。日本人來自地域狹小，資源缺乏與文化沒有獨立性的自卑感，使他們急欲不擇手段地爭取世界的注意。今天在軍事上的冒險已絕無可能，放在經濟上的擴張，正顯示日本以此來彌補心理上的自卑。今日日本青年可說漸漸喪失東方文化精神中那些特質，而一味模仿西方。不論衣飾、髮式、生活方式、社交、道德觀念等各方面，日本依然沒有自己的獨創性，都來自對西方的模仿。一般國人時常誇獎日本人讀書風氣很盛，這固然是事實。但是，大多所讀為日本的各種雜誌，而這各種雜誌中，大半是以赤裸裸的色情、偵探與武俠為內容，千篇一律，無聊而空虛。這些精神低陋、情趣粗鄙的文章與漫畫，正成為日本人的「精神食糧」，加上「成人電影」、「脫衣舞」、電視與永遠客滿的無數彈子房，對日本青年的腐蝕作用，使日本在未來不但將喪失東方民族的特性，抑且比之西方社會有更大的危機。我想日本文學家的自殺，或許就是當他看到金閣寺或清水寺前盲目的日本現代青年，感到日本民族前途的黯淡，因失望而生棄世之念罷！日本人沒能建立一種文化理想，一貫熱中的只是權力的擴張（由軍事的擴張變為經濟的擴張），日本人便只有今日而沒有明天。日本青年的現代美展，由於模仿成性，那些作品完全向紐約看齊（在京都美術館我看到歐普藝術與超現實雕刻），無何可觀。我在京都那些古老的寺廟的廊柱間徘徊，深感東方文化在西方科技文明的衝擊之下，實在已日暮途窮，不勝其悲涼。而東方人若不能在未來建立起新的東方文化理想，那麼，對西方的福利既趨之若鶩，對西方的腐毒，亦只好坐受其戕賊。日本人的急功近利，已使日本無法肩負起承續發揚東方文化的重任（日本人對古文物的保護，雖甚可稱道，但其動機為了炫耀其歷史文化之「悠久」，另一方面為了吸引觀光客，基本上仍是急功近利的，況且保護並非發揚創造）。而我們應如何以日本為借鑑，如何發揚中國文化，實在是我們艱苦而巨大的歷史使命。我們對日本這個二千餘載的老鄰邦，一百多年的舊敵國，實在亦有瞭解與借鑑之必要。我們與日本的關係，先是父子，進而為讎敵，後經我寬大為懷化敵為友，今又在日本短視政客見利忘義下，變友為敵，我們的憤慨是當然的。但是我總覺得日本是很可憐的一個國家，它在文化上如果不追隨中國，實無前途可言。它必須隨著我們國家的復興，才有前途！

在中日斷交前夕，結束二個月扶桑之旅，回來有無限感觸。因憶杜甫詩：「東下姑蘇台，已具浮海航；到今有遺恨，不得窮扶桑。」我們生於現代，藉交通的利便，已無古人的遺恨。但是大陸河山，何日收復？中國文化何日重現其偉大的光芒？這都是我們這一代，應勇往奮鬥的方向。借扶桑以懷故宇，畢竟有更深的遺恨。

（一九七二年國慶之夜於台北）

後記：一九七二年夏中華民國藝術家代表團受邀訪日，我是副領隊，也是第一次出國。

域外懷古

馱著懷古的傷感從歐洲返歸紐約，重見甘迺迪機場TWA龐大的鷹首形現代建築，以及機場公路車水馬龍的喧豗，復遠眺曼哈頓的高樓巨廈，歷史文明的風雲起滅，滄海桑田的感觸，不由人不心旌震顫。歐洲是「烏衣巷口」的破敗，遲暮佳人的落寞；美國卻是「尋常百姓」的得意，青春肉彈的驕矜自喜。也許，到美國來才說得上「觀光」，到歐洲去只是憑弔。美國所展示的是感性的文化，世俗人間的奢侈繁華，現世肉體生活當下即是的幸福；歐洲所有的卻是古典理念文化的肅穆冷遠。那些紀念碑，銅像，雕刻，古墓，遺跡，殘骸，以及林林總總的教堂，標示了靈性的追求與來世福祉的信仰之虔誠和神祕。精神上背負著古老文化的包袱，生存空間上擁塞著這許多昨日光榮的遺跡，歷史的光輝富厚，只成為現代歐洲的羈縲。歐洲人世襲的傲岸，在現代所承受一再的挫削，心中的苦澀，在中國人如我心中，激起惺惺相惜的同情。歐洲，我是借著你來憑弔我們日夜縈念的歸不得的故國。

最可親可懷的是歐洲到處可見的，小石塊鋪成的馬路，和那些星羅棋佈，曲折如迷宮的街巷弄堂。崎嶇不平，湫隘局促的碎石路，令人如同回到中國江南小鎮，如同回到台灣。夾著街巷的是破舊斜欹的牆壁。久經風化，斑斕剝蝕，正是我們童年在江南所見慣——那是中國畫論中「屋漏痕」與「蟲書鳥跡」的現實圖解。歷史在這裡心心相印，似乎東方西方並沒有多少隔膜。

依我所見，最能興起江南的回憶的，莫如佛羅倫斯和威尼斯。楊柳拂岸，小橋流水，以及那些時常使人誤以為進入人家的天井或後院的街巷，每一步都如同夢遊故鄉，使你在親切中，懷著幾許情怯。歐洲古老的教堂，一如江南的庵寺廟觀，蒼老神遠。所不同的是這裡有鉅鐘齊鳴的悲壯，而無江南寺觀木魚清磬的幽澀與悠邈。

西班牙最可憐。歐洲人不承認她屬於歐洲，說她是非洲，因為舊的比不上歐洲文明古國，現代化則連台灣都不如。手錶與相機在那裡是珍品，電視簡直奢侈。青年人不重視求學唸書，能在飯店酒館做服務生已滿足。西班牙人以為人生短促，須及時行樂，何必努力工作。酒、咖啡、睡覺為人生正事。他們辦事效率之差，社會的雜亂，落後國家的毛病，悉數具備。唯一可愛的是她的土氣和保守。馬德里每家窗口都有「騎樓」，其實有的只是在窗外掛上一個狀如火柴盒或者半個鳥籠那樣的虛應故事。我不知這些騎樓的用處，心想大概是當西班牙情聖夜彈吉他，引吭高歌的時候，深閨少女便可憑欄目送秋波。但生計的艱難，會彈吉他的青年人太少了。熱情的西班牙舞也只經營觀光生意的場所才有。

歐洲的繁盛早已過去，在羅馬我看到文明古國的蒼涼。店鋪很早打烊，夜裡有燈光的地方，只有教堂和酒吧。來世的寄託與現世的醉遁，在這樣的夜裡，可以「不知有漢，無論魏晉」。教堂是僧侶和修士們覓食的處所。羅馬的教堂正如日本京都的寺廟一樣充塞市區。義大利人在夜間帶著一家大小，衣履整潔，到教堂去一跪四點（劃十字），然後丟錢在神壇前的地上。僧侶趴在地上用手掌掃拾紙幣或銅錢；他們不設「奉獻箱」（起碼我所去過的幾處小教堂如此），也不耐等信徒離去之後，再關起門來撿拾。他們與坐在教堂門口兩旁求乞的殘廢或窮苦無依的人，靠施捨度日，並無兩樣。宗教的威儀與聖潔，在世俗化的現代是消失了。羅馬路燈昏暗，小巷子更甚。在春寒的夜街踽踽獨步，偶有坐著北美洲來的遊客夜逛街市的馬車匆匆駛過。馬蹄敲著石磚路，有如中國檀板的清越，帶著蒼涼，遼遠的況味。

歐洲老了。比薩斜塔將要傾圮，威尼斯面臨陸沉的威脅，羅馬的古競技場，據說將耐不住四周日夜奔突的汽車的震撼。巴塞隆納那座建了兩百年，只完成一小部分的，雄偉無比，高聳入雲的聖家堂，恐怕再等兩百年的歲月，也無法建成了（因為經費短缺，現在只有十來個工人，作為「還在建造中」的象徵性點綴）；即使建成於兩百年後，恐怕建成於四百年前的那一部分亦將危如累卵。歐洲的地面載負這麼多歷史的遺跡與古物文物，這麼多既不能當垃圾掃除，復不能當身外之物變賣的歷史珍寶；這些將倒未倒，將壞未壞，還必須花費龐大經費修護整理的宗祖傳家之寶，在現代世界的劇烈競爭中，要付出何等巨大的代價！

窄巷的碎石路只宜步行，於是保留著中古生活緩慢的節奏。而異國情調與古國風光，可以吸引北美洲的暴發戶與全球各地遊客來此揮霍。歐洲不少城市，最發達的生意是旅遊觀光的經營，似乎賴以為活的便是「昨日的業績」。歐洲所有的民俗藝品或禮品店的東西都俗惡不堪，大概凡是脫離了鄉土或它原來的環境，一成為市場的商品，民俗藝術都要變質。這正如台灣的洪通與陳達，被挖到城市來獻寶，其藝術的真樸便遭到扼殺。

我登上巴黎的埃菲爾塔和凱旋門之巔，看到巴黎現代化的摩天樓，只准在市區外圍遠遠的站立，想到紐約第五大道那一座古老精緻的教堂，卻為環伺著的現代大廈所圍困而黯然失色。這是美國與歐洲的不同。英法人士認為美國人野蠻，沒有教養嗎？然而，斯文古雅而有教養的歐洲人，正要忍受多大的苦悶，在現代世界的競爭中承受多大的屈辱！世界上只有中國人能夠體會並同情歐洲人的困境，並且一掬同情之淚。

西方古代文化是歐洲人創造的，甚至西方現代文化也起自歐洲。但是，上帝已經把「現代的聖旨」頒給美國，連同管領風騷的權柄？也許是的。紐約取代了巴黎，也許因為巴黎不成其為西化最典型的現代都會的原故；巴黎不能割捨對歷史文化的戀棧。西方現代藝術需要適合它生長繁殖的溫床，紐約是最典型的環境。「現代藝術」的基本信條是悖理與荒誕（這兩個概念是「現代藝術」自己的表白，我這裡是做的「事實判斷」，並非「價值判斷」。稍知「西方現代」文藝的人便瞭解這個事實），紐約具備了最好的條件。對歐洲與美國藝術的觀察，我體會了所謂「現代藝術」，只是西式現代化中高度發達的大都市的怪胎。歐洲與美國，來自小城鎮或鄉間的人，對現代大都會文明的陌生感與惶惶然，正同來自東方的人一樣。對現代像紐約這樣千奇百怪，令人瞠目結舌的生活型態，必然顯得土氣的懵懂與茫昧。對「現代藝術」欲知其底細嗎？且慢！你得先瞭解什麼是現代大都會「人生」的內幕。

荷蘭阿姆斯特丹林布蘭館的《夜巡》，巴黎羅浮宮達文西的《蒙娜麗莎》，梵蒂岡聖彼德大教堂米開朗基羅的「聖母與受難的聖子」等千古傑作，特別用厚玻璃隔離著，日夜有警衛在旁看守。古今多少藝術品，直如恆河沙數。但得到特別珍護的不過極少數幾件。藝術的艱難，令人不禁興嘆。「現代藝術」在未來世代有哪幾件為人類所珍視，不禁大感惶惑。想像一千年後美國要像歐洲一樣展示她的歷史「古董」，除了摩天樓以外，大概是牛仔褲與麥當奴的塑膠刀叉與紙盤之類。

中國的雷峰塔早已倒掉，秦淮河成了臭水溝，古黃鶴樓也已拆毀。故國山河只能在夢裡縈繞。空間之大，物產之富；時間之永，歷史之光輝——美國與歐洲之美，中國是兼而有之。域外漂遊，軫懷故國；中國人如我，一腔文化大國的傲岸與孤憤，更向誰說？

（一九七七年六月廿九日凌晨於紐約）

後記：一九七七年我第一次去歐洲，那時還可以見到古典歐洲黃昏之美。現代主義之後，歐洲更商業化，庸俗化，加上經濟衰落，社會矛盾激烈，歐洲分崩離析。而今恐攻頻傳，歐洲已沒有過去的光彩。川普當選總統之後，西方的危機加劇。過去二、三百年西方的霸權與掠奪，似乎醞釀當前的危機與衰落。

（二〇一七年六月碩記）

印度的悲情

——寫在拉維香卡來華演奏前夕

我自小即對印度的深奧與神祕有強烈的嚮往。很早便讀了古印度梵文文學最偉大的作家加里陀沙的「沙恭達蘿」；又讀了泰戈爾與奈都夫人的詩集。中國有一位對印度文學極有研究的文學家許地山先生，他有以印度為題材的小說。這些都使我對印度產生了無限的沉醉。此後又看了以泰戈爾的詩「兩畝地」為藍本的印度電影以及其他的許多電影。我認識印度音樂，是從電影上開始的。幾乎沒有一種音樂像印度音樂一樣使我聞弦歌而心旌搖震，無以自持。其實，我對音樂的感應全憑與生俱來的能力，毫無後天的素養。我之喜愛印度音樂，到了如癡如醉的程度，就我自己，也無法解釋。

幾年前旅居紐約的歲月中每逢卡內基廳（Carnegie Hall）與布里克街（Bleecker St.）那兩家陰暗破落的電影院放映印度片子，便是使我魂魄沉醉的時候。不論在香港或紐約，有機會總尋買印度歌樂的唱片（遺憾的是不大容易買到滿意的；許多摩登的印度流行歌樂，有點像國內「泡菜」之類，不免焚琴煮鶴）。

在我的感受中，印度音樂表現了人生的大悲。印度的文化與歷史，大概也就是這種悲情的極致。

沒有一個民族的宗教感情如印度一般強烈而真摯，也沒有一個民族像印度一樣不切實際。宗教是印度的全部：他的文化、歷史、政治、文學、藝術與音樂都是宗教的不同表現方式而已。她的哲學如吠陀經，奧義書；她的英雄如釋迦牟尼，如甘地；她的體育如瑜伽術，在在無非宗教精神之延伸。印度是世界上文化最發達之古國，她的崇高與聖潔，到現代已是一落千丈。最大的原因是，由西方近代文明之膨脹所形成的現代世界，沖毀了印度宗教文明的生機。不能充分吸取外來文化的印度遂陷入最可悲的境地。今日印度政治、經濟之困局，成為未開發國家中典型之一。餓殍遍野，街頭癟三且有引導觀光客看印度「奇觀」以騙取十元美鈔的事——所謂「奇觀」，即是餓死在巷子裡的同胞屍體。這樣墮落冷血的事象發生在今日的印度，都令人對古印度文明的破滅，不禁興起悲切的悼念！

為古印度文化招魂，力圖挽回印度藝術的頹勢，要把古老的印度音樂與西方音樂結合，重建印度音樂的聲威，在今日印度，以拉維香卡為最孚眾望。這一位印度音樂大師，與隨伴音樂家兩人，即將在台北國父紀念館演奏。多年以來，這是僅有的機會。印度音樂會在隋唐已給我國留下了永不磨滅的影響，滙成中國音樂的新生命。但是現在我們的音樂界大體上是中樂西樂，各成「藩鎮」，距離滙合成現代中國音樂的理想尚遠。我們要看看名聞國際的這位印度樂師如何對待傳統，如何發揚傳統。

拉維香卡（Ravi Shankar）生於一九二〇年。自小對音樂有過人天稟。十歲隨兄長烏代香卡到巴黎，隨其兄長所領導的音樂舞蹈團習藝站表演。十五歲回國，追隨印度音樂界地位最崇高的元老烏斯達·阿羅汀·卡漢（Ustad Allaudin Khan），主修西達琴（Sitar，扁長的柚木琴身，下端為中空的葫蘆形。金屬製的琴弦，由套在右食指上的弦撥彈弄。一般西達琴有四根弦，二根或三根低音伴奏弦。在弦柱下有十一到十三根共鳴弦），並涉獵了印度音樂各門流派的技巧與風格。由於他在巴黎時聽到西方音樂家對印度音樂的輕視，使他立下振興並宣揚印度音樂的大志。多年來，他的努力已獲得印度民眾及世界各國聽眾極高的讚譽，並給予西方現代音樂家不盡的啟示。

拉維香卡不僅是登峰造極的西達琴演奏家，也是出色的作曲家。他的「西達琴與管弦樂協奏曲」是以印度音樂為靈魂邀西方樂器共舞的偉大作品。

印度政府曾以代表最高榮譽的「總統獎」頒授拉維香卡，美國加州大學洛杉磯分校則頒贈他榮譽博士學位，向這位融合東方與西方，古典與現代的音樂大師致敬。在洛杉磯和孟買，他創辦了Kinnava音樂學校，並親自執教於加州州立大學和紐約市立大學。

印度音樂的特色是模擬人聲歌唱，故特別有如泣如訴的況味。濃厚的宗教精神，使印度音樂有艱深雋永的神祕色彩。那樣幽昧綿延，詭譎起伏，交纏繾綣；極細膩、滑潤、複雜、敏感的旋律與節奏，使人整個心靈都為所鉤懾，為所牽引，而不禁生出對生命之無常與對宇宙之無垠的大悲大慟。然而，在此大悲大慟之中，又興起「梵我一如」，渴求解脫的激情。印度音樂，在我感覺中，是人類無盡的喜悅，無盡的哀思相交織，由有入於無的大悲慟，大感動。

世間的音樂，有的是技巧的；有的是樂理的有機結構，是學術性的；有的是取媚於人的，是娛樂的。但是印度的音樂，則是生命的幽怨最深沉的宣洩。所以印度音樂最富魅力者為「即興創作」。那是由生命之共鳴，心靈之感應而產生的最神聖的藝術。拉維香卡說到這種即興創作，與爵士樂大異其趣。「印度音樂的師承是一種『密傳』。初學者必先學習各種聲音和樂器的音階及技巧，接著學習各式『拉珈』（raga）和『塔喇』（tala）的固定樂曲，印度音樂的傳承全憑口授，不立文字，透過記憶與領悟。接著是進一步的訓練，學習演奏拉珈的方法和對節奏的精確處理，然後在老師的督導之下，經過八年至十年修行式的潛心鑽研，要到了對印度音樂的要素——調式音階和節奏有全盤的瞭解和完整嚴密的訓練之後，音樂家才具備即興創作的能力。」

西方音樂的觀摹與研習，豐富了拉維香卡的樂想。他說：「藉混合多種類型的音樂以譁眾取寵，是我所不屑為的，然而來自不同角落的各種聲音及各種不同的表現形式，的確足以啟發想像力豐富的人，創造出更具吸引力的東西來。」他又說：「我運用小提琴、大提琴、低音提琴、豎笛、雙簧管和其他西洋樂器來配合印度樂器。透過這些，我在作曲時，發現了更廣的音域、更深的力度及更豐富的音色。」他採擷西洋文化中的某些媒介，是為「配合」印度樂器，這是一個創作過「東西相會」的印度大音樂家的做法。這就是超越了「國粹」與「西化」之外的真正創造之路——而以印度音樂為主體。

本世紀之初，著名女詩人奈都．夏洛琴尼（Sarojini Naidu）在英國留學時，她的詩一派英詩風格，毫無東方色彩與民族文化特色。英國批評家哥史爵士（Sir Edmund Cosse）勸告她要以印度人的身分去寫偉大的喜馬拉雅山與恆河，去寫印度人的人生。她終於大澈大悟，重新樹立方向，終於成為現代印度僅次於泰戈爾的大詩人（她比泰戈爾小十八歲）。中國的藝術家，或可從印度的藝術家身上得到啟示。

十幾年前，在英文課教室裡，我為班上一位印度女僑生寫了一首詩：

悄悄地那失落的又回來
從恆河之岸
赤裸的小足印過的金沙
那陽光攝取它
越過重洋與時間的長程
重現喜悅于我
那朝露閃耀的草兒
如淚洗的愁楚
無言以默念往者
我揹太戈兒的詩卷以
十年搓磨的絲帶
斷了又結上

那飛鳥如迅風
　遊思如網
　新月如哲學的謎
為它的奧義困惑而饑餒
而今你帶來清新與柔媚
彷彿黃金寺頂的瑞光
竟解釋了一切的枯澀

曙色初露，對於拉維香卡的音樂，我再沒能多說什麼；我個人的感受，對印度音樂的見解，也只是主觀抒懷而已。最後這一首密藏十六年的「詩」，本不足示眾，但倒很可表達我對印度藝術的頂禮膜拜。我很誠心拿出來歡迎拉維香卡。

（一九七九年十二月十六日凌晨五時
於拉維香卡「西達與管弦樂協奏曲」音樂聲中寫畢）

身毒之謎

到過印度的人再回到原來的生活中，或許覺得印度給你的是迷惘，是更難解的謎團，更撲朔迷離的神祕。於是印度更遙遠，更淒幻，更困惑。不僅覺得這個似乎與現代世界隔絕的宗教之國不可解，而且，迫使你從頭思索什麼是人生應有的生活？甚至對於你我自以為「是」的人生程式，產生了徹底的懷疑。

人的行為，價值取向，人生型式，都取決於他對宇宙與人生的看法。環境與歷史傳統，以及種種不同的生存條件模鑄了每個個體的宇宙觀與人生觀；這一套理念，不管有人多麼清晰而有條理，有人多麼模糊而駁雜，它是生命形態與生命感覺的重心。它主宰我們的愛惡，驅使我們的行為，決定我們認知的格局，也左右我們的價值判斷。在這上頭，印度人所追求的方向正好與近世西方人相反。現代中國人在思路上、在感受上乃至在官能上都相當西化，帶著這樣的心態與耳目進入印度這個迥然不同的人間，一切的批評與訝異都來自陌生，正如十九世紀初期西方人到中國的感受，那是隔閡，是生命態度的扞格。

沒有人能再見到活的印度古代文化，現在所見到的只是印度古文化的屍身，以及那腐敗的屍身上的蛆蟲。和埃及一樣，印度如同天方夜譚的故事，記載著另一個時空的幻夢。核子試爆雖然使世界對於已被擯棄於國際政治舞台之下的印度投予一瞥，但是印度文明還是死了。西方現代文化擴散以來，空氣和水都已變質，不適生存於這樣的新環境的文明便要枯萎，印度正是如此。「理性」污染了的天地，「信仰」動搖，解脫的幻覺破滅，實世的貧乏與缺憾遂赤裸裸的暴露了其慘酷的窘態。在西方眼中，那就是落後、貧窮、原始，那就是文明低落的恥辱。

是的，財富、健康、技術的進步、效率、物質的享受、感官無止境的饜足……，這些加在一起，在現代差不多等於「幸福」。這是西方文化與受到西方感染的許多文化共同的信念。但是印度不此之想。他們視現世為虛幻，人間世界只是無止境的重複循環。（所以印度人對時間與歷史全不重視。）生命不為追求幸福；進步毫無意義。他們追求靈魂的解脫。解脫的途徑便是教生命受苦，以使靈魂超昇。尋求痛苦與忍受自戕，這種極端又殘酷的行為只是對自己，卻嚴格避免傷害一切有生命的動物。絕食待死、齕草吃糞、捨身飼虎，卻不在黑暗中飲水，唯恐吞食水中的生物。耆那教徒認為通往解脫之路就是禁慾、苦行，以及對一切生靈的慈悲。

印度大多數人住在破敗的土屋，或者比露營的帳蓬大不如的草寮、布棚裡面；多半殘敝不堪。在西方的眼中這是懶惰所造成的赤貧。而對於視人生如行旅者，對於視痛苦為靈魂淨化的代價者，勤奮只是貪求逸樂，懶惰乃是心靈的堅貞。印度貧民比起野獸略多家具。炊具、水壺、桌椅與他們的房屋，乃至身體，都同是汙泥的顏色。因為這一切來自土地（竹木、陶瓷、金屬乃至肉體），也將衰朽而歸於大地。當西方式的善人以含著淚的眸子凝視這悲苦的人間相，掏出精美的皮夾，以布施來表示人道主義的博愛，正可說是靈魂下沉者欲拯救超脫者。

奧義書上說睡覺使人回到他自己裡面，與「真」合一。懶惰只是道德的裁判，是人世的規範，而那在山洞中坐禪的修士，其精神之勇猛精進，不亦「勤奮」乎？

在加爾各答街頭，一個婦人蹲在狗窩不如的「家」門口生火。她披著一身灰泥色的破沙麗，身旁地上爬著她的幼兒。在灰塵與爐煙中，看不清面目。捱著過這樣艱難的日子，令人看不出「前途」在哪裡。我不相信像這樣的億萬印度人都有意識在痛苦中追求精神的超昇。這樣的蒼生實在不如野獸在大自然中覓食。在泥塵中爬行的幼兒，在路邊玩石頭的小孩，在破布幔、爛木板與銹鐵皮的房屋中生活的大人，他們生於斯長於斯，歷史傳統早已鑄造了他們的命運，「生活」就是無盡的苦海。他們必不能想像，不在苦海中掙扎浮沉，怎能叫「人生」？任何一個人如果有機會，都向觀光客乞討，海關人員在乞討之外兼施勒索：從鈔票、洋酒、打火機、原子筆，逐級遞降，不成？那麼一粒糖果也聊勝於無。印度的宗教精神早破產了，連帶喪失了做一個俗世中人應有的尊嚴。在印度第一天，我只寫下一句話：我只見到悲哀二字！

印度文化雖然複雜神祕，難以索解，但亦可簡單而言，印度文化全部就是宗教：許多不同派別的宗教。印度的宗教文化除建築的雄奇之外，雕刻藝術是印度最偉大的文化遺產。印度的建築與雕刻往往合而為一，難解難分。印度雕刻之偉大就在人體，最突出者是女人體之表現。在人體雕刻方面，東方只有印度可以與西洋相輝映；印度的雕刻藝術，雖沒有西方的豐富多樣，而且早期承受了希臘的傳統（如初期的犍陀羅藝術），但其獨特的印度風格，在世界雕刻史上，永有不可奪取的一席之地。

西方以希臘、米開朗基羅、羅丹為雕刻藝術三個高峰。西方之雕刻如同西方文化史，是以箭矢的方向，動進直前。在東方則是圓圜往復，沒有不斷的革命性的躍進。雕刻是三向度的造型。西方自古典主義到稱為印象主義的羅丹，基本上是對於現實世界的空間與體積的創造性的模仿。即使是印象派之後的現代各派，爭鬥奇異，永無寧日，也還是秉承其文化母胎的「天賦」永難改易，那就是嚴格恪守物理世界的客觀邏輯。此為西方偉大的古典主義、寫實主義之光輝所自出，也是本世紀以來西方現代主義左奔右突，亟欲擺脫過去合理主義的束縛，尋求藝術個性創造的生路，而至以荒謬自我解嘲的原因。不論是立體主義、結構主義（Constructivism）、達達主義、超現實主義，以及已經發生與尚未發生的新主義，都不外是對於合理主義的背叛，對於客觀世界邏輯法則的顛倒、變換、破壞而已，終究與合理主義結下不解之緣。印度的雕刻體現了東方文化在合理主義之外的另一個路向。那就是不以客觀邏輯為「真」，不以物理世界為重，客觀亦一虛妄，理性又不能窮極萬物，故乃回到直覺，又以主觀情志觀照宇宙。這種哲學於物質的進步毫無助益，於是走向藝術與宗教的方向，成就了東方文化獨特的情調。

印度的人體雕刻不是客觀的精準的寫照，不是理智對現象世界探究的發現。空間與體積，不是印度人體雕刻追求的目標；造型的比例、解剖原理、質與量等也不是印度人關注所在。它所表現的是主觀觀念化了的典型，這種典型已高度模式化，裡面飽含了人的意慾與感情。不論是靜穆莊嚴的神像，或者嫵媚興奮的女體，其造型與現實的人的形相有較大距離。西方的神像是凡人的美的典範，充滿現實性，印度的神像是非人間的，意慾化的概念的感性表現；西方是客觀的理性，印度是主觀的詭異的幻想。印度人體雕刻的造型靈感來自對於萬物美感的聯想，或者說是生命形相的通感。美人的眼波與「秋水」、紅脣與「櫻桃」，舉不盡中國詩文中這種通感的例子，印度人將象的鼻子移作肩膀與上臂；將芒果核移作下頦；將蓮花移作手足；豐滿的豆莢移作手指……。軀體、四肢與五官，在幻想中都與自然生命通感，正如李白「雲想衣裳花想容」一樣，萬物因美感的交融與幻替而不生分別，而發生共感與融合，這是東方美學獨特的觀念。在寓言與童話中，這種人與獸或人與生物間界限的泯除，也借助於通感，印度恰好正是寓言與童話最發達的國度，許多流行於不同民族的故事，可溯源於印度。阿拉伯的天方夜譚即受印度影響而有。

最令人驚嘆不已的是：一邊是禁慾與苦行，一邊卻是縱慾與蠱惑。印度雕刻對女人體的誇張與意慾典型化的表現，舉世無匹。所有的女體都青春健美，體態豐盈，曲線柔滑，嫵媚妖嬈，無以倫比。恍惚那眉眼、脣吻、乳房、臍眼與手指，都是鮮美芬芳的花朵與蓓蕾，或者甜美的果實，散發著誘人的吸引力，令人沉醉。典型的女體有所謂「三道彎式」（Tribhanga），即頭部、胸部、臀部形成S形的曲折。這種姿態加上細腰、豐乳及向旁側聳突的渾圓臀部，是印度女性美典型的極致。這是慾念與肉感最誇張而強烈的表現。更使人錯愕的是卡鷲拉合（Khajuraho）性廟中諸神縱慾的形象。那些赤裸裸的顛鸞倒鳳的性愛方式的寫照，對照著苦行者的自戕與污穢的大地上悲苦無告的眾生，其詭異而不可思議，令人惶惑。似乎在靈聽中有如哭的狂歌，自千古傳來，哀豔淒美，不可抑止！

印度的靈魂，如黑夜中的貓眼，充滿神祕。印度音樂就是這靈魂的鼾聲與呻吟，在單調中卻有無窮的變化；歐洲的音樂是理性的和諧，是數理的感性化。西方的歌樂如大海的波浪，浩壯綺麗，而印度是山間蜿蜒的奔泉，如泣如訴，是靈感的即興，並且有催眠似的魔力，使靈魂脫殼飄蕩，得到暫時解脫。

在今日印度的觀光客看來，印度是貧窮、骯髒。但是歷史記載在笈多王朝的時代，印度的富有是全世界家喻戶曉的事實。玄奘所見的印度百姓都富裕高雅。十五世紀末威尼斯的旅行家說：「在恆河西岸，約在一四二〇年，許多繁盛的城市排成一線。每一個城市的建築都是精工設計，並有許多花園與果園；金銀到處可見，工商業也達盛況。」君王在地下建築儲存金銀財富的倉庫，居民都是富有的小康之家。一些遊歷者形容當時印度大城市如阿格拉（Agra）等都市比倫敦更大且更繁榮。十八世紀法國一位東方學者遊歷了馬拉塔（Mahratta）地區，還稱當時印度為黃金時代。十八世紀末英國一位海軍高級人員則說：「印度王國被回教徒推翻時極為富有，歷史學家一直無法知悉到底這些入侵的回教徒擄去了多少珠寶金銀。」印度多少世紀前制訂的「倫理法典」有一條規定：「每天早上，婆羅門教徒要先沐浴，清潔身體各部分，刷牙、滴眼藥水，再去膜拜神靈。」英國威廉哈德爵士說：「印度人在亞洲所有民族裡是傑出的體膚清潔的榜樣，事實上我們可以加上一句，也是全世界所有民族裡最愛好清潔的。印度人民淨身沐浴的習慣已家喻戶曉。」（以上見威爾・杜蘭「世界文明史」第三冊）古代最光輝燦爛的偉大文明，當其劫數盡時，似乎注定沒落的命運。埃及、希臘、中國、波斯等都莫不如此。印度的奧義書（Upanishads）

曾對歐洲大哲叔本華與謝林等發生巨大影響；四世紀印度詩人迦梨陀娑的詩劇「沙恭達羅」（Sakuntala）影響了歌德及其浪漫運動。泰戈爾與甘地只是近代印度最後的兩點星光。

當你今日來到這曾經充滿智慧與神奇美妙的土地之上，看到印度人以牛糞燒火煮食，以牛糞灰代替牙膏刷牙，沿街求乞的痲瘋病人為求得施捨不願接受政府治療，印度人在屍灰與穢物浮沉的「聖河」中淨身洗頭，十幾億隻饑渴的大眼睛，你當不勝昔今之嘆，而感歷史是荒謬。古國如果不現代化（其實不必諱言，就是相當程度的「西化」），則未來萬代如長夜；現代化，則古文明一切的意義與美都將消失。而對於印度人來說，現代化是什麼呢？現代化就是把印度的世界反轉過來：智慧變成愚昧，豐富變成貧瘠，神奇變成落伍，深沉的內省和對生命本質的洞察力變成懶惰頹廢；現代化就是要把印度的出世變成入世。於是，印度一無是處。在前來探勝尋幽的西方式的觀光客的眼中，印度是唯一停留在「中古時代」的社會。它沒有跟著「優秀的西方」一起「進步」。現在，它是一個活的歷史博物館。到那裡去看自馬其頓亞歷山大征服旁遮普時所見到的，印度工匠的古老的技術仍然一成不變的使用著；到那裡去用美鈔換盧比買廉價的手工藝品；到那裡去當來自上國的貴賓。我們不是西方人。但我們早已有西方的心，西方的眼。如果我們現在仍是一九七八年紐約出版的「中華帝國——一八五〇至一九一二年攝影集」中的中國人，我們必不以印度為驚奇。不久之前，許多西方人到台灣來，不也正為了找尋「中古時代」的奇蹟。許多販賣民俗古董的人，正是將「落後」出賣與視之為珍寶的洋人。我們正在慶幸沒有印度那樣「未開發」。

印度之旅給我的是更多的懷疑與困惑。馬克思歷史發展規律的學說，他的唯物史觀，是大錯，是胡說，但是承認未開發與開發國家是落後與進步的分野豈不也是一種武斷的「規律」？另一種唯物史觀？什麼是正確的人生生活的程式？拿什麼來衡量人生世界的價值？「唯有中古時代的喬托與但丁一流人才能瞭解印度」（杜蘭），的確，我們並不瞭解印度，甚至我們尚未真正瞭解我們自己。

（一九八六年四月十日）

香港一九九二

過去三十年來，我與香港打過多少次交道，已無法數算。香港在我心中的感受，可說百味雜陳，非常複雜，非常特殊。這裡面有可親、可愛，也有可惱與可敬。

香港是許多人避難的「逋逃藪」，香港人因之別有一種同舟共濟的相容相忍，卻也因求生的競爭，眾多陌生人所組成的香港人又有其自私與冷酷的一面。過去的香港人對外來客常顯露高傲與鄙視。原因是什麼呢？雖然香港只是一處殖民地，但香港社會較之中國人所統治的社會，不管是大陸或台灣，都有其不可及的優越處。香港的優越是物資豐富，世界第一流商品匯集於此，價格之低廉，無與倫比，其次是行動與言論的自由，第三是法治。老百姓的生活所求大致皆能充分滿足。這數十年來，香港豈止是英國女皇皇冠上的珍珠，香港是所有中國人心目中的天堂。多少雙逃亡的腳「投票」給香港！

香港的存在正襯托出兩岸中國政府的恥辱，也成為有覺悟的中國人衡盱三個中國社會時心中之痛。——中國人要過好日子，偏偏都要仰賴殖民地。想想過去上海的租界，日據時代的台灣與英國人統治的香港，我們便深感「帝國主義」固然可惡，自己人豈不更可怕？如果不高談民族大義與意識型態，任何統治者總是掠奪者。但文化的高低、制度的良窳，被掠奪的老百姓所身受的待遇畢竟大不相同。為解救人民的革命黨與同文同種的自己人對人民的戕害比帝國主義竟未遑多讓，而有以過之，這個「民族」豈不應痛切反思？

香港早期貪污盛行。記得約二十年前過香港海關有女關員檢查行李，開口要我送她禮物，後來廉政公署成立，香港的廉能政府給人耳目一新，大陸與台灣不能也不肯成立像香港這樣的廉政公署，因為統治者戀棧權力與利益，當不肯自己設署來妨礙其掠奪。

從城市建築與交通，也可以看出政府與市民的水平，香港的高架路四通八達，人口最密的彈丸之地的交通之便捷，遠非上海與台北可比，上下若干層樓串聯在一起的商業大樓，更令人感歎香港都市設計師與地主的合作共榮的精神，京滬台北的高樓各自為政，互相掣肘，互不協調，不但浪費空間，而且顯示出毫無整體合作意識的小農心態。香港警察的外表，制服與裝備之抖擻，也使人對這個社會刮目相看。台灣的警察制服還是老套，毫無美感。大陸警察的外表與軍隊一樣，而且常常有捲褲腳、不戴帽與叼香煙的習慣。如果讓三地方三個警察站在一起對比一下，三個社會的水平、制度、觀念與品味，當可一目了然。

香港的飲食之精美廉價，更是全球中餐之最。台灣的昂貴而無品味，大陸的粗糙而不整不潔，也是三個社會本質之反映。

九七快到了，許多香港人憂心忡忡，有身家者紛紛外遷，中下階層只好吃了秤錘鐵了心：橫豎與香港共命運，該怎麼就怎麼吧。有一夜我與友人站在高處看香港夜景，我說：看看這樣燈火璀璨，車如流水的香港，要有多靈光的一雙看不見的手在背後操作才有如此景象，要是換台灣政府來管理，馬上要黯然失色，要是換北京政府，大概三分之二燈光熄滅。

香港要回到祖國懷抱中，正如從鄉下到大都會謀生的撈女，忽然要回鄉與家人同住。在城市做撈女固然暗地裡有一把辛酸淚，但衣著光鮮，生活自在，還可接觸到最先進的文明產品，回到老家，那種貧窮骯髒的生活，已經令人難受，更須受表叔們的穢語與戲弄，又加一層痛苦。而台灣的表哥自顧不暇，又顢頇又無能，實在令人氣結。但是，香港當然不是撈女，在過去百年中她已經擺脫了老中國人的麻木與陳腐，吸收了西方文化的精華。她的智慧、效率、勤奮、精進與秩序，不是其他地方的中國人所能有。表叔與表哥，該向香港學習的地方太多了。

香港是海中巨石，堅不可摧。香港的地理位置與歷史所塑就的性格，也不可動搖。香港或許有一時的暗淡，但終將再次掙脫束縛，重新開創她自己未來的前途，期望香港結束殖民地歷史之後，創造中國人自己的光榮。

（一九九二年十一月八日香港《華僑日報》）

後記：這是一九九二對香港的所感所想。最近幾年香港獨派抬頭，大鬧中環，香港變質變形，今非昔比。本文記錄香港過去的光榮，也希望香港恢復東方之珠的美譽。

（二〇一七年一月）

尋求永恆

人類藝術的傳統，顯示了人類共同的希冀，就是在短暫的生命中尋求某些永恆的東西。藝術就是宗教之外唯一的寄託。

在安德魯．懷斯的藝術世界中，這個希冀與尋求沒有政變，也沒有間斷。但是當美國二戰之後當上世界霸主，藝術要與政經軍事科技商業金融一樣成為宰制全球的工具，便要背逆傳統，另闢途徑，製造新潮。永恆的希冀破滅之後，藝術異化，成為權力的工具。

懷斯是美國最後一位畫家。

美國的繪畫在廿世紀四十年代以前，仍舊擺脫不了歐洲傳統的影響與模式，但一九四〇年前後，抽象表現主義的創始，宣告了現代美國獨立繪畫序幕的揭啟，結束了以往不是對西歐現代繪畫的模仿就是以十九世紀寫實主義為出發點的鄉土畫派兩者對壘的局面。但是，抽象表現派除了作為美國式現代繪畫的發軔點之外，美國文化與社會的個人自由傳統也決定了它並不能成為一個持久的權威來統治美國爾後的畫壇；另一方面，由於美國工業文明的發達所激起物質環境日新月異的進化，也刺戟了美國繪畫在國族的色彩上絕無不可動搖的固定模式。歷史短暫的文化有最大的活力，而因為沒有屬於自己的「傳統家風」，在精神風格的建設上，因為環境與人才的不斷變換更新，便無法確立一個具體而深沉的、持久的精神與形式上的特色。由抽象表現主義到抽除個性，否定內容的普普、歐普藝術的產生以及所謂硬邊藝術、機動藝術的出現，我們無法指出到底哪一畫派是美國現代繪畫的代表。因為也許更新奇的畫派明天就崛起以推翻昨日的。如此匆遽的生生滅滅的嬗遞，美國繪畫無法得到向深刻與提高去錘煉的時間上的餘裕，便如同汽車與時裝一樣只是視覺花樣的翻新。而作為人類心靈深度感受的藝術，一旦以商品的競賽方式來推展，無可狡辯的，它必然走上膚淺、盲目、庸俗的形式主義的歧途。儘管這些新藝術拓展了視覺的世界，豐富了視官的經驗；或對環境設計，建築與實用美術有了不起的貢獻，但如此的繪畫已喪失了它的崇高，深刻與獨立的品性。現代美國繪畫乃是危機時代中價值墜失與虛無主義的反映。藝術不能以市場行市的漲落來判斷其所謂「主流」的趨向，它必須有堅定的、永恆的、以人性為根基的理想，才能如狂瀾中的砥柱。那些把藝術的創造性歪曲為形式上尋求新奇怪異的作風，實質上是把藝術降為官能的玩具。

在美國現代藝術的狂瀾中，安德魯．懷斯（Andrew Wyeth）以他優秀的寫實技巧，以及對於鄉土的濃厚感情，來抒寫他對人與自然的觀察與體驗。在他的作品所流露的崇高人格之感召中提昇我們的素質，重拾回我們漸漸失去的人生價值，以及我們童年的純真與對大自然的悅愛——一切心靈歡愉安慰與健康、活潑的源頭。

懷斯生於一九一七年美國賓夕尼亞州的查德士福（Chadds Ford），他的父親是著名的插圖畫家紐威爾・康佛士・懷斯（Newell Converse Wyeth）。小懷斯因為從小健康欠佳，小學才讀了二星期便輟學，他父親為他請了家庭教師，一方面親自培養他繪畫天才的發展。他一生至今從未離開過他二個「隱居地」：查德士福和緬因州的庫新（Cushing Maine），後者是他和家人避暑的地方。新英格蘭的風光，生活與傳統蘊孕著他的創造力。十九世紀初期自由主義運動的先驅愛默生（Emerson, 1803-1882）和大文豪梭羅（Thoreau, 1817-1862）奠定了新英格蘭的哲學，思想與文化的新傳統之基石，並且成為美國文化獨立在精神上的先鋒。這個思想成為美國自由傳統的一部分，為健康的個人主義建立了哲學的論點。它的來源是蛻化自康德的先驗哲學，成為以愛氏為代表的「超越論」（transcendentalism）。在文學上除梭羅之外，狄金遜（Dickinson）、惠特曼（Whitman）、佛洛斯特（Frost）都是這個傳統的發揚光大者。懷斯生於斯、長於斯，優厚傳統之濡染，使他在繪畫思想與個人風格的建立得到豐富的營養與巨大的啟示。

懷斯喜歡採用十四世紀文藝復興期佛羅倫塞畫家慣用的顏料，直接取自礦物的顏料與蛋黃調配，類似我們今日所說的「不透明水彩」，他叫做Tempera 畫法。他自己研製，摒棄時下的化學顏料，而有更充分的力量感與強大的固著力。此外，他亦使用水彩畫了無數的素描來幫助他的創作。他的水彩畫為達到油畫與素描的結合，往往使用乾筆水彩畫法（dry-brush Water Color）。

從技法的浮面觀察，許多人因為懷斯極度寫實，近乎照相而引起許多誤解甚至非議，他有時被視作一個過時的人。但是，懷斯自認為是一個抽象觀念表現者（abstractionist），他不在模擬自然，而在發掘自然背後的意義與真實。懷斯是對的，抽象觀念（即思想）只能用寫實來「表現」（藝術的表現），抽象形式則絕對無法「表現」思想。大多數人不懂得藝術的「表現」與數理（或思想）的「表達」完全不同。「抽象符號」（經過「約定」）與「抽象畫」（自由揮灑，沒有「約定」）也完全是兩回事。所以看得懂懷斯的畫，但只看到表面。另一方面，實在說，懷斯過分拘謹的描寫技巧，削弱了他作品的感染力，在造型的創造性上來說，他稍欠很獨特的表現，自然形象成為表現心靈想像力的阻礙，但是，無可否認的，批評他的人時常站在時代潮流的立足點上，要求一個畫家必須迎合時潮，很少能對現代藝術思潮是否過於偏狂作深刻的批判。懷斯可貴的地方，正在於他只忠於自己的感受和見解，他不去參與紐約畫壇爭奇鬥異的競賽，他的個人主義自由主義的作風，使他如鶴立雞群，卓然獨立。

懷斯的世界表現之悲劇性，有些確是很古老的主題，我想他必相信人性永恆這一概念，故他不避對這種主題的表現。正如愛情這一古老的題材，似乎沒有什麼時空的限制。懷斯的世界亦不無其現代感，他寫出現代人所懷念的寧靜，自然的啟示與人性的體驗。他的畫是他的時代中的一部分，為現代文明所遺忘的古老小鎮風光，以及一個個被忽略的平凡又篤實的人。他對古老、殘破、孱弱、不幸、傷殘、孤獨、寂寞……這一切在他是懷著尊敬與憐恤。他似乎指出人類文明的發展如果遠離自然與人類的精神價值，人的靈魂必將枯萎，生命必將失去意義。懷斯的藝術表現了屬於艱難藝術（Difficult Art）的潛能，他的風景畫是一個悲劇舞台，人物則是這個舞台上的悲劇角色。最享盛譽的作品，便是舉世皆見的「克麗絲汀娜的世界」（Christina's World），她是一個不幸的小兒痲痺患者，在空曠的秋天草地上爬行，畫家在作品中表現了對生命中的缺陷與顛躓之憐恤與孤獨境界之體驗，他說：「我覺得那個身影的孤獨感——或許就是我們做小孩時所感到的那種孤獨，這不但是她的經驗，也是我的經驗」。

懷斯的畫是現代人類苦悶幻滅心靈中的安慰與鼓舞者，他不在開創一個專供視官玩賞的新流派，而在於啟示我們藝術的嚴重性乃是因它肩負著人類的痛苦與展示未來的使命。功利主義與科技文明並沒有滅殺心靈的憧憬；如果人類世界尚有什麼可稱為「永恆」的，我想只有這些。

（一九七一年九月十三深夜）

書的品類

人類的產品千萬種，以書最重要，最崇高。但是書也有貴賤。

「書」是什麼？人人心中有數，不必多此一問。道貌岸然，嘔心瀝血與乎胡說八道，率爾扯淡，只要白紙印黑字，而且裝釘成冊，就取得稱為「書」的資格。老子五千言道德經薄薄一冊是「書」，厚厚一套廿四史也是「書」；王國維、羅振玉等大學者對殷墟書契與卜辭文字之考證那樣冷僻艱奧的著述叫「書」，愛因斯坦「相對論」那樣改變歷史的論文叫「書」，而花花綠綠一本「橋藝祕訣」、「中西菜譜」、「姓名學大全」、「手相面相學」，或荒唐瞎扯只供如廁之用的「廁書」也叫「書」。「書」可說是有容乃大；海納百川，連陰溝穢水也得容納了進去。

「書」包容偌大的範圍，一句話，乃拜科技之賜。有了大量快速印刷之可能，「書」的數量乃不得不大。按照中國古代對「書」的界說，必須箸於竹帛，或簡紙，使永不滅，所載是五經六籍才叫書。時代進展，製造「書」的技術大大的改變，全世界每日所出版的「書」，恐怕無法以冊數統計，只有以噸計量。

現代人常說「知識爆炸」，應付不易，「書」的數量大增，無從閱讀，確為事實。但現代真正是汗牛充棟的書之雜之多，並不代表知識在裡面含量過多，一定爆炸。一噸五花八門的書，裡面有幾斤幾兩正確的知識，實在使有心求知的人煞費辨擇。讀書人無法閱盡天下的書固然遺憾，連沙裡淘金，費心挑揀出來的書，也絕無法盡讀，永遠覺得苦惱。

這種苦惱，反使現代人膽子更大，著書更隨便。晉朝顏之推說：「讀天下書未徧，不得妄下雌黃」。大概晉朝人要讀遍天下的書，頗有可能，因為當時書還不多。一個人寫文章或說話是否胡說，大有一班讀遍天下書的飽學之士出來斥責他「妄下雌黃」（雌黃是一種礦物質的黃色顏料。古人寫書用黃紙，寫錯的時候用雌黃塗蓋，有點像今天的「立可白」，後來凡說話沒有根據，自欺欺人，便是信口雌黃）。現代既然沒有任何人能讀遍天下的書，知識儘管爆炸，爆炸之下，彈片沙塵滿天飛竄，硝煙瀰漫，正好掩護。稍有蓋仙之才，便感著書出版，此其時矣。前人有對聯曰：「書有未曾經我讀，事無不可對人言。」現代有些寫作人覺得那些「未曾經我讀」的書，正是老夫覺得耗神費事，而且頭痛的書，不必理它；自己平生奇遇，或道聽途說，正好搜奇羅異，出之以謔浪笑敖，寫出來供大家褻玩，務使暢銷，以收版稅之利，所以「事無不可對人言」。這種文字，有人說是「雜文」。以前稱為雜文者，是對人生的種種諷諫，風格不拘，即使嬉笑怒罵，還是心存嚴肅。對人生存一種積極的態度，抑惡揚善，言之有物，不使淪為品味低下的逗人發噱而已。不過，現代的書籍既少為認真研究之用，多為娛樂消遣之助，所以知識性的書，嚴重的文學創作，嚴肅的思考性的文字，認真探討文化與社會問題的著述，銷路大不如一般暢銷書（上述各種嚴肅的高水準讀物偶有略微暢銷的時候，但為數不多）。反淘汰的結果，是瘦了學者與認真的作家，肥了雜文與流行小說家。

這個現象絕不只中華民國大台北文壇如此，乃為世界性的普遍現象。有些本來可以是或者本來已經是學者與嚴肅作家的，因為禁不住現代特殊豐厚的「名利」的引誘，不惜放棄理想，改寫「時代文學」（此名詞仿照「時代曲」這一深有餘味的名詞而杜撰）。「愛的故事」那位美國作家即為一例。

老實說，真正可以稱為「書」的，可以經得起千百年或者百數十年，為後代讀書人所珍視誦讀，感佩不已的著作，還仰賴真正的讀書種子，使其「香火不斷」。而知識、思想、學術、文藝之有可能不斷承傳，不斷發揚，後浪推前浪，也仰賴嚴肅深思、好學不倦的讀書人（不是「知識階級」，因為書人人可讀，即使放牛的王冕、窮苦的匡衡，也一樣可以一邊做一個「勞動者」，一邊做一個「讀書人」。現代書籍更方便，更不是某一「階級」所能霸佔專有），在清淡堅苦的「象牙塔」之中去繼承延續。那些寫大量的暢銷的「時代書」、「時代文學」的作者和恆河沙數的「時代書」讀者，「書」的意義只是雙方供需交換，即時達到目的的工具——讀者供給作家「名」與金錢；作者供給讀者現時的娛樂。

就讀書一事而言，在現代不加選擇的讀書，是否「開卷有益」？答案可說有大半是值得懷疑。只供娛樂的「書」，自然不能道貌岸然的說它無關國計民生，不是千古文章，毫無價值。因為適當或正當的娛樂，完全是現實人生所必要。但是只求媚俗而求暢銷的娛樂「書」或危言聳聽，假冒知識的其他「書」，也便是上述所謂「時代書」，常常灌輸不正確的知識、不健全的人生觀與低級庸俗的趣味。薰陶既久，你原想只圖消遣、娛樂，而事實不然：你的品味與人生觀、人生態度，已為「時代書」所潛移默化。這一點，「時代書」與電視的「潛力」可說異曲同工。沒有一個人能對長久接觸感染力甚強的媒介物而有免疫力；除非他打過「防疫針」——他已建立了對知識、思想、文藝……各方面獨特而高深的觀念體系，不然，起碼也得有相當水準的基本認識力。

即使「時代書」與「時代娛樂」（電視可說是時代娛樂中的翹楚）的水準有可能提高到比較令人不擔憂甚至滿意的程度，一個國校畢業後從不接觸高水準的、比較嚴肅的讀物的人，他必被塑造成一個沒有獨特見解與情趣的「時代人」，成為時代潮流浮沉湧蕩中的一個浮漚而已。一個「時代人」的可悲就是喪失獨特性。因為他心智情思的來源全是大眾所共有、共享、共愛、共喜、共泣，最通俗低淺易懂、易欣賞的時代暢銷的書刊與娛樂節目。

不加審慎的選擇，「開卷」或許竟是「有害」。

無疑的，「書」的數量與生產的速率加大了，「書」的品類複雜了，平均品質卻普遍下降了；「書」的功能與傳播面擴大了，書的享有權普遍化了，不過，其崇高的尊嚴漸漸也喪失了。這一切的演變，上面說過，乃拜科技之賜。機器印刷在十五世紀發明以來，「書」的命運與身價，急遽在變化中。近十年來複印機（或稱電印機）的普遍使用，又使「書」的命運面臨新的處境。可以預見，「書」的前途，未來還有種種重大的變遷，未可「限量」。

科技對現代文明影響之功罪，眾說雖然紛紜，但大致可分悲觀與樂觀兩派。歐洲的悲觀派以史賓格勒為代表，美國學者比較樂觀。就科技對「書」的影響來看，促使「書」的品質普遍下降，「書」的尊嚴漸失，可說是屬於悲觀的一面。

古人未得印刷術發達之便，又沒電燈，書籍只有手抄本。黃卷青燈，以正楷逐行抄寫；西方中古時代，也一樣在燭光下恭謹謄錄。書的寶貴與尊嚴，很可以想像得到。旅居美國時，普林斯敦大學國際聞名的圖書館學者童世綱先生曾讓我看唐人寫經的卷子，墨彩依然，令人不可思議。就是到了手工刻書的時代（中國雕版印書起於何時，也無確論。大概在唐玄宗之時，皇帝頒詔，還要命人繕寫。中唐時代有曆書刻印，可為雕版之始。今人能見的實物，以唐咸通九年「金剛經」刻本為最早。首有「佛說法圖」，也為現存中國最早之版畫），書籍仍珍貴之至，非人人能買。古人著述認真，水準較高，因為生活困難，知識不普及，交由少數飽學的文人所專業。而且書的製作不易，故文字力求精簡周延，不值流傳廣佈的文字，絕不災梨禍棗。著書稱為名山事業，立言是三不朽之一，是極莊嚴神聖的工作。民間風俗，字紙不得當廁紙，書冊不得墊屁股坐地，都表明對文字書籍的尊敬甚至崇拜。

我們人人知道「詩必盛唐」，但是比較為大家所熟識者只有「唐詩三百首」。就是全唐詩也不過四萬多首，產生的年代卻近三百年之長。可知沒經抄錄、雕印的必不計其數。印刷的困難，對低劣的、較次的或不重要的文字作品形成自然的裁汰；印刷術大大發達之後，倒反而鼓勵了文字的濫用與劣次等書籍的暴增。產生書籍的速度加快了，書籍的平均品質降低，而且書籍成為略看即丟的消耗物資，與一個可口可樂瓶子頗為近似。這樣的情況，使著書的人不在於努力使一本書能有較永久的價值，而在於努力使它能於一出爐而能暢銷一時。兩三年間若能風靡一時，在書的買賣上說於願已足，沒有人記起「名山事業」這句毫無商業利益的癡話。使其風靡一時的辦法就是取巧與媚俗。

印刷術昌盛對文學的害處之大，或許是許多自認已是成名的作家所不曾想過的。作者與讀者因印刷媒介物的方便與快速而彼此聲息相聞，距離極短，以致作家在寫作時不太顧及遠處角落裡少數人物的態度或若干年後的後世讀者的反應，他只專注於活躍在眼前千千萬萬廣大而缺乏深刻的思想與鑑賞力的群眾——他們永遠是人類中的大多數，也是決定一本書是否暢銷的權力所在。「時代書」的作家之所以愈來愈喪失理想與個人意志，因為他要取悅於這大群品味庸俗的讀者。這種作家可以說是由群眾所「塑造」出來的，而又將於群眾厭膩之時，由另一個被「塑造」出來的新「作家」所頂替。如同聽厭了黃梅調，群眾就另選武打；看厭了武打，他們就要別的玩耍來換換口味。

一個作家要創造群眾的品味力，要引導群眾提高他們的領悟力與思考水準，實在是一種近乎聖哲的工作，在機器印刷的時代此事尤其艱難。因為「時代文學」的印刷量淹沒了他們嘔心瀝血的結晶。不過，總有少數優異份子與他們「相濡以沫」，而且設法把一個時代中最優秀的著作得以保存，得以延續。

從樂觀的一面來看，科技對書籍的功勳也不在小。首先是享用書的讀者大幅度的增加。這個「量」的提高，也可說是人類文明發展的初步理想之實現。其次是思想、情智、信息得以暢捷的交流傳播。第三是促成了文字多角度效用的發揮，使「書」的內容品類更為繁富，更直接地影響並服侍人生的生活。這幾點重大的貢獻，雖大多偏向於「量」的變化，與悲觀論者注重「質」的變化，究竟孰輕孰重？實在無法權衡。

「書」的平民化、普及化，即量的激增，使新聞文學、小說與娛樂文學三雄攜手，獨霸文學園地，因而獲得繁榮壯盛的時機，也因而改變了文學的天地。沒有機器的印刷技術，小說等文學作品，靠手抄本與雕版印書來發表，大概永遠無法揚眉吐氣。相對的，詩歌與哲理文學因之沒落，原因是不合普及的需要。「量變到質變」，從書的命運上來看，也不無道理。

我們說到大量的群眾的需求，迫使「書」的品質水準下降，似乎暗示了「群眾總是愚昧的」這個前提。而政治野心家卻替「群眾」抱「不平」，他們說人民群眾是歷史的締造者，說佔大多數的人民群眾才是一切真偽善惡美醜是非的正確判決者。這使得我們做平民百姓的人似乎感激涕零。事實上這是一大騙局，是對「群眾」阿諛獻媚，目的在騙選票。說老實話，「群眾總是愚昧」這句話，是事實。因為每個人的專長與才識總是有限，不可能萬事內行。在我們專才的範圍內，我們暫時充當秀異份子或專家，當然不是群眾；但在另一個專門題目上，我們因為不內行，便只是群眾中的一員。我們常常因為廣告的宣傳與朋友的影響而看某一位有名的醫師或買某一項產品，而專家看來，我們實在是盲從與愚昧。說人民群眾偉大正確只是企圖騙取人民好感，獲得信任與擁護的詭計。現代知識普及，讀書人與非讀書人已經沒有明顯的界限，也不發生對立。但在分工精細的不同專門學術中，我們人人絕大多數的機會都只是盲目愚昧的「群眾」中的一員。

如何避免我們因愚昧而判斷錯誤，如何提高我們的知識與鑑別力，提高我們的品味力，讀書當是很根本的辦法。但是我們的「時代書」充斥市場，我們大多數人常常盲從而上當。所以讀書的第一步，卻是如何鑑別優劣，如何選擇。我們的大中小學教師，是否有能力、有誠意教導學生認識書的優劣？實在不敢肯定。原因是我們有不少大學教授本身便是寫「時代書」的知名之士。

漢朝的揚雄在寫《太玄經》和《法言》時，劉歆對他說現在的讀書人懂得什麼哲理呢，你的書只好讓人家拿去「覆瓿」吧！「覆瓿」即是蓋醬缸。讀書人中也大有「愚昧的群眾」，這也是古今中外如出一轍的。自從近代世界文化漸漸平民化、世俗化，尤其自普羅意識蔓延以來，大眾與許多知識份子不分青紅皂白，猛烈攻擊「象牙塔」。那些不肯正視現實人間，關起門來喃喃自語的作者，倒不論是奢談哲學或製造言情文學，自然應該批評。但是歷史上著名的書，哪一本是在「十字街頭」嘩眾取寵而產生的呢！真正偉大的研究工作與文學創作，大概還要有耐得住「象牙塔」中的高寒孤寂才能產生。我倒奉勸有心讀書，不甘給人家牽著鼻子走的青少年，一定要爭取讀幾本不太平易而嚴肅深刻的書。而對於風趣謔浪，缺乏誠正心態的明星式的「書」，少看為妙。青少年人讀書如果目的只在解悶兒，為了輕鬆好玩，不肯苦讀好書，即使將來成了作家，也不過油腔滑舌，這是很可怕的事。

我雖然說了幾句樂觀的話，但悲觀的更多。不過，對於「書」的永恆價值，相信書是文化生命延續發展最重要的工具這個信念，依然不曾動搖。不管在什麼地方、什麼時代，讓我們崇敬的書總是有的，真正愛智的讀書者總會苦尋、苦讀。讀書的真正樂趣，也許就在於一個苦字。

（一九七八年五月十三日）

後記：現在紙本的書（包括報紙、刊物等）似乎日漸沒落，將被電子書所取代。但不論是何種形式的書，永遠不可消滅。即便紙本的書，也有其不可代替的優點。

（二〇一七年十二月二十六日）

秋夜雜記

彩色書法的好處，「中外人士」皆已說過了。又有說是殷代開端的，這一新事物便既為藝術的創造，又有考古學上的根據了。但殷代只是單色，與「一筆之內七彩繽紛的綜合彩色書法，藝術意境大不相同」，可見昔不如今。

我又想到中國自來有「血書」其事。那血書雖然比較七彩繽紛的彩色書法略遜一籌，但或許亦可與殷代朱書甲骨文，同樣看作彩色書法的濫觴吧。不過，斷了或咬破了的指頭，拿來寫字，總不如毛筆的婀娜有致。難怪血書的傳統也已漸漸亡失了。曾經恭逢一個集體寫血書的盛會，各人自願由服務員以消毒的針尖刺破手指來塗血，只可惜那血甚不流暢，但聚蚊成雷，自不可輕視。以前婦女們刺繡時不小心刺破指頭，並不能教她們從此視針黹為畏途；這點小犧牲，在現代可用來共襄一次愛國的盛舉，自無人比舊時的繡花女更慳吝的了。

但是，血書的落伍與書寫時的滯澀，到了彩色書法，便可免去此病。

上面說到彩色書法的好處，完全是從胡蘭成的《山河歲月》一書讀後所觸發的。這本書確是把歷史中斑斑的血淚抹去，以「彩色書法」重新寫過，便令人覺得「乃皆有了風光」。由一種有色書法的新奇創造之妙，而領悟到《山河歲月》的意蘊，這樣觸類旁通，自己也不禁有點沾沾自喜起來。然而，讀著此書的時候，心中忽然生出憤慨來。

江湖術士口中的奇談，實只是雜扯與胡說。心存欺蒙，運用巧智，茶館學問與知識的雜碎編織成美妙的夢囈，只能供人「無非聽個喉嚨，豁脫口齒罷了」，卻自詡「這裡提出了專門學者們所沒有感到，感到了亦無能力提出的問題，而把來豁然地都打開了」。今日知識大開的中華民國，如此奇書，而能贏得青年出版商與讀書界的青睞，寧非石破天驚之奇蹟？

一個「博洽中西的飽學之士」，卻用那說書人的口氣，來道古說今，是把天下人皆看成腳夫轎卒，引車賣漿者流。說書的好處，是「連考證也不必考證」，其實是諒你不能的。閒言倀語，原是說書人「語言的風光」，其妙在於曖昧，在賣弄玄博之外，又可偷偷放點毒素，當甘露佈施出去。盤古女媧的事，與易經佛法種種，自不是人人能懂得，原是曖昧不過的，但「文明的四個順位，乃至亦遍在於人事，是後來到了中國纔達成，故惟中國人能如此清楚，說一生二，二生三，三生萬物。阿瑙蘇撒的始生文明，則惟止於三，且連這三亦不遍不備，故後世印度沿承，轉為佛法僧三寶，西洋更歪曲為聖父聖子聖靈三位一體，及辯證法的正反合三個階段。」就在曖昧玄博之外，顯得乖巧圓通了，這豈不正是鐵口論相的聲口麼？匹夫匹婦幾個不曾掏錢問卦呢？這些玄奧乖妙的大學問，當然只有治世界文明發達史的專家才能駁斥的。然而，有一些只是常識，有一些卻便是近代中國人在近代史中的經驗：在那血的殘跡下面，那創口還亮著疤痕的新皮。

胡蘭成說：「五四運動原為反對廿一條而起，那時的青年隨即卻說政治經濟是濁物，連對日本亦不恨了，因為是這樣的美景良辰，人世正有許多好事情要做。」此說不可驚異嗎？廿一條是什麼？日本帝國主義血腥之手伸向中國，脅迫中國簽訂之廿一條約。五四的近因由之而起，中國青年卻「連對日本也不恨了」？我想，只有漢奸有此「心胸」！從清末的維新運動到五四運動，知識份子過問並參與國是，正表現了顧炎武所說的「天下興亡，匹夫有責」的志節，胡蘭成說「那時的青年隨即卻說政治經濟是濁物」，信口開河，誣曲歷史，真把近代史當作洪荒時代的渾沌來自編自唱，欺世盜名，這是巫蠱之言！

「五四運動」在胡某只記得一個「金童玉女」的戀愛故事。對於身經五四的像胡某這樣人，是可謂「古之深情人常會忽然的像天道無情，亦有這種心狠手辣」的！

表面是吳儂軟語，其實是殘忍。

這一冊以污血似的底色，題上四個東洋書道慘白的中國字——《山河歲月》的奇書，那封面是「中村正義」（大佐？）所設計的。書中〈抗戰歲月〉一章，第一句說：

「抗戰是非常偉大的，它把戰前十年間種種奢侈的小氣的造作都掃蕩了，於是中華民國便非常清真。」這分明在提醒我們，倒要拜日本侵略之賜了。那奇文還有，不難從曖昧糾纏中剔出來：

「彼時總覺得戰爭是在遼遠的地方進行似的」——我們不曉得抗日戰爭時胡某在什麼地方，但書中第二四〇頁卻有一句，「廿年後中日戰爭終結時，我避難上海的一家日本人家裡」，且不說「日寇投降」以溫柔敦厚的說法是否是「中日戰爭終結」（日本人現在自稱戰敗無條件投降，就叫「終戰」），勝利而須「避難」，且避於日本人家裡，可知「戰爭」進行的地方距胡某是如何「遼遠」了！

「……其實抗戰的戰術戰略便真是禮樂。老打敗仗，又時間拖長，以為中國民心厭戰了，這完全不是的。以為中國人咬牙切齒與日本賭存亡，也不是。彼時是淪陷區中的中國人與日本人照樣往來，明明是仇敵，亦恩仇之外還有人與人的相見，對方但凡有一分禮，這邊必還他一分禮……而戰區與大後方的人並不尅定日子要勝利，悲壯的話只管說，但說的人亦明知自己是假的，中國人是勝敗也不認真，和戰也不認真，淪陷區的和不像和，戰區與大後方的戰不像戰。……中國人的勝敗之界，和戰之界，便亦好到像是這樣……中國的抗戰也是這樣的似真似假。」

「彼時是國民政府軍隊也很好……他們打仗不像打仗，而只是與民間一同在過迢迢的光陰。」

「戰時洋貨中斷，且大部分解脫了戰前造作的統制……如此產業就又有了好性情來自然安排，回到平等遍在。」

「戰時沿途特別好風景。」

「他們（中國人）其實連對日本人也沒有恨毒。」

「抗戰時的好天氣好情懷，還見於淪陷區與大後方的到處歌舞……」

這是什麼心懷，什麼聲口？那樣浴血的抗日戰爭，竟如此「靜好」而「和順」！

近代中國的苦難，那血淚，那慘痛，都變成麻木似的平和與恬靜，好似沒有過什麼事，只是酣醉。作者那心情，只是岸上的王孫，看著驚濤駭浪中船夫的搏鬥，便用彩筆寫下一首小詩，說是搖籃似的好玩。這「學問與詩」，實在值得「皇軍」追贈文學獎，不如抽暇將《山河歲月》譯為日文。「繼絕學與開太平」兩者雖不可得兼，但得其一，也足可「千古」矣。

中國有句話說耍貧嘴。其實貧嘴不在耍著好玩，確有用心的；用的心無非在為自己設說詞。貧嘴的先決條件，第一要有不簡單的生命經歷，第二要飽讀天下奇書（奇者，正之反也）。譬如胡君就告訴了我們：「因為我正像宋江，每每是從無字天書裡學來兵法；史學大事，我亦只聽聽中國的民歌及從閑書裡偶有會意，便自欣然。」說書人的方法，多少要會得幾分貧嘴的伎倆。其好處是把邏輯上、事實上不圓通處弄圓通了，遇有不周密與結舌處，便插入詞曲小調，那些詞曰，有詩有證之類便是。這方法，《山河歲月》一書是發揮到極致的，那都是障眼之法。

胡蘭成要努力證明中國人無忠奸之辨、生死之恨、貞淫之別，便隨手能舉出好例。書中一五一頁，胡君說一個淪為妓女的女人，戰後男友回來，美國人必退還訂婚戒指，女的自殺；若中國人則「女的必仍舊理直氣壯，那男的必亦照常敬重她，還更愛惜她」。這種猜測，胡君是否有閱歷，未可知，但按照薛平貴回窯的故事，似乎相反，中國人自古極重貞節，幾到過分的程度。故自殺者應是中國女人。胡某這個說法，倒似乎在訓示後人，凡失節者理直氣壯，必應照常敬重之。不過，胡某的立論是說：「中國人是對於物有正常的愛惜，但不把物看成嚴重，而且人早已高過生存競爭的階段。」這一段費解的文字，其實不倫不類。其好處也就是曖昧。曖昧者，包容廣袤之烟幕也。第二個好例是說到中國戲曲中：「淨起權奸，亦可起尉遲恭與包龍圖，花旦亦起淫婦，亦起紅娘，丑起小人，亦起義烈。」那麼，我們又或將誤解他在訓示既然人生如戲，忠臣奸佞，貞女淫婦，小人義烈，皆可一身兼有。所以，做人亦不必計較，倒顯得豁達大度，休休有容了。但是，此例並不說明問題，因不論邪正忠奸，不是男的便是女的，不是老的便是少的壯的，怎可說既是男女均可為邪正，便見出中國人邪正不分呢？況且人生雖如戲，卻不真是戲。戲台上的忠奸，不若人間的忠奸，需受法律、道德與良心的審判。故貧嘴的伎倆，在說書中若使用得巧，是非曲直，便可存乎一心，左右自如了。然則，這種巧言令色的說書，於學問是詐欺，於詩則為醜惡了。

（一九七五年九月於紐約）

關於《今生今世》

今年夏天，聽說台北在去年台北遠景出版社出版《山河歲月》之後，又出版了胡蘭成另一本書《今生今世》，這回的出版社不叫「遠景」，而是「遠行」。台北學界有心人士大有憂憤，大概覺得道高一尺，魔高一丈，扼腕太息之餘，不屑再提起這個人名與書名。幾個月來，卻有指責出版界少數罔顧是非，只圖私利的出版商的好幾篇文字見諸報刊。幾位文壇朋友催我寫一篇文字批判《今生今世》。我因為未見此書，自己也忙，便淡忘了。直到一位朋友來紐約，隨身提包中帶來《今生今世》。書已到手，但略翻之下，覺得並無批評的價值。因為一個民族罪人，寫他一生的行事遭遇，隱去他「幹政治」，當漢奸的故事，只寫他一生與好幾個漢和女人深情密契，杯「水」交歡的往事。雖然隱瞞過去醜行，毫無懺悔之心，其為人間敗類，自然永不獲民族之赦諒；而且把自己扮成「眾香國」裡的翩翩公子，軟玉溫香裡的風流名士，更為人所不齒。但《今生今世》的「盛史」已為時代所埋葬，讓這個過時背德的老人，去細數昔日的女兒私情，我們不妨施予憐恤的容忍。

另一方面，我對這種宛如江湖術士口中的奇談，那些茶館學問與知識雜碎，很難耐著性子讀完它。這種「文體」，見仁見智，不能說全無功夫。但我有一個偏見，以為作為詩、散文或小說，無論是婉媚曖昧或者詭譎庾讔，甚至故意裝癡賣傻，端視創作之需要，不能一概否定。但是陳述事實與議論觀念，必須嚴正明晰，遵守語意的理則。所以我雖覺得張愛玲的小說與散文極見語言的功力，得到大家的重視，但她的「談看書」與紅樓夢的評析文字，只是論述文字的下品。（從《山河歲月》與《今生今世》，我們也更能瞭解張愛玲這一位作家的身世、思想與其文字功夫所受的影響。）對胡蘭成那樣以含混的感性文字來陳述個人私見的文章，如果你覺得其不值得花費偌大力氣，便只好棄置不理。因為上面的兩個原因，我不想對胡蘭成的書說什麼。

但是，胡蘭成這個政治垃圾變成的文化污染，藉著台北文化商人的短視與貪利，還繼續著其污染。廣告上說《今生今世》只印一千本，絕不再版，其實到底印了多少本，只有他們自己有數，書坊到處有售。而且已被查禁的《山河歲月》在台北以外的縣市，還在出售。遠景與遠行反而利用「禁書」對一般人的誘惑力，趁機謀利。而且，胡蘭成又來到台灣，定居台北市郊與某一頗有名氣的小說家望衡對宇，受到該小說家欽敬仰慕，並且招來一批年輕人，同作「胡迷」。聽說該小說家朱西甯因受知於胡某，自此文體大變，竟學胡蘭成體。

這些事引起國內文壇多少感慨與歎息，海外能知道的一時尚少。胡蘭成以後如果還有機會寫到這一件事，可以說是：

「其實台北的禁書制度便真是禮樂。……以為中國人今日還咬牙切齒痛恨漢奸，也不是。此時是小說家與漢奸照樣往來，明明是仇敵，亦恩仇之外還有人與人的相見，對方但凡有一分慧點，這邊必還他一分敬慕。……

「人世如高山流水，我真慶幸能與遠行、遠景出版社為知音。……那禁書之事，不過如花落花開，而歲序仍自靜好。賣禁書而利潤倍蓰，遠行遠景亦不避嫌，就這樣無畏又淘氣，只覺他們眼前的銀錢即是天下世界的真實。」

上面的造句，只是套用胡書的濫調。用我們平實的話來說：

這樣的出版社，是漠視人間正義；這樣的作家，其見識與人格，可不論矣！

一個頭髮斑白的成名小說家，陡然間改變文體風格，取法什麼，是否盲目無識，不值別人擔心。但我記起這個小說家曾說過索忍尼辛「其境界也只到民族性為止，而推斷他成不了偉大」《中華文藝》六十三年六月號第五頁），我亦記起他反對「文學是哲學的戲劇化」這一觀念所發表幼稚的言論。我們成名的作家頗不乏既無政治意識，復無哲學理念，甚至缺欠對政治、哲學與文學的關係的認知，或者，竟有荒謬妄誕，志節盪然者在。由國內出來的作家與畫家中一小撮向左轉者，自不值一駁；就是在國內文壇顧盼自雄，沾沾自喜，竟獲得相當喝采與崇拜者，也大有荒謬虛矯，欺名盜世的人物。

我們當不會不知道有《人子》這一冊「暢銷書」。它的作者鹿橋在《山河歲月》遭到各方抨擊之前為胡蘭成作序，說《山河歲月》是「為歷史作證解」，「真又是學問又是詩」，「又惟有大聰明人才對古今宇宙之事皆有六經註我，我註六經之喜悅」。胡蘭成曾有〈評人子〉在中國時報發表，極盡阿諛頌揚之能事，甚至將鹿橋與胡適之先生相提並論，且譽其思想自覺過之。鹿橋躊躇滿志，遂說：「當今之世能解、能評、能開導、教誨弟者更能有何人？世上有伯樂方能有千里馬。」其口氣之狂誇，竟毫無愧色，大有「天下英雄，惟使君與操耳」的驕橫自恃。《人子》此書如何，這裡不便離題說它。我要說的是，我們的文壇有這樣不辨善惡是非，只圖私利的出版商人；有這樣沒有政治意識與漠視民族志節的作家；又有這樣多盲目追從的青少年讀者，已構成不可等閒視之的隱憂。

一個人過去對本民族犯下了大罪，僥倖逃過了法網，亡命敵國。其賣國之罪因過了法定的二十年，法院不再追訴，自仍可成為國民。假如痛改前非，更可獲得本民族的寬恕。著書立說，如果有所貢獻，當可補贖前愆。我們不因人廢言，正是明辨的態度。然而，胡蘭成的《山河歲月》，歪曲史實，撒佈謬說，尤其侮辱中華民族；《今生今世》作為胡某自傳，不盡不實，盡多欺瞞隱藏且不說；其描寫其人一生艷遇之私情，也不值他人關切。但胡蘭成每將自己的苟且與放蕩，以中國文化精神與倫理德行作正解；夾敘夾議，歪曲中國文化之精神本質。姑無論他的文筆有多婉媚曲折，大概稍有頭腦的讀者，都可以有能力判斷。我亟不願將《今生今世》作為一本書來評論。因為我還是要說，該書不值得。該書書背有一段介紹文字，倒值得奇文共賞：

「一個生長在貧窮農村的子弟，幼年的時候，癡癡地站在故鄉的橋畔，夢想有一天要躍過大河，飛越高山，在紅衫翠袖中，溫香偎玉；和五湖四海的英雄較勁道，比本領。

「較勁道，比本領，他澈底地被擊敗了。但是他贏得一代佳人的垂青。張愛玲在他落難浪跡天涯的時候和他結婚，……是胡蘭成坎坷一生的自傳。書中，多情地描述了他的生活和愛情。」

我想對年輕的讀者再說幾句話：

一個少年想越山過河，為的是要「紅衫翠袖中，溫香偎玉」，這是什麼抱負？徹底地擊敗了胡蘭成的五湖四海的英雄，就是抗戰而勝利的中國老百姓！他當了汪精衛漢奸集團中的一份子（副宣傳部長），他被擊敗，無可憐憫！因為他的本領只是賣國。

到這時候還拿張愛玲的名字來抬高身價，出風頭。我想你對這樣毫無悔意的，可憎的人物該下什麼字眼去評價，你當曉得！

（一九七六年九月十六日凌晨五時寫於紐約客次）

笑談《人子》

秋天裡有時又熱回去了，不免把舊扇子再尋出來用。轉眼還是秋高氣爽，扇子丟了便不再留；明夏總希望用新的扇子。中國人感慨「秋扇見捐」，其實使賣扇的生計不斷，也還合乎人道的法則。就文學來說，是進化的法則。譬如那扇子有王羲之的書法或唐伯虎的山水，便當被留傳下來。而秋天裡忽然有用扇子的時候，必是氣候不調了。

《未央歌》與《今生今世》二本舊書的重版暢銷；《人子》的風行之後，又鼓勵了一冊《懺情書》出來。幾本書相對台北旺盛的出版事業來說是小事。但是，這個時代的文壇與社會的氣候，約略可以從這裡面探得一些消息了。

《未央歌》在現代中國文學中沒有地位，是它缺欠文學作品最重要的典型的普遍性與特殊性的統一。《未央歌》所描寫的是抗日戰爭中西南聯大的青年生活，它沒有反映那個艱苦壯烈的大時代普遍存在的精神特質，儘管它在表現兒女私情上精雕細鏤方面下多少功夫。沒有在普遍中表現特殊，在特殊中蘊涵普遍，世界上汗牛充棟的小說與故事都難以逃避秋扇見捐的命運。

有人訪問作者鹿橋先生，他說是「大家誤解了」。他說：

「抗戰，為什麼每個人都要寫戰爭，難道文學、美術……作品，全要描寫戰事？」——這是更大的誤解。實在說，文學創造太艱難了，即使是人性之常的戀情，在特定時空中發生的，必須要浸透那特定時空的特質。沒有超凡的統懾能力與表現力，或者只有沉醉於枝枝節節無根的唯美。

也許，作者的身世比較幸運，既不必飽經戰火的鍛煉，也沒有體驗到民族劫難的悲憤，自然只有寫親身感受的金童玉女的曼歌妙舞。但是，對於一個藝術家與作家來說，身世的幸運實在是最大的不幸，因為失去體驗一個震撼的大時代的靈魂的機會，如果他在艱辛的時代中安於他所僥倖擁有的安樂的話。

胡蘭成的《山河歲月》、《今生今世》與鹿橋的《未央歌》，異曲同工之處，便在對於中國抗日戰爭的態度上。不過前者是歪曲，後者是麻木。麻木，常常出乎無意的忽視。但是，數十年後卻對有意歪曲者大加歌頌讚美，並且「雙雄」攜手，躊躇滿志，以千里馬與伯樂自許，我們便覺得其心其智，異曲同工之處愈多了。

《人子》是不易談的。要正正經經來談，更不容易。因為作者說是「以老筆寫嫩字」，胡蘭成說是「小孩的喜樂，是中國造化小兒的頑皮」（見〈評人子〉，《中國時報》六十四年十二月七日）。這種兒童體的文字，鹿橋先生已告訴讀者「只要喜歡聽就好，不一定要都懂，不但是聽的人不必都懂，講的人也不必都懂。因為我不但寫的時候沒有想這懂不懂的問題，到現在自己也未必真懂得都說了些什麼」，這好像是對被弄昏了頭的讀者的安慰，或只是自謙之詞——或竟是老實話。如果你要來談《人子》，只見出你已失去「赤子之心」，能不感到去兒童日遠的慚愧？

但是，讀《人子》者對著那樣「簡單、清楚的大明白話」（作者自序），居然不懂，便似無端受了揶揄，或劈頭一記悶棒，不免要感到「人生識字憂患始」，竟或由此而產生自卑。那麼，聖經上說「人子來為的是要為世人捨命」的善因，不免變為惡果了。

「人子」，這個書名與裡面的許多標題，就沒見有高明能為我們指迷的。後來看書評書目的訪問記，知道作者還有廿七本黑皮書，十九本藍紋書，一本詩集叫曾唱集，一本與同學間的通訊叫「邊秋一雁聲」……。「黑皮書」是當時用黑色封面本子寫的，所以得此名；藍紋書更妙，因為用藍墨水寫的，也因之得名。這種兒童的玩法，如果作者不肯惠然一洩機密，怕將來弄考據、訓詁的學子要痛苦「猜題」了。所以，評註家的各種「人子考釋」之類陸續問世，我們還在引頸以待。

說到兒童體之妙，觸類旁通，竟有一得之愚：台北的歌星，有不少喜歡用牙牙學語的稚童的聲口來唱歌，台北人稱為「嗲」者。一個大女人用那樣令人雞皮墳起的童腔，其出奇制勝的苦心，大概是因為創造風格之難所逼迫出來的。雖為下策，總比無策為好。兒童體之為用，鹿橋先生算是吾道不孤。

又有一個笑話：一個小孩子作文章，總愛用「了」字和「呀」字，幾乎每句都要用以結尾。那國文先生真是幽默大師，提起筆來批了五個大字——「了呀練習簿」。

《人子》的兒童技法，沒有仔細研究，但其中「就」字用得奇多。最多的地方，一頁書四百多字中，竟有一打之數。而《山河歲月》的「靜好」、「乃皆有了風光」與「驚險只是驚艷」等等的詞句，比兒童體，更在辭章之外，別有「義理」在焉。所同者，雙雄均各有偏好；所異者，一個是江湖術士的巫蠱，一個是童蒙未開的逗人。

逗人，也可說是捉迷藏。鹿橋說：「我喜歡在文字中，隱藏些哲學，讓讀者可以像捉迷藏般的找出來。」（《訪問記》）不過，不守思想紀律的兒戲，我且取出《懺情書》中一句話來，便可以說明這個迷藏是多麼不好捉：

「那種又倔強、又執拗的情操，把人生經驗擒捉過來，交付給至真無私的感情來審判、發落！」——一個人的「情操」把「經驗」去捉來交付「感情」的審判，其思路的邏輯性與合理性是何等奇妙而無稽。而「感情」竟能擔負「審判」的工作，還能做到「至真無私」，那麼理性只是尸位素餐，早該撤職了！

除了那些咿咿呀呀的兒語之外，《人子》所表達的「哲學」，也毫無新見與啟示人生之處。依我的看法，它表達了作者感受到的失望、徬徨、文明的虛無感；它所以不成為悲觀與沉痛，是因為作者借著一種虛矯的「超越」加上遠離現實人生的浪漫幻想，作為思想重擔上最風流瀟灑而便宜的解決的「捷徑」。作者既不真正在接觸思想的問題，只是在編織幻美的故事，故以荒誕的構想為磚石，砌堆了《人子》表面的高華。其實只是腐屍臉上的脂粉。在「靈妻」中，人性的愚昧與殘忍都成了可酣醉的「美」，那「詩意」，實是對人的褻瀆！

但是《人子》表面的高華，其行文的故弄玄虛，在對理念不求甚解的商業社會，正與其浮華奢靡相合拍。

現代的中國，不論從其時代與處境來說，其艱辛與悲壯，實有過於骨血之醒目。鹿橋仍然與抗戰時代一樣，沉迷在「盡力避免文化同時代的狹窄範圍，好讓我們越過國界，打通時間的隔膜來向人性直接打招呼」，這樣冷漠麻木的醉鄉中。我想，肩負歷史文化重任的自由中國之人，必須在迫促險阻的處境中打出一條血路來；而一些不幸「身逢濁世」的翩翩公子，大概不屑參與。鹿橋說他正在寫《六本木物語》一書，這本好像應該列入「東洋文庫」的巨著，胡蘭成在殷切期待它出世，並說鹿橋有「時流文學者之不及處」，「我們之中惟有鹿橋最有可能得諾貝爾文學獎的」。若真如此，也是我們所樂於驚喜的石破天驚的大事。國人能不感激涕零！

台北「出版界」與「讀書界」的風氣，有心人頗有隱憂。但奇書暢銷，生意興隆，都是飽食思奇巧的結果，亦經濟上成就之表現。「古今多少事，都付笑談中」，讀者也許會說，寫「笑談」而不逗笑，未免太認真了。

（一九七六年九月十七日凌晨六時於紐約）

夏濟安先生

《夏濟安選集》裡面有一篇文章，提到周作人曾記少年時在故鄉紹興看「目蓮戲」中有一段趣劇：「一個笨泥水匠，他全心全意工作，結果把自己也砌進牆裡。」濟安先生倒有幾分像這個泥水匠。他對他所執著的付與全心的專注，結果是自己汨沒在他所鍾愛的、狷介的志業之中。這種過於遠斥人生實際的苦心孤詣，其卓絕與蒼涼，使我們不免悲感人生難以逃脫「命運」的縲絏。一切有頑固執著者，在「命運」之前，必須自甘付出最重大的代價。

然而，雨露深仁，霑霈及於蕭艾。他沒有雷霆電掣那樣的煊赫與震撼，也無意構築他的霸業，自視文壇盟主，顧盼自雄，他只是和風細雨，霑渥著地下的種子，催促新生。

五十多年來的中國文壇，自然不能不提到魯迅，姑不論他的影響力在正面與負面的權衡如何。對於這麼一位作家，濟安先生的研究，相對於共產黨人的阿諛、欺騙、隱瞞與歪曲以及其他胸懷狹仄者的不深入，不翔實的評論，無疑的是最精闢透澈而富於同情的瞭解唯一的一人。作為一位文學教師，一位被眾多少年英才圍擁著的文學家，也許，濟安先生從他的研究中獲得了警覺與教訓，而啟示他肩負了一位教育者與栽培者對青年的責任。引領他們走向樸實的、健康的、關切民族危急存亡的道路上去。

在魯迅的影響之下，那時的青年們往何處去呢？普羅文學偏狹、幼稚的政治意識，充滿自我毀滅的瘋狂與暴烈的憤懣，他們好似覺得剷除了一層黑暗，光明的世界就在等待著「英雄們」去享受。但是，事實證明，無產者的文學家在這革命中，並沒有與無產者共同獲得整個世界，甚至頸上的鎖鍊依然存在，而且更加上腳鐐與肩上更沉重的衡軛；光明全然沒有，只有更深沉的黑暗。廿多年來被囚於中國大陸鐵幕中的作家的命運，如果那個鬼魂有知，當必痛悔。

另一方面，資產者的幽默與閒適，只是牙床上的鴉片，雖然可說是寄沉痛於幽閒，終究距苦難中國解救之道太遠。而小資產階級的風雅，金童玉女式的麻木不仁，亦只是夜光杯中摻了蒙汗藥的劣酒。其與台北的「純情文藝」以及追隨西方「嘔吐」的自瀆，只在伯仲之間。

但是，自由中國文壇在近廿多年來的成長，作為中國文學在現代一脈相傳的香火，其可寶貴與可慶賀的成績，自不待言。最近紐約的哥倫比亞大學出版了由劉紹銘兄編輯的英譯自由中國一九六〇——一九七〇年小說選集（*Chinese Stories from Taiwan: 1960-1970*, Columbia University Press, New York, 1976）當可以作為現代中國小說創作成績一個局部的抽樣。十一位作家中，大部分是接受過濟安先生的教導與啟迪的。或許尚有其他不同風格的重要作家沒有收入此書，但當無法否認其中若干作家確為當代中國文壇最有成就者。我不願意以「一代宗師」這種臃腫、俗濫的字眼來形容濟安先生，因為他素欲「逃名」。而事實上，濟安先生正當現代中國文學自五四以來的大變革之後與大陸變色以後這一段艱苦慘澹的歲月之中，他冷靜的智慧，穩練的功力、樸實的態度與廣厚的愛心，為彷徨於岔路當口的文學青年指引了正確的方向，其在自由中國近廿年來的文學史上的地位，當無可置疑。

濟安先生所給予文學青年的，不是什麼超越的文學觀，也沒有什麼時髦的主義或販賣歐美新潮的噱頭。他的平樸與穩練，實實在在的態度，不是造就霸業的手段。他只是現代中國文學的「乳母」，把她的乳汁餵養了「東家的少爺們」，而自己永退在一旁。他確把他自己化為磚石，讓孩子們踏著它走向高處。

民國四十五年濟安先生手創的《文學雜誌》第一卷第一期面世。《文學雜誌》只出了四年便停刊了。這份雜誌如今已成為文學界珍貴的歷史文獻，不易見到①。創刊號有編者的「致讀者」，是濟安先生的手筆，扼要地表達了他對文學的見解與期望，他說：

「……我們不想在文壇上標新立異，我們只想腳踏實地，用心寫幾篇好文章。大陸淪陷之後，中華民族正當存亡絕續之秋，各方面都需要人『苦幹、硬幹、實幹』；我們想在文學方面盡我們的力量，用文章來報國。

「我們能有多大貢獻，現在還不敢說。我們的希望是要繼承數千年來中國文學偉大的傳統，從而發揚光大之。我們雖然身處動亂時代，我們希望我們的文章並不動亂。我們所提倡的是樸實、理智、冷靜的作風。

「我們不想逃避現實。我們的信念是：一個認真的作者，一定是反映他的時代表達他的時代精神的人。

「我們不想提倡『為藝術而藝術』。藝術不能脫離人生，我們生長在這民族危急存亡的時候，我們的悲憤，我們的愛國熱誠，決不後人，不論我們多麼想保持頭腦的冷靜。

「我們反對共產黨的煽動文學。我們認為：宣傳作品中固然可能有好文學，文學可不盡是宣傳，文學有它千古不滅的價值在。

「我們反對舞文弄墨，我們反對顛倒黑白，我們反對指鹿為馬。我們並非不講求文字的美麗，不過我們覺得更重要的是：讓我們說老實話。

「孔子說：『繪事後素』，就是這個道理。孔子的道理，在很多地方，將要是我們的南針。因為我們嚮往孔子開明的、合理的、慕道的、非常認真可是又不失其幽默感的作風。

「我們不相信單憑天才，就可以寫作，我們認為：作家的學養與認真的態度，比靈感更為重要。

「我們希望：因《文學雜誌》的創刊，更能鼓舞起海內外自由中國人士寫讀的興趣。……」

這一篇〈致讀者〉，至今還足以為文壇之綱領，其平實、真摯與深中肯綮，以及其高遠的抱負，不但使《文學雜誌》成為最充實、樸素而有活躍的生命力的月刊，亦使文學青年有了最卓越的導師，直到現在，仍為我們所懷念。

從這篇〈致讀者〉來看，從他在艾略特的「傳統和個人的才具」譯文前言來看，以及從他的創作與論述文字上來看，濟安先生不是一個浪漫主義的信徒。在《夏濟安日記》發表之前，很少人能知道濟安先生的戀愛生活，更不會想到他的戀愛表現了一個浪漫主義的奔放與極端自制的性格之衝突所造成的悲劇。正如夏志清先生所說，濟安先生的戀愛「可能代表真正浪漫主義的精神。他的浪漫主義裡包涵了一種強烈的宗教感；不僅濟安把愛情看得非常神聖，他的處世態度和哲學都帶有一種宗教性的悲觀。」

《夏濟安日記》寫於一九四六年一月至九月。它是一個卅歲的文學青年為自己寫下的記錄。作者不但沒有發表的動機，更不會想到廿八年後在台北發表。所以，它是一個敏感的心靈對自己最坦白、直率的記實與自剖。這一段「生命歷程」記載了作者戀愛失敗的經過，以及他心靈的感受與理智的自省。

浪漫的戀愛必須有一個精神理想作支柱，更必須有一股熱烈的感情力量來鼓動不息的渴望與追求。但是，過於成熟的理智與過於自制退守的性格，加上經驗的稚嫩（疏於人生世故），注定了浪漫的理想只是一個美的幻影，終於胎死腹中，不得實現。當感情的熱力奔迸的時候，表現為令人感動的癡情；當理智的自抑佔上風的時候，則表現為悲觀與失敗。在這樣理智與感情往復衝突之中，只有無盡的痛苦；這種單戀式的浪漫愛情，注定只有失敗。而且假如成功，必定也是另一種失敗；因為雙方完全缺乏瞭解，也缺乏人生現實的多方考慮。

濟安先生在戀愛上的精神理想十分單純，只是出自對女性美的崇拜，把女性之美作為人間完美的化身。他說：「我對自然不大有興趣，我認為除女人以外，沒有美。」「在此世界上，只有女人是美的。」（日記：七月六日）這種對女性美的嚮往，原是男子十分平常的心理狀態，但是，他不大能發掘一個具體的女性的獨自的美，他更不能欣賞不同女性類型的各種不同的美（包括形象與內在）。在他心目中，他早已為他所渴求的女性繪就理想的圖樣：小家碧玉的外表；如女童的貞潔；有著中國女性傳統的美德，而且聰敏秀慧，英文又好。當他在現實中掠影，在幻覺上遇到與他的「圖樣」相契合的女性，便是他「一見鍾情」的開始，自此而陷入了深沉的痛苦之中。

「一見鍾情」可以說是浪漫的理想主義戀愛之典型。濟安先生的不幸，在於沒能遇到一見鍾情的對手，像徐志摩之遇到陸小曼。浪漫的戀愛可能以悲壯為尾聲，但單戀式的浪漫愛卻只有鬱志以終，其熱情、誠摯與渴望遭受到最殘酷的打擊和創傷，同樣使人想到老子的名言：「天地不仁，以萬物為芻狗。」而無限感慨！

浪漫主義戀愛者所戀愛的，實在只是那個浪漫的理想：一個自我創造的美的典型，一個由高揚的心靈所昇發出來的意象。在文學藝術的想像上有其靈命，而在現實中毫無意義。如果在現實中找到「替身」，她或可能為蘇三，為杜十，或者誰也不是，她永遠只是一個浪漫心靈所憧憬的信美與情愛之完美的意象。正如志清先生在跋語中引莎翁的話：不管玫瑰改易什麼名字，她恆為芳馨。（聽志清先生說「日記」的女主角及其親屬因為其真名字出現於發表的「日記」中大感不滿，故在「日記」一書出版時已改為R．E。一個女子在年輕時候成為一位文學家心目中美的典型之化身，備受傾慕與熱愛，到了年近半百，面對往事，而無欣慰與同情，卻只有不滿。這真有點焚琴煮鶴，誠人間憾事！）

在文藝中，浪漫愛情達到高潮，必以悲壯收場，而表現為悲劇的美。如羅密歐與茱麗葉、少年維特之煩惱及粱山伯與祝英台。在現實人生中，浪漫戀愛越過了成功結合的階段，大都為幻滅的悲哀，而不能為奔赴理想之犧牲的悲壯。徐志摩與陸小曼、郁達夫與王映霞的故事，足資借鑑。浪漫主義的理想與現實人生的局限之沒有圓融協洽之餘地，或者就是人生千古之大遺憾。

過於成熟的理性與嚴格的自制，雖然使濟安先生的浪漫主義戀愛既不能獲得成功，復不能為悲壯的結局。但是，在失戀的打擊之後，他亦不至頹廢或轉變為仇視女性，甚至以縱慾來作為報復，而依然保持堅定的理性與芳潔的志行。他後半生在創作、教學、論著與譯述方面有不可等閒的貢獻，都表現了他的人格精神非常人可企及的孤高。

雖然從濟安先生的日記中看他戀愛的動機，可以說是真正浪漫主義的；但是，從他處理愛情的態度與方法上，以及他內心的活動上來看，卻是非浪漫主義的。他的嚴肅、冷靜、自省、自制與禁慾、質樸等性行，毋寧說是更近於理知主義與清教徒的。

濟安先生最特出的心理特點是自制與自抑。雖然早熟的理知加強了這一層心理作用，但更重要的，可能是先天的秉性與少年時代的遭遇所塑造而成的。所以常常不由自主。他說：「在我前面有兩條路：一是遏制的死清靜生活；一是追求的動亂生活。對於一般人，可能是前者難後者易；對於我，因為我有根深蒂固的習慣，是前者大易，後者甚難。」（三月二十一日）他有時雖然很自豪於自己自制力之強，但是對女性美的嚮往、對大丈夫氣概、健全的感情生活與自抑心理求解放的渴望，常使他與自我交戰。在二月廿四日中，他分析自抑心理造成的原因：第一是對父親少年時生活不檢的反感，因之力求行為方正，以報答母親，不願另一個女人來奪去他對母親的愛；第二是少年時害過肺病，為保性命，乃力杜邪念，壓抑情感；第三是少年時自尊心受到異性無端的傷害，萌發對女性的逃避心理。這種自我壓抑已經越過了克己、自制與謙虛的美德，而形成一定程度的心理病癥，如他自己在日記中說的「我的神經病」。表現為逃避、反覆的猶豫、絕對貞潔主義、禁慾、羞澀、自戀、自憐與愛面子等（這些在「日記」中都有再三的自剖）。更嚴重的是濟安先生在戀愛中因逃避與懦怯而滋生的失敗主義，是導致他的失敗的更根本的原因。他似乎在潛意識中逃避「成功」，歡迎「失敗」。「日記」四月二日：「我的悲劇，是戀愛尚未失敗，已經去寫"Sorrows of Young Werther"（少年維特之煩惱）。這樣一寫，把追求的勇氣都喪失了。」、「失敗了倒簡單，成功後問題益發複雜。」（四月二十六日）而推測他潛意識中寧可「失敗」的動機，發現他顯然在逃避「愛的責任」。三月廿七日記道：「人同一切生物一樣，應該有配偶的；而人之異於禽獸者，就是知道有愛，惟是愛的結合，才是真正的結合。我現在看見了一個我能夠全心全意來愛的人，絕不能輕易地放棄，雖然她也許不愛我，可是我總得去試一試。不試怎麼能知道她愛不愛你呢？這是我對於我的種族——人類，對於造物主的責任，不可不盡。」在八月六日中記道：「我不會犯什麼罪，這點我相信。但我很容易忽視我的責任，責任範圍太廣，追求愛人，也可算做一種，（這是人所應當做的）。我若貿然放棄，也就是對不起神，也會受到可怕的刑罰——良心永遠的責備。」把對異性愛的履行提高到對於神的責任，這樣嚴肅與認真的態度，實在是唐．吉訶德式的執著，這種嚴肅的可敬，在現實人生來說，自得其樂的獨身主義者會認為迂腐頑固，玩世不恭者則笑其傻瓜。但是，濟安先生是追求絕對完美的理想主義者。他覺得「孤陽」違反自然律，玩世不恭更為對生命的冒瀆。然而，他雖然堅持這樣認真的人生態度，在意識層面他不能不履行他的意志，去博取成功，但在潛意識中他卻偷偷企望因為對方或者外在的種種因素，使他「失敗」，那麼，他便可以免於「良心的責備」而逃避了愛慾的責任——「對於人類，對於造物主的責任。」

我們很難探測濟安先生「逃避責任」的動機又是什麼，不過，他屢次在自剖中提及他能克制性慾，他沒有「邪念」，以及他對於沒有愛情與貞操的性慾之厭惡，而在六月廿五日有一句話：因為有性慾的生活才是「生」，流露了他對正常的兩性生活的歆羡與渴想。另一方面，他的禁慾，與對卞之琳守童貞到三十七歲的稱許（「實是難能可貴」），也許我們可以想到這些都是一個對性力（Libido）缺乏自信者在心理與行為上的反映。而因為他理智的清明，人格的孤潔，他不但不像一般性心理自卑者一樣因抑鬱過甚而有種種狂激的行為，他甚至並不鄙視性慾，他才能不斷有期望靈肉合一的健全人生之意念。但是，如果因外在的原因而導致戀愛失敗，他內在艱苦的自我戰鬥可以解除，他缺乏自信的緊張亦可以鬆弛，而免於「良心」的內疚，這應是他潛意識心理中寧願失敗的原故。在三月四日日記中，他記道：「心安理得是我立身準繩，為了它，只能犧牲快樂。情願清清楚楚的吃苦，不願糊里糊塗的享樂。」濟安先生是一個真真實實潔身自愛的人，他對人生的快樂沒有強求，反而常常謙抑的自省；他寧願犧牲自己的美願，而對他人永懷善意，對天地也沒有怨尤。而他一生沒有遇到一位瞭解他、能鼓勵他、安慰他、而且值得他奉獻他的誠摯，又願意以同等的奉獻回報他的女性知己，這是令人十分同情的不幸。

濟安先生在愛情上付出那樣巨大的真誠，那樣純潔的感情，憧憬著那樣完美的願望，但他所追求的只是心靈中的偶像，他的理想主義的意象，乃詩人之戀。但他以學者的理智來分析與策劃一個在人生世故上全然不成熟的戀愛（「就像 Hamlet 那樣，應該用來行動的能力都用來分析我自己的感情」），他的智慧與精力，用在這個戀愛上，實在是不適宜的揮霍；他的失敗，對一個有為的生命來說，實在是一種奢侈的浪費。而終其一生，他終於犧牲了愛情世界靈肉的快樂，逃到文學的天地與學問的淵藪中，找到他的生命最大的價值。

夏濟安的名字，雖然為文學中人所熟稔，更為受過他的教導與培植以及讀過他的文字的人所崇仰，但是，他的「名氣」沒有在社會為各層人士所熟知，因為他不濫寫沽名釣譽的無益的文字，也不屑宣傳；而且，他努力「逃名」。逃名，實際上是最愛名的。逃名只是他「心安理得」的人生宗旨的貫徹。他要的是恰如其份，實實在在的榮譽。他生命中最後的六年到了美國教書、研究而不再回國，曾引起不少誤會，在我看來，他還是只為「逃名」。這對於台北文壇可能是一個損失，但是，對於他自己，是忠於他的人生宗旨。為了誠實，有去就，有所不為，濟安先生始終不失為潔身自愛之士，為我們所懷念。

（一九七六年五月十五日於紐約）

小跋：《夏濟安日記》不是小說，而是一個真實生命中一小段忠實的記載。它對於我們瞭解一位文學家的思想感情，乃至對於我們探索真切的人性，都有無比的價值。十多年來自從認識「夏濟安」這個名字，讀了他的文章，常深懷敬仰。讀了這本日記，引起寫這篇文字，小論這一位早逝的、傑出的文學家。濟安先生於一九六五年二月二十三日在美國逝世，時年四十九歲。他的中文遺著，出版有一冊《夏濟安選集》。我沒有見過夏濟安先生，但讀了他的文章與日記，有很深的感動與景仰。

（一九七六年七月十五日於曼哈頓）

註釋

①此文發表後約半年，《文學雜誌》全份已由台北聯經出版社再版，對讀者應是高興的事。

卡蜜兒

——被遺忘的天才

羅丹的生前與死後聲譽崇隆。他確是一百年來世界最偉大的雕刻家。台北最近頻頻輸入西方近世大師的作品。羅丹還是官方美術館的上賓，正如他生前與政界關係密切，被稱為有半官方性質的藝術家的地位一樣。而卡蜜兒．克勞代，這個羅丹的「共生體」就沒能進入台北美術館與國人見面，私人的高雄吳麥文化基金會與台北霍克藝術會館「收容」了她。讓對藝術有興趣而又有良知的人，在看完羅丹之後，也當到卡蜜兒的作品前，向這一位大半生在惡夢中的天才女雕刻家致意。

沒看卡蜜兒的作品，不能算全面瞭解羅丹，要讀藍．瑪麗．芭黎的《卡蜜兒——羅丹的繆思與情婦》一書（王瑞香、鄭至慧譯，時報出版公司，一九八九年），才能瞭解羅丹與卡蜜兒。羅丹的作品已成經典，在東西方受讚美，可憐卡蜜兒的作品與有關記錄，多數已湮滅無存。——我們只能在有限的「證物」中，去咀嚼天才與天才，男人與女人，成功與失敗，光耀與幽闇……之間，令人顫慄、悲哀的況味。

天才如同猛獸，又如同烈焰，吞噬了生命與愛情。

激情與犧牲

卡蜜兒·克勞代比羅丹年輕二十四歲。這位令人詠歎不已的絕代佳人不僅有不凡俗的美貌，高傲獨立的個性，更有一個大藝術家天賦的才華。美、個性與天才這三樣東西集中在一個女子身上，固然使她不與草木同腐，在歷史的幽昧中閃爍著她慧黠的星火，但也注定了她在男人主宰的社會中惡夢的一生。

名詩人兼劇作家，她的弟弟保羅在老年時描述十七歲時的卡蜜兒：我看到當時沐浴在青春及天才光輝中的卡蜜兒。她那軒昂的前額和深藍色美麗的眼睛，除了在小說家的筆下，人世很難看到。她的嘴唇驕傲多於柔媚，而濃密的栗色，英國人稱為 auburn 的長髮，一直垂到臀部。她有一種動人的果敢、坦誠、優越和快樂的氣質，真是得天獨厚。其實，我們從她的照片，從羅丹為她所做的雕像「沉思」，以及許多以她的形體為模特兒的創作，還有，從人體雕刻家羅丹對她的形貌的迷戀與傾倒上，我們都可以看到、想到卡蜜兒是如何動人心弦。

卡蜜兒是早熟的天才，而且在孩提時就對自己的天賦毫不置疑。她在幼兒時代就用黏土創作。十五歲已有「俾斯麥」、「拿破崙一世」、「大衛和哥利亞」的塑像。名評論家在雜誌上撰文評論讚許她的作品高貴而完美。可惜這三件作品如今已不存在。現存最早的只有十七、八歲時新作「十三歲的保羅．克勞代」和「老海倫」。我們可看到少年卡蜜兒的早熟與功力，其作品已可與經典之作並列。這時她尚未聽過羅丹的名字。

她與羅丹相晤於十九歲；男主角已四十出頭。她到羅丹工作室，混合了學生、雇員、助手、合作夥伴種種身分，很快地，她又成為羅丹的「繆思」（Muse，司文藝美術之女神；Muse也即藝術創造的「靈感」）、模特兒、代作者、戀人與情婦。這一切似乎是上帝的差遣。當羅丹的創作力正形滯頓，可能只能朝米開朗基羅的方向發展，但卡蜜兒為羅丹的燈添上了青春的膏油。精神的引導，肉體的激情，工作的代勞都由卡蜜兒提供。羅丹，那個留著紅鬍子，身體肥胖，道地的肉慾主義者，保羅所說的「一隻近視的野豬」的幸運與福氣，為古今之所無。藝術家有如此貼心的知己，如此美麗的情人已夠僥倖，而所擁有的知己與情人同時又是源源供給靈感的繆思，有時還是羅丹的「手」。卡蜜兒的犧牲創造了羅丹的幸運與飛揚。

激情過後是無盡的悲哀。

現實的折磨，受騙的怨懟，兩個天才間強烈個性的衝突，充當繆思與愛奴十五年的卡蜜兒被迫結束了配角的地位，成為她今後數十年悲劇生涯孤獨的主角。

崩潰與痛苦

因為許多有關的紀錄和證據（書信、作品等）被銷毀，卡蜜兒的生涯與祕密有不少至今仍為空白，許多疑團仍虛懸無解。

卡蜜兒給羅丹的信只有倖存的幾封。即使在熱戀中她信中說：「我裸身而眠，這樣才覺得與你在一起。但是醒來卻不是那麼這回事。最重要的，別再騙我！」

冷酷的現實加上幻想，卡蜜兒深信自己受人嫉妒、漠視、欺騙與利用。這種受害意識的幻覺與錯覺，使她走上自我毀滅之路。

羅丹曾說：我指點她去尋覓黃金，而黃金就在她身上。老奸巨猾的羅丹深知如何利用這塊已屬於他的黃金。

一八八〇年以後羅丹的新風格和他有了情人卡蜜兒在時間上有明顯的巧合。羅丹的一些作品顯然是卡蜜兒所做，一部分則顯然是卡蜜兒的回聲。「地獄門」中有一個在習作時稱為「哭喊」的頭，和卡蜜兒的「祈求者」一模一樣。因為主宰者是羅丹，「我的是我的，妳的也是我的。」卡蜜兒一無所有。沒有成就、沒有地位也沒有尊嚴。愛人變成「迫害者」，卡蜜兒後半生被丟棄在形同囚牢的瘋人院，直到七十九歲逝世為止。「人生如夢，我的更是惡夢。」

一九〇五年起，卡蜜兒有計劃地鎚毀她的作品。現在卡蜜兒的作品只有一百餘件，其中最重要的「羅丹半身像」、「命運」、「華爾滋」、「成熟」、「遺棄」等。

永遠的慨嘆

卡蜜兒三十四歲作「深思」（又名「爐前跪著的女子」），或許正是她自己的寫照。美妙動人的女子面向壁爐跪著，雙手做「投降」狀扶著石壁，低頭看看爐中黑色燃木和木頭隙縫間殷紅的火光。透過薄紗睡袍可以看到起伏的身體：飽滿、堅實、健康而散發著青春女性的魅力。但她的失望、沮喪與無告藉著身姿與衣紋含蓄地表現出來。這種人間生活的題材，婉約深沉的情感與敘事性的雕塑，與羅丹迷戀肌肉、劍拔弩張是多麼不同的風格。而羅丹遇到卡蜜兒之後，許多內斂深沉的作品（「吻」、「沉思」、「達奈伊德」等），不但感情、連形體也來自卡蜜兒。

羅丹的偉大確是兩個天才的膏油共燃的火焰。我們對羅丹作品敬禮之時，不能不對盤旋在他的傑作四周的卡蜜兒的魂影也深鞠一躬。還給她那為羅丹從她身上搜刮淨盡的，屬於她的一份光榮。

《卡蜜兒》一書雖是「一面之詞」，多少流露了女性後代復仇的情緒。但是書中大量的證據，使我們看到男性主宰的社會中，即使是大藝術家，其心靈的角隅之幽闇與殘忍。人間多麼不平，天才的女子多麼悲哀！

卡蜜兒聰慧早熟，卻又何其不幸拖著長長的惡夢飽受折磨。卡蜜兒喲，你為何不像彗星一閃而逝？

在羅丹壯麗的殿堂之外，有情者必願設龕於心中，供養受苦的美麗的天才的靈魂。

（一九九三年七月）

為受苦者造象
——悼念洪瑞麟先生

與民國同齡的台灣老畫家洪瑞麟先生十二月三日凌晨病逝美國加州。台灣各報沒有大新聞，悼念文字我僅見洪素麗女士一篇，本地社會與畫壇似乎若無其事。

台灣老一輩畫家各有千秋，但論其藝術與本土的時代與民生聲氣相應，論其作品所表達畫家獨特的人格精神，沒有哪一位比洪先生更有資格被尊崇為最典型的本土畫家。洪瑞麟先生確為台灣過去半個多世紀以來最卓越的畫家。

一九七九年七月，台北春之藝廊「洪瑞麟三十五年礦工造形展」是他平生在本土最大、最重要的畫展。絕大多數的本土大眾與藝術界人士，也於是才見識了這一位沉潛創作數十年的本土大畫家。台灣向來崇尚「愛拼才會贏」的「哲學」。本土畫家像余承堯與洪瑞麟兩位老先生，從來不為名利而「拼」，他們過去在現實中可能沒有贏，但在本土美術史上，他們兩位才是真正重要的台灣畫家。他們在本土的首展我都曾寫過長文評論兩位的成就，深感與有榮焉。十七年前洪先生的那個大展是由《雄獅美術》策劃，當時我早知他的畫風，但未拜識畫家其人，更不知道他和我同住台北。《雄獅美術》主持人來找我為洪先生畫展寫文章，我很感詫異：為什麼找我呢？他們說是洪先生要求的。當我與洪先生見面，六十多歲的老前輩對三十多歲的我說，他很讚賞我過去所寫的論評文字，常常剪下來寄給他在日本的同道好友。我極樂意為我所認為最具典型本土意義的這位畫家作論評，寫了〈地底的靈魂〉一文約八千字，發表在大報副刊與當年七月號《雄獅美術》。而且極力鼓吹，宣揚洪先生的成就，促使當時《民生報》以頭版頭條報導洪瑞麟畫展的消息。這是台灣報紙從來未曾有過的。（當然不能不一提的是得到當時《民生報》文化版主任管執中兄的支持。）洪先生除油畫之外，他數十年來的礦工速寫積存一、二千幅，展出部分他請我幫他挑選，並邀我在開幕式中致詞。這是我對這位畫壇前輩竭盡所能表達我的敬愛之忱所做的事，也是我與洪先生僅有的一段緣。數年之後，洪先生遠適他鄉，直到我得知他謝世為止，沒能再見一面。但洪先生的形象與作品在我心中有特殊的親切與共鳴。

我在〈地底的靈魂〉中說：從杜米埃（Daumier, 1808-1879）到魯奧（Rouault, 1871-1958），這些大畫家的偉大工作是為受苦者造象。承接這個藝術傳統的畫家，不只要有畫家所應有的繪畫技巧，更要有一顆聖潔超脫的心靈。還要有另一個條件——要有被上蒼遣派到人間最苦難的所在去體驗眾生一切苦厄的「運氣」。當然。若沒有一點宗教的情操與卓絕的毅力，準做半途的逃兵。

洪瑞麟先生就是繼承這個藝術傳統的精神的一位本土畫家。他的天稟，他的毅力，他的誠懇質樸與淡泊鈍厚的性格，加上他有三十五年時間在礦區工作，生活的磨練與體驗，都是使他的作品卓然獨立於其他畫家之中的原因。他的畫是與生命結合在一起的，是用血汗塗繪出來的；他的題材，是受苦者的形象與生活，是上一個時代血汗生涯的見證。

洪瑞麟先生早歲也留學日本，回來後他畫一個台灣畫家自己的畫。不論題材與技巧，他吸收廣泛的營養而創造了自己的風格，表現他的時代與畫家人格的特質。他不像絕大多數其他前輩畫家，以日本或印象派畫風為滿足，徒具形式地畫不能貼切表達本土時空特色與個人感受的風景、靜物、人像、人體等規格化的題材。沒有看到這個差別，就不必談本土繪畫。

有許多本土畫家的「本土」只是「籍貫」的本土，並不能表現出本土的時代脈搏與個人的人格特質。台灣畫壇從依傍日本到追逐西潮，都缺乏主體性的自覺。回顧近百年台灣本土繪畫，令人更加體認到洪瑞麟先生的不可多得。他獨特的貢獻，必將越來越受尊敬並獲得後來評論者最高的評價。

（一九九六耶誕）

隱士的人格

隱士不是一種職業，因為職業是人社會化的結果。隱士是逃離社會，努力要成為名符其實的「個人」的一種人。隱士就是要做他自己。隱士的共同特徵是自陷孤獨，因為只有孤獨才能割除與社會和人群拖泥帶水的關係，完成自我。

中外都有極悠久的隱士的歷史。中國隱士的出現大概比他國更早，色彩更鮮明，人口更多，在歷史上綿綿不絕。近世西方除宗教修道之外，只有像梭羅、史懷哲、羅伯特・拉克斯等少數特立獨行的隱士，在中國隱士卻是中國人普遍的道德標誌與人格嚮往。試看今天中國人的西式住宅，若條件許可，總要佈置一角假山竹林，草木池塘的景觀，以滿足歸隱山林的雅興。要不然，辦公室案頭擺一迷你盆景，其中綴以陶製小小的一椽茅屋，或者一二漁樵在「山林」之間，也似乎差堪引發「悠然見南山」的神往；雖然其人還不得不上班打卡，為五斗米折腰。隱逸思想在中國人心中之普遍存在，且成為一種最「高尚」的人格典型，實在不限於隱士，也不必是文人，而早已是連尋常人都普遍嚮往的人生境界。表現隱逸思想的所謂「山水畫」至今仍有人在仿製，也有人欣賞，也足以證明中國人對隱士人格普遍的崇仰。這似乎都不是中國以外各國所能相提並論的現象。

當代在希臘帕特莫斯島（Patmos）有一位隱士，叫羅伯特．拉克斯（Robert Lax），一九一五年生於紐約，如今已八十多歲。BBC資深記者彼得．法朗士（Peter France）一九九五年曾與這位現代西方隱士深入對談。後來，法朗士寫了《隱士：透視孤獨》一書，追溯了中國之外，從希臘開始，兩千多年來重要的隱士的事跡與言行。（有關中世紀隱士的書太多了，本書略去不寫。）

法朗士從希臘寫起。「雖然希臘人從未發展出一種隱士文化，但他們卻是最先提出一套有關孤獨哲學的人。因此，西方文明的奠基者是希臘人，最早鼓勵西方人選擇住在這種文明以外的也是希臘人。」希臘宗教的主流是奧林比亞的諸神。但由埃及傳入的另一個俄耳浦斯教（Orpheus Cult），卻主張禁慾苦行，以免靈魂受肉體所污染。這可以說是孤獨的價值最早的發見。但希臘文明，不論是荷馬或亞里斯多德都認為人要為群體盡力，才能彰顯生命的潛能，獲得尊敬與光榮。健康、智慧、財富、榮耀、朋友等都是美好人生不能缺少的。不過，蘇格拉底樹立了另一個典型，他不重視衣著與外表，也不重視大眾的意見，只遵從自己的良知。特立獨行，主張簡樸寡慾。認為需求愈少，愈接近諸神的境界。但他不是隱士，因為他喜歡人群，與人聊天，從中學習。其後的犬儒派更發揚光大，鄙視財富，捨安逸而就困苦，崇自然而貶文明。苦行主義，肯定孤獨，主張肉體受苦，道德得以提昇，靈魂得以淨化。希臘人很早受到印度文化的影響，而印度正是以苦行為靈修之道的文化。希臘人並沒有真正的隱士，但已為隱士的文化精神奠定了最重要的基礎。不論是埃及的「沙漠聖父」，印度的林棲者，俄羅斯的「靈性導師」，美國華爾騰湖濱的亨利．梭羅，非洲撒哈拉沙漠中的隱士，以至二十世紀的湯馬斯．莫頓（法國出生）、羅伯特．拉克斯（紐約出生），都一致尊奉苦行主義，與在孤獨中自我提昇的真義，篤行匪懈。

從希臘到美國，從跨歐亞的俄羅斯，中東的埃及到東方的印度，隱士的產生，都由渴求解脫宇宙人生的大困局而來。這困局源自兩相矛盾對立的因素，譬如：物質—心靈；肉體—靈魂；慾望—德行；俗世—宗教；文明—自然；羈絆—自由等皆一雙對立衝突的矛盾。為渴求解脫此矛盾之痛苦，找到離群索居的人生型式。深信通過孤獨、修行、冥想、自足、苦行甚至自虐能臻於聖潔，找到「真我」，獲得解脫、平靜與快樂，甚至可以諦聽上帝的聲音。這各種大同小異的隱士行為，不是來自個人心靈追求的力量，便是宗教信仰的虔誠。

中國式的隱士另有一番歷史與傳統以及不同的型式。

外國的隱士，不一定是「讀書人」（這在古代中國稱「士」，現代叫「知識份子」），但中國的隱士必來自讀書人，也即文人。中國文人，不做官時為「士」，做了官便稱「仕」。文人的最高理想是治國平天下，所以仕途是一條積極奮進之路，但是，僧多粥少，能當官者少，自然失意者多。所以有三種「布衣」：因為主客觀條件不具備，做不成官；或者已入仕途，卻因為受到挫折、讒謗、陷害而被迫放棄這條路；或者因政治黑暗，綱紀蕩然，道德淪喪，日月傾頽，天下無道而不願、不屑做官。上述三種人，尤其後兩種，大都走向消極遁世之路，這就是中國隱士主要的成因。所以，很明顯，中國隱士與政治有極密切的關係，常為政治的異議者。

數千年前傳說中的三皇五帝時期，中國已有最早的隱士許由、巢父。相傳堯要讓位給許由，許由不想涉足政治，跑到穎水邊去洗耳，以滌淨聽到「做官」的污染。正洗耳間，來了一位牽牛飲水的巢父，問明了許由洗耳的原由，竟一臉不屑的說：如果真不想做官，大可隱居山林，何必在人前洗耳以示清高，可見還是有貪慕浮名的虛榮心。於是巢父把牛牽到上游去飲水，不讓他的小牛犢飲了許由洗過耳的污水。這就是「牽牛不飲洗耳水」有名的故事。紀元前十一世紀周武王伐紂，伯夷、叔齊兄弟冒死勸諫，認為雖然商紂暴虐，但是臣子攻伐天子，更是大逆不道。武王不聽，舉兵滅商，建立周朝。伯夷、叔齊為忠於商朝義不食周粟，跑到首陽山去隱居，以採食野菜（薇蕨）為生，終於餓死。成為歷史上第一個前代「遺民」為守節做隱士的典範。

孔子周遊列國推銷他的仁政德治，受盡險阻。在他四方奔走的旅程中，就見過許多智者對現實政治灰心失望，悄然退避的隱士。有名者如接輿、長沮、桀溺、晨門、荷蕢、荷蓧丈人等。孔子積極入世的態度，主張天下無道，也不該棄世絕人，與鳥獸同群，而應該使無道轉變成有道。劉鐵雲在《老殘遊記》中所說，正是儒家一脈淑世的用心。他說：「若真有點濟世之才，竟自遯世，豈不辜負天地生才之心嗎？」儒家主張介入、參與、改善、知不可為而為之，與道家採取鄙棄、逃避、無為、絕聖棄智，正是兩條不同的人生道路。但孔子對隱逸之士有相當的尊敬和理解。他也知道處於亂世，生不逢時，也只能獨善其身。「邦有道則仕，邦無道則可卷而懷之」、「天下有道則現，無道則隱」。孔子只是勸人應有兼善天下的心志，其實孔子一生也不得志，也常常無奈扮演隱者的角色。

為什麼中國智者（讀書人、文人、知識份子、有智慧的人）自古對政治，對做官總抱著鄙夷、厭惡甚至敵對的態度呢？莊子有很好的解釋。

莊子〈秋水篇〉：「吾聞楚有神龜，死已三千歲矣。王巾笥而藏之廟堂之上。此龜者，寧其死為留骨而貴乎？寧其生而曳尾於塗中乎？」

司馬遷《史記》〈莊子列傳〉：「楚威王聞莊周賢，使使厚幣迎之，許以為相。莊周笑謂楚使曰：千金、重利、卿相，尊位也。子獨不見郊祭之犧牛乎？養食之數歲，衣以文繡，以入太廟。當是之時雖欲為孤豚豈可得乎？子亟去，無汙我。我寧遊戲汙瀆之中以自快，無為有國者所羈，終身不仕，以快吾志焉。」

做官不但成為權力的工具，而且喪失了自由自在。何況政治中有是非，有鬥爭，遭忌結怨，在所難免，也不合養生之道。這是智者最早鄙薄榮華富貴，厭惡仕途的原因。隨著歷史的演進，政治鬥爭越來越激烈，社會越來越複雜，政治現實與知識份子之命運關係遂更加緊密。文人在泛政治主義的中國文化中一方面扮演推波助瀾的角色，一方面又為政治權力所壓迫、殘害，不能不退避隱遁以苟全性命，追求個人的自由與自適。可以說中國大部分的詩文書畫，都是隱士的傑作。如果把中國文學藝術史中，出於形形色色廣義隱士之手的作品抽去，中國文藝將幾乎一片狼藉而黯然失色。梁啟超說中國二千餘年的文藝，泰半皆老莊音響。隱逸思想之為中國文藝普遍的內涵，確實無可懷疑。

中國讀書人受到來自政治勢力的漠視、遺棄、排斥、壓抑，甚至迫害，命運之坎坷、悲慘，差不多構成一部中國文學史的主要「情節」。從屈原、阮籍、嵇康、陶潛以降，歷代大文豪，雖不全是標準的隱士，卻都孤獨避世，超然於權力之外。不論幽居山林，或隱於朝市，皆與當權派疏離，甚且唱反調，為生民代言，為人間正義呼號，揭露黑暗，反抗苛政與戕害人性的禮教。他們都歌讚自然，追求自由與心靈的高潔，維護人性的尊嚴。中國隱士精神在中國文藝中鮮明地構成磅礴的主流。王維、李白、杜甫、白居易、蘇東坡、辛棄疾、陸游、范寬、倪瓚、黃子久、徐文長、劉績、高攀龍、查伊璜、曹雪芹、八大山人、石濤、石谿、鄭板橋、蒲松齡、王國維乃至現代的魯迅、沈從文、林風眠、石魯等等文豪與藝術家，有的曾經主動避世，有的是被動陷於孤立，有的雖與政治權力有糾葛，但始終堅守個人獨立的原則，不為權力者所利用，不甘成為權勢的工具，保有富貴不能淫，威武不能屈，貧賤不能移的人格力量。這就是中國隱士精神值得讚美的主要一面。隱者不只是避世，更具有道德、社會、政治的批判精神。

因為中國傳統文化太偏重於道德與政治，換言之，中國文化泛道德主義與泛政治主義的特性使文化價值之多元追求不能開展。價值之偏狹，使凡無益於道德規範與人倫秩序，無益於「名教、禮法」者，皆不受重視。這種功利主義，使中國文化逐漸生機萎縮。中國文人的「知識」，偏於道德、政治與文學，中國科舉又以文學取仕，中國文人很難擺脫傳統思想的囿範，非儒即道。文人的出路非常狹窄，幾乎不做官，便只能是形形式式滿腹牢騷的失意之士。隱士就從其中產生。中國隱士與政治密切的關係以此，隱士精神的政治色彩也以此。

雖不能說中國隱士完全沒有外國隱士那樣為追求心靈的安寧，為實現獨立的自我，或者為宗教信仰的原因而逃世隱遁者，甚至純粹以僧、道的信仰為隱士生涯者也大有人在。不過，與政治現實毫無牽扯，純然為了從物質的束縛中解脫，以苦行為靈修之方法，追求心靈提昇的那種隱士，不是中國隱士的主流。

歸隱自然、超塵脫俗、隱逸、清高等已經成為中國人普遍崇仰的「人生哲學」。「終南捷徑」還成為追求名利的一種以退為進的手段。官僚商賈，那些在紅塵中爭名奪利之輩，也喜歡修建園林假山，草堂山房，以附庸「高人逸士」之風雅。一般中國人，總教子女不要涉足政治，似乎對政治存厭惡、畏懼之心，所以對罷官歸隱，對受迫害，官場失意的文人，總深為同情與敬重。粗茶淡飯，草廬茅屋，只要遠離災禍，自由自在，也足平生。這都可察知傳統中國人的人生觀、價值觀與隱士文化微妙的關聯。

文人出路狹窄，熱中做官。做不成官，自稱「布衣」，卻以布衣傲人。這是多麼矛盾、荒謬又虛偽的事。中國社會文化之虛偽，且習以為常，此是一例。在民主化之後，知識階層以做官為榮的習性仍相當普遍，做不成官才願意回到學校教書。學術、教育等工作似乎成為知識人政治競爭落敗後退而求其次的職業，連布衣傲人的自尊（當然其中有很多虛矯的成分）都不敢有，真是可悲。看到當代學界中人對官位的鑽營，可知隱士精神早死了，不論「邦有道無道」，政治權力的爭取才是「識時務的俊傑」，知識份子喪失批判的精神，為當權者「站台」，成為權力的附庸。

傳統的隱士已經過時了，但是，中國隱士精神，仍有其不可全盤否定的價值。哪些是可以延伸發揚，哪些應該隨時代的變遷而改變，值得深思。隱士的特立獨行的人格追求；孤獨的真價值；人生形式的抉擇如何超越狹隘的功利目標與習俗的僵化模式；如何擺脫商業化的陷阱與流行的俗套；生命如何在肉體之上追求心靈的自由；在物質之上追求精神的豐美，是隱士精神給我們的啟示。怎樣做一個不隨波逐流，不隨俗浮沉，做一個不依附，不諂媚，忠於自己的良知與信念，有獨立的人格的自由人，永遠是人生努力的方向，永遠不會過時。

不可能再以隱士的高標求諸現代人，但來自隱士的思想與實踐的智慧與毅力，將時時針砭、啟發後來者。孤獨的意義與個人的獨特性永遠是成為「人」的精義。在這資訊浪潮、流行風尚淹沒個人的當代，尋覓不可蠱惑、堅定的自我，可免於個人成為別人的棋子或時潮的泡沫，是隱士對現代人的啟示。

（二〇〇一年二月廿二凌晨）

新世紀之門

新世紀之門上面寫著：「從這裡，人類進入了感官極大限度膨脹放縱之叢林，與心靈無限空虛徬徨之深淵。」此後，人類的光榮只在金錢的閃光裡。

世紀飆車

文明史到了二十世紀下半最後的一段旅程，如醉漢在光滑、沒有邊緣的冰原（沒有分道線，也沒有路標）上飆車。

世紀中葉原子彈的蕈狀雲早已消散於車後的遠方；赤地萬里「文化大革命」野獸般的嚎叫已變成《上海寶貝》（上海年輕女作家衛慧今年上半年出版描寫縱慾的小說）的淫聲浪語；貧窮國家每日數以千計的餓殍臉上有蒼蠅爬行，富裕國卻為隆乳與瘦身不吝消耗千百億金元；以、巴及一切懷著宿怨族群的仇恨正分頭在編寫下一世紀各式各樣更大悲劇的腳本；鼓吹全球化的霸權暗地裡鋪設了管道，抽吸「落後國家」的骨髓以代替行將枯竭的石油去餵飽未來世紀飆車的油箱；資訊工業與基因密碼成為雙渦輪引擎，裹脅全球奔向虛擬的天國——二十一世紀無量「進步」之夢。

進步的危機

世界在急速變化。變好，還是變壞？種種爭議難以有簡單的結論。不過，沒有人否認：這個世界變得陌生了，變得太快了；惶惑與憂慮襲擊著每個人。

十八世紀前半，盧梭參加「科學和藝術的進步究竟使人類向下沉淪或向上提昇」的徵文得獎，認為文明的好處抵不上壞處；智巧使人沉淪，心靈的培養與人間的愛才能使人類提昇。而四十多年後啟蒙大師康德對人類是否不斷進步的回答卻相當樂觀。兩百年後的今日，人類社會的「進步」遠非十八世紀的哲學家所能夢見。二十世紀三〇年代哲學史家威爾．杜蘭已有「我們以空前的速度在地球上奔馳，但我們不知道，也沒有想到，我們將往何處去，我們是否可為我們受磨折的靈魂找到幸福。我們的知識在毀滅我們，知識使我們陶醉於權力。沒有智慧，我們將無從得救。」這樣睿智的警語。如果他看到二十世紀末的人類世界，便知道他早年所憂慮的只是道德與信仰上的危機，現在更是人類生存與人性沉淪、地球岌岌可危的大危機。

以保守、溫馴聞名的新加坡人出了一個留美女學生郭盈恩，於一九九五年二十二歲時拍了一部破世界紀錄的色情片，記錄她十個小時內跟二百五十一個男人性交的盛事。該片大熱賣，製作人發了財，郭小姐則舉世聞名。問她想得到什麼？她說：想成名和享受性交之樂。

顛覆一切的價值與秩序，泯除事物的分際與原則；造反有理，革命無罪。自從一九一七年法國畫家杜象（Marcel Duchamp, 1887-1968）把一個白瓷男用小便池實物釘在木板上，僅用油漆在上面題名為《泉》，送到紐約參加獨立美展，從此開啟了從現代到後現代一切虛無主義藝術流派之潘朵拉盒子。而這一年也正是人類第一個共產政權誕生於俄國，紅禍初起的年代。杜象宣告藝術不再是以技巧去表現，藝術創造與有沒有良好的訓練無關，而是該如何去呈現。「現成物」（Readymade 現成的，同時也是陳腐的，非新創的；非常諷刺，最新奇的「創造」，其實回到最沒有創造的原點。）成為藝術品，挑戰傳統的招式便是反藝術。杜象還有把達文西的名畫印刷品《蒙娜麗莎》嘴唇上加了兩撇鬍鬚當做他的「創作」，成為玩世不恭畫派的祖師。

二十世紀末的「前衛藝術」，不論是裝置、觀念、身體、行為等藝術，把「現成物」推到極致，出現了以垃圾、廢物、屍體與真人的裸體，甚至是性器官與一切與性有關的事物。英國年輕女畫家展出她與許多名人性交的床，上面有精液的遺漬、保險套……，牆上貼著一張記載著曾為入幕之賓的許多男人姓名。而以動物屍體、糞便製作「藝術」作品也已不是新聞。

無法無天

中國大陸也急於邯鄲學步。在北京妙峰山頂由若干裸女疊臥的所謂行為藝術，題為《為無名山增高一米》。台灣藝術的西化更是由來已久。政黨輪替以後，連公立美術館也急速「國際化」。台北二〇〇〇雙年展，主題叫「無法無天」（這個標題不意中頗能凸顯台灣時局的實況）。裡面有一項作品完全與A片無異。這位「藝術家」是「國際知名女導演」，曾製作名為《IKU》的影片。據報導是「以科幻式的場景探討所謂的交媾與性高潮之間的關係，得到許多正面的肯定。」她在台北的「作品」，從前叫性變態，現在是藝術。

當代西方前衛藝術之驚世駭俗，最後竟與郭盈恩的A片異曲同工。據說東京與台北有少女「援助交際」。淑女與妓女二位一體，則藝術家與淫徒狎客笙磬同音；藝術品與廢物垃圾大同小異，已不值大驚小怪。

很少有人敢予抗拒與批判當代現狀，因為人人害怕被擯棄於時代大流之外，害怕被邊緣化，害怕被孤立。這是當代大潮流驚人的威壓。這個威壓龐大到難見其邊際，卻又渾沌不明。它的名字籠統而言曰「全球化」。極權社會也很少人敢於抗拒其權威，因為受制於強暴的政治力；當代自由社會中人卻自動盲目或無奈地接受這個威壓。不敢有自己的信念，不敢有自己的判斷與選擇。這是令人吃驚的時代。

全球化如烏雲罩頂。一個大迷惑從世紀末擴散、飄升，滲透人類生存空間的任何角落，也滲透每個人的細胞。第三個千禧黎明的曙光為烏雲所遮蔽，但「恨晨光之熹微」。

心靈殖民

「全球化」，已然是當代最具普遍性的時髦語詞。它是福音？是惡訊？

一百五十多年前馬克思和恩格斯發表《共產黨宣言》說，工業革命和資產階級「由於開拓了世界市場，使一切國家的生產和消費都成為世界性的了」。工業生產的大幅提升，消費市場的擴大，跨國公司的出現，國際貿易和國際資金的流動，首先出現了經濟的全球化。但是，全球化雖導源於經濟活動，也以經濟的全球化為重心，卻並不意味著全球化只局限於經濟，它也帶來文化上的全球化。因為商品不只是衣服、罐頭、汽車，也有聲音、圖像及軟體。西方經濟強國輸出的包括觀念、思想、信仰、價值、品味等等。透過無遠弗屆的資訊技術的擴散與滲透，對心智與心靈無孔不入的薰染，無時稍息的洗腦，不啻是一種新型的殖民，可稱為「電子殖民主義」。經濟、文化霸權不用槍炮脅迫，已可讓全球都像美國人一樣思考、判斷、生活。這是人類文化的倒退，因為差異的消滅必造成一元化的興起，而且必然是排他性與歧視的悲劇重演。

盲從全球同質化正是東方藝術枯萎、民族風格與文化心靈淪亡的原因。文化的世界主義與藝術的全球化，實則是西方文化沙文主義霸權極量化的擴張。其結果是非西方文化相形見絀，花果飄零。這是人類最大的不幸。諾貝爾文學獎與被西方表揚的東方「前衛藝術」，是因為「你與我們很相似，所以你是優秀的」。但有人沾沾自喜。

對常民生活來說，全球化也有可怕的多面向。麥當勞教你速食；好萊塢給你提供夢幻工廠的心靈糧食；《花花公子》教你欣賞性器官；麥可．傑克森與瑪丹娜給你狂醉迷亂；一切流行的風潮從紐約、巴黎向全球散佈，塑造你的身體，雕刻你的心靈，改造你的靈魂，使你喪失「自己」。面對全球化，每個人似乎不跟著追趕，便被遺棄。個體的孤獨感、空虛與惶惑，更造成每個人對全球化威壓的屈服。

殘陽如血

歷史上從未出現當代這樣一個商業主宰一切的世界。任何東西都成為商品，包括智慧、謀略、知識、美貌、青春、肉體以及敗德的表演，都可以發財致富。以前的電影明星以英俊美麗、氣質不凡，或以個性、涵養、悟性與知性上的獨特為取勝的條件，現代的明星似乎在美艷、性感、波霸或敢為敗德的言行與表演等方面有過人之處便成「天王巨星」。

地球變成一個大「賣場」。生產—消費是人生活動的全部內容。一切皆商品；市場唯一的「德行」是獲利。除了追逐利益，以維持個人享用一切物質，滿足所有感官慾望的能力，沒有什麼是人生更值得做的事。所以玩樂、吃喝、色情、淫慾、暴力、血腥、殘忍、迷幻、刺激、狂縱、背德……等等感官膨脹的行為顛覆了數千年人類建立的文明規範。十九世紀的偉大文學、十八世紀的偉大音樂、文藝復興以來數百年偉大的美術，在二十世紀百年之內裂變、衰敗。大概人類再難以出現像達文西、貝多芬、契訶夫、羅素那些一流的巨人；儘管出了富可敵國的比爾・蓋茲與雅虎等世紀末的財神。人類的光榮只在金錢的閃光裡。

一八六六年，法國畫家庫爾貝（Courbet, 1819-1877）畫了一幅《世界之源》（*The Origin of the World*, 1866）。畫女人陰戶的特寫，非常寫實。在古典主義與浪漫主義的繪畫中，畫裸女從不畫陰毛。庫爾貝此圖是西方繪畫史上展現女性器官最露骨的作品。女性陰戶是每一個人來到世界必經之門。庫爾貝以逼真不假做作的寫實主義來呈現人生的真相，不避醜的與平凡的事物。他的技法高超，手法多樣，不愧為一代大師，感召了緊接而來的印象派。但這已是人類繪畫輝煌歷史的黃昏。二十世紀西方繪畫是百年文化大革命。若非專事反叛與顛覆的「紅衛兵」便不被奉為「主流」。到了世紀之末，藝壇已無可供崇拜的大師。正如熱門音樂重金屬的嘶叫，取代了過去世代管弦樂的悠揚。配合搖頭丸的顛狂，「藝術」是消費的商品，藝術家也即商品的製造者。販賣的是迷醉、詭異、錯亂、蠱惑與排泄。人類創造最精純深刻，最崇高光輝的藝術品的時代似乎一去不返。夕照西斜，殘陽如血。商品市場猶如古代的戰場。弱肉強食，富者愈富，貧者益貧，社會的矛盾似乎又退回到久遠的舊時代。

新世紀之門

二〇〇〇年除夕最後一秒過後，二十一世紀之門在塵霧迷濛中顯現了。大門上黑壓壓刻著諸大國文字。（「台灣人」看不清中文簡體字，只好看「漢語拼音」與「通用拼音」混雜的符號；少數「精英」則扭轉頭去讀那些比他的母語——mother tongue——更為親切的日文或英文。）新世紀之門上寫的是：

「從這裡人類走進空前苦惱的時空。數千年文明史的光輝已被世紀末的顛覆所摧毀；過去慘痛的經驗教訓已被世紀末的狂妄所遺棄。從這裡人類進入了感官極大限度膨脹放縱之叢林，與心靈無限空虛徬徨之深淵。如果人類沒有自我救贖的覺悟與意志，再也沒有安寧、幸福與榮耀。走進此門的人，勿圖夾帶任何『希望』其物，以免灼傷自己。」

（二〇〇〇年十一月）

我拒絕並批判我的時代

二十世紀是一個大變遷的世紀。在藝術中的繪畫方面，變革之大，差不多把原來「繪畫」的規範顛覆了。繪畫原來是在二度空間（平面）表現三度空間，而且是用同類媒材來手繪。但在這個以革命為進步的時代，早有人開始用狂刷、拼貼、拓印、噴灑等伎倆。接著就是打破平面，加上有厚度甚至是立體的東西。從舊報紙、花布、樹皮、木板、鐵釘、鐵絲、塑膠，甚至麵包、保險套……毫無限制。打破平面的規範，變成半立體（好像浮雕）或立體的作品（即類同雕塑），繪畫與雕刻便混淆了。對，革命不是請客吃飯，就是要摧毀一切規範。而繪畫原來要用同類媒材（油畫用油彩；水墨畫用水性的墨與顏料；木刻版畫用木材雕版……）的規範也打破了，出現了所謂「多媒材」或「混合媒材」的「繪畫」。「手繪」也不必堅持了，既然可以用一切材料來拼裝，繪畫還一定要手繪嗎？不必手繪，嚴格的繪畫基本訓練也不要了。不會畫畫，或畫不好，也能當畫家，而且更絕。君不見曾有文盲的工農勞模給大學生上課嗎？革命就這樣麻雀變鳳凰。

從立體派、達達主義、波普、裝置藝術、地景藝術到觀念、身體、行動等藝術……千奇百怪。今年四月以來，全世界的報紙都刊登過美國藝術家湯尼克（Spencer Tunick）在許多國家邀集千百個男女自願裸體臥於公共場所地上供他拍攝的「藝術新聞」。這是攝影？繪畫？雕刻？裝置？地景、觀念、行動藝術？——什麼藝術？

是什麼重大的原因造成了藝術如此激烈的變異？

這牽涉到既深遠又廣袤的近代文明史大變遷的問題。其實，藝術的變革只是文化之變在上層較具指標性的警號。大變異何止藝術？從生產方式、器具、技術到生活、社會、倫理、道德、法律、人生觀與一切價值觀念，莫不在大變易之中，而且此變看來是只有加速，難以抑止。

當代世界，西方發達國家以全球化（不只是經濟上的全球化，還有文化、藝術與生活方式方面的全球化）來謀霸權的擴張。二十世紀的中國社會，一直由腐舊的傳統主義與激進西化分別宰制著文化與生活的各層面。面對著西方近代科技膨脹，人生活動只有交易，萬物（包括人）皆「商品化」的全球性巨浪的衝擊之下，腐舊的傳統主義已漸漸無法與激進西化對峙，傳統文化不是消褪，便是「下海」充當商品（以藝術來說，現在畫文人畫與舊戲新編都是假傳統，真商品），而激進西化更浸潯乎成為主流。請看兩岸三地美術館與藝術特區所進行的活動與展覽，多半是西方前衛的抄襲與附和可知。這難道是中國當代藝術發展「應然」之路嗎？

藝術與它所處的時代和現實應該是什麼關係呢？藝術對時代現實應當是依附、迎合、反映？還是抗拒、批判、揭露？或者是疏離、逃避、另建烏托邦？更重要的是「時代現實」就是「時代精神」嗎？兩者固可能相符合，相呼應，但有許多時候不也相分離甚至相衝突嗎？暴政的時代，鴉雀無聲，秩序井然是「時代精神」呢，還是悲憤壓抑，苦撐待變才是「時代精神」呢？

藝術有時映現了時代的精神，有時批判時代現實，要看這個時代的現實環境是有利於人性向更高的自由公義、合理與善美的追求，還是扼殺悖逆這個願望。信手舉幾個例子：魏晉時代要求個性解放，親近自然，讚美自然，於是有山水詩，中國山水畫也於此濫觴。清朝小學、考據、金石文字大盛，於是書風崇尚碑版與金石美感。文藝復興從神壇回到現實人間，歌頌生命肉體，於是聖母體現了溫柔豐盈的女性之美。十九世紀物理學家對光、色的發現，於是有表現陽光大地色彩絢爛的印象派。二十世紀的戰禍與人的異化，人間普遍的痛苦，而有批判的現實主義、表現主義；因為學術的貢獻，發現潛意識心理而有超現實主義的誕生。

二十世紀因為商品經濟逐漸發達，市場興起，於是同時也有許多為攫取名利的大師出現。畢卡索確有天分，畫也很多傑作，但他是商品化時代最早最有名的商業藝術家。他興風作浪，製造話題與驚世駭俗的高潮。他知道名聲便是鈔票，與其讓三五個專家稱讚不如透過新聞宣傳，讓億萬凡夫俗子折服。這裡面有許多附庸風雅的大商人、企業家會以耳代目來買如雷貫耳的大師作品。畢卡索與梵谷、孟克同為二十世紀大畫家，在我心中是聖徒與魔術師之別。當然，梵谷吃冷豬肉，畢卡索享受今生富貴。

二十世紀是資本主義與共產主義兩個意識形態對立鬥爭的世紀。我們都從這裡面走過來，來到二十一世紀之初的現在。過去只見兩者的敵對與差異，現在我忽然悟到兩者相同之處，豈止是異曲同工，簡直是連體嬰。相同之處何在？同樣走民粹之路（煽動大眾，發動群眾運動）而獲得史無前例的大成功。共產主義都成為獨裁暴君，利用人民，奴役人民，卻宣稱是為人民服務。許多實行民主的落後國家，假借民主為手段，選舉為工具，鼓動、蠱惑大眾，根本扭曲民主價值，走的也是民粹主義的道路。資本主義進入高度商品消費的階段，透過品牌的塑造、利用媒體的宣傳、全球連鎖推銷、生活方式的宣揚、消費的鼓勵以及無孔不入，花招百出的廣告去鼓動、蠱惑大眾，走的也是民粹主義。政治上的民粹主義，得到的是權力，經濟上的民粹主義，為的是獲得無限大的利潤。前者出現了納粹、史達林、毛澤東以及各色各樣大小獨裁者、民王與人民之子，真正的民主自由社會是鳳毛麟角。就連美國，內部種族、文化歧視問題層出不窮，對外，軍政經乃至文化頗多帝國主義行為，更何況亞非南美中東各國。後者則先進國吸食全球資源成富國，後進者赤貧。政治上的民粹主義，奪取權力之後還是為謀取利益；資本主義赤裸裸為財富的追求，有了財力也可換取權力。現在共產主義紛紛倒台，或轉向資本主義。西方富國所主導的所謂「全球化」就是以西方發達資本主義向世界推銷整套西方近代文化，讓全球各國各地成為西方總公司的另類「殖民地」。為什麼世界各地有許多反全球化的運動？因為不但全球化將使貧者益貧，更因為全球化策略對民族文化、生活方式、價值觀念、宗教……產生巨大的衝擊。非西方社會若不全球化便要邊緣化，便要被剝奪生存權；全面的全球化則意味著文化被「同化」。非西方文化與社會遂強烈感受到傳統族群命運的危機與文化上的自我逐漸消亡的恐懼。「恐怖攻擊」與「反恐戰爭」內情的深遠複雜，絕不是黑白分明。

共產主義以煽動群眾，暴力革命，企圖「赤化」全球。歷半個多世紀的浩劫之後，終於幻滅。但西方發達資本主義卻以柔性的商品化的文化（不只是物質產品，連人、知識、良心、愛情、慾望、信仰，道德、藝術等等自覺或不自覺的商品化了）來「同化」全球，透過流行與消費，來操控和制約全球人類的思想與行為。

二十世紀左、右兩派都同樣訴諸民粹主義。助長民粹主義的是近代一日千里的出版、報刊、影視媒體、電子媒體及當代驚人的信息科技。人人被意識形態化的資訊之網所包圍，真相與虛擬、真實與謊言都不易辨識，人人難以逃逸，都成為被操控的愚昧的大眾。你以為你擁有自主權，有選擇生活與商品的自由意志；政治上你擁有選票。其實，在這個「網」中，你的「選擇」多半是被設計好必掉入陷阱的結果。比如說，女人知道沒有起碼的外表不會有魅力，你不去減肥？美白？割雙眼皮、染髮、隆乳……？比如說若不如何如何便等於不愛國，而某黨某人代表國家的利益，你專唱反調？當人人生活在「潮流」之網中，便很難自主。文革時代人人高舉小紅書，當代追星族每逢外國流行歌星來訪，甘願機場苦候數小時，然後是瘋狂嘶叫，興奮的哭喊「我愛你」。你以為那是自發的行為，哪知幕後有精心的策劃。利用大眾的愚昧獲益，這是典型的民粹主義（Populism）。

上世紀中流行迷你裙，現在已是露腰及肚臍，必有一天以露陰毛為流行服飾。美感的商品化，一定要不斷推陳出新，製造「時代氣氛」。許多文明珍貴的價值則不斷被放棄。創造無止境的流行，為的是維持無止盡的商機，以攫取無限利潤。

說這些似乎與藝術有些離題，其實不然。現代藝術完全與流行商品同樣的情況。為什麼二十世紀以來西方的現代藝術幾乎完全發生於高度商業化的大都會（巴黎、倫敦、紐約）？為什麼一波正起，另一波又生？而且越來越新奇怪異，當代已有用垃圾、糞便、屍骸、炸藥及與性有關的影像、實物甚至行動來「創作」「藝術」。那麼，前衛藝術追求什麼呢？追求「成名」（popular）走民粹之路，透過媒體獲得「知名度」。搶攻媒體，便有機會得到論述權。奇特、怪異、聳動、噁心、淫穢甚至醜惡、背德，要不擇手段才能成為新聞，才能成名。成名之後自有許多其他途徑謀取利益。自一九一七年法國人杜象以一個真的尿盆展出，作為新的「藝術」以來，顛覆傳統文化的前衛藝術越來越變本加厲。他們深知創造了潮流，取得一時的「歷史地位」，自然有一番風光與利益。君不見不識之無的工農老粗一旦形成革命的洪流，取得了天下，豈不亦成了新貴。歷史的弔詭與荒謬從來不罕見。且看二十世紀中葉以來，前一時代西方的大畫家（如高更、梵谷、莫迪良尼、夏加爾、孟克、席勒、克林姆、珂勒惠支、科科希卡、恩斯特、魯奥、盧梭……）逝世以後，當代有什麼「大師」可與他們相提並論？那個表現人性，人生與人心靈深處種種哀樂、幻想、希望與絕望，表現理性、感性、慾望、愛與自然、人世的美與哀傷的藝術傳統漸入歷史，這數十年來接替他們的是什麼？後世會以同樣的崇仰去看波洛克、沃荷、勞森堡以及更後面的包紮、裝置與行動藝術……嗎？

我生於二十世紀中，我大半生都在拒絕並批判我所生存的這個時代。批判東方的因襲與西方的狂亂虛無。有時我因孤獨而灰心，我青年時代自己刻了「多餘生」的一個閒章，自感我是來到世界的一個多餘的人。但我多半自信我孤獨中的判斷——我相信會有另一個「文藝復興」在未來。我對當世那些淺薄激進的「新貴」十分輕視，對人性中許多尊貴的價值有永遠的信心。在我長期的論述與繪畫創作中，我的掙扎和追尋，顯示了獨特坎坷的軌跡。我不願臣服於時代現實，比如做個傳統書畫才子，或者西潮前衛英雄。從不。既不追隨，也不加入。自尋生路，被目為孤傲，實則，我忠於自己的認知和判斷，沒有游移，更無懊悔。

（二〇〇二年八月三十一日）

少年時代讀書的經驗

我最早接觸的書大概是聖經，因為父母親是基督徒。《創世記》和《啟示錄》裡面那些神祕與恐懼的記載，開啟了我通向幽深之境的心智之門，並接受了文學在我心田裡播種。

初中的時候，圖書館裡我有興趣的書都看光了。上課時在抽屜裡偷看借來的故事書。借書要辦登記手續。人家兩三天借書、還書一次，我一天要辦兩三回，因為我看完了一本又一本，對書有飢渴的需要。格林童話、安徒生童話、魯濱遜漂流記、木偶奇遇記……還有范泉改寫的文學名著少年文學故事叢書（上海永祥印書館印行）。裡面有一本《紅蘿蔔鬚》（原著法國小說家賴納〔Jules Remard, 1864-1910〕）。至今超過半個世紀，書中那可憐的小孩子紅蘿蔔鬚仍使我感傷不已。後來在世界上見過不少同樣引人悲憫的無告的小孩子，而我童年時代已經在賴納的名著中見識過了。讀書使人早熟——提早瞭解更廣袤的人生世界，的確如此。

高中的時候讀的書太多了，不只文學，哲學、歷史、詩論、語言學……什麼都讀。但我最難忘的是讀《紅樓夢》將盡的時候，每天一字字、一行行慢慢讀，捨不得很快要離開書中的世界。流著淚告別了紅樓夢中的人物。

人本是泥土，偉大的書使我們如同被上帝吹了一口氣而成通靈的活人。哪怕我們居住在狹仄的斗室，或者孤獨無伴，能援救我們，使我們進入無垠的世界，有古今人物為伴，更有第一流心智指引教誨我們，拯救我們的愚昧，唯有讀書，讀一切的好書。

（二〇〇二年十月六日於台北）

郊居隨筆

一

選擇住處的時候，這一彎溪流與旁邊的岩石小山，以及上面茂密的叢樹，深深吸引了我。何況還有一座橫跨兩岸的古老吊橋。久居鬧市，忽然覺得該遠離塵囂，到警車的呼嘯聽不見的地方比較能活在自己裡面。溪畔有長且寬的平地。若說是溪邊步道，太寬了；步道總是狹長的。說是廣場，太長了；廣場似乎是較圓或較方才對。說是公園，它除了斜坡上有草被，上面小商店街前有一排行道樹之外，傍溪的平地像一條大馬路，沒有大量樹木，雖然其間有幾塊草地，所以也不算公園。久居都市的人看到有這麼一處有山有水有空曠平地的地方，也會如獲至寶，甚至恨不得它越荒涼越好。人本來從荒涼的大地開始建造社會的歷史，等到文明過於發達，又想回到荒涼中去。空曠的平地可以散步，在自然的山水間有清淨的空氣。但是由於懶惰與不愛運動，我一年之間穿運動鞋下去散步，屈指可數，頗辜負這一大片好地方。不過，我在書桌窗前欣賞這一片好景，天天享受它給我的愉悅，以目代步，古人說遊目騁懷，也為我的懶惰找到理由。

二

沿溪畔走到上游轉彎處，有一簡陋的渡口。有人撐一隻木船，載運來往兩岸的路客。有一點沈從文《邊城》中老船夫的樣子，但其規模與味道當然不能相提並論。過溪不過幾分鐘光景。我過去一次，對面有一座寺廟，幾戶人家，背後小山連綿，我不曾深入，因為沒有什麼吸引人之處。現在的寺廟沒有古樸、清淨、莊嚴的氣氛，僧人與廟祝也只是一種職業。寺廟粗俗醜陋，後加的棚架、柵欄等物不是不鏽鋼便是彩色塑膠製品，粗製濫造；寺廟裡的人都在料理俗事且大聲談笑。逛寺廟而不能油然生虔敬膜拜之心，便索然無味。我所經歷，印度阿旃塔的神廟石窟，西班牙高第的聖家堂，日本的東、西本願寺等宗教聖地，使人如入神境，抖落塵坋，頓生虔敬。沒幾分鐘的逗留，便乘原船回對岸。坐在渡口石上，回頭見擺渡木船已重新划向彼岸。這時候時間的感覺特別清楚。過溪每人二十元。一船有時二三人，有時六七人。如果你閒坐石上一小時，渡船單程可以有多少次，你便可以算出船夫有多少錢進袋。想到每一小時中，政商勾串的大亨，不做事光耍嘴皮顛倒黑白的政客，出入歌廳酒廊的閒人，沉迷電玩網咖的青少年，又賺多少？花多少？這個世界金錢在各種不同的人手上出入流走，每一小時的總帳是多麼複雜，多麼不對等，多麼荒謬。但這就是人間社會。這一彎小溪，長久以來有小船租賃，供遊客划船泛溪。記得大學時代，談戀愛的人很少不曾在此划船，與情人共享甜蜜的時光。但是以前的一葉扁舟，用手划槳，現在都改為玻纖製品的天鵝船或鯨魚船，用腳踩踏板，如蹬三輪車。船的造型卡通化，而且色彩鮮艷，但總覺得少了自然、樸素的味道。想想當年蘇軾赤壁泛舟，如果他生在當代泛的是唐老鴨或米老鼠造型的塑料船，他的《赤壁賦》不知又是怎麼寫法？當代政客扮成「超人」，流行秀「歌喉」，校長男扮女裝跳「天鵝湖」，為的都是取悅大眾。虔敬——世俗；勤樸——放縱；認真——逗笑。世界正由過去的一極擺向另一極，當代一切都是兒戲。

三

新鮮的蘿蔔或魚頭各有什麼滋味？只要用清水與薑片煮熟，加一點鹽，你才能品嚐蘿蔔的清甘，魚頭的鮮美。市面吃不到如此簡單的食物。煎、炸、烤、紅燒以及大量添加物，使什麼菜都味道雷同。想吃天然美味的人只得自己料理。上等西餐雖然加工過甚，技巧繁複，但因為認真、考究，確有美味。若論風格，日本菜是舌頭品嚐自然美味最純真的境界，因為它尊重食物的本性、本味。在選料之嚴格，工夫之細膩與清潔衛生上，無與倫比。中華料理之繁富多樣，本來也有睥睨各國的歷史與成就，可惜當代日趨下流，小吃尤其墮落。最主要原因是喪失敬業的態度；巧立名目，唯利是圖，表面功夫，喪失中華烹調之傳統精神。有一道菜，名叫「佛跳牆」，把一切美味一鍋煮，滿足暴發戶心態，連這個名稱之粗鄙俗惡，也令人啼笑皆非。這是當代中華餐飲典型的墮落的例子。餐廳環境之俗氣髒亂與吵雜，也是與西餐或日式食店大異其「趣」的地方。

郊外風景區的餐廳，原應是優雅的去處，但毫無審美力的張三李四，佔地建屋，用極簡陋的炊具烤山豬肉。餐具更是粗俗，往往是紅塑膠桌巾與免洗碗筷。到山野用餐，只是地點風光宜人，但食物還是路邊攤販的水準。可怪的是，有些建於山間路旁的餐廳，對山那一面窗戶外加鐵柵，擋住山景，裡面牆上卻有大幅日本秋天風景照片。大概店主人嫌小山不如風景照片「美麗」。所謂「背山起樓」、「焚琴煮鶴」，使人覺得這就是了。而店中真的有烤鵪鶉等野味，爐具就在對著公路的店門口，讓食客親見行炮烙之刑的實況。

四

自古以來，「理想」與「現實」總是相對立的。在當代，這個對立的距離毋寧說更遠了。現實，比如衣食住行，或者柴米油鹽醬醋茶，其花樣之繁多，簡直就使人無所適從。商業包裝與行銷策略，更讓人輕易上當。一切都變味變質，真樸純正的東西如鳳毛麟角。一切你得曉得如何選擇，或者自己去經營、創造。整個商業文化如巨浪將每個人，每個家庭席捲以去，通通變成它的俘虜。它要磨滅你的個性，癱瘓你獨特生活的能力，要把你改造成商業消費大機器裡的原料。現代人可說無所逃於天地之間。更可悲的是，儘管你已成網中之鱉，你還自以為生活如何多元。其實你擁有的多半是一些垃圾，包括你所食、所飲、所看、所聽、所讀、所住、所用的一切。或者它很有效率，但它使你束手就擒，一用上便得依賴，再無自由；何況它造成許多危險，或者破壞地球生態，反過來使人受種種災難。有人痛恨當代文明，自己種菜，有人住山洞，或在樹林裡搭建樹屋，離群索居，通常被目為怪人。其實，他們強烈的願望是找回自己，不願為當代現實文明所吞噬。一般人極難有這樣大的願力。我心嚮往之，但根本做不到。搬到郊區、算是「折中」，其實還因為旁邊有「捷運」（全世界多半稱 subway 即地鐵，此地因一部分不在地下，而是高架，故不是正規的地鐵）。可見「塵心」未斷。

五

居所的裝潢，我不喜歡當代家居空間模式千篇一律。空間的配置，工作與生活機能的要求，以及裝潢的造型與色彩的設計要有一個貫串在其中的個人風格。每一個工作室或居所不必是最好的（這個「好」包括高貴、昂貴、豪華、富麗等），但卻必要是獨一無二的，因為是你的。我以機能性為最主要考量，所以存心要使它像「工場」，冷硬而樸實。好的居所要適應主人的人格特質。住進來以後，又有多次的修改與增設。有一天，我讀民國才女林徽音詩集，這一位才貌雙全的女子，這一位牽引著徐志摩短促一生命運的美慧的女子，震動著多少多情男子的心弦啊。我看到一張她書房的小照片，書架旁牆上掛一副對聯：「讀書隨處淨土；閉戶即是深山」，是明朝陳繼儒所撰。這對子太好了。我用大宣紙寫了同樣一對，大字隸書，裱好了共八尺高，掛在工作室十二尺高的牆上。許多朋友要我再為他們寫這對子。人人想多讀書，但俗務太多，時間空間條件不理想。其實不論時地，一讀書便可如置身淨土。記得讀過毛潤之先生少年時代故意找市集橋頭人多處去讀書，以訓練自己的專注力的故事。陶潛有「心遠地自偏」句，也即只要你肯關起門，斷絕塵念，便無異住在深山也。

（二〇〇三年五月）

生命之美

最近有八十二歲的大科學家與二十八歲碩士女生談戀愛而結婚的「新聞」。我們同時看到許多祝福，卻也有一些人不以為然甚至惡評。這一對不尋常的戀人是楊振寧和翁帆。

我對這件事最直接的反應是欽佩和讚歎。

同是人，不同的個人千差萬別。意欲之強烈、憧憬之熱切、意志之堅定、行動之勇敢，不要說到了八十二歲，就是二三十歲能有多少人？對於一位理智較常人發達、飽經滄桑世變與人生波瀾、有成就又有地位的著名科學家，甘冒天下之大不韙，當未成死灰的愛情的火苗重新燃起，他絕不願意辜負人生之恩遇、生命之奇緣，遂決心勇敢奔赴，很少人做得到。當他回答命運之神：「I will!」他必早已想到人世的譏嘲、親朋的困惑、媒體的「八卦」；也必想到未來，是傳為美談或者黯然落幕……他必甘願承受。因為愛情的可貴在於真誠與熱烈，不能以能否永恆、長久為條件，除非惡意的背叛，長久與永恆還是操之於命運之神手中。當美好的愛情降臨，有人忠於自己之所欲，順從「神的意志」，欣然赴宴，不顧猜忌、中傷與嘲諷，排除萬難，要追求活生生的人生生活。沒有旺盛的生命力，絕無此勇氣與活力。

生命力之旺盛與否，不仰賴肌肉與年輕。人間有青年的老者，也有衰老的少年。肉體生命的欣悅，心靈的相契，遠比年齡、地位、高矮、生辰八字重要得多。沒有旺盛的生命力絕不會有熱烈的愛情。熱愛人生，能品嚐生命之美，不分男女老少，都值得肯定、讚揚。而愛情中的「真誠」是什麼？我認為凡以所愛的對方為目的，而不是手段；即愛所愛者的心靈與肉體的全部，而無其他利益的考慮，便為真誠。至於愛情中的「忠誠」，起源於不願使所愛受傷，才有忠誠。心理學與人生經驗告訴我們，一個人一生注定只愛一個人並非普遍的事實。許多人一生愛過好幾個對象；許多恩愛伴侶喪偶之後又真誠地愛上另一人，這是人性之常，裡邊當也有來自動物的本性，無可非議，除非有人還想讚美扭曲人性的貞節牌坊，或把人當神。

許多人耿耿於懷的還有「年齡差距」的問題。但是，如果鮮嫩健美與智慧堅毅很難兼備於一人之身，則對青春的渴慕與對智能的傾心，便難以衡量其間得失之多寡。

鮮花之美麗與老樹之蒼勁都各有動人處。而上帝的安排剛好是女性青春期如鮮花，男性的老壯期如老樹，當然相反的例子也不會絕對沒有。一九九六年美國華盛頓州三十四歲女教師與十二歲小六男學生相戀，女教師被判七年半，去年出獄，今年四月雙雙步入禮堂，其愛情之堅韌令人歎服。

男女相愛是人各有志。一般男女相吸引當以異性的身心之異為基礎，但引起「性趣」的條件之複雜、微妙，豈「外人」所能知情？有人因眼神、動作、氣味、嗜好、聲音甚至一顆痣而傾心不已；有人有戀父或戀母情結。找到對味的情人，感到是「緣分」，彼此得到幸福，便為至美至善，他人豈能置喙？什麼樣的「差距」便成「罪狀」呢？「不宜」在哪裡呢？

「八二」跟「二八」不論相加或相乘都恰恰相等，太妙了。我深為他倆的堅強與勇氣所顯現生命之美而讚歎、祝福。

（二〇〇五年三月）

愛與文化

最近有一本科普新書《為什為要做愛》（*Why We Do It*：*Rethinking Sex and the Selfish Gene*），作者是演化生物學家，書中批判了「基因本位的演化生物學」（他稱為「極端達爾文主義」），認為人生一切活動，尤其是性，都為了繁衍後代、傳遞基因，都是因為基因自私地想代代相傳的學說之謬誤。他認為基因只在低層次（生物層次）對人類有決定作用，但在高層次的因果關係還是「文化」。

叔本華早在一百多年前說過男女的情與欲只是大自然生殖意志所設的陷阱。按照當代「基因本位」的說法，愛情同樣不值得讚美，因為那也不過是「自私基因」所導演的騙局。但是性愛在人類生活中早已與生殖脫鉤，人類行為之複雜，愛情的意義與產生愛情的動機，其中有許多是人類超越生物層次的創造，當不全由「自然的意志」與「自私基因」所能涵蓋。人類的情欲與在泥地性交的豬雖然同為動物的行為，但古今歌頌愛情的詩章不絕，正因為人不願意按生物的法則「生存」，而創造了文化，才有人的「生活」。

評判人的行為，只有以道德做基準。那，愛情的道德與不道德，衡量的標尺在哪裡呢？現代愛情只是兩個人自由的戀愛（不都為了生殖，不是兩個家族利益的聯婚，也已極少是長輩的命令），則愛情的道德只有最根本的一個原則：對一個人的身心真誠的愛，不為獲得此外的任何目的物。這個簡單的原則，事實上幾乎很少人能絕對達到——因為人不可能完美。誰不會在愛一個人時考慮到他（她）是否健康，是否能給我安定、光榮與幸福的生活？更不用說考慮到學歷、地位與更現實的金錢、財富。某種程度功利的考慮，也是人性之內容。只要不把利益的獲取擺第一位，我們對人性之缺陷便不能沒有寬容悲憫，因為世無完人。但男女的愛欲若沒有佔第一位的雙方真誠的愛，而以金錢、財富、名利為條件，或訴諸暴力或使用奸計，即為不道德。我想起大學時代深深服膺的廚川白村的《現代戀愛論》，他認為若為名利而相愛，簡直「是賣淫、是奴隸、是畜生之道、是有自覺的新人所不忍做的」。但看當代美女專選富豪為對象，照廚川白村的觀點，當然與賣淫無異。的確，兩者只有「批發」與「零售」及價格的高低之別而已。而現代人動輒離婚，一個美女俊男可以與幾個富人離離合合，得到更多，那連「批發」都不是，只是「租賃」。這絕非譏諷，事實如此。新聞有以「陪吃飯」、「陪睡」動輒千萬元傲人的價目。當代的情欲自由開放，好似社會比從前的禁錮封閉為「進步」，但若沒有開放社會的新道德，人的價值與尊嚴豈不比從前更多喪失？我們所不要的是迂腐封閉的道德，並非人間可以沒有道德。某些媒體不論什麼荒唐的八卦都要報導；沒有批評，並且渲染。媒體放棄維護文明價值的職責，本身便是背德。

對於大科學家楊振寧與翁帆的戀愛，我認為是「生命之美」。最近看到香港一份政論雜誌，兩期刊登了兩篇對楊典型的人身攻擊並惡意辱罵的文章。台灣的讀者投書多為祝福，但也有一位自稱人母者說：「哪一個為人父母的捨得自己花樣年華、疼入心坎、辛苦栽培的女兒成為他人生命尾聲的『禮物』？……老少配是多少天下為人父母的噩夢啊！」對於那兩位完全喪失自律道德的「作家」的污辱與那位「母親」庸俗不堪的思想，沒有一駁的必要。但對於繼愛因斯坦之後一代大師的楊振寧（這是美國多位科學家的評語）感情生活的污衊，令人不齒。「世人皆欲殺，吾意獨憐才」（杜甫），何況若照上述愛情的道德論，楊翁之戀完全合乎道德，除非有人真切知道有何背德之處，誰有權任意猜測、侮辱別人的人格呢？愛情之事原是「人各有志」。且聽翁女之父之言，他「讚賞女兒的選擇是一種美德」。不相干的人的猜忌與辱罵，徒見卑下而已。

二〇〇二年楊振寧八十歲壽慶上台致詞說：「我很幸運到人生最從一幕，我還有牙齒，有眼睛，有味覺，有幾乎一切……」他當然沒想到兩年後他還有新愛情。勇者自強不息，良有以也。

（二〇〇五年四月）

捷運神話

大都會的地下電車，英文叫Subway。東京簡譯，以漢字「地鐵」稱之；香港跟著東京，也叫「地鐵」。台北事事追隨西洋，此物的名字獨不「與國際接軌」，自稱為「捷運」。台北最長的一條捷運線是「新店—淡水」。要坐一個多小時。捷運最舒適，像輕微搖晃的安樂椅，常使人進入半睡的狀態：一邊養神，一邊任你冥想。

在我對面座位上，坐著一老一少。老者帶著枴杖，看來至少應有九十歲，顫巍巍的樣子，卻沒有人陪著。小孩子才牙牙學語，旁邊有媽媽。小孩子不停的自言自語，並且動手動腳。媽媽閉目小睡，一邊用一隻手掌按著他的胸腹，生怕他溜下去；小孩子則用力推開巨掌，要追求活動自由。

我面對這一老一少，雙目半開半闔，胡思亂想。我知道以我的年紀應排在他們的中間偏右。所以他們兩人一邊是我的昨日，一邊是我的明日。我若是右邊的老者，我便沒有太多明天，但我有很長，很豐富，很複雜的昨天。左邊的小貝比要衝撞明天的門，所以躁動；右邊的老人有無盡的回憶，所以安靜。

我不記得我小貝比時代在想什麼？對世界感覺怎麼樣？但我五歲時心中的某些記憶至今依稀猶存。少年到青年時期我有太多清晰的記憶。甜美的、驚恐的、得意的與哀傷的……，我想，夠我寫百萬字吧。我記憶中，似乎一貫在許多人聚集的時候（比如被請吃飯、比如座談會等等），我總是年紀最小的。但我怎麼似乎一下子便到了中間偏右了，這使我驚覺。我距離右邊的老者日近，距離左邊的小孩便日遠。老者的明日既然不多，向右邊再過去便是人生的句點了！何況每個人的句點還說不定是在這位老者的左邊還是右邊……。

大概我睡著了；也許沒睡熟。我神智迷濛之間，有人悄然在我身旁坐下來。這人赤著腳，走路沒有聲響，我只看到這人的腳和寬袍長袖的一部分。他坐在我右邊，在我耳邊輕聲說：「我是上帝。你現在的確處於這孩童與老人中間的位置；不一定中間偏右。你沒想到這位老者已一百二十歲了——人的壽命原可以很長，是人自己把自己弄成早夭。我現在問你：你希望從貝比重新開始？還是願意馬上變成像這位長壽的老人？我可以讓你兩者任選其一。」

我毫不猶豫回答祂：「我不想再從貝比開始；但是，我能否有第三種選擇？如果不能，我寧願立刻變成一百二十歲的老者。因為我對數十年後的我與世界將變成什麼樣子有強烈的好奇心。」上帝更好奇：「人多貪戀生命，你為什麼捨長取短？好吧，說說你的第三種選擇是什麼？」我說，「我不如還是現在的我，讓我從現在再出發。這就是我的第三種選擇。」上帝說：「先告訴我，你為什麼不想重新從小孩開始？你難道不想從頭享受生命，尤其是青少年那段美好的生命？你難道不想把你從青少年時代以來許多錯過的機會，失算的決定，重新來過？你們流行說一句俏皮話——千金難買早知道——我答應給你重來的機會，你為什麼不想要？」

「謝謝你的恩賜！我會說出我不要的理由，如果你同意我的想法，你肯給我另外的選擇嗎？」上帝說：「你先說不要的理由吧。」

「我不想再從襁褓開始我的人生。我不能忍受又從尿布開始，再去經受無告的童年。以我過去清寒的家境，我必交不出學童午餐費，也交不起現在昂貴的學雜費。我父母沒錢給我買名牌Nike的球鞋，在同儕中我會抬不起頭。再說，我自少那麼喜歡自己讀書，現在各級學校的老師水平普遍下降，我對師長若失去尊崇之心，可能有不敬或冒犯，我求學之路必非常坎坷。現在只認學歷不講學力，每個人如果沒有混到博士文憑，便矮人一截，我的青春便要消耗在當前那一紙根本不值一錢的博士證書上。何況我求學的貸款將使我長久難以翻身。當代金權勾結比以前更加強固，貧富差距越來越大，貧窮幾乎變成世襲，清寒的青年人刻苦奮鬥，也不像過去充滿希望，人間的規範、秩序、公義與價值徹底扭曲、混淆甚至黑白顛倒。如果我變成當代的青少年，我儘管還像過去那樣循正道努力追求，也不可能累積成果，出人頭地。我到老年時必更處境堪憐。在這個不公不義，處處受壟斷，遭阻塞，年輕人難有出路的當代社會，他們的苦悶與茫然有甚於過去的我們，我當然不願意再回鍋受罪。

「很抱歉，聽說宇宙是你創造的，但人世永恆有不公不義，有悲苦與殘酷，你從不措意，是不是你以觀賞人類層出不窮的荒誕劇為消遣自娛？我坦白說，我多麼希望天地間有一位萬能的，公義的上帝啊，但我看到人間這一切，很遺憾，我無法信靠上帝。」

上帝神祕的一笑，不正面回答我的疑惑。祂說：「我今天來找你，想給你大半生的辛勤一點獎賞，那是億萬人難得的恩寵，你卻不領情？」

我說：「謝謝你的恩典。我私心裡還有許多理由。你既然肯微服私訪，不恥下問，請容我細說。

「年輕的時候，我的個性過於率真、坦誠，追求理想主義，充滿正義感，不肯妥協。對於許多居高位、據要津、有影響力的人物，雖沒有直接冒犯，也間接得罪了。在那個時代，許多我敬愛的前輩讚賞我有見解，有勇氣，鼓勵我好好努力。當然也有勸我不要太任性，處事做人要溫順一點，不然會吃大虧。我總把這種勸誡視為懦弱、鄉愿。現在不同過去，時代風氣充塞『現實主義』，唯利是圖，做烈士與勇士，那是可笑的傻瓜。所以當代年輕人很懂得審時度勢。若不會拍馬逢迎，至少要討人歡心，懂得見風轉舵。我就因為太不現實，後來受壓受挫，苦果連連。如果我重新來過，前車之鑑，不免對覆轍深具戒心，原來的風骨恐怕都會丟棄；為求達到『成功』的目的，不免放棄本來的堅持，變成勢利的小滑頭。如果真的如此，必為我自己所不齒。請問，我怎能重新回頭？

「還有一層：人生在少年時代，對世界、對未來，無知而好奇，旺盛的求知慾與尋幽探勝的活力，在一步一步的追求中有無窮的興味。如果回頭重來，因為早知結果，因為經驗老到，必然投機取巧，趨利避害，坐收成果。斷不會有過去的熱誠投入，也不會有過去的認真與傻勁，喪失了追求的興奮與樂趣，人生便只有倦怠與無聊。

「在愛情方面，人生如果重新來過，因為過去的慘痛經驗令人不寒而慄，所以必須檢討過去，拋棄夢想，回歸現實。你不會不知，我早先迷上有個性，有才華，而且洋溢著浪漫氣息的柔依，結果天天是晴時多雲偶陣雨，生活一塌糊塗，終於分手。我現在孤身一人，雖然自由，也感寂寞。若重來一次，老於世故的我將不會有綺麗的幻想，若有好友推介一位富商的獨生美嬌娘，好享受她父母的萬貫家財，鴻運當頭，誰能拒絕？當我改走務實的人生，我將成為最俗氣而沒有出息的傢伙，連自己都覺得討厭可鄙，你想我做人還有什麼意義？而且我若靠富婆為生，拿人的手短，過去的瀟灑慷慨，仗義疏財；朋友借錢不還，一笑置之；遇所好之物，不計高價，大有千金散盡還復來的豪氣，都將消散殆盡，當我那一點『浩然之氣』已蕩然不存，我還是我嗎？

「感謝你的好意，我想我們每個人不論在生命的某一刻，都必須承擔我們過去的愚昧與明智、懦弱與勇敢、公正與自私、寬宏與狹窄、溫愛與冷漠，總之，我們一切思想與行為的黑暗與光明所造成的恥辱與光榮，都要自作自受，沒法逃避，也沒有人能奪去。人生的時間是『一次性』的，它不會也不應再回頭。未知的未來以巨大的吸引力誘發我們向前衝刺，其驚險、刺激、美妙與壯麗，使痛苦艱辛的人生有了報賞。我不想返回小貝比，我也不要立刻跳到我生命的末尾，因為我還有許多嚮往與追求，還有許多未竟的工作要努力完成，雖然我強烈好奇人生的末尾將是怎樣的光景，但我若知道了，我現在不止息的追尋與努力將索然無味，而且必將放棄再攀高峰的宏願。請允許我奉還你給我的兩種寵賜，我還是從現在出發，去完成我自己創造的一生。」

上帝耐心聽了我的告白，最後，答應了我的請求，並說：「世人都貪求。貪求財富、慾望、長壽、福運……。你願意在你自己的命運中去努力，不求多，也不求少，這很難得。你雖然不信仰我，但你比那些天天要我賜福的信徒與背叛我去信仰異教的人更好，祝福你！」

我忽然想起愛因斯坦說過「我想像不出世上存在一個能直接影響每個人行為的，有人格的上帝。」現在上帝在我旁邊，我急切要請教祂對愛氏這句話的回應。但是我定睛一看，我身旁長袍赤腳的仙人忽然隱去，外面已然夜幕低垂。我對面那一少一老與原來的乘客不知已換了幾回。我也不知道在我與祂長長的晤談中，這地下電車在兩個終端之間來回跑了多少趟，不然怎麼會外面已是萬家燈火的夜裡了？車窗外面吹著帶鹽分的海風，我現在要從捷運線這一頭，再坐一個多小時車程回到我在潭畔的書房去。

捷運真好，它像安樂椅使你進入冥想的世界。在冥想的世界中你或許有幸與神靈相遇。上帝當然是靈界的至尊。還有太多困惑的難題，我多麼期望有機會再向祂求教啊！

（作於二〇〇五年七月十四日凌晨四點，
二〇一七年十二月五日改定）

異化

當代一切都在異化（Alienation）的過程中。環境、文化、社會在當代異化速度之快，之激烈，為過去所未曾見。藝術也不能倖免。

「異化」在盧梭指文明使人與自然隔絕、疏離。在宗教指人與神關係疏遠。在馬克思指在資本主義社會中，人失去自我，成為市場上的商品。今天確實如此，人與他所創造的產品都是商品，一切都有其「價格」。藝術也是「產業」，與一切商品同義。

今天要談藝術，不能脫離今日世界的狀況，孤立地談。當藝術成為商品，又遭逢全球化的浪潮，藝術的異化更為激進。高度發達的資本主義國家操控藝術的潮流，幾乎所有非西方國族的文化都逐漸喪失自主地位。試看美國的「國畫」（即抽象表現主義）不但有東方的一群追隨者，連歐洲也受到影響。「異化」這個詞有時也指失常、衰退、錯亂或割讓、轉讓。如同把人自為目的的價值轉讓給工具價值：繪畫由「心靈」轉讓給「視覺」，也是異化。

但是，文化藝術如果不能創新、發展、文化藝術將因老化、僵化而衰朽：如果不能堅守自主性，而為迎合、依附強勢的潮流，俯首稱臣，則為自我錯亂，也是主體性的渡讓與異化。兩者皆可悲。古今歷史顯示，唯有立足本土（傳統），汲取外來與其他藝術的新血，才能使文化不斷更生。鎖國固是文化乾涸的原因，但自甘為外族所同化，則不啻是靈魂的渡讓，自我的消亡。

歷史悠久，曾經有光輝的成就的中國水墨畫（習慣名詞為「中國畫」），同中國文化一樣歷經一波又一波的衝擊與考驗。近代至當代，毫無時代感的傳統主義者永遠有一代代的傳人。另一方面，自甘異化的西化派，幾乎把西方現代主義、後現代主義的一切技藝（抽象、多媒材、自動性技法、拼貼、噴灑、裝置……）都有人拿來與「水墨」結合，以先鋒自命。把「求異」當「創造」，不擇手段的求異，更是異化的禍首。另一種異化是刻意追求稚拙、無厘頭、陌生、荒誕、弱智、醜怪、戲謔、塗鴉、媚俗、漫畫化、裝飾化、視覺圖象化。藝術的「創造」就是顛覆、反叛、破壞與刻意的作怪。畫家、畫商、策展人、畫廊、拍賣公司，非常商業化，聳動性的操作，製造潮流，連展覽機構也難以抗拒。這是當代藝術的現狀。

藝術確應表現某個時代的特質，或者說「時代精神」。但藝術界常有誤解、曲解。第一種是把強勢文化流行的藝術潮流（如普普、抽象畫、多媒材、行動藝術等）及技術（如超寫實，自動性技法、錄像、數位等）當做「時代精神」；第二種誤解是把時代社會的「實然」（即現實中的表象，如沒有靈魂與個性的人、奢華、性開放、同性戀、怪異行為等）或把當前社會批判的議題（如政治議題、環境污染與破壞等）當做「時代精神」。其實，跟潮流並不是時代精神；記錄表象，攝影與錄像更能勝任，那不是繪畫所優為；社會批判，許多這一類的繪畫變成圖解、宣傳畫或漫畫。真正有深度的社會批判應由文章、影劇去擔任。繪畫的造形藝術的特質若毀棄不保，也是異化。

當今不只是中國水墨畫面臨異化的危機，整個藝術，整個人類文化、社會與地球都面臨異化的危機。

歷史上大國崛起有的靠經濟，有的靠軍事，究其實，還是靠背後的文化。中國數千年都是文化大國，如果藝術隨西方潮流而異化，不啻是文化空洞化的預警，這是最令人憂心的。

（二〇〇七年八月）

瘂弦趣談

二十世紀下半台灣的「文壇」聚焦於幾家大報的「副刊」。百家爭鳴的副刊內容，包括思想、觀念、知識、文學創作與文化、文藝、社會評論等相當有「紀律」的文類。

那時候大陸時當文革，億萬人爭誦小紅書。而台灣正在一面掙脫羈絆，一面肩負中華文化的承續發揚。一時多少豪傑，激盪著中文神思情采的朝氣。大概九十年代之後，時運交移，文變染乎世情，文壇變為秀場，以娛樂大眾。於是文旌告退，八卦方滋。文字為彩圖艷照所取代，報紙為電子媒體所侵篡。「文壇」於今安在哉？

遙想那數十年間，出了多少副刊老將，功勳彪炳。其間堪稱一時瑜亮有「副刊高」、「副刊王」。前者是高信疆，後者是王慶麟，即瘂弦。（另有兩個副刊，一是「副刊孫」，一是「副刊蔡」，一時傳為趣談。）

於何時何處認識瘂弦，年荒代遠已不可考。我二十四歲因藝術版美編胡永兄的推薦，在「聯副」發表批判傳統中國畫的文章，筆下老氣橫秋，許多人以為作者必四十上下。當時瘂弦兄尚未主聯副，正在《幼獅文藝》。一九七一年我用心寫了評介美國畫家安德魯．懷斯的長文，承瘂弦悅納刊於幼獅，此後時有過從，也已過三十餘年矣。一九九四在聯副發表拙作〈論抽象〉，刊出十一天，頗招同行煩言，甚感歉然。其實該文我斷續十多年才寫成，瘂弦看了說這樣好的文章給聯副吧。當時《藝術家》何政廣兄與香港《明報》、北京《美術》都準備刊登。瘂弦使它略先刊當時百萬份大報，我當然更感激他的知遇。他比我長九歲；信疆比我少兩三歲。遙想當年在王高兩位老編激勵之下，而有我寫作最勤奮時期的一些成果，當知文壇主持人之功勳，令人永遠感念。

瘂弦不是單純的老編，更是著名的詩人。他的詩作在當今詩壇已成典範，而他的《中國新詩研究》，允為此中重要的一家言。為彌補現代詩的斷層，他在資料極困難的三十年前，研究中國近百年新詩的發展史與其間重要詩人的成就，以及史料的整理，發願之宏大，用功之勤勉，評議之持平與嚴謹，不是一般文學研究者所能做到。因為他自己是卓有成就的詩人，他的體味、知音、辨色，能「披文入情」（劉勰語）；斲輪老手，切中肯綮。良有以也。

瘂弦在他的《中國新詩的研究》自序（一九八〇）中，有一段文字隱示了他創作心靈挫頓的感慨。「這許多年來，因著種種緣由，我中止了創作，所幸我的工作一直未曾離開文學，以之濟助我個人的文學生活，未嘗不失為一種方式——雖然對創作生活來說，這真是何其微末的救贖方式。」

從十幾歲以後的十年間，我也曾熱中做詩人。那時候每天詩心盪漾，靈感泉湧，夜間宿舍熄燈，床頭摸黑用鉛筆寫心中湧出來的詩句。也許每個熱心的青少年天生是詩人，雖然到後來覺得那些少作只是夢囈。也許就因為覺得那只是夢囈的時候，詩心便梗塞了。當時也讀了不少詩論，連厚厚巨冊王力的《漢語詩律學》啃完了，還做了一冊筆記，留到今天尚在，不過已成骨董。使我受挫的是聲韻的問題。我這個廣東人寫中文沒問題，聲韻則搞不清楚。新詩不是要解除一切束縛嗎？其實，正因為無法建立詩的新格律，所以新詩到今天不能朗朗上口，而舊詩在今天卻還常在口語中被引用。可見不能順應中文語言特質的新詩距成功尚遠。而社會的急變，詩似乎在這商業化社會已成涸轍之鮒。另一方面，新詩在某些人心中太容易，許多新詩實在只是不通順的奇文，或如謎語，或如符籙、隱語、俏皮話、火星文。人多因熱血沸騰而寫詩，也因理智開啟而擱筆。若非天生異稟，除了徐志摩「輕輕的我走了，正如我輕輕的來」那幾句，誰能脫口背誦三五首名家的新詩？連徐氏前此另有一首「再會吧康橋」也沒什麼人能背一兩句吧？新詩消耗許多人的才華，卻成就了許多「不通，不通！」跳下水的青蛙頂著浮萍做成的桂冠招搖過市。

瘂弦對人生體察入微，生活經驗豐富，極富幽默感，善於把握語言的魅力，很能逗人，有極好的小說家條件，可惜他不寫。我常常為他說幽默故事而捧腹。他說早年初來台士兵看到自來水從牆上龍頭中流出來，便去買個龍頭插入牆中，扭開不見水出而納悶。又有一天，排長吩咐士兵，離開時勿忘熄燈。排長走後，士兵不知如何熄燈，大力吹之無效，以槍口戳之也無效，急得滿頭大汗。適排長來，問戳什麼？告為熄燈，排長大笑曰：「傻小子！」舉手向牆上開關啪一聲，燈便熄了。有一回我去台南回來，拍了一些風景照片，有一張某廟口樹蔭，瘂弦說：當年就在這地方與橋橋常常約會，非常快樂。我說：現在呢？他說：現在？——常常誤會。

三十年前，我偶見舊時代燈台、碗碟之屬，擇其可愛者收集之，擺在家中頗有古氣。影響之下，漢寶德與瘂弦公餘盡往古物店去尋寶，竟青出於藍。漢兄後來忽然致富，真成收藏家，有大價錢的真骨董與玉器名品，在家並設專櫃陳列。瘂弦兄則專收與火有關之銅器，如燈台、燭台或銅暖爐。這些東西都是民間器具，多為清朝與民初舊物，價錢不貴。數年後去他家，所見已到處塞滿，書架上的書也讓位與這些「新寵」。瘂弦笑瞇瞇說：「真不是玩意，看來改天非開店不可。」

一九八六一夥老友同去印度、尼泊爾；一九九三同去俄國。我們都帶了一些銅器回來，瘂弦所帶最多。俄國煮茶銅爐，既大且重，我們沒有人敢帶，但瘂弦不辭辛苦，扛了一個回來，遂被冠上「銅奴」之雅號。

瘂弦就是這樣可敬、可愛的老朋友。他一冊《深淵》已在台灣新詩史上有了地位。他的趣事，我不說，恐怕沒幾人知道；不寫下來，恐怕也忘了。

（二〇〇七年二月八日）

「七九八」雜感

二〇〇七年十一月，我到北京參加李可染先生誕辰百年紀念活動，之後曾抽空去參觀「當代藝術」，紅火之地「七九八」。

「七九八」（還有「宋莊」等等）腳下是中國土地，卻宛如當代西方的「心靈租界」。以前的「租界」是被迫「出租」給西方列強的，而現在的「心靈租界」卻是自願的。我在「七九八」時，心中百味雜陳，有無限的感慨。

鴉片戰爭一百七十年來，中華民族受到列強侵凌，成為刀俎之肉。長期被外國蹂躪之後，接著是內戰，然後是一連串的政治鬥爭……國家幾乎是奄奄一息。好不容易迎來了改革開放。三十年來，國政走上正軌，國力迅速提升，民生大幅度改善，重新找回喪失已久的民族自信與自尊，而有「大國崛起」的抱負。我們付出了什麼樣的代價才換來今天令人鼓舞的局面呢？豈能忘記，這一百多年來整個民族受盡欺凌屈辱、戰禍死難、流離失所，多少世代的中國人被剝奪尊嚴、自由、幸福與生命，這當中有外侮也有內患。總之，全體中華民族為我們自己的貧弱、落後、愚頑與敗壞，付出了人類史上最慘重的代價之後才有所覺悟。

危機。「七九八現象」讓人感到未能樂觀。文化藝術「當代」的病變潛藏了文化心靈自動殖民地的

過去，列強以軍事的侵略，政治的迫害，經濟的壓榨，來征服中國，奴役中華民族。經過我們先人艱苦卓絕的奮鬥，強權終不能斷送我民族復興的希望。但是現代西方列強改變了手段，用感官文化來攻陷新一代中國人的心靈。當然，以美國為首的西方列強不僅針對我們，他們的霸權野心是以他們的文化「同化」天下。所以凡非西方的文化都是要攻陷的目標。所謂「全球化」其實是美國化。亞洲國家多數都相當美國化，最不願被「美國化」的回教文明備受威脅、滲透，所以激起「文明衝突」。

美國數十年來大量出口「感官文化」，比真正的武器更能「征服」全球。這美式的感官文化針對全球大量的感官慾望入手，由低層次到高層次，廣袤而且無孔不入。推動者是財團、商人、政客、政府、情報單位與傳媒，目的在輸出美國文化、美國口味、美國品牌、美國生活模式、美國價值觀、美國人生觀……美國的這種種「文化武器」不攻佔土地與奴役別國人民，訴諸人性的欲與貪，而能引誘、蠱惑、擄獲人心，使人不自覺為其所同化而喪失自我，陷入心靈的被殖民。以可口可樂、麥當勞、牛仔褲、露臍與露股低腰牛仔褲、以貓王到麥可·傑克森、瑪丹娜的美式瘋狂熱門音樂、芭比娃娃、《花花公子》與《閣樓》色情雜誌、好萊塢商業電影、性感女神瑪麗蓮·夢露、美國抽象畫與當代藝術，以「全球化」的口號來收編非西方國家，納入超強美國的麾下。

「七九八」像早先圓明園與宋莊一樣，一下子聚集了時代的「弄潮兒」：憤青、波希米亞人（流浪的藝人）、無業者、投機者、宛如過去「赤腳醫生」的「藝術家」、前衛藝術的投資者、經營者、外國投機客、炒作者、倖進者……「七九八」是一個新冒險家的樂園。有外國人斥資把一個廢廠改裝成美術館，裡面展覽著華人奇形怪狀的傑作。這表示這樣的中國前衛藝術家受到西方肯定，中國當代已經「與世界接上軌」了，同時也顯示了這些作品的價格已絕非等閒。在拍賣行不就時有年輕當代畫作標出百萬、千萬的價碼嗎？洋人早先廉價買下來，經過一番炒作，獲利百千倍。中國已有許多追隨者投資「當代藝術」，做著暴富的黃金夢。不過，泡沫何時破裂，沒人敢預言。大家共同鼓勵著這美式「藝術大革命」。

「七九八現象」並不是北京或中國大陸普遍的現象。不過，名聲之大，藝術市場價格之紅火，使它由原來的「邊緣」與「地下」逐漸躍升「時尚主流」，原來繪畫界的「正統」與「主流」就反而變成「冷灶」。最高美術學院已開設「造型學院實驗藝術系」；而在「七九八」由洋人開的美術館中重要「作品」的一位作者已被聘為副院長。可見「七九八」式的藝術思潮與現象，不再是寄生式的邊緣存在，已經漸漸登堂入室，也就是說，漸漸進入中國藝壇，不知不覺間助成中國文化心靈自主殖民化的趨勢，而這只是許多微妙的殖民化症候的一例。

一個國家經濟與建設可以在二、三十年中產生令人讚嘆的成果，但是文化心靈的陷落（不論是民族文化的主體性、獨特性與自信心的流失；傳統的薪火相傳與發展的阻斷；歷史與文化大國的自尊心的喪失），何嘗不是一念之間風雲變色？當代自願被文化殖民，未來哪裡還有中國文化的棟材？

如果國家強盛，心靈卻陷落，何等遺憾！

（二〇〇八年十一月《美術觀察》）

三個蘋果

二〇一一年十月五日蘋果電腦創辦人賈伯斯逝世。七日起台北各大報不只頭版頭，不只一日以多個整版報導，狂熱讚歎哀悼這位科技奇葩。有一位學者說「宛若國殤」。科技大腕引用大陸雜誌誇張的論述「三顆蘋果改變世界」，推崇賈伯斯是影響人類的第三個蘋果。

十月十四日，中研院史語所李尚仁與十月二十日王道還兩位學者寫〈媒體對賈伯斯評價有待商榷〉與〈時無英雄〉（下面似乎應接「遂使豎子成名」六個字；有意省略了。高招）。有此兩文，媒體之膚淺與勢利，台北人所丟的面子，才略為挽回。總算有人頭殼冷靜。

蘋果公司之所以用蘋果做名稱，在我印象中，因為先有 I LOVE N.Y.。紐約被稱為大蘋果，還被咬了一口。這個公司的名稱表現了當代商業化、大眾化的文化：以貼近大眾，無厘頭，好玩，淺近為風尚。這也是一種媚俗的商業心理學。

三個蘋果大不相同。前二個是真果子，第三個只是商標。更大的不同是意義與境界。

第一個蘋果是亞當與夏娃的神話中，與上帝作對的蛇（魔鬼）說：上帝所說豈是真話？因為你們若吃了生命樹上那果子，眼睛就明亮了，便有智慧，且知道善惡。

聖經說果子，並沒有說是「蘋果」，我猜與後來牛頓的「蘋果」一樣是為述說的方便。因為蘋果是水果中全球世人最普遍熟識的果子。

智慧與善惡是思想與道德。是第一個蘋果所開啟的。

第二個蘋果是十七世紀的牛頓。因見園中林檎（近似蘋果）下落，發見萬有引力定律。牛頓、達爾文、愛因斯坦等大科學家研究科學，都是求知慾所驅動，完全沒有利益的動機，大不像二十世紀中後期有職業科學家，以科研致富。社會上以賺大錢便是英雄，這也是二十世紀以來的現狀。

對宇宙萬物原理與規律無所為而為的探究，是第二個蘋果所開啟的。

第三個蘋果是一個電腦公司的商標。從事商業化科技（不是科學）的競爭成功而出名。賈伯斯種種了不起的「創造性技巧」，不是科學原理的新發見，只是技術，是牟利的技術，還包括行銷心理學在內；也不是他一個人的發明，而是綜合了許多人的成果。

蘋果公司創造了新的消費娛樂的慾望，功罪兼而有之。各國中青年人手一支 iPhone，使我想到大陸曾經有人手一本「小紅書」的文革時代。「不讀書成功論」與「不要知足，要瘋狂」的金句更令人驚悚。何況還製造了更多資源浪費與環保災害。更嚴重的是所謂先進國家在經濟上對全球勞工（包括技術代工業）極不合理的剝削，不公平的待遇，不啻吸全球的血獨肥美國大亨。這是第三個蘋果漂亮的商業成功背後嚴肅的問題。崇拜科技財神，正是勢利、庸俗的證明。

三個蘋果表現了文明的開啟——科學的萌芽——商業的壟斷。其意義、價值與境界，天差地別。

《賈伯斯傳》搶譯之後，大發利市。兩岸中國社會大肆為他吹噓，卻沒有深刻的批判。這本傳記，二十年後，大概是論斤買賣的命運。請走著瞧。

（二〇一一年十一月於台北）

「老年」的隨想

論老年的文章，我沒有讀過比二千多年前古羅馬凱撒時代的哲人西塞羅（Cicero, 106 -43 B.C.）寫的更好。那時他六十二歲（翌年被刺殺而死），在當時當然是老人了。我青年時代讀過，現在再讀，其練達、精闢、透徹，尤其是樂觀優雅的心態，使我再次領悟到知識今勝昔，智慧無古今，而對這位古人拳拳服膺。

人到何時便是老年？現在九十以上都不算「古稀」。若把老年定在八十以後，又似乎太老了。恰巧今年元旦報上有一篇報導：

美國馬斯特民調（Marist）顯示，八〇和九〇出生的Y世代認為六十二歲就是老人；六〇到七〇年代的X世代則認為七十一歲算老。戰後嬰兒潮世代說七十七歲以上才稱得上老人；經歷二戰的「最偉大世代」則認為八十一歲以上才算老。男女認知也有差別。女性覺得男女分別為七十四和七十五歲才算老；男性則以七十和六十九歲才是老年。各世代期望死亡年齡差距不大，大致在八十九到九十二歲間。

不同世代對老年的界定竟有近二十年的差距。可知年歲已難為認知老年的標準。現代人壽命延長，普遍認為老年的年齡應該延後。但是以年齡來界定少年、青年、中年、老年，都只為一般言談方便而已，事實上以年齡分段切割的辦法，失之粗糙而機械。年輕者覺得六十已很老；年高者總期望把年齡推後。這種心理不難理解。

三、四十年前，黨國大老提倡「人生七十才開始」。我覺得是為了戀棧權位，不肯認老，心中鄙夷而不宣。我現在已經七十歲，雖然好似還沒有衰老之感，要努力做的事也不比前少，但我不會認為是人生「開始」的季節，而應是「收穫」的季節。我一生無當官與發財之志，不必多說，識我者自知。我之所以認為由年齡來劃分青年與老年，是舊時代的思惟，因為那根本不能彰顯人生各階段的意義，不妨把年齡放一邊。我的看法，人生的分段，以全新的觀點，應分為四個階段。

第一階段：出生——成長。包括生理與心理兩方面的成長。少數人因生理成長有障礙而致發育不健全；另有心理成長障礙，二、三十歲還停留在幼小時期，是心智的不健全。除此之外，絕大多數人正常成長，經由不斷的學習，成為身心健全的成人。

第二階段：成熟——奮進。銜接上階段健全的成人，繼續不懈學習、追求，努力工作。這是人生最重要、最有意義、最積極進取、最可讚美的一段。為自己、家庭、社會乃至人類而殫竭其精力，奉獻生命，取得成果。這也是一生中最長久的一段。每個人差別很大，有人十多歲已提前進入這個階段，以致耄耋而不停息；有人很遲才開始；也有人很早便結束。人各有志，也因之各人的成就的性質與大小，各不相同。

第三階段：停頓——換軌。停頓指第二階段結束，原來的學習、追求與工作宣告停止。可分為被動與主動兩類：被動的停頓，是因為疾病或其他原因而喪失學習、追求與工作的能力。包括心智的退化（癡呆、失憶等等）與生理的傷殘，便提前進入下面衰老的階段。其中心智的衰退，一無可為，最為不幸；生理傷殘次之。但有人以意志與殘軀搏鬥，仍奮進不懈。最典範就是寫《時間簡史》的當代科學天才霍金（Stephen William Hawking）。不過那畢竟是鳳毛麟角。

主動的停頓是第二階段的事業、工作或生計退休以後，轉換跑道，開始自由自主的人生生活。這也可分為兩種。有人滿足於已有的成果，自忖未來生活所需的種種條件已具備，要過自由自在的生活，享受辛勞得來的成果。不過，個人修養、興趣、能力與程度不同，故各由所好。含飴弄孫，唱歌跳舞，蒔花種菜，看戲聽樂，旅遊攝影，讀書寫字，下棋麻將，股票投資，運動健身，寵物骨董，茶藝清談，釣魚養鳥，公益義工，交遊酬酢，燒香唸經，風水命理乃至呼盧喝雉，酒色徵逐，五花八門，不一而足。有人專門，有人多元兼好，都適性而為，享受人生。

另有一種是在退休之後，開啟了另一個追求奮進的人生旅程。有人在第二階段所從事的工作，不盡是平生理想、願望與興趣之所在，此時正好是無所為而為，也不為稻粱謀，容許追求「自我完成」的黃金歲月。他們以辛勤學習、追求、創造、工作為「享樂」，不以官能的逸樂為滿足。歷史上許多人的貢獻與成果，不少就是來自這個階段。這是「換軌」，其實是「再生」。許多科學、藝術、文學、人道關懷、社會服務、文教事業的成就由之而生。其光輝之遠大，常有超越第二階段者。

第四階段：衰老——死亡。這是人生最後的階段。雖然深思熟慮，睿智穩重，但疾病侵擾，體力下降。當器官逐漸衰敗，或遇意外，最後以生命結束終。這一階段也不能以年齡論。有人來得早，有人來得遲；有人急速了結，有人經歷很長一段歲月。有人身體衰老，但頭腦清明；有人糊塗頑固，嘮叨終日。

上述人生四個階段，在第一階段身心沒有健全發展者，最為不幸；從第一階段即遽然進入第四階段者，更令人哀傷；有人一生沒有第二階段，終生為寄生蟲；有人一生沒有過第三階段，從第二階段堅持到老；也有人在第三階段換軌而再生，後面兩種最可讚美。若還是要套用少年青年與中年老年的稱號，從人生行為的形態與內涵來看，幼年、少年與青年，應為第一、第二階段；中年可從第二階段到第三階段；老年則可從第三階段到第四階段；而第四階段才是最名符其實的老年。各種稱號，並不與各階段互相對應，而是因人而異。最有福的人生是少老短而青中長。

把人生歷程以上述四階段來界定，完全擺脫以年齡來稱呼的舊思惟。所以所謂中年，有人自第二階段青年之後起，包含第三階段在內；所謂老年，有人包括第三到第四階段，有人則到第四階段才算老年。年齡實在只是人生經歷歲月的記號，並不盡符人生各階段的實質。正如有人名字叫「英雄」，但性格十分懦弱；懦弱才是實質，英雄只是名號。譬如有人四、五十歲退休，從此不再學習與追求，也不再工作，遊手好閒，以嬉玩享樂過日子。另一人與之相反，終生努力追求，辛勤工作，似乎沒有老年，八、九十歲仍與年輕時無異。試問此兩人哪一位在過「老年生活」？

老年並不一定只是黯淡無光；許多人越老越光亮，越令人敬佩。每逢一位智慧的老人逝世，我心中痛惜。因為他的智慧，他的學問，他的修養與志節，知識與經驗，一生的辛勞與追求所造成的崇高人格精神，隨著肉身的殞滅而不能發更多的光；當他的頭腦不再工作，是世間失去的珍寶中最無可彌補者。

人生於第四階段之前若好好珍惜，有所作為，則老邁死亡，不必過分怨嘆。而人生若能長壽，其好處應在於使人有更充裕的歲月去完成自己的理想，並不在於有更長的時間去貪圖官能的快感。如果一個人享長壽而沒有更值得讚美的作為，是辜負上天的賜予，則長壽只是羞慚而已。

自上智到下愚，皆有各人的人生觀。人生觀不但決定一生的方向、行為與態度，也決定如何去界定人生的各階段，理解人生各時期的責任與意義。我所論述的其實已洩漏了我對人生意義的「偏見」，其實就是個人的見解與信念。

能活到有資格寫論老年的文章真好。西塞羅說「人人都希望活到老年，但到了老年又都抱怨。人就是這樣愚蠢又矛盾。」我不敢對他討論過的許多問題發表意見，只敢斗膽寫二千多年前他所沒想見的。什麼是老年？老年有什麼意義？更值得現在的老年人努力創造的開拓，便不是年紀太輕的人所能體會與想到的；儘管年輕人的活力與純真是我們所永遠歌讚與嚮往的。

（壬辰正月初二，二〇一二年一月於台北）

如果把人生切成「少青年」與「中老年」兩段，由你自由選擇，試問你要選哪一段？

前段依序是軟弱幼稚——成長發育、學習與記憶力強——體力充沛、感官銳敏、慾望旺盛；後段是心智成熟、能力超強，工作成果豐碩——經驗豐富、功成名就——老成持重，體力衰退、慾望下降、疾病漸多，最後是日暮途窮。

如果只能二選其一，我想，或許大部分人會擇前段。最可能的原因必是懼怕後段的終點是死亡。

但若聲明不管你選的是哪一段，過完了，生命便同樣結束，我相信多數人會選擇後段的人生。因為人生的事功與成就，才是生命意義的重心所在。前段只是春種，後段才是秋收。

或許對某些人而言，終生是少年與青年，不必多負責任，卻有用不完的精力，無窮的慾望，揮灑徵逐，日日笙歌，不種不收，坐享其成，豈不爽哉。不過，成長的苦澀，血氣方剛，魯莽衝動，時時犯錯與心智不成熟的幼稚淺薄，活到中年或以後的人大概不願意再從襁褓開始，度過只有前段的人生。

少青年自己也不見得滿意自己所處的階段。過去受父兄師長的壓制，若不至形同小奴隸，也只能當乖乖的羔羊。現代社會民主開放以來，少青年的地位驟升，常使父兄頭痛。他們普遍敢於叛逆，為過去所罕見。過去的過分壓制是大不合理；現代過分的放任，也是大不合理。因為放任，不啻鼓勵少青年儘情擴張人性中負面的因素：感性的膨脹，慾望的衝動，好逸惡勞，追求無節制的享受。少青年心智、地位、能力、經濟的獨立等均不許可他們能像成人一樣獨立自主，因而心生憤懣，所以叛逆。他們的肆無忌憚不只製造大量社會問題，更嚴重的是當代太多少青年耽於逸樂，糟蹋了寶貴的成長歲月，放鬆了知識的追求、德行的薰陶、技能的訓練，進入中年以後，沒有能力負擔起社會中堅的責任，是現代的大悲哀之一端。

現代老年人則從過去的「喜老」變成「厭老」。不到一百年間有極大的反差。這是很有趣而弔詭的問題。過去四、五十歲便擺出一副「老前輩」的姿態。從儀容、衣飾到風度，都要顯「老」。因為過去尊老敬賢的傳統，大多數平庸的人既難因賢而受敬，自然要以老而稱尊。過去這個「老」，不啻為尊榮與特權的代名詞。以前既然七十稱古稀，如果五、六十歲還不「賣老」，更待何時？所有與「老」字連結的多為褒詞。老成、老師、老手、老練、老到、老宿、老爺、老斲輪等等，不老便無此權威。為了表示對特定身分的尊敬，即使年紀尚輕也冠上「老」字，如老闆、老師。只有老虎與老婆，「老」字與年紀無關，也不涉褒貶。不過，鼠輩即使新生，也稱「老鼠」；賺到「老」字，卻依然受人厭惡。老也是姓氏。我曾有一學生姓老，每為其姓所苦。她芳華正茂，被呼「老小姐」，想必對「老」字恨之入骨。

大約二十年前，一位報社朋友乘計程車，付車資時司機找他五元，他說「不找啦」，司機說「多謝老伯」，他竟然光火，說「五元還我」。原來他五十多歲滿頭白髮，一臉滄桑。司機的禮貌，尊稱老伯，反惹他生氣。

社會新聞年輕記者，動輒對五、六十歲男女稱「老翁」、「老嫗」。倒楣的事件見報，已經不快，被稱老翁老嫗，其不快豈不加倍。

細考從喜歡賣老到厭老而充少的原因，乃時代變遷所使然。營養、養生與醫學的進步，造成健康與長壽為過去所不可想像。所以人人不必也不願服老。當代老年人除了在乘車半票與「老人座」上得點小惠之外，過去在家庭與社會上老人的特權大概已經蕩然，充老毫無好處。在這個感性膨脹，物質豐富，刺激消費，鼓勵享受的現代社會，人生的福樂，包括各式美食、視聽之娛、周遊世界，五光十色的官能享樂之外，愛情與肉慾，也都自由開放，各取所需。政商顯貴還有豪宅名車、二奶小三、權勢地位與賺錢事業。一息尚存，豈肯放手，所以當然厭老。不過即使達到老當益壯，外表還是雞皮鶴髮，如何與少青年競爭？所以，治標的大工程也必不可少。所幸時潮與整形科技，提供老年變貌的條件。（這裡面是多大的商機！）從頭髮到腳趾，有染髮、植髮、假髮、義齒、植牙、拉皮、豐頰、削骨、抽脂、除皺、換膚、打針、隆乳、豐臀、漂白、除斑、美甲……，再加上各式花俏帥氣，不分老少的流行服飾，一個老翁或老嫗，經過一番折騰，可以比不修篇幅的兒女更年輕。老爹老媽與子女，形同手足，這或可稱之現代版的「亂倫」。不過老人充少年若過了頭，不是恐怖，便引人發噱。健康長壽，青春永駐雖造福，也造孽。不擇手段充少，無疑擴大、延長人性之貪婪；能做到老驥伏櫪，勇邁精進，不辜負天賜延年者，總是少數。

十九世紀美國文豪霍桑（Hawthorne, 1804-1864）的短篇小說《青春之泉》，寫三個顫巍巍的老翁和一位殘花敗柳的風流寡婦，從老醫師那裡得到「仙水」，霎時回復青春。卻因舊態復萌，爭風吃醋，幾乎演出仇殺的悲劇，四人頓時重回原來的老邁。霍桑在小說中對人性有痛切的諷諭，發人猛省。

老年人懷念青春，渴望重返少年，正透露了人生無可補救的遺憾。但人在青少年時代常常不知珍惜，沒有為未來的人生好好努力做準備。生命所擁有的歲月其實短促。知堂老人說過「常常登上座，漸漸入祠堂」，非常諧妙而深重。到年華老去，有多少人能毫無愧悔？我們每個人的晚景，都是過去大半生行為的果報。有人老了，回顧過去，不禁為自己困頓而奮發的少青年時期寄予無限的同情與憐愛，此中是欣慰與幸福；有些人老來潦倒，回想從前的放縱與跋扈，沒有自責，卻有不盡的嚮往與戀棧，注定他晚年沒有救贖，只有怨尤；也有些老人，對過去身強力壯時的魯莽滅裂，強烈的後悔與自責，以謙抑悔恨終老。

現代科技延長生命的活力，確是對現代人空前的恩惠。但若不加珍惜，卻一味貪慾，「青春之泉」也不能使無常的人生增加什麼價值，只是醜劇延長而已。知堂老人又有引用古人「壽多則辱」之說，其中的深意，豈是庸愚所能領會？

（辛卯歲暮，二〇一二年一月十八日於台北）

全球化中說相聲

說起相聲，便想起北京侯寶林，台北吳兆南、魏龍豪。清末至今百餘年，到了他們三位上台之後，相聲藝術才更膾炙人口。侯寶林一生極其坎坷，歷經反右、文革。聽說當紅衛兵高喊「打倒侯寶林！」侯說「不用，我自己躺下得了。」受難中不忘以諧謔笑傲對之。到八〇年代被北大聘為教授。晚年從事著述，有《相聲溯源》、《相聲藝術論集》等書。一九九三年逝世才七十六歲。

台北吳、魏兩位，實是相聲發揚光大的功臣。在大陸政治鬥爭不斷的時代，他們在台北，搜羅傳統段子，整理脩葺；也創作新段子。而且不遺餘力表演、傳播、錄製相聲集錦，以傳久遠。更悉心培養弟子，創立「龍說唱藝術群工作室」，現為「吳兆南相聲劇藝社」，薪火相傳。

今年八月底九月初，為紀念侯寶林九五冥誕，吳兆南號召侯寶林兩岸的徒弟與徒孫，在台北舉行《侯門深似海》的相聲表演。北京侯大師的女兒及好幾位一級演員光臨台北，同台獻藝，這是空前難得的盛事。

吳兆南再兩年便九十大壽，他與魏龍豪是相聲藝術台北雙傑。可惜魏龍豪已於一九九九年病逝。他們兩位確把侯寶林的相聲，再推向另一個高峰。原來北京的相聲，是市場、茶館門嘴賣唱的玩藝，天才侯寶林把它淨化、提升，確立其優秀民間藝術的地位。不過，北京的相聲，閒話太多，有點拖沓。在語言的節奏與韻律，情緒與調子的起伏快慢，輕重舒縮，敘事的邏輯，整體結構的嚴謹與緊湊，題材的擴大，時代精神的融入，為民喉舌與社會批評的發揮等方面，就我這個門外漢的旁觀，台北雙傑於侯大師，是青出於藍而青於藍。尤以《南腔北調》、《八扇屏》、《拉洋片》、《俏皮話》、《山西家信》等老段、新編，可說已成經典之作。

相聲藝術之所以有魅力，就因為他有不可取代的特色。他不是戲劇，不是歌舞，不是戲曲，也不是說故事，它卻可以兼取並融，融合在以口說為主的語言藝術中。它不要化妝與服飾（一襲灰青長衫，意在將視覺的干擾減到最低，以突出相聲的語言——包括聲音、表情、手勢都屬「語言」的範疇——為主的藝術特質），也不要燈光、佈景，不要背景音樂，純粹是「語言藝術」。（有人加上化妝、服裝與燈光佈景及音樂，以為是「創意」，實則是「焚琴煮鶴」。）相聲可以說是表演藝術中「物質材質」最少的藝術，它的形式與內容卻可以無限擴大。表演形式上，它可包容說話、口技、方言、各地民間說唱、戲曲、歌曲等；內容則哲理、文學、政治、歷史、民俗、語言、飲食、倫理、批評、雜學等等。優秀相聲藝術家修養淵博，技藝精湛，寓莊重於諧趣，別有慧眼看人生，絕不是逗笑而已。這使我想到他們與老舍、葉淺予、王洛賓、張樂平、豐子愷這些二十世紀民族藝術家，他們都是貼近現實人生，既通俗，又深刻的大師。老舍與梁實秋曾同台說過相聲，可見學院中人也不輕視相聲。他們有些人曾飽受苦難，大多已下台鞠躬，以後恐怕是「但恨不見替人」。

民間藝術最大的危機就是當代的「全球化」。西方社會學者老早指出「全球化就是美國化」。全球化不知不覺改變了各民族國家的文化土壤，使外來作物壯盛，本土作物萎弱。想想我們今日的小孩子天天喝可樂，吃炸雞，本土的碗糕與四神湯怎能不越來越靠邊？而今天，陳達的民歌與李天祿的布袋戲如何敵得過女神卡卡與「憤怒鳥」？如果還以為文學藝術的民族主義是狹隘、落伍的觀念，正好讓歐美的全球化吞噬了我們民族文化可貴的珍寶。當代「全球化」不是最大、最霸道的文化的「民族主義」嗎？為什麼我們不敢反對？

幸好相聲的藝術傳統薪火不息，許多優秀的傳統段子都得到很好的整理和保存。彰化建國大學土木系有一位丑倫彰教授，自認從少年起得了「相聲病」，為相聲做了許多輯錄、整理的工作，數十年如一日，十分可敬。他且與魏龍豪曾是忘年交。

優秀的文化藝術總有許多知音在天涯海角。上月十五日「聯副」刊出訪問吳兆南先生的文章中他說，相聲像一盆花，大家都說漂亮，就是沒人澆水。我謹以此小文，呈獻一瓢之誠。在全球化無情的浪潮中，我們更應該重視、呵護、獎勵、發揚我們的大眾民間藝術。

我對相聲藝術社團與社會有一些期待：應該蒐集、研究、出版有關說唱藝術的錄音與書籍、文章，尤其是已過世的侯寶林、魏龍豪及其他名家的文字。也應出版傳統與新創的優秀相聲段子的「文本」，這對認識、改進、研究相聲很有功用。其次，應鼓勵新段子的創作，也應鼓勵「閩南話相聲」的創作。事實上相聲是「語言的藝術」，什麼語言都可以創作「相聲」。閩南語有幽默、詼諧的特色，可以反映時代，應該有很好的新段子誕生。

（二〇一二年九月）

遙想少年李渝

我來寫李渝，許多人會驚奇：你怎麼會寫李渝呢？你認識她嗎？……

我想寫這篇小文是看了三四四期《文訊》有一篇文章中一張三年前文藝界十多人餐會後的合照所引起的。這裡面有李渝，以及許多我熟悉的人e我便想起：為什麼裡面沒有我呢？因為我疏於與人來往；因為我一向桀驁不馴；因為我從來不喜歡成群結黨，不喜歡湊熱鬧；因為我不喜歡與倖進之徒接觸，有點「潔癖」……是這樣嗎？大概都是吧！的確，許多場合，我不會去，人家也沒要你來。

由那篇文章中可知李渝二〇〇九年與二〇一一年都來過台灣。如果我知道她來，或她打電話來，我必會很高興請她吃飯、暢談。但我與她數十年沒來往，當然不可能見面。等到我上個月從報上知道她自殺了，才記起這個人，想起一些事，驚覺人生之短。

我很早認識李渝。大概將近五十年前，孫多慈老師介紹一位私下跟她學素描的台大女生給我，要跟我學畫。孫老師說，她看到你的畫和文章，很佩服你，想跟你學。我當時剛在師大美術系畢業未久。我記得就在孫老師溫州街的畫室我為她一個人上課。

那時候，李渝大概還在台大吧？個子小小的，鼻子又挺又尖，皮膚出奇的白皙，聰明透頂，領悟力超強。這個印象數十年不忘。我記得我面對台大這樣一個才女型的學生，十分興奮，因為我可把我對書畫最深入的理解說給她聽，不必擔心像其他女生聽不懂。我最難忘的是我講中國書畫的筆墨理論，對「一波三折」、「中鋒與側鋒」、「屋漏痕」等，我深有理解，而且所言清楚又有獨到處；我又舉了許多生動的比喻與實例，也動筆示範。我自己很得意，李渝也因深能領悟而讚美，因她在其他地方都弄不明白，經我一講才豁然開解。我不記得為什麼上課沒有太久便中斷了。是不是她要出國，或者我要去當兵？總之，我這個只大她約三歲的老師，自她出國後再沒看到她，一閃過了半世紀。這裡面有一點芥蒂，說來有點不幸。

我當她老師時，有一次，跟她介紹近現代中國畫家，從任伯年到黃賓虹、傅抱石等（那時戒嚴，談大陸畫家只能私下小聲說，這些名字許多人都未耳聞）。她說：等等，什麼抱石？我家書架上有一頁扇面掉落在書後面，似乎就是「抱石」畫的。下一次，她拿來給我看，的確是傅抱石丁亥年所作逸筆草草的屈原江畔行吟圖。我說我太喜歡了，這張扇面送給我吧，她說：好吧，不過要換你一幅畫。我說隨你挑選，她挑了我大學畢業前所畫的一幅〈無題〉。我記得她不挑大的，只挑一幅試筆的小品。現在李渝的子女應該可以找到那幅畫，我相信她會留著；除非已送人。這幅畫在當時黃君璧、溥心畬「二大復古宗師」分霸台灣中國畫半壁江山的時代，確有點逸出「規矩」，聰慧的李渝就要挑有個性特色的罷！

很多年後，李渝在美國讀中國美術史。她後來知道傅抱石比黃君璧、溥心畬成就高得多，想起以前一家人任它冷落在書架後面，沒裝裱，也沒裝框的那頁扇面，當年換了我一幅小畫的事，她寫信給我，說能不能還給她？我回信說，那是你跟我換的，多少年前的事了。這一張扇面是我最珍愛的，對不起，我不能送給任何人。此後，她沒再來信，她有些懊惱吧，誰不會呢？

後來，在台北偶爾看到她出版些書，我買過她寫的《任伯年》。她也寫過其他美術文集。我那時想：如果她跟我這數十年有來往，我們可以有極多有益的討論。不過，她的興趣在文學上更濃。而有了那次芥蒂，緣分沒了。

人與人親疏遠近要看緣分。我不相信神祕天機的那一種緣分，我覺得除了不可預測的「偶然」之外，是性格決定了人際關係。正如我開頭所說那樣。我喜歡真誠、坦誠、有才華、敢說真話的人。但是，有才有識有膽又真誠的人太少了。人為生存，為個人名利、地位，總得到處討人歡喜，所以說話大半言不由衷。我平生對名利慾極強的人特別敏感，能洞悉其偽善與奸巧，便忍不住鄙視這種人。這是我不願多交際應酬，因而人際疏遠的主要原因。真誠而沒有勢利之心的朋友，雖難得，但我有不少肝膽相照的老友。基本上我不希望太多朋友；我不可能，也不願有所圖而交際，也厭惡有所圖而交際的人和場合。

很少人能自願從不缺這種人所組成的人間抽身游離，也許因為人總膽怯，又怕失去什麼。

李渝對文學，對她的至愛，對人生是真誠的典型。她沒像別的人，唱作俱佳，而且弄得很大聲。不然的話，為什麼她曾回台大客座，許多人（包括我）怎麼會不知道她在台北？

偶然竟造就了一個極短的緣分。我只記得大學時代的少女李渝。那時跟她說話得用心，冷不防被她反將一軍；你會吃驚她思路之快。我只認識蓓蕾未開的李渝，卻在今年五月初在台北報紙上知道她七十歲為追隨亡夫停止苟活了。噢嗚！真誠與堅毅，令人一嘆！

（二〇一四年六月）

悲欣同一

對世界的一切沒有更透徹認識的時候，我們常常以為萬事萬物都可分為兩類：好與壞，樂與悲，光明與黑暗，幸福與痛苦，樂觀與悲觀……。認為前者為「積極」，後者為「消極」。智者常勸人凡事朝積極方面看。

但智慧之言常常理未易明。許多表面上似乎水火不容的兩者，並不絕對勢不兩立，很多時候它們二即是一，互相連結，互為因果，甚至合為事物的共同體。人不到老大，不易領會其妙。美麗與哀傷，就是如此。

一九六一年，川端康成發表小說「美麗與悲哀」。數十年前我有沒讀過，也已忘記。但這兩個詞語留在我心中，長久玩味它們的關聯與弔詭的深意。我現在用哀傷代換悲哀，微有不同而已。

很早已領悟到最使人心感動讚嘆的美好與最令人痛徹心扉的哀傷之情之間，時常是相連相屬、共生共存，甚至是互為因果的。近年來腦際常浮現川端曾有過的這個題目。我三十六年前寫礦工畫家洪瑞麟的評論〈地底的靈魂〉一文，曾引錄永井荷風〈江戶藝術論〉對反映現實人生的「浮世繪」的觀感，一段動人的文字：

苦海十年為雙親賣身的遊女的繪姿使我泣；憑倚竹窗茫然看著流水的藝妓的身影使我喜；賣宵夜麵的紙燈寂寞地停留河邊的夜景使我醉；雨夜啼月的杜鵑，陣雨中散落的秋葉，落花飄風的鐘聲，日暮途窮，雪滿山路……，凡是無常無告無望無著，人生中一切恍如春夢令人嗟嘆的，於我都是可親，於我都是可懷。

這是我密藏心中數十年，使我感動落淚的一章。

美麗與哀傷確是如此不可分離，幾乎構成人生的全般內容。成與毀，豈不是宇宙變易的基調。回想我十幾歲在武昌，冬天踩著爛泥拌著死葉的土路，看著黑色枯禿的樹枝，忍著飢寒，盼望春天。等到大地遠方隱約呈現一抹夢幻似的淡綠色，楊柳枝梢也似乎有點綠味，我忽想起古詩中有「不知誰為染鵝黃」，「綠柳纔黃半未勻」句，正是此時的遠方地上、枝頭顯露帶著嫩黃的新綠意。又有「草色遙看近卻無」，也道盡了春曉的實況。那是由於「透視」的原理，近處看不到如針尖一樣小的綠苗，遠處因為千萬苗尖重疊重疊才顯示了淡淡的綠色。我那時沒讀過多少古詩，能與實景印證，心中多樂啊。待秋冬來到，「無邊落木蕭蕭下」，換來了蕭索悲涼。新生的歡愉與凋傷的悲哀，才能發現、體會美；不論是從悲傷中來，或終將回到毀滅的悲傷中去，兩者不須與離，原是鐵律。我自少與雙親聚少離多。母親逝世之後三十多年中，偶然夢見母親，每每獨自暗中淚下，心中呼叫媽媽，那是我與母親最親近的時刻。親情的甜美與哀傷難分難辨。

凡上等之物，多帶苦澀之味。烈酒、苦茶、咖啡、巧克力、苦瓜、橄欖、雪茄等是。蚌蛤有疾而生珍貴的真珠；巨木長瘤而得稀有的癭木。唐・李商隱有一首《暮秋獨游曲江》極透徹而雋永：

荷葉生時春恨生，荷葉枯時秋恨成；
深知身在情長在，悵望江頭江水聲。

美麗絕色，傾城傾國的美女，多伴隨著哀傷的命運。悲情與美遂成並蒂蓮花。簡直可說美與哀兩面就是一物。癡愛文學的人必為希臘古代悲劇，或中國古代女媧、后羿、夸父、精衛等神話之壯美所震動；也必為西施、昭君、楊玉環、林黛玉，為羅密歐、茱麗葉、安娜卡列尼娜、黛絲的遭遇而心碎。偉大的作家筆下那些與黑暗戰鬥的人物，那些堅執理想不肯屈服的男女勇士；那些善良、弱勢、孤苦無告者，因為性格、命運或環境的逼迫受種種悲慘的遭遇所引起天下普遍人性深切的感動、共鳴與悲憫，人間美麗與哀傷同體，正是藝術美感千古不磨的真義。

這個真義，激發出人性中最高貴的情操，正義、真誠、悲憫、寬容、人道與愛。弘一法師李叔同在生命的末尾寫下「悲欣交集」四字，留給後人寶貴的啟示：吾人所愛的世界，正是悲欣同一的人間世。

（二〇一五年十月秋風初起之夜）

觀天下，說自處

前幾天那個下午，剛剛有一點疏爽的秋意，多年沒聯絡的老友忽來電話，一時之間興奮得談個沒完。他對時局、人生深有憂慮。我說一切都來自價值崩壞。有兩個因素造成價值崩壞：商業化與大眾化。這一切歸因於近代西方文化全球化的擴張的結果。你的憂慮不是你一個人的，乃是全球性的。世界早已一步步在劣化。我對世界非常失望，包括物質的地球，快不適人類生存了；也包括心靈的世界。一切有價值的，美好的東西都一一被摧毀，被虛無、庸俗與荒誕所取代了。他問我近年在忙什麼？我說忙得很。書畫創作較少，但讀書、思考、寫作比以前更勤。用功的態度與過去無異，只是過了古稀，比較注意休息與飲食而已。老友笑著說：對世界失望，卻又用功工作，不矛盾嗎？我一時失笑：確似矛盾。但我告訴他，若轉換心機，設定不同的角度，兩者便可互為因果，不成矛盾。他說，怎麼說呢？我說：如果我們能從世界中跳離開來，遊騁於世界的邊緣、內外或上下左右，把世界作為一個客觀的「東西」來考察、審視、研究、思考；把握它的現象，追尋其本質與根源。那麼，我們的好奇心，求知的渴望，發現的趣味，就有了一得之愚的欣慰。不管世界好壞，都將使我們覺得世界的複雜豐富，知識與學問、思想的無窮與奧妙，自身的渺小與短促。而驚嘆、興奮、謙卑、敏求的快樂與自得的快慰。如果我們的努力完全不為功利的目標，而是心靈的嚮慕，無所為而為，所得到的歡欣，反而使我們熱愛生命，絕不因失望而厭倦或厭世。觀察、讀書、研究、思考、寫作、創作，忙極了。一個人若只恨歲月太少，時間太快，他便給自己找到喜樂。

我很樂意把我對當代世界的感想和自處之道寫出來供參考、指教。

我們對這個世界，先應有清明的認知。這個世界包括自然與人為兩部分。自然世界有其自然之道，按其必然運作，嘉惠人類，也給人類帶來災難。人以智慧鑽研自然必然之道，探其原理與規律，以適應自然之道，逃避災難，亦改造了自然以利用厚生。所以人生世界便有一個自然加上人為的實然世界。面對人與自然，人與人，人與群體，人與物，人類過去長期的努力就在使實然世界成為一個價值與道德的人文世界。可以稱為「應然」的世界，人的尊嚴和光榮全在這上頭。

有關中西文化與自然相處之道，相對而言，中國自來崇尚尊重自然，天人和諧相處。近代西方則努力征服自然，追求慾望無限滿足。兩者有明顯差異，關於這一點，中外學者，大概沒有太大歧見。中國從秦代以來，在歷史文化、經濟國力等方面領先全球二千多年。近代約兩百多年來才由西方取代而落於其後，這是客觀的歷史，無可懷疑。雖然李約瑟的《中國科技史》證明中國人在科學上也領先世界，但近代從文藝復興以後，西方科技突飛猛進。十八世紀工業革命以後到十九世紀已成為全球在經濟、工業、軍事等方面之強權，直到今日還是事實。不過，今日是單極獨強的美國，歐洲變成老弟了。

一九六五年我讀到羅素一九五二年出版的《科學對社會的衝擊》，如醍醐灌頂，啟迪我對「科學」與「科技」這兩個概念有清醒的理解：它們是母子的關係，但其本質以及兩者對人生與世界的影響，是不可同日而語。

科技對人文世界的衝擊，最嚴重的就是價值的崩毀。自然世界本無「價值」其物，價值是人類離開動物之後建立起來的。人類之所以有光榮，有尊嚴，乃在人類創造了價值。「價值」與「價格」完全不在一個層次；有時兩者甚且相反。我們都知道，實然的世界就是客觀存在的時代社會，它由許多自然與人為的必然因素相激相盈而構成，因為世界有局限，人性有優劣善惡，所以它不可能是完美的，局限性極大，有時甚至極為邪惡黑暗。人類不甘永遠受客觀現實的宰制，即不願馴服必然因素的威壓，不願向不理想的實然俯首低頭，人類要以其智慧與意志，排除萬難，不懈地去追求那個理想的目標，那就是上面所說，在必然與實然之外，追求「應然」的世界。

全球感染美式文化病黴

數千年來，人類反覆戰勝黑暗，追求光明，有可歌可泣的歷史。到了近代，西方激發了兩個前所未有的新因素。這兩個新因素，從開始時的造福人類，到二十世紀中期以後逐漸變成腐蝕人類品質、威脅人類生存的大危機。第一個便是「科技」。科技的發達最直接的後果是「商業化」。這個趨勢隨著科技一日千里的飛躍，生產力的空前提高，商業化的規模不斷擴大，力度不斷增強，加上西方強權的威脅利誘，巧取豪奪，以跨國企業，國際貿易與掠奪性的金融手段等等高明的策略，商業化快速全球化。

第二個就是「民主」。民主是二十世紀人類最歡迎的國家政治的新制度。因為過去政權都是專制與極權，以世襲或以武力奪取。近代西方的「民主政治」是由「人民做主」，前所未有，普遍受到人民壓倒性的歡迎、擁戴。資本主義的民主政治與共產主義政權，在二戰之後成對峙之局，即所謂冷戰。西方的目標就是以民主來戰勝共產。

二十世紀末資本主義「民主政治」隨共產世界的自動解體，改革開放而成天下歸一之勢。美國日裔學者福山遂有《歷史之終結》一書，鼓吹西方的民主政治、自由市場經濟、資本主義，將永遠造福世人。很遺憾，「民主」與「科技」一樣，起初確實造福人群，但是世紀末以來，民主政治即使在號稱「先進」的歐美，也已顯示了它漸漸走上窮途末路。它未能拯救人類社會，而且製造了更大的不公、黑暗與痛苦。對世事稍有涉獵的人都知道全球對西方民主政治希望幻滅，因為貧富空前不均，生計艱難，政客墮落，民粹興起，官員貪污或淫亂，治國無方；當代社會憤青與城狐社鼠藉故暴走（台灣太陽花、香港佔中之類）；大眾抗議不斷，反對黨、投機政客與媒體煽動民意，政府的無能與被「民意」裹脅。民主政治毛病百出，危機重重。

單舉一例，可見一斑：《紐約時報》去年有英國前首相布萊爾專文：〈民主政治是否已壽終正寢?〉（Is Democracy Dead?）別忘了英國是西方最老牌的民主國家。西方「民主」早年的憧憬已完全幻滅。

我國「五四」時期，熱血青年所追求的德、賽二先生，即「科學」與「民主」，不到一百年間已經從造福人類走到它自身的反對面，成為物質生存環境的殺手與人文價值崩毀的地雷。科學轉為「科技」，科技成為生產財富的手段，造成商業化，也即倫理學所稱的金錢拜物教（money worship，也稱拜金主義），使人格墮落。商業化社會一切價值都可用金錢衡量。愛情、親情、孝道……皆因而變質；智慧、肉體、忠誠、性感、慈善、權力、地位、榮譽……皆可換取金錢或用錢得到，所以造成普世倫理道德的淪喪，人類品質普遍下降；「民主」發達了「民粹」，一切以大眾為依皈。因為爭奪選票而討好大眾，思想觀念、品德教養、審美品味都要竭力迎合大眾，或由最符合大眾性格與品味的人來領導時代風尚，必然是反智、去精英、膚淺、粗糙、無厘頭、鄙陋、色情、庸俗。「商業化」與「大眾化」兩隻巨獸是「地球末日」與「價值淪喪」的源頭。這個悲哀、可怕的趨勢已讓許多先知向人類提出強烈的警示，人類似乎還很難切實懸崖勒馬。商業生產與消費照常追求最大利潤，物種絕滅與地球浩劫束手無策。國族、宗教、文化、資源矛盾衝突的戰爭不絕，大眾的麻木與無知沉湎於娛樂與物質享受，強國的暴斂與弱國的貧困、戰亂、顛沛流離……令人驚嘆世界的無望。

人類在過去數千年，尤其是近數百年所積累的傳統文化，各國族偉大的人文、藝術創造，到此為止，成為古董。代之而起的是在西方近現代文明膨脹所鼓吹的創新，其實是大量製造新奇刺激，吸引感官的商品化產品，以取悅大眾品味與嗜好的流行風潮。以弱智、粗陋、庸俗、搞笑、古怪、刺激、性挑逗、低級趣味甚至荒謬、醜惡、反智、反文化，來顛覆傳統，鄙薄傳統，蔑視規範，踐踏規範……稱之為後現代前衛風格。在建築、繪畫、音樂、文學、語文的運用、服飾、廣告，乃至一切文明產品都表現荒誕與反美學的傾向。二十世紀中期以後，像瘟疫一樣，全球都感染了美式文化的病癥。這正是美國宰制全球，採取像鴉片使人上癮的伎倆，以蠱惑人口絕對多數的無所適從的「大眾」，來成全他全球霸主的地位。以最先進的科技昂貴定價的產品來吸取全球大眾辛苦所得的血汗錢。蘋果手機是最明顯的一例。它使該公司富可敵國，而全球青壯年為之俘虜，而且在手機上無日無夜接受美國意識形態的洗腦而不自知。世界原本多樣差異的多元價值慢慢被排斥而萎縮，向一元化邁步。這是一個美式的全球化，也即一個全球的美國化的可怕趨勢。

世界一步步陷入危機

這是我對今日世界的感受與對其根源粗略的看法。我覺得我們很重要的是首先應明白當前人類的危機是西方近現代文化全球擴張的結果，不是世界必然的命運；是強權有計劃宰制的結果，不是各國族的意願。當商業化與大眾化成為流行之後，世界一步步陷入危機而措手不及了。很遺憾的是我們似乎放棄像過去在醜惡的實然中勇猛追求應然的勇氣。當代人類的慾望被挑起而且不斷激發、膨脹，人性中不完美部分，如好逸惡勞，耽於肉體、感官的享受，追求無止境的放縱而不受約束，那個潘朵拉的盒子被「現代主義」打開之後，全被宣傳美化成自由、開放。而且誇大、利用達爾文、尼采、弗洛依德等人的學說（有人為討好大眾，為了商機，故意曲解，非常失德）。認為人本來既是動物，適者生存，不適者被淘汰，所以商場、職場競爭不擇手段也是天理；以為上帝已死，人已沒有束縛，百事可為；以為一切動力來自性慾，充分滿足欲望不但是天理，而且是健康的保證，所以許多道德是虛偽無聊的教條。西方後現代「大師」如德里達、傅柯等人的理論更驚人，不容贅述。西方的現代哲學與文學，影響全球，留洋學人回來，都以這些學問而高人一等，都在販賣這些學問，紛紛在追求中國的「現代性」，藝術界則在探索中國的「當代藝術」……。一切都以西方近現代文化為圭臬，盲目崇拜、努力附驥。學者與文藝界多數人否認民族傳統的特色，以為政治軍事的民族主義是惡的來源，連文化上的民族精神也應拋棄。這些西方現代及後現代思潮，成為我們的認同與信仰，在中國學界與文藝界幾乎佔主流地位已超過半世紀。我們多少人甘為「西崽」，怪得了誰？

我最近在編一本書，收集我過去五十年來對西方現代思潮全球擴散而且成為時代主流的反思批判的文章。書名就叫《批判西潮五十年》。雖然粗枝大葉，但五十年堅持不動搖也算不太容易。處於這個大錯亂，大毀滅的時代（猶記上世紀中出了好多本談「危機時代」的書。以哈佛教授索羅金〔Sorokin〕為中心。今日應比上世紀的危機嚴重得多），一個知識人如何自處？我覺得只有一要事：找回自我，建立你誠心相信與熱愛的觀點、方向與生活。中外古今的學問知識皆為人類珍貴財產，要入而能出。要能超脫出來，不為一國一派一家一時的偏見與潮流之奴。要有自己獨特見解，不要依附強國或西潮中各類「大師」。要堅持文化的民族主義，不要相信一元化的國際性或世界性的鬼話，那是狂妄頑固的西方中心的另一說法，西方中心就是最強的民族主義。以撒．柏林（Isaiah Berlin, 1909-1997）有一句話先得吾心：文化的單一化，文化將走向死亡。今日美式宰制全球的「當代藝術」與美國生活方式就是如此，正走向藝術的死亡，與人類文化的危境。不要活在錯亂時代的主流中，那只是向實然屈服。不要羨慕那些榮寵。要做你所相信的應然的自己，永不改其志。

（二〇一五年十一月十一日於台北）

人類文化向下沉淪

文化與文明，只在偏於精神或偏於物質上面略有差異。但天下沒有絕對與物質無關的文化；亦沒有只有物質，沒有精神的文明。人類的文化、文明正面臨毀滅性的危機。地球上面眾人營營逐逐，我很懷疑，活在當下全球七十多億人中，有多少人真正驚覺到人類世界正遭逢空前的大劫？

大劫包括兩個方面，物質的地球正在崩壞：氣候劇變，物種逐漸滅絕，資源枯竭，海面升高，空氣、水、土地大污染等等。精神的世界也不斷在下墜：價值翻轉，道德棄守，慾望膨脹，反智力量與暴力殺戮升級等等，且難以逆轉。不論物質與精神都急遽下降，正醞釀著來日全球與人類不測之大患。

台灣已進入第三次政黨輪替。我們沉溺於藍綠蝸角之爭已久，忘了人類世界之危殆；我們關心台灣，是理所當然，但我們不能不關心天下；我們太重政治，輕忽了文化；我們只對華而不實的文化表演與展示有興趣，無心於社會生活的改善與民眾心智的提升。我們只看到眼前，失去遠見。我們的時代普遍長壽，但老多幼少不啻是逐漸走向「絕後」的警訊；消費商品、生活物資極豐裕，奢侈虛榮，好逸惡勞，爭奇鬥怪成為時尚生活的新樣板。

這是一個「人」的素質普遍下降的時代。不久前的上個世紀，卓越人物不少，在外國如：托爾斯泰、羅素、愛因斯坦、卓別林、邱吉爾、羅丹、梵谷、孟克、甘地、弗洛依德、史懷哲、卡羅素等等；在中國如：王國維、梁啟超、孫中山、蔡元培、梁漱溟、魯迅、梁實秋、胡適、傅雷、齊白石、傅抱石等等。中外這些人傑都在上世紀中期前後逝世之後，全球再無堪與比肩的巨人。

二十世紀下半到二十一世紀初這數十年，不論在思想、學術、政治、文藝，中外一樣，幾乎沒有任何可比得上上述的人物。就拿台灣來說，政治人物常常被標舉的三位典範：孫運璿、李國鼎、趙耀東，不但在專業、能力與見識上令人景仰，在人格精神上，更令人感到後無來者。

是什麼原因使人類有逐漸走向「絕後」之虞？是什麼原因使人的素質普遍下降？我們當代的全球文化出了什麼問題，使生存環境的地球與萬物之靈的人類逐步向下沉淪？

如果我們關心世界，反思我們的時代，便會曉得我們今日的困境，其大原因是台灣也是全球的一部分，當然難逃世界共同的命運。如果我們反思台灣自己的昨天和今天，便會驚覺在這個全球憂患的時代環境中，我們更有自己特有的問題與危機；我們雖比世界上最壞的地方好些，但我們已是亞洲四小龍之末。而且我們似乎再無多少優越的條件能展望未來的願景。

（二〇一六年一月）

懷舊好古，美哉

——陳大偉《西洋古董入門》序

陳大偉先生說他三十多年前旅遊歐洲得了一種病，病名叫「收藏古董」。他與此病相戀，後來竟成「正業」，開西洋古董店。

他比我多幾歲，但我得此病比他起碼早十多年，不過我迷上的是東方舊文物，以中國為主。七十年代去歐美，也愛上西方工藝舊件，如銅燭台、鐘錶之類，但只淺嚐輒止。世上古舊之文物是一個大海，其魅力之大，大概與鴉片接近。我有朋友得此病，書架上的書全讓古物取代了，家中到處塞滿燈檯陶甕，還不斷偷運回家，幾乎室內舉步維艱，弄得天天為妻女詬罵。其病藥石罔效，簡直不可救治。我遂引以為戒。加上我另有所嗜：擁有超出一般人想像之多的藏書。空間有限，也再不容我收集太多銅鐵。但我於古董、文物，乃至舊時一切「破爛」，總不能忘情。近年第一次在麗水街「天堂鳥」識大偉先生，一見如故，皆因同病相憐也。我看他店裡琳瑯滿目，正恨相識太遲，在空間與時間上已無太多餘裕可安置長物矣。

稱癖好古董是一種病，在有此病者心中，實在不覺其苦，反而只有極豐美的快樂。不得已而承認是一種病，心中正有一種遺憾與不平。因為好古之人會認為：人而不好古，能算是人麼？其次，有好古癖的人正是第一等人，其光榮之不暇，卻被視為「病人」，能不憤憤不平？

人之異於禽獸者，在智慧、美德與能創造一切之外，「好古」也人類所獨有，一切生物所無的品性。古董、文物、舊時前人之勞作之一切，是傳統、歷史的遺留。凡值得收藏與欣賞者，乃從千千萬萬劫後倖存物件中代代相傳，去蕪存菁，不斷淘汰後之遺珍。對先人智慧、美感與創造的欣賞、追思、體會、品味、理解，使我們知今日之所由來，並能與先人心靈相會，對先人的恩澤，興起感恩讚嘆之情。這是多麼令人欣悅的幸福感。人若完全沒有一絲歷史感情，算是人嗎？

哪怕陋室中只有兩把一百年前的木椅，架上一座八十年前的舊鐘，桌上一個十九世紀的銅雕美女，或一個明清銅香爐，背景是靠壁書架上屈原的離騷，陶潛的詩集，托爾斯泰的小說，羅素的論集……。這陋室的主人，與歷史相連接，與智者相交往，與美同起居，正是第一等人的生活。好古與耽美，怎能說是一種「病」？

大偉兄這本書把他一生與西洋古董相晤相戀相識的一切很生動寫出來，讀者在這裡可分享他的識見、智慧與經驗，不可多得，值得一讀。書中說：「有人說過，以自己喜歡的事為職業的人，是最幸福的。或許這麼多年來我能堅持下去，就是因為如此吧。」的確，讀者會深深有感於他一生的美好、適意與幸福，因艷羨而思齊。

如果有下輩子；如果上帝安排我有機會做商人，我也希望開古董店。因為今生有這些理解，又見識了大偉兄這個典範，我的古董店必會為我自己，也為我的主顧造福。

去年我偶去「天堂鳥」，曾鼓勵他寫這本書，沒想到這麼快他寫出來了，但他忘了我提議之功，在此補記一筆自讚。

（二〇一七年九月四日深夜於澀盦）

附錄

何懷碩的畫

梁實秋

我們欣賞山水畫，不只是要看章法佈局，氣韻筆墨，還要體會畫者的胸襟境界。一幅畫背後永遠有一個人。我想起意大利文藝復興期的一位畫家安得烈亞・戴爾・薩托，號稱為「無瑕疵的畫家」，能一筆畫出一個滴溜圓的大圓圈，技術之純熟可想，當時馳騁藝壇之盛況亦可想，但是後世評論並不甚高。有分量的作品永遠反映出作者的強烈性格。我們看一幅有內容的畫，會覺得作者有濃厚的情感逼著他揮毫落紙，好像是有胸中塊壘一吐為快的樣子。我們中國畫家所謂「寫胸中逸氣」，大概也就是洩他的一腔積愫的意思。而一般畫人則致力於技藝琢磨者多，注意於內涵表現者少，因為一般看畫的人往往醉心於繪畫的裝飾的作用，看起來鮮艷悅目或粗獷驚人就行。

我看青年畫家何懷碩先生的作品，確是與眾不同。

他的山水畫，墨多筆少。氣勢逼人的龐大的山峰，上面很少皴的痕跡，多半是一層層的墨水的渲染，不是大米點小米點那樣的層層疊疊，而是大面的塗刷。山是黑的，做陪襯的天空也是黑的，真是「天地黤慘」。山腳底下可能有一排小小的房子，房子之小益發顯得山勢巍峨。河流裡可能有一兩片小小的白帆，帆是白的，益發顯得山色黯黮。空山不見人，但我們感覺到畫面之外有人，那陰森凝重的氣氛正是沉鬱深厚的心情之自然的流露。他特別喜歡畫夜景，也許是因為黑夜比白晝更神祕，更富於幻象。他自己這樣說：「現代藝術之新舊不在於是否排斥或保留舊的事物，是看作家對人生宇宙有沒有新的發見或新的感覺。」他的畫不拘傳統，但他堅信「美必經由造型而表出之」，所以他也不附和抽象的現代畫法。他確是有他自己的對宇宙人生的看法。

（一九七三年）

《苦澀的美感》序

梁實秋

何懷碩先生是畫家，他舉行過兩次畫展，我都躬逢其盛，他的作品之沉鬱凝重的作風給我的印象極深。不知道他胸中為什麼有那樣多的塊壘，揮毫落紙，大氣磅礴，真有「一墨大千，一點塵劫」之致。近輯其所作有關藝術評論文字，編為一集，題為「苦澀的美感」。畫家談畫，以文字吐露他的心聲，揭發他的藝術的底蘊，永遠是最耐人尋味的。「苦澀的美感」這一篇標題的文章正是何先生的藝術作品之最好的註腳，他說：

> 我的方向是以中國人的精神本質來正視現代世界，而作應有的反應，而表現在畫面中。

他既不復古，亦不西化。那麼他所要表現在畫面中的是什麼呢？他說：

> 我希圖表現出荒漠似的人生，那經受摧殘的大自然的憤怒與沉鬱，有時藉頹垣斷壁勾起我對往昔的殘戀，一種莫可奈何的感情。……我以山水為題材，並沒有福分領略山水中

那種煙雲供養，陶然自得，賞心悅目之樂。

這幾句話非常誠摯動人。他的確是把他全副的人格放進了他的作品。有人作畫，自稱是「寫胸中逸氣」，那境界固然高超，讀其畫有令人飄然遠舉之想，這種畫沒有人間煙火氣，但亦可說是沒有正面的反映現實人生。也有人作畫，賣弄技巧，或粗獷大膽，或精緻熟練，皆能逗人喜悅。何懷碩先生的畫，迥異於是，他自有他的一套理論。他深知中國人最宜於作中國畫，他深愛中國傳統，但不欲以臨摹為能事；他深知中國畫的工具——毛筆與水墨——對中國畫的性質與風格有決定性的影響；他深知中國畫與西洋畫之各有不同的歷史淵源與哲學基礎；他深知繪畫與文學以及科學道德之間相互的關聯。他在闡述上開各點的時候，常能先獲我心。他的畫，獨闢蹊徑，他的畫論，亦自成一家言，如今他的論文集將付剞劂，願略題數語以誌欣賞。

（一九七二年五月於台北）

《煮石集》序

梁實秋

何懷碩先生是一位傑出的畫家，他的畫有強烈的個性，往往是鬱鬱蒼蒼，好像胸中聚集著太多的磈壘，所以他筆下的山川人物具有懾人的氣勢，非徒以形象取勝。近幾年來，他的作風有變，令人覺得他的胸襟較為開朗，而意境轉趨高超。於繪事之餘他也寫一些有關藝術的評論，既不因襲舊說，亦不阿俗媚世，卓然成一家言。

《煮石集》展示了這位畫家藝術評論家的才華之又一方面。近六十篇精緻的短文，涉及許多課題，大部分都與藝術有關，即或與藝術直接無關，其論點亦無不從藝術家的角度出發。這些篇文字可以說是一位藝術家對於這個社會的形形色色之銳利的批評。藝術家是敏感的，目睹當今社會許多怪現狀，焉能沒有感慨？到處看到有那麼多薛蟠型的人物在活躍，焉能不矍然以驚？這些批評感慨，畫筆是不大容易表現出來的，必須使用文字才能表現得痛快淋漓。作者自稱：「繪畫創作不能完全滿足我的意願，所以寫文章在我絕非『副業』。」確是實話。不過他寫文章的時候並未完全忘記他的畫家的身分。

這些篇文章，雖然各自獨立，其寫作的態度與立言的基準卻是一貫的，一言以蔽之，即是尊嚴與健康。尊嚴是指人性的尊嚴，健康是指心理的正常。為文之道多端，各人有各人的風貌，惟在基本上保持尊嚴與健康，不偏不倚，平正通達，並非易事，我覺得「吾友嘗從事於斯矣。」故為之序。

（一九八六年七月一日）

此序末尾實秋師曰「尊嚴」與「健康」二詞，是極高的評判，後來我讀梁師〈關於徐志摩〉文，才知此二詞是「新月」宣言揭櫫的宗旨正用此兩者，是出於徐志摩手筆。

（二〇一七年十一月十一日記）

何懷碩的襟懷

——《域外郵稿》序

夏志清

《域外郵稿》是何懷碩第三本文集，所選二十五篇文章皆是他一九七四年秋季客居紐約市後寫的，絕大多數曾在國內四大日報副刊上發表過。近三年來，何懷碩發表的文字，遠不止此數，他的〈懷碩論衡〉及一些比較長、比較費力的文字，還未結集。另外有幾篇幽默諷刺的寓言小說和雜文，有的用筆名發表，將來集成專書後，讀者可能會驚奇，何懷碩這樣嚴正的評論家竟也會寫辛辣俏皮的文章。其實認真討論一個問題和針對時弊編造一則寓言，同樣表現出何懷碩關懷中國文化前途的嚴肅態度。

何懷碩是最突出的一位水墨畫家，他造境之高、氣魄之大，葉公超、梁實秋、余光中、張佛千諸評家皆已盛讚過，並對他日後的成就，寄予最高的期望。何懷碩也自承「建設現代中國畫是我的目標」（《十年燈》，二三六頁），一直不斷認真地在繪畫。但正因為他身在域外，這三年來特別關懷國家的前途，要同國人討論的問題更多。《苦澀的美感》、《十年燈》這兩本集子討論對象以繪畫為主，其他類型的文藝為輔；《域外郵稿》相比起來，文藝之外，似有不少針對國內外社會問題而寫的論文和雜文。何懷碩不僅是文藝評論家，也是值得國人重視的社會評論家。

對一個努力為中國畫創新境的藝術家而言，他不斷關注社會上種種問題，這樣分散自己的注意力，看來似乎是多管閒事，不務正業。依照過去我國傳統的看法，一個畫家盡可兼擅詩文，但國家大事、社會問題倒不必操心，因為這樣會有損他的「清高」的。何懷碩在好多篇文章裡提到，中國畫主流是山水，而山水畫表揚的一直是老莊出世的思想和超然的態度。古代專制政體不容讀書人批評時政，我想這也是畫家歸依道家、禪宗的必然因素，雖然好多文人畫家，平日做人非常熱衷，徒有附庸風雅之名而無超脫塵世之實。事實上，像石濤、八大山人這樣遁世的藝術家，同大詩人陶淵明一樣，他們的為人與作品，本身就表現了一種社會良心與政治的態度。在何懷碩看來，今天中國藝術家都應該是現代中國的知識份子，他的藝術至少得表現出現代中國人的態度。在今天還是按照古代模式畫些古人畫裡的山水、花卉、仕女，所表現的可能僅是自己胸襟的狹小和對現實的漠不關心，麻木不仁。

在歐洲中世紀，一切藝術家為教會和世俗權貴服務，自己不可能公然承擔批評家的責任。說得好聽些，畫家畫畫，詩人寫詩，眾人合造一座教堂，其目標都為讚美上帝。現代的天主教思想家，像雅克．梅理坦（Jacques Maritain）這樣，還是看重心無旁騖，不問世事的中世紀藝「匠」傳統。艾略特信奉英國國教，對中世紀的道德秩序極為嚮往，一直覺得但丁比莎士比亞佔便宜，因為他可借用一套聖湯瑪士的哲學，自己專心寫詩，不必顧及其他問題。在一篇論文裡，講起但丁，他竟說過這樣的話：「詩人寫詩，形而上學家建立一套形而上學，蜜蜂釀蜜，蜘蛛分泌蛛絲；你簡直不能說其中任何一種製造者有什麼信仰，他（它）僅致力於『行』而已。」我認為這段話是不大通的：密蜂釀蜜，蜘蛛結網，全憑本能，無所謂藝術創造。即是最低級的詩人，他總不能完全抄襲人家，至少在字句上同前人須有些出入。但艾略特說這句話，表示他自己早年深受十九世紀末期文藝思潮的影響。所謂「為藝術而藝術」的信條其實是從中世紀藝匠傳統脫胎而來的。艾略特生平最佩服的小說家喬哀思，從小受天主教教育，即為致力於「行」的藝術家的代表。他一生寫小說，就等於在吐絲結網，網結好後，讀者欣賞不欣賞由讀者自便，至於網本身的結構和意義他是不置一辭的。（當然事實上他沒有這樣「清高」，早期詮註 *Finnegans Wake* 的好事者都是他自己的朋友，材料也是他供給的，否則該書不可能有讀者。）

在好多十九世紀藝術家想像中的中世紀時代，大家信仰上帝，畫家虔誠地畫宗教畫，詩人寫讚美詩，即是一個木匠也和畫家一樣虔誠，做一隻椅子，把它當藝術精品製作，那時世上沒有大量濫製的低級商品，生活的確是很美的。但事實上，中世紀並沒有想像中這樣可愛，諷刺教會、權貴的詩章也有不少，但丁自己即是位充滿政治感、憤怒感的詩人。艾略特雖然有意寫達到音樂境況的「純詩」，可喜的是他的詩並不純，其中包涵了潛藏內心深處的欲望和回憶。一開頭，他也想寫「純」詩評，寫到後來也愈來愈不純，實在發現詩的瞭解和評判同詩人的時代和社會關係太大了。他創辦 *Criterion* 季刊後，更是每期都寫有關當時西方政治、社會變動的社論。這些社論，沒有集起來，目今讀的人不多，讀了可能也不會發生好感，因為艾略特在政治思想上一直是死硬的保守派。他也寫過幾本討論宗教、社會、文化的小冊子。這些書想來讀者也愈來愈少，艾略特傳世的作品無疑是他的詩、詩劇和詩評。但艾略特這樣一開頭深受法國象徵主義影響而抱著詩人寫詩以外不問世事的態度，後來變得這樣入世，極端關心英國和歐洲文化的前途，也正是他的偉大處。事實上，喬哀思這樣的藝術家，真是太有忍心了。世界上多少事要知識份子、藝術家去分憂，他忍了太久，後來人畢竟變得麻木，與世情隔離。他沉湎於自己創造的小天地內，晚年那部巨著也無意反映人世的現實了。

王維的兩句詩：「晚年惟好靜，萬事不關心」，世代傳誦。王維自己是山水畫大家，而宋代以來的山水畫家，他們畫中常見的那個隱士即是「萬事不關心」的人物。何懷碩覺得道家、禪宗思想支配中國畫太久，再沒有新的意境可表達了。他自己是山水畫家，但同時卻也是萬事關心的現代知識份子。何懷碩的山水畫，自許有一種「苦澀的美感」，這點評者都承認。這種美感是否包涵了現代人面臨危機的「悲劇意識」，還得評家去探討，但至少何懷碩本人寫出那些崇山、寒林、冷月、孤帆，並無意複製那種傳統味道的「靜」美，卻給人驚心動魄的威壓。

在〈文學、思想、智慧〉一文裡，我對蕭伯納作了較苛的評斷。我那時受艾略特和「新批評」家影響太深，而在他們看來，蕭伯納說教式的戲劇是無足重視的。蕭氏是唯生主義的社會主義者，他的社會福利思想，事實上共產鐵幕以外的國家都已實施了；他那種絕對相信人類進步的唯生主義（顯受柏格森的影響）更應在存在主義低潮的今日，重獲一般人的注意。蕭氏的劇本，就揭露人生真相而言，當然遠比不上索福克理斯、莎士比亞，也比不上易卜生、契訶夫。但憑我當年在上海一連串讀好多種劇本的長序的印象，其鼓舞人心的力量，鍼砭社會疾病的道德勇氣，實在英國作家間少有人可同他比的。我朋友間的散文家（思果、吳魯芹）講起英國的散文家來，總想到皮柏姆（Max Beerbohm），此人可算是正宗小品文最後一位大家。同時期蕭伯納寫的是暢論政治、社會、經濟、宗教、女權運動、人類前途的「大塊文章」，下筆有神，比起皮柏姆來，更顯得其生命力之充沛。英美二國小品文的傳統的確式微了。可喜蕭氏「大塊文章」的傳統，還有人延續著。美人維達爾（Gore Vidal），他的小說我一本也沒有讀過，但近年來寫的散文實在好，報章上譽之為「第一散文家」（Foremost essayist），實可當之無愧。他新出的文集 *Matters of Fact and of Fiction*，暢論美國政治、歷史、小說，我覺得值得國人注意。

蕭伯納自認承受了尼采、華格納、易卜生三大歐洲巨人的影響，但無疑的，他那種入世精神，抨擊英國工商業支配社會、剝削人民的批判態度，也延續了英國維多利亞時代好多思想家、文學家的傳統。蕭伯納自己是在報章上寫音樂評論起家的，維多利亞時代的文豪，一般講來，顯然對繪畫更有興趣。何懷碩自己是畫家，我不妨在這裡提一提羅斯金（John Ruskin）和馬立思（William Morris）這兩位。前者是藝術評論家兼散文大家，成名作是《現代畫家》（*Modern Painters*）這部書。年輕時他看到了透納（J. M. Turner, 1775-1851）的風景畫。此人畫海畫山，捕光捉影，頗得印象派風氣之先，當時卻未受英國人重視。羅斯金寫書專為他說項，也可說肯定了英國浪漫派畫家的重要性。馬立思年輕時屬於一個追慕拉斐爾之前的意大利畫家的文藝團體，即所謂Pre-Raphaelite Brotherhood。他自己也畫畫，但更以詩文馳名。馬立思看到當時英國人的傢俱粗俗不堪，自開一爿廠，專造手工精製的家庭用具。晚年更自創一家印刷公司，精印名著。羅斯金是藝術評論大師，馬立思是苦身力行的實用藝術家，二人都大有文名。但特別值得我們注意的是，二人到了晚年都轉為亟思改良社會的評論家，實在覺得在工業社會裡生活的民眾，僅教他們體會到「美」是不夠的，還非得在「真」、「善」這兩方面齊頭努力不可，否則社會不會進步，民眾生活豐富不起來。維多利亞時代好多大散文家，到頭來莫不關心社會問題與文化前途，他們在修身功夫上面可能算不上是聖賢，但寫起文章來卻具聖賢之心。

我舉了羅斯金、馬立思這兩個例子，藉以證明何懷碩「吾道不孤」，十九世紀藝術家、藝術評論家間，關心國家文化，亟圖改進社會的賢者大有人在。何懷碩用不著感到孤獨，雖然大半同代畫家，不是自縛於國畫的傳統，即是「盲目西化」，迎頭趕上美國畫壇最時髦的風尚而沾沾自喜，有時不免使他灰心。當然，何懷碩身處這個時代，如真有意身兼社會文化評論的職責，他的工作是艱巨的。維多利亞時代的大英帝國是世界第一強國，雖然社會上貧富不均，工人生活太苦，知識程度太低，但比起今日的英國來，羅斯金、馬立思所處的實在是個昇平時代。在大陸淪陷，國難方殷的今日，何懷碩見到國內文壇及社會上某些不良風氣，即無意評論時政，也忍不住要說幾句話。《域外郵稿》看來內容較雜，但差不多每篇文章裡都流露出他那份亟求國家振奮自強，走上民族本位「現代化」康莊大道的心懷。他見到有人出版胡蘭成歪曲史實、散佈謬毒的「著作」，義憤填膺，不得不寫文章提醒國人，共同重視。同樣情形，他見到有人訪問何秀子，竟肯定她「事業」上的成功，也非挺身出來辯正一番不可。

國內外看不慣的情形太多了，逼得何懷碩多寫社會評論，這是《域外郵稿》這本集子的特色。但同時他是畫家，也是好學不倦，目光銳利的文藝評論家。讀他三本集子，我發現他相當博學。即以西洋文藝理論這項學問而論，他常提到的大名家即有柏拉圖、亞里斯多德、康德、黑格爾、叔本華、尼采、笙泰耶那、艾略特諸人。此外二十世紀的大思想家，諸如佛洛依德、羅素、斯本格勒、湯恩比、索羅金（Sorokin），他顯然也都讀過。對我來說，因為我自己是專攻文學的，何懷碩三本文集裡佔比重最大的繪畫論評讀後得益最多。他畢竟是畫家，對中國畫的傳統，和西洋現代畫的發展自有其一套獨特的看法。前幾年中國人大捧畢卡索的當口，何懷碩偏偏寫了兩篇長文，評介美國當代人文主義畫家安德魯．懷斯（Andrew Wyeth），我覺得大有深意在。去年大畫家艾恩斯特（Max Ernst）去世，何懷碩寫了篇〈小論艾恩斯特〉，雖不能算是蓋棺定論，但至少也提供了一個中國藝術家對一位西洋大師自己獨特的看法。該文楔子裡一段話實在值得我們深省：

> 另一方面，我們的報導與評介，又多半是由外國書刊迻譯而來，這種翻譯工作自然絕不可少，而且是文壇進步的動力之一。但是我們自己人對外國作家的評論，更不可無。一個國家如果對世界沒有自己的看法，沒有立於自己見地上的評論，在文化思想與學術思想上，必造成一種依附他人，缺乏獨立思考的弊害。把別人的觀點當作我們的觀點，便難以建立自己的體系，自然永難有獨特的見解。

十多年來，何懷碩最關心的當然還是中國畫的傳統及其前途。《苦澀的美感》第二輯裡收集的八篇文章（頁一六五—二五〇），談及山水畫、人物畫、花鳥畫的特徵和這些畫派今日所處的「困局」及其未來的展望，我認為是一系列最值得重視的中國藝術導論。我也讀過些旅美學人和外國專家寫的學院式中國畫論評，他們比較沿襲著傳統的觀點，而忽視傳統的局限和流弊，他們是鑑定家、考證家，而不敢對這個傳統下一針見血的判斷。《十年燈》裡有一篇短文（中國人物畫與現實人生），論及人物畫的傳統和《苦澀的美感》第二輯裡的論文同樣精闢，不妨引錄一段（頁二四三）：

中國畫人物造型在悠遠的歷史中已創造了各種角色的典型，但在後代的模仿和傳習中，造成造型上固定化的模式。以所謂「美人」（又所謂「仕女畫」者）為例，必是柳眉、鳳眼、櫻桃小口，齒不外露（故絕無畫女子笑容，頂多是抿嘴微笑而已；笑則「冶蕩」，故古畫中女人俱皆無表情之冰霜美人），至於體態與衣飾，莊嚴整齊，或執紈扇，或抱琵琶，或攬鏡梳妝，或柳蔭消暑，不說絕無西方的裸體，連抱著嬰兒餵奶的鏡頭，亦絕不入畫。這種遠離人生，遠離現實，從觀念到形式均深陷於因襲的泥坑中的人物畫，不但沒有繼承傳統（且看顧愷之的《女史箴》、李嵩的《貨郎圖》與張萱的《搗練圖》，皆為人生現實之寫照可知），更不說發揚光大了！從創造為藝術之本質的角度來看，我們今日還有多少人在畫什麼高士、仕女，以為「保存」國粹而沾沾自喜。我們的藝術批評之薄弱與欠缺，亦可想而知。我們的人物畫家不敢面對現實人生，且一脫離了古人的「粉本」，便毫無創造的能力。柳眉鳳眼櫻桃小口固然是一種美；濃眉圓眼大嘴未嘗就不是一種美，且看蘇菲亞羅蘭。我們在「美人」觀念上訴諸「固定反應」，正顯示了創造力的貧乏。

不僅蘇菲亞羅蘭而已，今日報章上任何電影女星，社會名媛相片都比因襲傳統的中國「美女」像可愛，因為她們至少是有血有肉，能露牙大笑的真人。早在《詩經》時代，我國文字即善於素描美女：那位「巧笑倩兮，美目盼兮」的莊姜，雖然「齒如瓠犀」，卻是人品非常端莊的女詩人，絕對算不上是「冶蕩」，想不到後世畫家這樣沒出息，一點也沒有企圖畫出女人美目顧盼的「巧笑」來。曹植在《洛神賦》裡刻畫了一幅世界文學裡罕見的美女圖，相比起來，即是顧愷之《洛神圖》、《女史箴》裡的女子也顯得太刻板了。在我外行人看來，只有波蒂其里（Botticelli）這樣文藝復興時代的畫家才能畫出「翩若驚鴻」的洛神來。他的《愛神出世圖》，我中學時期第一次在複印畫冊上見到，就給我一個牢不可忘「美」的印象，古代中國仕女畫沒有任何一幅曾給我一些震撼心靈的感覺。元代戲劇家關漢卿筆下有多少俐伶聰明活生生的女子，同代畫家哪能抓住真實女子活潑的形象！早在宋代，山水畫即已超越了前代名家山水詩的成就，歷代的仕女畫，比起詩詞曲裡的仕女素描來，實在瞠乎其後。這可能和中國作畫的工具有關。顧愷之早已說過：「凡畫，人最難，次山水，次狗馬；台榭一定器耳，難成而易好，不得遷想妙得也。」（《十年燈》，一七三頁）何懷碩有西洋畫根柢，想把中國畫現代化，真不妨也多畫人物畫。不論為古人造型，或為今人寫像，人物畫是最能表達當代中國人處境艱苦的悲劇感的。

〈畫家王己千評介〉這篇長文，我認為是《域外郵稿》裡對近代中國繪畫史提供資料最有貢獻的一篇，也表示作者對中國繪畫前途的高瞻遠矚。此外有好幾位近代畫家（任伯年、吳昌碩、齊白石等），何懷碩都寫過精闢的評斷。寫近代畫家專論，實在他最為合適。身兼畫家與文藝評論家的何懷碩當然有寫不完的文章好寫，但他對近代中國畫家的成敗得失知道得太清楚了，真應該花一兩年時間，寫一系列近代中國畫家論的文字，同當年羅斯金潛心從事《現代畫家》的寫作一樣。從任伯年講起，評論的對象不必求多，主要要道出近代中國畫這個新傳統的建立和發展。近百年來享有盛名的中國畫家太多了，其中哪幾位真有創新的成就，將不斷啟發後來的畫家，這些人才是值得大書特書的。一個公認的近代中國畫新傳統建立後，才能確定年輕一代畫家努力的方向。寫這樣一本書，想來也會帶給何懷碩自己更大的滿足，因為他得集中精神，從事一個專題的研究。

何懷碩今年三十五歲，剛走到了但丁所謂「人生旅途之中點」。現代人壽命比古代人長，何懷碩今後四五十年的創作生涯，其燦爛成就是可以預卜的。但願未來四五十年中，國家轉為富強，許多問題不必何懷碩去操心，專心從事繪畫和文藝評論的寫作。但話說回來，他的愛國熱腸和「萬事關心」的積極態度，也正說明了為什麼他作畫總自造意境，為文必言之有物，毫不染上一點西方現代虛無主義及傳統文人畫家「戲筆」、「玩世」的習氣。

（一九七七年七月九日於紐約，原載同年九月廿二日《聯副》）

澀盡回甘味諫果

余光中

何懷碩在中國當代畫壇上的地位，是頗為特殊且值得玩味的。無論在技巧的鍛鍊或是畫史的認識上，他對中國古典繪畫的傳統顯然都很內行。憑他深厚的根基，若向傳統的殘羹剩餚中去討生活，做一個翩翩名士，是綽有餘裕的。但是他不願為古人之奴，寧可投身現代，承當二十世紀的風狂雨驟。不過在另一方面，他也不甘心追隨朝朝暮暮的歐風美雨。在年輕一代的少壯畫家裡，何懷碩多少是一個異數。十多年來，抽象畫在台灣的現代畫壇上幾已定於一尊，只有何懷碩和極少數的幾位畫家如吳昊與席德進等等，負隅頑抗到如今。何懷碩對於抽象的表現，一向抱持懷疑的態度。站在中國藝術人文主義的立場，他認為抽象畫在抽離物象之餘，也有抽離人性之虞，結果可能步一切形式主義的後塵，往往佈置了一個舞台，卻推不出演員。近幾年來，抽象畫在台灣已經漸漸喪失了早期的活力與壯志，更無論戰時代勇往直前的那種氣慨，除了一部分抽象畫家建立了自己的風貌之外，大多數效顰之徒只能算是為「西遊記」又徒然添了一回罷了。

在畫壇上，何懷碩奉行的是不結盟主義。他和三五知己交遊多年，畫風上亦各殊面貌。這種獨行俠的作風，固然不免於江湖的風波，也難以匯入一時的主流，但是孤立也往往有助於獨立。

台灣盛行詩社和畫會已久，好處在於向人相互勉勵，呼聲日高，便於形成氣候，發為運動，但如果久聚成黨，也容易演為互相標榜，彼此羈絆的困局，對於一位藝術家自由的成長和蛻變，反而害多於益。何懷碩既無朋儕的束縛，不但便於創作的發展，更有利於批評的獨立，筆鋒所向，對於並世的大師與名家，頗多逆耳之諫，其中種種論點，雖然我難盡同意，但對於他敢言的勇氣和犀利的評析，卻是深表欽佩的。

縱觀《苦澀的美感》的目錄，可以看得出何懷碩藝術思想的廣度，從藝術本質的探討一直延伸到中國繪畫傳統的重認。這樣開朗的視野，是空言反傳統的西化派無能為力的。及至逐一讀罷各文，令人對作者豐富的知識和討論問題時那種高瞻遠矚洞察全局的眼光，益深欣賞。例如〈中國人物畫之回顧與展望〉及〈中國花鳥畫之困境〉等幾篇，只有諳於傳統且能走出傳統的胸懷才能著手。又如〈繪畫與文學〉一文，始於兩者在時空運用上異同的比較，終於兩者在精神與形式上的短長，而以詩之綜合理念與感性為指歸；高明之論，深獲我心。我特別欣賞作者批評的「雙刃鋒芒」，因為他的立場一面是外攘西化之狂潮，一面是內警沉酣之迷夢，兩面都不妥協，腹背受敵，艱苦異常。

何懷碩的理論雖以繪畫為主要對象，但往往也適用於文學，尤其是詩。他強調「文學的表現最具有『意義』的特性」，又指出所謂「世界性」只是「不思創造的遁詞」，更宣稱「若沉醉於感性的形式到了低抑或排除理念之蘊含的地步，便是形式主義或唯美主義的作品。」這種種論點，值得畫家與詩人鄭重考慮。何懷碩的這些言論，發於超現實主義式微於台灣之先，這份遠見該獲得文藝史的追認。

更以綜論張大千的兩篇為例，我相信未來的歷史也必會證實他的灼見。他認為大千先生技法之縱橫恣肆誠然以一人之身集傳統之大成，但是承先有餘，啟後不足，筆墨顏彩之道雖亦有推陳出新之處，但在精神上則出古而未能入今，絕少表現當代的現實，比起畢卡索的「格爾尼卡」來，就未免太悠遠了一點。觀乎大師此次歸國，衣古衣，食美食，所觀所賞不外乎古畫，國劇，橫貫公路，予人的印象仍是一位風趣的長者與風雅的名士，與台灣的現實社會則似乎接觸很少，即使滿懷憂國之思，至少在畫裡看不出來。他的作品太完整，完整得太絕緣，技可通神，但似乎接不通人間。

一位創作家如果兼事理論，則他的理想與表現之間，往往頗難若合符節。用何懷碩求全大師的理想來回顧他自己的創作，其間當亦難免有若干距離。懷碩的畫，在精緻乾淨的筆與蒼涼渾茫的墨後，自有一種森森祟人酸心蝕骨之感，亦即他自許的「苦澀的美感」，可是那境界畢竟還是荒寒悽冷，涉世不深，猶未達到「超聖入凡」的地步。這一點，即使從他自己的畫題「寒林墜月」，「蒼白的月光」，「殘舟」，「凍河」等等都可以看得出一點端倪。他的畫，令人想起愛倫坡，而不是惠特曼。懷碩這樣自白說：「在我看，甜美的自然世界早已從夢境中破碎，我們無法再進入酣睡去撿拾已破碎的美夢。我企圖將那個自然世界塑造成一個象徵虛寂而怪誕的天地，在它裡面表露了深重的孤寂與蒼鬱，荒涼與淒楚，表現對如同喚不回童年那樣的傷痛。我總是嚮往苦澀的美感。」我認為這一份孤憤之情，一方面造就了何懷碩苦澀悲辛的畫境，令觀者低迴而不能自勝，另一方面恐怕也無形中拘束了他畫境的擴展。我認為喜悅之情，只要不淪為俗濫的甜美如懷碩引以為戒者，正可表現勃然的生機與油然的活力，證之西方現代大師如梵谷，克利，夏戈，畢卡索，莫不皆然。例如畢卡索，便是從早年「藍色時期」的淒冷悲哀進入後期的幽默與富厚的。然則懷碩是否可以讓他的月亮落下，而昇起煌煌的太陽呢？

（一九七四年二月於台北）

別有綵筆干氣象
——我讀《懷碩三論》

余光中

何懷碩手中的那枝健筆，不但能畫，而且能文。他的書法也很俊逸：三十年前為我所寫的黃庭堅水仙詩，一直高懸我客廳的顯處。何懷碩當然是卓越的名畫家，也是犀利的評論家，筆鋒所至，廣闊的題材如生命與社會，專業的領域如中西畫史與畫家專論，無不雄辯滔滔，趣談娓娓，動人清聽。

到一九九八年為止，他的著作已有十三冊，但其中有部分重疊，而《懷碩三論》，即《孤獨的滋味》（人生論）、《苦澀的美感》（藝術論）、《大師的心靈》（畫家論），當為他一生評論的核心。加上二〇〇三年新出的經驗之談《給未來的藝術家》，評論家何懷碩的成就相當可觀。

《給未來的藝術家》令我驚喜，因為所附的插圖令人大開眼界，不但有中西現代畫的名作，還有當代日本與中國的佳作，大多為我生平初見。而尤其令我興奮的，是其中還包括何懷碩的最新作品《夢幻金秋》（二〇〇〇）與《觀音山》三幅（二〇〇三）。另一新作《川端康成》（二〇〇三）肖像，繼以前的《吳昌碩》、《齊白石》、《黃賓虹》、《杜甫》之後，說明了何懷碩的人像畫另有勝境，不容他當行本色的山水畫完全遮掩。

《孤獨的滋味》是何懷碩的人生論，是他從在台港報刊所寫的專欄中選出的六十餘篇文章，題材自宗教到文化，美容到嗜好，自由到自卑，悲觀到快樂，有的形而上，有的塵世間，有的說理，有的抒情，顯示作者興趣之廣，學養之富。大致說來，作者的態度是嚴肅的，卻不時透出幽默，甚至冷嘲熱諷，有時更正話反說，大做翻案文章。例如〈說減法〉一篇，就指出現代人物欲太重，凡事貪多，反為所累，所以若求心安理得，就應捨無饜的加法而行有守的減法。又如〈說自由〉一篇，開端就跟盧梭抬槓，逕說「人乃生而不自由」，因為時代、地區、家庭、體質、相貌等等都已先天注定，不由自主。又說人之一生，孩時固然不能自主，老來又何曾能得自由；中間的青年與中年更是難關重重，淪為虛榮與貪念之奴，所以自拯之道只有在精神上超越這種種束縛。

何懷碩的文筆大致流暢自然，不時有警策之句；說理的時候不淪於單調，故有理趣，而抒情的時候則更見生動，富於情趣。例如〈說今昔〉這一段：

> 我們無法證明現代人愛情的「幸福」比古人更多更美更好，但我們能夠證明過去的愛情更深、更痴、更持久、更專一、更偉大。我們的「物證」是過去留下給我們的情詩、情書、愛情故事比現代更多、更動人。

且看此段：

〈說食色〉一篇，在布局、條理、論析上十分緊湊、明快，但在細節的描寫上卻生動、活潑，洋溢著諧謔的腔調，可稱幽默小品之絕妙上選。這種文章最難把握分寸，稍一逾越就會墜入惡趣，但作者採用簡練淺明的文言，忍住冷面故作正經研討之狀，而讀者卻忍不住，早已爆發笑聲了。

飲食之行為，不論如何恣肆，也只是口舌齒牙之動作。粗俗與文雅，屬於個人風度，大體而言尚能維持文明社會之基本要求，故飲食可行之公共場所，且可集體享用。性愛之行為則大異其趣。裸裎相向，性器交鋒，全身動作，汗流浹背，甚且呻吟號呼，地動山搖。故注定其只能由當事之兩人，行之於密室。

〈說晝夜〉一篇其實以夜為主，簡直是夜之頌，也是一篇上佳的抒情散文。文章一開始，就引《創世紀》之說，說濛鴻之初，淵面黑暗，神說要有光，光乃誕生，可見夜之存在先於白晝。文章及半，散文的宣敘調變成了詩的詠嘆調：「夜也是鬼魂、精靈與一切神祕詭怪與幻想的發源地……如果說白天是儒法的世界，夜晚就是老莊的天下；白天是政經法商，夜晚是玄思、詩與藝術；白天是紀功碑，夜晚是懺悔錄；白天是媚日的向日葵，夜晚是悄然自開的曇花。」到了文末作者更沉痛其詞：「我不大敢看鐘錶，一看到凌晨已數小時，黎明在即，便覺得好像門外有拿著手銬的『差人』要將我捉拿，回到白晝的現實世界中去服勞役。」

凡此種種足以說明，何懷碩不僅是人生世態的評論家，更是相當出色的散文家，甚至頗具抒情散文家的潛能。其實中國藝術的傳統本來就有「畫中有詩」之說，非但畫境有詩，亦且畫上常常題詩，所以凡有中國文化修養的畫家，本質上都是詩人，而會寫抒情散文原很自然。所以在〈繪畫與文學〉的長文中何懷碩就說：

詩為「精神理念」與「感性形式」之中庸，為客觀藝術與主觀藝術兩端之和諧的結合。所以，我以為詩為一切藝術之靈魂。但這樣說，似乎說一切藝術只是一個軀殼，我不是這個意思。換一句話來說，其他藝術與詩在最高精神上是殊途同歸。

我曾有〈繆思的左右手〉一文，比較詩與散文的關係，結論是：「詩是一切文體之花，意象與音調之美能賦一切文體以氣韻：它是音樂、繪畫、舞蹈、雕塑等等藝術達到高潮時呼之欲出的那種感覺。散文，是一切作家的身分證。詩，是一切藝術的入場券。」此意與懷碩之說當可互相印證。

懷碩的藝術論，體大思精，是他專業評論的扛鼎力作。其中的四十多篇文章裡，有些地方會相互重複，但是不論研討的是藝術的本質，藝術與其他領域的關係，中外藝術史觀，或是個別藝術家的評價，何懷碩的論述都「吾道一以貫之」，基本的信念謹守不渝，那便是：一位藝術家努力的方向，應該是在民族性的本位上發揮自己的個性；如果越過民族性而要追求所謂的世界性，則不但民族性會被架空，而且會發現，所謂世界性實際上只是文化帝國主義泛西化的幻覺而已。但是在另一方面，中國繪畫的傳統累積既久，陳陳相因，對現代畫家的壓力太大，無論在題材或技法上都必須突破，所以向西方借石攻錯亦為生機。不過，取法西方只是一種手段，不能誤為目的，否則就會喪失自己的民族性。同時也不必趕著西方的潮流一路追蹤步武，成為西化之奴。中國繪畫需要現代化，但西化不等於現代化：西而不化，就不能為現代化帶來生機。美容，畢竟不是變化體質的健美之道。正如何懷碩在〈說美容〉一文中所說：「過度『美容』的後遺症就是『毀容』。」他更指出，改善中國繪畫之道，也不盡在向西方取經。例如沿襲日久的文人畫，養成了以簡馭繁，以逸代勞，以不畫為畫，以留白為含蓄，以文人名士遺世忘俗自高，甚至淪繪畫為文學雅趣之附庸。於是豪傑之士力圖自拔，而有吳昌碩與黃賓虹向金石的鐵畫銀鉤去求古拙，任伯年與齊白石向民俗的江湖市井去求天真。

何懷碩的結論是：傳統藝術要現代化，外來藝術要本土化。這信念與我在文學上一貫的主張完全相同。

除此之外，藝術論中另有一篇力作值得注意。〈論〈抽象〉〉一文長達二萬五千字，正本清源地析論了所謂抽象的本質與來龍去脈，結論是抽象亦象，不過是世人少見多怪的顯微微觀或放大宏觀而已，所以原則上也是具象的一種而非具象的反義。何懷碩繼而指陳幾何抽象畫與表情抽象畫之得失，擔心所謂抽象畫如果完全抽離了人文精神，勢將淪為冷漠或紛繁的形式主義，不能感動觀者。近年來我自己對抽象畫與具象畫之相對價值也已有不同的看法，認為具象畫中如西方布魯果的《雪中獵人》（Pieter the Elder, Brueghel: *Hunters in the Snow*）或中國范寬的《谿山行旅圖》，其博大深沉，仍是任何抽象畫不能企及。

《大師的心靈》一書是何懷碩的畫家論。此書使我得益匪淺，不但可以認識中國現代畫個別的大師，更可進而窺探百年來中國畫史的演變。何懷碩在近百年來的畫壇名家之中，嚴格選出了八位大師，依次為任伯年、吳昌碩、齊白石、黃賓虹、徐悲鴻、林風眠、傅抱石、李可染。

八位大師均已作古，所以畫壇地位較易評價。論籍貫，八人依次來自山陰、安吉、湘潭、金華、宜興、梅縣、南昌、徐州。其中浙江三人，江蘇二人，其餘湖南、廣東、江西各一人；幾乎都是南方人，而以江南最盛，占了一半。論年壽，除任伯年（五十五）、徐悲鴻（五十八）、傅抱石（六十一）三人未登耄耋之外，其他五人都過了八十，而齊白石、黃賓虹、林風眠甚至都過九十。因此何懷碩強調，長壽對大畫家的自然發展，積漸為雄，實為重要的條件。他更指出，李可染生平的傑作大都成於四十歲到六十歲之間，其後二十年並無進境；但是黃賓虹一生的修煉，卻要等到八十歲以後，才燦然齊發，臻於他自許的「渾厚」與「華滋」。

何懷碩所選的這「八大」正好可以分成兩代：前一代四人的年齡較為接近，其所以偉大，取法於西方者少而得益於主流傳統之外的中華文化者多，可謂善於借俗反雅，或借遠古以反近古。後一代四人的年齡顯然與前一代差了許多：徐悲鴻就比黃賓虹小了三十五歲，但比李可染只大十二歲。而更大的差異在於，後一代畢竟去古更遠而於西更近，所以對中國藝術傳統的反省，得益於西方藝術的外援者較多。徐悲鴻得之於西畫者，以印象主義以前的寫實主義為主。林風眠之外援則得之於印象主義以降。以林比徐，顯得「現代」多了。何懷碩獨排眾議，認為徐悲鴻雖不夠「現代」，卻將循序而進的寫實主義之扎實功夫介紹了過來，未始無功。傅抱石的外援卻來自日本，頗受日本近代畫家中經過中國水墨畫薰陶者的倒流沖激。同時，傅抱石在日本留學，也認真地學了西方的素描。至於李可染，「黑、滿、拙、澀」的畫面也常見明暗對比，濃墨之中，每有神祕的水光樹影，也隱含了西畫的技巧。

何懷碩對自己所選的「八大」，從小就已敬愛有加，及長，更在感性的羨慕之外再加知性的鑽研，因而行文之際學術的評析儘管嚴密，也難掩筆鋒流露的深情。這八篇專論，簡明深刻，雖然沒有學術論文必備的注釋，卻都是扎實的好評論，也是生動的好散文。我讀了兩遍，深受感動。

儘管如此，在篇末的評價裡，何懷碩在盛讚之餘，仍不忘指陳大師的缺失。例如對李可染的評價，就指出他晚年實際上是不進卻退，但是立刻說明有此現象的原因。最後何懷碩表示，李可染的技巧雖然圓滿卓越，但人文精神的蘊蓄卻相對稍弱。他說：「最好的藝術作品內容的意義與形式的意義應該聲氣相應；如果有所偏側於形式的開拓，只要有創造性、有獨特性，其價值還應得到某種肯定。基於這個觀點，我幾經考慮，仍把李可染列入近代大畫家八人之一。」

不過，李可染雖然「通融」了，張大千卻未能列入「八大」。何懷碩在序言裡花了兩整頁的篇幅，來說明何以名滿天下的張大千不能入列。他列舉的理由我完全贊同。我認為張大千的功力實在神妙，於傳統技巧他無所不窺，真是一大行家，不愧西文所謂的 virtuoso（無求弗熟）。像畢卡索一樣，張大千也是一位妙手空空的「神竊」，不過張大千技能通神，可惜畫中無我，而畢卡索卻能竊古變今，為我所用。

看得出，懷碩深心最仰慕的，是傅抱石。傅抱石風骨高古，氣質雅醇，於中國微妙的詩境最為入神，對懷碩的感召顯然頗深，也難怪懷碩給了他最高的肯定。

《大師的心靈》一書，由一流的名家來細說他孺慕的前輩，誠然高明，而所附的插圖也選得很豐富，可以大開讀者的視野。例如傅抱石的那幅《湘夫人》，印證的詩境是「裊裊兮秋風，洞庭波兮木葉下」。那帝子綽約的丰姿，那漫天降落的楓葉，襯著洞庭層層迢遞的風濤，那種神祕的清淡高雅，雖然沒有波提且利的《維納斯之誕生》那麼富麗，性感，但其微妙的魅力卻不遜色。連屈原見了，怕也會驚豔不已吧。好在楓葉沒用豔紅著色，否則就墮入商業氣息的陋俗了。

（二〇〇四年七月於高雄）

何懷碩著作一覽

著述：

●大地出版社

《苦澀的美感》（一九七三年）

《十年燈》（一九七四年）

《域外郵稿》（一九七七年）

《藝術・文學・生活》（一九七九年）

《風格的誕生》（一九八一年）

●圖文出版社

《中國的書畫》（一九八五年）

● **圓神出版社**

《煮石集》（一九八六年）

《繪畫獨白》（一九八七年）

● **聯經出版公司**

《藝術與關懷》（一九八七年）

● **林白出版社**

《變》（一九九〇年）

● **天津百花文藝**

《何懷碩文集》（一九九四年）

● **立緒文化出版社**

《藝術論：苦澀的美感》（新編）（一九九八年）

《藝術論：創造的狂狷》（一九九八年）

《畫家論：大師的心靈》（一九九八年）

《人生論：孤獨的滋味》（一九九八年）

《給未來的藝術家》（二〇〇三年；二〇一七年增訂版）

●天津百花文藝

《苦澀的美感》（原藝術論二冊合編）（二〇〇五年）

《大師的心靈》（二〇〇五年；二〇〇八年增修版）

《孤獨的滋味》（二〇〇五年）

●安徽美術出版社

《給未來的藝術家》（二〇〇五年）

●廣東人民出版社

《大師的心靈》（二〇一六年一月；十一月增訂版）

《給未來的藝術家》（二〇一七年增訂版）

●立緒文化出版社

《批判西潮五十年：未之聞齋中西藝術思辨》（二〇一九年）

《什麼是幸福：未之聞齋人文藝術論集》（二〇一九年）
《矯情的武陵人：未之聞齋批評文集》（二〇一九年）
《珍貴與卑賤：未之聞齋散文、隨筆》（二〇一九年）

編訂：

《復讎者：契訶夫短篇傑作選》（台北遠景出版社，一九八一年）
《近代中國美術論集》（六冊）（台北藝術家出版社，一九九一年）
《傅抱石畫論》（台北藝術家出版社，一九九一年）

畫集：

《何懷碩畫集》（何懷碩畫室出版，一九七三年）
《懷碩造境》（香港Hibiya公司出版，一九八一年）
《何懷碩畫》（香港Umbrella公司出版，一九八四年）
《何懷碩庚午畫集》（香港Umbrella公司出版，一九九〇年）
《何懷碩四季山水長卷》（香港Umbrella公司出版，一九九〇年）
《何懷碩九九年畫集》（國立歷史博物館，一九九九年一月）
《The Paintings of Ho Huai-Shuo》（M. Goedhuis, London, 1999）

內容簡介

何懷碩教授是當今中國藝術界重量級人物，不僅是水墨畫家與書法家，同時也是知名的評論家與文學家，創作與著述甚豐。

「未之聞齋四書」為《批判西潮五十年》、《什麼是幸福》、《矯情的武陵人》、《珍貴與卑賤》，是將其近二十年所發表的文章，與過去已經絕版的舊文，在立緒文化出版的《懷碩三論》及《給未來的藝術家》之後，分類合集，耗時近兩年編為四部文字精華選輯。

《批判西潮五十年》是何懷碩教授大半生對中西藝術五十年思辨歷程的文集。全書共分為兩輯。第一輯「昔我往矣，楊柳依依」收錄一九六四至一九九九年文選，第二輯「今我來思，雨雪霏霏」則為二〇〇〇至二〇一八年之論述文章；不僅是其一生藝術評析之精要紀錄，同時更是一部中國藝術、文化在西潮衝擊之下困頓顛躓的滄桑史。

《什麼是幸福》是人文與藝術的論集。

《矯情的武陵人》為批評文集。分文學、藝術與社會批評三輯。

《珍貴與卑賤》是隨筆、散文集。

何懷碩教授一生致力於思考藝術與民族文化，中西的異同，傳統與現代，以及中西藝術傳統中的成就與如何借鑒、融通等等論題。二〇一九年「未之聞齋四書」之編輯出版，集結了他自二十多歲到七十多歲的文章，可見其思路發展的軌迹，一生堅持的觀點；是寫給現在，也是寫給未來，以召喚今日與明日同聲相應，同氣相求的同志。

作者簡介

何懷碩

一九四一年生，台灣國立師範大學美術系畢業；美國紐約聖約翰大學藝術碩士。先後任教於文化大學、國立藝專、國立師範大學、清華大學、國立台北藝術大學教授。文字著述有：大地版《苦澀的美感》、《十年燈》、《域外郵稿》、《藝術・文學・人生》、《風格的誕生》；圓神版《煮石集》、《繪畫獨白》；聯經版《藝術與關懷》；林白版《變》；立緒版《孤獨的滋味》、《創造的狂狷》、《苦澀的美感》、《大師的心靈》、《給未來的藝術家》等。繪畫創作有《何懷碩畫集》、《何懷碩庚午畫集》、《心象風景》等，編訂有《近代中國美術論集》、《傅抱石畫論》等。

國家圖書館出版品預行編目 (CIP) 資料

珍貴與卑賤：未之聞齋散文.隨筆 / 何懷碩著. -- 初版.
-- 新北市：立緒文化, 民108.05
面；公分. --（新世紀叢書）
ISBN 978-986-360-133-3(平裝)

855　　108006024

珍貴與卑賤：未之聞齋散文・隨筆

出版——立緒文化事業有限公司（於中華民國 84 年元月由郝碧蓮、鍾惠民創辦）
作者——何懷碩

發行人——郝碧蓮
顧問——鍾惠民

地址——新北市新店區中央六街 62 號 1 樓
電話——(02) 2219-2173
傳真——(02) 2219-4998
E-mail Address —— service@ncp.com.tw
劃撥帳號—— 1839142-0 號 立緒文化事業有限公司帳戶
行政院新聞局局版臺業字第 6426 號

總經銷——大和書報圖書股份有限公司
電話——(02) 8990-2588
傳真——(02) 2290-1658
地址——新北市新莊區五工五路 2 號
排版——菩薩蠻數位文化有限公司
印刷——祥新印刷股份有限公司

法律顧問——敦旭法律事務所吳展旭律師

分類號碼—— 855
ISBN —— 978-986-360-133-3
出版日期——中華民國 108 年 5 月 初版 一刷

定價◎ 550 元（平裝） 立緒

藝術・文化

換一種眼光看美
Arthur C. Danto◎著
鄧伯宸◎譯

ISBN:978-986-7416-85-8
定價：320元

大師的心靈
懷碩三論之畫家論
何懷碩◎著

ISBN:957-8453-46-9
定價：480元

創造的狂狷
懷碩三論之藝術論上卷
何懷碩◎著

ISBN:957-8453-48-5
定價：350元

苦澀的美感
懷碩三論之藝術論下卷
何懷碩◎著

ISBN:957-8453-47-7
定價：350元

孤獨的滋味
懷碩三論之人生論
何懷碩◎著

ISBN:957-8453-49-3
定價：320元

創造的勇氣
羅洛・梅經典
Rollo May◎著
傅佩榮◎譯

ISBN:978-986-6513-90-9
定價：230元

上癮五百年
菸草、咖啡、酒...的歷史力量
David T. Courtwright◎著
薛絢◎譯
朱迺欣、林耀盛◎序

ISBN:978-986-360-098-5
定價：350元

遮蔽的伊斯蘭
西方媒體眼中的穆斯林世界
Edward W. Said◎著
閻紀宇◎譯
單德興◎導讀

ISBN:957-0411-55-4
定價：320元

墮落時代
明代文人的集體墮落
費振鐘◎著
劉季倫◎序

ISBN:957-0411-53-8
定價：280元

反美學
後現代論集
Hal Foster◎主編
呂健忠◎譯

ISBN:978-986-6513-73-2
定價：300元

生活哲思—新文明生活主張

孤獨
最眞實、最終極的存在
Philip Koch ◎著
梁永安◎ 譯
中國時報開卷版書評推薦

ISBN:978-957-8453-18-0
定價：350元

孤獨的誘惑
(原書名：孤獨世紀末)
Joanne Wieland-Burston◎著
宋偉航◎譯
余德慧◎導讀
中時開卷版、聯合報讀書人
書評推薦

ISBN:978-986-360-114-2
定價：280元

隱士：
照見孤獨的神性（第二版）
Peter France◎著
梁永安◎ 譯
聯合報讀書人、中時開卷
每周新書金榜

ISBN:978-986-360-115-9
定價：360元

Rumi在春天走進果園（經典版）
伊斯蘭神秘主義詩人
Rumi以第三隻眼看世界
Rumi◎著
梁永安◎ 譯

ISBN:978-986-6513-99-2
定價：360元

靈魂筆記
從古聖哲到當代藍調歌手的
心靈探險之旅
Phil Cousineau◎著
宋偉航◎ 譯
中時開卷版書評推薦

ISBN:957-8453-44-2
定價：400元

四種愛：
親愛·友愛·情愛·大愛
C. S. Lewis◎著
梁永安◎ 譯

ISBN:978-986-6513-53-4
定價：200元

運動：天賦良藥
為女性而寫的每天
30分鐘體能改造
Manson & Amend ◎著
刁筱華◎譯

ISBN:957-0411-46-5
定價：300元

愛情的正常性混亂
一場浪漫的社會謀反
社會學家解析現代人的愛情
Ulrich Beck
Elisabeth Beck-Gemsheim◎著
蘇峰山等◎ 譯

ISBN:978-986-360-012-1
定價：380元

內在英雄
現代人的心靈探索之道
Carol S. Pearson◎著
徐慎恕·朱侃如·龔卓軍◎譯
蔡昌雄◎導讀·校訂
聯合報讀書人每周新書金榜

ISBN:957-8453-98-1
定價:280元

生活哲思—新文明生活主張

提倡簡單生活的人肯定會贊同畢卡索所說的話：「藝術就是剔除那些累贅之物。」

小即是美

M型社會的出路
拒絕貧窮
E. F. Schumacher ◎著

中時開卷版一周好書榜
ISBN: 978-957-0411-02-7
定價：320元

少即是多

擁有更少 過得更好
Goldian Vandn Broeck◎著

ISBN:978-957-0411-03-4
定價：360元

簡樸

世紀末生活革命
新文明的挑戰
Duane Elgin ◎著

ISBN :978-986-7416-94-0
定價：250元

靜觀潮落：簡單富足／生活美學日記

寧靜愉悅的生活美學日記
Sarah Ban Breathnach ◎著

ISBN: 978-986-6513-08-4
定價：450元

美好生活：貼近自然，樂活100

我們反對財利累積，
反對不事生產者不勞而獲。
我們不要編制階層和強制權威，
而希望代之以對生命的尊重。
Helen & Scott Nearing ◎著

ISBN:978-986-6513-59-6
定價：350元

倡導純樸，
並不否認唯美，
反而因為擺脫了
人為的累贅事物，
而使唯美大放異彩。

中時開卷版一周好書榜

德蕾莎修女：一條簡單的道路

和別人一起分享，
和一無所有的人一起分享，
檢視自己實際的需要，
毋須多求。

ISBN:978-986-6513-50-3
定價：210元

115歲，有愛不老

一百年有多長呢？
她創造了生命的無限可能

27歲上小學
47歲學護理
67歲獨立創辦養老病院
69歲學瑜珈
100歲更用功學中文……

宋芳綺◎著
中央日報書評推薦

ISBN:978-986-6513-38-1
定價：280元

許哲與德蕾莎修女在新加坡

年度好書在立緒

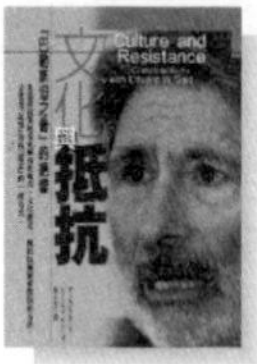

文化與抵抗
- 2004年聯合報讀書人最佳書獎

威瑪文化
- 2003年聯合報讀書人最佳書獎

在文學徬徨的年代
- 2002年中央日報十大好書獎

上癮五百年
- 2002年中央日報十大好書獎

遮蔽的伊斯蘭
- 2002年聯合報讀書人最佳書獎
- News98張大春泡新聞2002年好書推薦

弗洛依德傳
（弗洛依德傳共三冊）
- 2002年聯合報讀書人最佳書獎

以撒・柏林傳
- 2001年中央日報十大好書獎

宗教經驗之種種
- 2001年博客來網路書店年度十大選書

文化與帝國主義
- 2001年聯合報讀書人最佳書獎

鄉關何處
- 2000年聯合報讀書人最佳書獎
- 2000年中央日報十大好書獎

東方主義
- 1999年聯合報讀書人最佳書獎

航向愛爾蘭
- 1999年聯合報讀書人最佳書獎
- 1999年中央日報十大好書獎

深河(第二版)
- 1999年中國時報開卷十大好書獎

田野圖像
- 1999年聯合報讀書人最佳書獎
- 1999年中央日報十大好書獎

西方正典(全二冊)
- 1998年聯合報讀書人最佳書獎

神話的力量
- 1995年聯合報讀書人最佳書獎

大喆文化 閱讀卡

姓　名：

地　址：□□□

電　話：(　　)　　　　傳 眞：(　　)

E-mail：

您購買的書名：＿＿＿＿＿＿＿＿＿＿＿＿＿＿＿＿

購書書店：＿＿＿＿＿市（縣）＿＿＿＿＿＿＿＿書店

■您習慣以何種方式購書？

□逛書店 □劃撥郵購 □電話訂購 □傳真訂購 □銷售人員推薦
□團體訂購 □網路訂購 □讀書會 □演講活動 □其他＿＿＿＿

■您從何處得知本書消息？

□書店 □報章雜誌 □廣播節目 □電視節目 □銷售人員推薦
□師友介紹 □廣告信函 □書訊 □網路 □其他＿＿＿＿＿＿

■您的基本資料：

性別：□男 □女　婚姻：□已婚 □未婚　年齡：民國＿＿＿年次

職業：□製造業 □銷售業 □金融業 □資訊業 □學生
□大眾傳播 □自由業 □服務業 □軍警 □公 □教 □家管
□其他 ＿＿＿＿＿＿＿＿＿＿＿＿＿＿＿＿

教育程度：□高中以下 □專科 □大學 □研究所及以上

建議事項：

愛戀智慧 閱讀大師

廣 告 回 信
北區郵政管理局登記證 北 臺 字 8 4 4 8號
免 貼 郵 票

立緒文化事業有限公司 收

新北市 231

新店區中央六街62號一樓

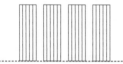

請沿虛線摺下裝訂，謝謝！

立緒文化 閱讀卡

感謝您購買立緒文化的書籍

為提供讀者更好的服務，現在填妥各項資訊，寄回閱讀卡（免貼郵票），或者歡迎上網http://www.facebook.com/ncp231 即可收到最新書訊及不定期優惠訊息。